LES GARDIENS
DES ÉLÉMENTS
TOME 4

Panini BOOKS

LES GARDIENS DES ÉLÉMENTS

TOME 4
VENT DE DISCORDE

RACHEL CAINE

CRIMSON

Titre original : *Windfall*

Illustration de couverture : Larry Rostant
represented by Artist Partners Ltd. (www.artistpartners.com)

Traduit de l'anglais (États-Unis) par Annaïg Houesnard
Suivi éditorial et relecture : studio Zibeline & Co

ISBN : 9-782809-432039

Crimson est une collection de Panini Books

www.paninibooks.fr

Les courageux écrivains nommés ci-dessous ont atteint leur but fixé durant le National Writing Month, et ont écrit un roman de cinquante mille mots durant le mois de novembre 2004. Je salue leur incroyable motivation, et j'ai été fière de sponsoriser la communauté NaNoNov durant l'année 2004.

Jenny Griffee
Julie « GG » Sade
Donna Beltz
Silver_Ink
Darice Moore
Leah Wilson
Jennifer Matarese
Crystal Sarakas

REMERCIEMENTS

L'auteur souhaite remercier :

*Les Stormchasers, qui m'ont encouragée dans cette folie.
(Salut les gars !)*

*JoMadge, sans qui ni ce livre ni AUCUN livre des
Gardiens des Éléments n'auraient été possibles.*

*Les Time Turners : Kel, Katy, Becky, Laurie, Claire (haka,
ma belle !), et Marla.*

*Rachel Sheer et Ter Matthies. Ils savent pourquoi, et c'est
en rapport avec des loups-garous.*

*Le plus grand groupe du monde : Joe Bonamassa, Eric
Czar et Kenny Kramme !
www.jbonamassa.com
(ainsi que tous ceux qui les soutiennent)*

*Le salon America's Best Coffee d'Arlington, et en particulier le serveur merveilleux, quel qu'il soit, qui a inventé les
mokas-caramel servis à 5 h 30 du matin.*

…et, bien sûr, Cat. Toujours.

PRÉCÉDEMMENT...

J E M'APPELLE JOANNE Baldwin. Autrefois, je contrôlais les éléments, mais ça, j'ai laissé tomber. Voyez-vous, j'ai découvert que les gardiens (lesquels sont censés tous vous préserver de morts horribles provoquées par les incendies, les inondations, les tremblements de terre, les orages et autres joyeusetés concoctées par une Mère Nature hostile) n'ont pas tout à fait joué franc jeu ; et de plus, il y a toute la question des djinns qu'ils utilisent pour les aider dans leur travail. Autrefois, je pensais qu'il n'y avait aucun mal à garder un être magique enfermé dans une bouteille, soumis à votre bon vouloir.

Ce n'est plus le cas, plus depuis que je suis tombée amoureuse de l'un d'entre eux.

Ayant abandonné mon gagne-pain, je me suis vue obligée de réassembler les vestiges dévastés de ma vie normale... ce qui n'est pas une mince affaire pour une fille qui ne possède pas beaucoup de compétences hors du domaine surnaturel. Par ailleurs, le fait d'avoir été morte, à une époque, pose aussi un certain problème. On peut dire que ça complique le retour à la maison.

Et cette voiture super rapide que j'aime tellement ?

Elle pourrait bien m'apporter des ennuis.

Ou peut-être que les ennuis sont simplement mon milieu naturel.

INTERLUDE

Il ne faut pas grand-chose pour détruire le monde tel que les humains le connaissent.

Un soleil anormalement chaud pour la saison tapant sur une petite zone d'océan au large des côtes de l'Afrique.

L'eau gagne quelques degrés. Alors qu'elle s'évapore en spectres gris et s'élève dans les airs, cela pourrait n'être qu'un truc de plus, un jour de plus, un autre équilibrage du vent et de l'eau.

Mais ce n'est pas le cas. L'air a juste quelques degrés de plus que la normale, et il monte plus vite, prenant l'humidité en otage. Les spectres se changent en ombres alors que la brume se s'agglutine/s'amoncelle et s'alourdit. Elle s'élève en spirale dans le ciel, où l'air se fait rare et froid. À cette hauteur, l'eau se condense et la brume se transforme en gouttes, trop lourdes pour que le processus puisse les retenir, et elles entament un plongeon qui les ramène vers la sécurité de l'océan.

Mais l'air est trop chaud et, alors que les gouttes tombent, elles rencontrent un autre courant ascendant, plus puissant, qui les renvoie en l'air à une hauteur vertigineuse. Les gouttes s'entre-dévorent comme des cannibales et deviennent plus grosses. Plus lourdes. Elles se dirigent à nouveau vers l'océan.

Mais elles ne vont nulle part ; le courant ascendant ne cesse de court-circuiter la gravité. Le cycle se poursuit, amenant l'humidité dans l'air et l'y amassant, alors qu'une fine virga blanche se condense et forme des nuages. On peut sentir l'énergie se développer tandis que le soleil ardent et la mer brûlante continuent leur parade nuptiale.

Ce n'est en rien différent de ce qui se produit quotidiennement dans le Berceau des Tempêtes.

Mais c'est différent, si l'on sait que l'on cherche.

Si j'avais été attentif, rien de tout cela ne se serait jamais produit.

I

JE NE CESSAIS d'essayer de me dire : *Tu as survécu à pire que ça*, mais cela ne semblait pas fonctionner. D'une seconde à l'autre maintenant, j'allais hurler puis tuer quelqu'un, et pas forcément dans cet ordre... *Tu as traversé bien pire*. Ouaip. En effet. Seulement, ce n'était pas l'impression que j'avais, à ce moment précis.

Je fixai d'un regard vide le mur du fond du studio et restai en position sous les projecteurs à la chaleur impitoyable. Les présentateurs du journal, assis au bureau à environ trois mètres de moi, étaient toujours absorbés par leur papotage guilleret. Un papotage guilleret du *matin*, ce qui en matière de bavardage se situe carrément un cran au-dessus de la camaraderie forcée et ennuyeuse du soir. Je transpirais sous un ciré jaune avec chapeau assorti, accompagné de bottes de pluie au look stupide. Je ressemblais à la petite fille de la pub pour le sel Morton, en moins adorable.

Au-dehors, le temps était clair, et le beau système bien stable ne laissait pas entrevoir le moindre espoir de pluie, mais Marvin McLarty le Magnifique, super-météorologiste, s'apprêtait à annoncer soixante-dix pour cent de chances qu'il y ait des averses dans les prochaines vingt-quatre heures. Et ce n'était pas la première prédiction tombée du ciel (sans mauvais jeu de mots) que Marvin avait sortie de son… Doppler. Deux nuits plus tôt, il avait été le seul à prévoir avec justesse qu'un orage tropical allait toucher terre plus haut sur la côte, alors que tout le monde, la National Oceanic and Atmospheric Administration (NOAA pour les mordus de la météo) incluse, l'avait localisé à plus de trois cents kilomètres au sud.

Cela aurait dû le rendre meilleur. Cela ne fit que le rendre encore plus odieux. Aussi improbable que ça paraisse.

Dieu du ciel, je n'aurais jamais cru qu'être gardienne me manquerait à ce point, mais à cet instant précis (et depuis un certain temps, en fait), je voulais tellement récupérer mon ancien boulot que j'aurais rampé sur du verre brisé pour y arriver.

Je maintins mon large sourire, toutes dents dehors, alors que la lampe rouge s'allumait sur la caméra en face de moi et de Marvin, qui se tenait à mes côtés. C'était un homme de haute taille, corpulent, avec des implants capillaires, de grandes dents trop blanchies, des yeux bleus ayant subi une correction laser et un visage artificiellement lissé par l'abrasion cutanée et le botox. O.K, le botox n'était qu'une supposition, mais Marvin s'accrochait férocement à une jeunesse qui le fuyait en hurlant.

La caméra n° 2 s'alluma. Marvin déambula ici et là, échangea des traits d'esprit avec les présentateurs Janie et Kurt, puis se tourna vers la carte météo. Il commença à parler d'un front froid en approche depuis le sud-est… sauf qu'il n'y en avait aucun; un front était stationnaire à la frontière de la Géorgie, et il était loin d'avoir assez de mojo pour parvenir à franchir la limite de l'État d'ici, oh, l'année prochaine. Derrière Marvin, les graphiques Chyron faisaient toutes sortes de zooms et de descentes en piqué bien cools, affichant des animations et des photos satellite en accéléré montrant le déplacement des nuages, dont la signification était nulle pour environ quatre-vingt-dix pour cent des spectateurs.

Marvin était un météorologiste professionnel confirmé. Un climatologue diplômé.

Marvin ne pigeait que dalle à la météo, mais il était sacrément chanceux. Du moins pour autant que je pouvais en juger et, croyez-moi, mon jugement était *sûr*.

Il dépassa la carte animée et la caméra le suivit, puis se focalisa sur moi alors qu'il s'arrêtait dans le cadre. Je tournai mon sourire vers Marvin, tout en souhaitant pouvoir me changer en un très gros canon.

— Bonjour Joanne! brailla-t-il joyeusement. (Il m'avait grogné dessus un peu plus tôt tout en me bousculant dans le couloir, en route vers sa séance maquillage.) Prête à parler de ce qui nous arrive dessus?

— Bien sûr, Marvin! pétillai-je immédiatement en réponse, aussi guillerette qu'une cheerleader sous amphét'.

Avant j'avais un vrai boulot. Avant je protégeais les gens. Je sauvais des vies. Bon sang, comment j'ai fait pour échouer ici?

Il n'écouta pas mes jérémiades intérieures.

— Super! Bon, nous savons combien la météo a été rude ces derniers jours, en particulier pour nos amis qui vivent plus haut sur la côte. Nous savons déjà que la journée s'annonce lumineuse et ensoleillée, mais il faut dire à nos téléspectateurs qui se trouvent dans l'État du Soleil à quoi ressemblera le temps pour eux demain !

La caméra se resserra sur moi. J'étais au premier plan.

Je m'accrochai à mon sourire comme à une bouée de sauvetage.

— Eh bien, Marvin, je suis sûre que demain sera une belle journée pour sortir et prendre un bain de…

Marvin s'était écarté du cadre selon le nombre de pas requis et, pile au moment où je disais «bain», le machiniste à ma gauche, hors-champ, qui s'ennuyait en mâchonnant son cigare, tira d'un coup sec sur une corde.

Environ quatre-vingt-dix litres d'eau se déversèrent depuis des seaux directement sur ma tête, en plein sur la cible. C'était douloureux. Ces salauds l'avaient refroidie, ou bien il faisait beaucoup plus frais là-haut dans la charpente qu'ici sur scène ; ce truc était froid comme de la glace alors qu'il débordait de mon chapeau en plastique pour couler le long de mon cou, ruisselant vers le sol dans mes stupides bottes de pluie jaune.

Je me tenais dans une piscine pour gamins avec des petits canards en plastique jaune. L'eau parvint à y atterrir en grande partie. Je hoquetai et semblai surprise, ce qui ne fut pas compliqué ; même quand vous vous y attendez, il est difficile de ne pas être surprise par le fait que quelqu'un va *vraiment* vous faire un truc pareil.

Ou que vous n'allez pas le tuer pour ça.

Marvin et les présentateurs se mirent à rire comme des fous. Je continuai de sourire, retirai mon chapeau de pluie et déclarai :

— Eh bien les amis, voilà ce que c'est que le temps, en Floride ; juste au moment où vous vous y attendez le moins…

Puis ils me balancèrent le dernier seau. Ce dont ils ne m'avaient *pas* prévenue.

— Oh là là, désolé, Miss Météo ! s'écria Marvin en revenant dans le cadre alors que j'écartais mes cheveux dégoulinants en essayant de continuer à sourire. J'imagine qu'on doit s'attendre à quelques averses demain, non ?

— Soixante-dix pour cent de chances, lançai-je en serrant les dents.

Je n'étais pas tout à fait aussi guillerette que prévu.

— Donc, à toutes les mamans : préparez parapluies et imperméables pour les enfants demain matin ! Joanne, c'est l'heure de notre leçon météo du jour : pouvez-vous dire à nos téléspectateurs quelle est la différence entre le temps et le climat ?

Un climat *est le* temps *qu'il fait en moyenne dans une zone donnée sur une longue période, gros débile.* Je le pensai. Je ne le dis pas. Je continuai de lui sourire d'un air ébahi tout en demandant :

— Je ne sais pas, Marvin, quelle peut bien être la différence ?

Car après tout, je devais jouer mon rôle de faire-valoir, et tout ceci était ma pénitence pour un crime horrible que j'avais commis dans une vie précédente. En tant que Genghis Khan, apparemment.

Il regarda droit vers la caméra en prenant son air le plus sérieux et dit :

— Le temps, c'est de l'argent, mais le climat ne me vaut rien !

Je le fixai pendant environ deux secondes de trop, au vu de ce qu'exigeait l'étiquette télévisuelle, puis je rallumai mon sourire comme une lumière de porche et dis à la caméra :

— Nous serons de retour demain matin, les enfants, avec encore plus de trucs rigolos sur la météo !

Marvin fit au revoir de la main. Je fis au revoir de la main. La lumière rouge s'éteignit. Kurt et Janie commencèrent à reprendre leur papotage enjoué ; ils s'apprêtaient à interviewer un golden retriever, pour une quelconque raison étrange. Je lançai à Marvin le genre de regard qui m'aurait valu d'être virée si je l'avais fait à l'antenne et rejetai mes cheveux mouillés par-dessus mon épaule pour les essorer comme une serpillière dans la piscine aux canards.

Il se pencha vers moi et dit, dans un chuchotement :

— Hé, tu la connais celle-là ? Elle est comment, la blanche neige ?… Plutôt bonne, d'après les sept nains ! Ha !

— Ton micro est branché, dis-je, avant de le regarder paniquer comme un dingue.

En vrai, son micro n'était pas branché, mais c'était tellement agréable de le voir faire cette tête. Le golden retriever, troublé, lança un *ouaf* dans sa direction et bondit ; un moment de confusion s'ensuivit, à la fois hors antenne et en direct. Je fis un pas hors de la pataugeoire et m'éloignai, accompagnée par les gargouillis de mes bottes, dépassant les machinistes au sourire rigolard qui savaient *exactement* ce que j'avais fait, et regrettaient de ne pas y avoir pensé en premier. Je retirai le ciré mouillé, fourrai le chapeau dans ma poche et m'échappai du plateau en franchissant les portes insonorisées.

Libre.

Difficile de croire que moins d'un an plus tôt, j'avais été l'agent de confiance de l'une des plus puissantes organisations du monde, à laquelle étaient quotidiennement confiées les vies et la sécurité de quelques millions de personnes. Encore plus difficile de croire que j'avais tout foutu en l'air sans regarder derrière moi, tout en pensant vraiment que ça n'allait pas me manquer.

La vie normale ? Ça craint. J'étais devenue gardienne en sortant du lycée, j'avais été entraînée par l'élite ; j'avais passé des années à maîtriser les techniques nécessaires au contrôle de la physique du vent, de l'eau et de la météo. On avait pris soin de moi et on m'avait dorlotée ; je possédais tout ce que j'avais toujours voulu avoir, et je n'avais même pas compris à quel point tout cela était agréable avant d'être obligée de survivre avec un revenu équivalent au seuil de pauvreté, et de devoir trouver comment faire durer un pot de beurre de cacahuètes d'une paie à l'autre.

Sans compter la merveille qu'était mon boulot.

J'inspirai une grande bouffée d'air recyclé et réfrigéré, puis je me mis à la recherche d'un endroit où m'asseoir. Deux membres du personnel étaient dans le couloir, occupés à jacasser ; ils m'observèrent avec le genre d'expression perplexe qu'ont les gens quand ils s'imaginent à votre place et pensent : *Dieu merci, c'est tombé sur un autre…*

Je les ignorai tout en pataugeant dans mes grandes bottes jaunes de clown.

Dans la loge maquillage, une bonne âme me tendit une serviette blanche et moelleuse. Je frictionnai vigoureusement mes cheveux trempés et soupirai en voyant qu'ils commençaient à boucler : de belles boucles fournies. Des anglaises. Pouah.

Cela n'arrivait jamais avant que je meure. J'avais été une *puissance*. Puis j'avais vécu quelques brèves journées follement bizarres en tant que djinn exauceur de souhaits, ce qui était à la fois carrément plus et largement moins marrant qu'on pourrait l'imaginer. Puis j'avais été recatapultée au statut de simple mortelle.

Mais en cours de route, mes cheveux étaient passés d'une lisse brillance aux super-boucles. Tant de pouvoir, et je n'étais même pas capable de garder un style capillaire décent.

Peut-être que ces derniers temps, le terme de *pouvoir* était exagéré, de toute façon. J'avais rendu mon badge et mon flingue proverbiaux aux gardiens, j'avais démissionné et j'étais partie; techniquement, cela signifiait que même s'il se pouvait que j'aie des capacités brutes (en sacrée quantité), j'étais à présent une citoyenne ordinaire. Bon, d'accord, une citoyenne ordinaire qui pouvait ressentir et manipuler les éléments. Non pas que je le *fasse*, bien sûr. Mais je le *pouvais*. Pendant trois mois, j'avais été en manque, résistant au besoin pressant d'intervenir, et j'étais plutôt fière de moi. Dommage qu'ils n'aient pas un programme en vingt étapes pour ce genre de choses, avec une sorte de petit porte-clefs bien cool pour commémorer chaque jalon franchi.

Le fait que mes propres ex-collègues m'aient dit qu'ils me feraient subir une lobotomie magique si je forçais ne serait-ce qu'une goutte de pluie à se frotter contre une autre *pourrait* avoir un rapport avec mon incroyable force de volonté. Certaines personnes survivaient très bien au processus, mais avec quelqu'un comme moi, qui possédait ce genre de pouvoir à un tel niveau, s'en débarrasser complètement ressemblait à de la chirurgie radicale. Il y avait un risque substantiel pour que les choses tournent mal, et qu'au lieu d'en sortir simplement sous forme d'être humain normal, non magique, j'en ressorte en zombie bavant, nourrie et langée aux frais des gardiens.

Il était peu probable qu'ils me fassent cela à moins d'y être obligés, ceci dit. Les gardiens avaient besoin de gens à qui ils pouvaient faire confiance. L'organisation avait reçu beaucoup de coups, venus de l'intérieur et de l'extérieur, et elle ne pouvait pas se permettre de brûler ses vaisseaux, même un vaisseau aussi instable et peu sûr que moi.

Je soupirai et frottai mes cheveux pour les débarrasser de leur humidité, les yeux fermés. Il y avait des jours (plutôt fréquents que rares) où je regrettais vraiment de m'être abandonnée à mon envie de tout leur balancer à la tête et de m'en aller. Seul un numéro abrégé me séparait de mon ancienne vie.

Mais il y avait des raisons pour lesquelles ceci était une mauvaise idée, la première d'entre elles étant que je perdrais la seule chose qui comptait vraiment pour moi dans ma vie. Je vivrais volontiers dans un appartement merdique, à porter des vêtements d'occasion et des chaussures d'imitation, pour le bien de David, et ce aussi longtemps qu'il le faudrait.

Voilà qui devait bien être un amour véritable et éternel.

— Yo, Jo.

Je levai les yeux de mon essuyage vigoureux et découvris une tasse de café fumant devant mon nez. Ma bienfaitrice et divinité personnelle était une petite blonde menue répondant au nom de Cherise, incroyablement jeune et jolie, avec un bronzage acquis à la plage et des yeux bleus limpides, ainsi qu'un excellent sens de l'inconvenance. Je l'aimais bien, même si elle était franchement trop mignonne pour avoir le droit de vivre. Dans ma nouvelle vie, *tout le monde* n'était pas un fardeau. Cherise rendait mes journées un tout petit peu plus lumineuses.

— Jolie coupe, dit-elle d'un air impénétrable. Le style caniche revient à la mode ?

— T'as pas vu le dernier *Vogue* ? Ça va faire fureur : la choucroute. Et les Earth Shoes vont faire un retour en force.

— Je ne sais pas trop, ma belle ; tu te tapes un look du genre la Fiancée de Frankenstein rencontre Shirley Temple. À ta place, je ferais appeler le coiffeur urgentiste de service.

Elle, bien sûr, était parfaite. Elle portait un haut ventre nu en mailles arborant de gros smileys jaunes, avec en dessous un caraco orange fluo. J'enviais sa tenue, mais pas son piercing au nombril. Son jean taille basse moulant dévoilait des courbes lisses et sculptées. Ses chaussures étaient des tongs de créateur avec, en guise de décoration, de petites abeilles jaunes et orange ornées de pierres. Elle sourit alors que je faisais l'inventaire, leva les bras et effectua un tour parfait sur elle-même, digne d'un podium.

— Alors ? Quelle est ma note mode du jour ?

Je réfléchis.

— Neuf, dis-je.

Cherise se retourna brusquement, outrée.

— *Neuf* ? Tu rigoles !

— J'ai déduit des points pour le vernis à ongles mal assorti.

Je pointai ses orteils du doigt. Effectivement, elle portait le vert pomme pailleté d'hier.

— Mince. (Elle fronça les sourcils, les yeux baissés sur ses orteils bien dessinés ; l'un d'entre eux arborait un petit anneau en argent.) Mais tu m'as donné des points pour le nouveau tatouage, non ?

Je l'avais raté pendant le tour.

— Fais voir.

Elle se retourna et pointa du doigt le creux de ses reins. Pile à l'endroit où le jean taille basse rejoignait la cambrure se trouvait un dessin indigo tout frais…

Je cillai, car c'était une tête d'alien aux yeux démesurés.

— Joli, dis-je en penchant la tête pour l'étudier. (La peau était encore rouge.) Ça t'a fait mal ?

Elle haussa les épaules, tout en lorgnant une femme vêtue d'un tailleur-pantalon classique qui venait d'entrer et de lui jeter l'un de ces regards franchement désapprobateurs, ceux que l'on réserve aux filles en jean taille basse affichant un tatouage et un piercing au nombril. Je vis une lueur démoniaque briller dans les yeux de Cherise. Elle rendit sa voix plus aiguë afin qu'elle porte.

— Ben tu sais, ces tatouages, là, ça pique un peu. Donc je me suis fait un petit rail de coke pour calmer le truc.

La femme, qui tendait le bras vers un mug de café, se figea soudain. J'observai sa main crispée, manu-curée à la française, reprendre lentement son mouve-ment vers l'avant.

— Fumée ou sniffée ? demandai-je.

Voilà que je retrouvais mon rôle de faire-valoir. Apparemment, c'était mon nouveau chemin de vie karmique.

— Fumée, répondit platement Cherise. C'est la meilleure façon de me faire planer. Mais là je suis devenue, tu sais, toute flippée. Donc j'ai fumé un ou deux joints pour me calmer.

La femme partit, son mug de café serré dans sa main aux articulations blanchies.

— RH ? devinai-je.

— Ouais, contrôle anti-drogue. Je vais pisser dans une éprouvette dans moins d'une heure. Bon. (Cherise se laissa tomber dans une chaise toute proche alors que j'appliquais la serviette sur mes pieds.) Il paraît que tu as un entretien pour le poste météo du week-end ?

— Ouais. (J'agitai mes orteils moites et sentis le tiraillement de mes bas collés à ma peau.) Non pas que j'aie l'ombre d'une chance, mais…

Mais cela rapportait plus d'argent, cela me sortirait du milieu de l'humiliation, et être Joanne Baldwin, gardienne des Éléments, ne me manquerait plus aussi cruellement si je pouvais être fière de faire quelque chose d'autre.

— Oh, n'importe quoi : bien sûr que tu as ta chance. Une bonne chance, même. Tu es crédible à la caméra, honnête, et les mecs *t'adorent*. Tu as vu le site Internet, non ? (Je lui lançai un regard vide.) Ta page explose tous les records. Ça défonce tout, Jo. Sérieux. Et il n'y a pas que ça : tu devrais lire les mails. Les mecs qui te regardent pensent que tu es carrément canon.

— Vraiment ?

Car je ne trouvais rien de canon au fait de se prendre des seaux d'eau en plein visage. Ou à rester debout sans rien faire avec un bermuda, un tee-shirt *I love Florida !*, des lunettes de soleil énormes et de l'oxyde de zinc étalé sur le nez. C'était trop demander que de vouloir apparaître vêtue d'un bon bikini sexy ou autre. Il fallait que j'aie l'air d'une débile totale, et ceci sur des plateaux pourris bon marché, debout dans des piscines canard en caoutchouc ou sur des tas de sable pour gamins.

Donc canon, non, je ne l'étais pas.

— Non, tu vois, tu ne comprends pas. C'est la théorie des lunettes magiques, expliqua-t-elle.

Cherise avait beaucoup de théories, la plupart d'entre elles ayant un rapport avec des cabales secrètes ou des aliens vivant parmi nous, ce qui la rendait à la fois mignonne et un peu effrayante. Je ramassai une brosse sur la table de maquillage et commençai à m'attaquer à mes cheveux. Geneviève, une femme robuste du Minnesota affichant constamment un air renfrogné, la coupe au bol, sans maquillage, m'enleva la brosse des mains et commença à s'affairer avec le soin affectueux d'une coiffeuse entraînée dans un camp de prisonniers. Je grimaçai et me mordis la lèvre pour retenir une plainte.

Cherise continua :

— Par exemple dans les films, tu sais, quand la nana super canon met une paire de lunettes en écaille, et que tout à coup tous les gens dans le film sont d'accord, sans jamais en parler, pour dire qu'elle est moche ? Et puis il y a ce moment où elle les enlève, et où tout le monde s'étrangle tellement elle est sublime ? Lunettes magiques.

Je m'interrompis alors que je sirotais mon café et me raidis tandis que Geneviève domptait un nœud dans mes cheveux en utilisant une méthode simple et brutalement efficace qui consistait à l'arracher d'un coup sec en tirant sur les racines. J'avalai et répétai d'une voix tremblante :

— Lunettes magiques.

— Comme Clark Kent. (Cherise rayonnait.) Les tenues sont tes lunettes magiques, mais alors que tout le monde devrait se faire avoir, ils sont dans le coup. Le fait que tu sois carrément canon sous tout ce déguisement naze, c'est un secret de polichinelle. C'est très méta.

— Tu n'es pas originaire d'ici, non ? demandai-je.

— De Floride ?

— De la troisième planète en partant du soleil.

Elle eut un petit sourire mignon, un côté se soulevant plus haut que l'autre, éveillant une fossette. Je vis l'un des types des bureaux se pencher à la porte, occupé à baver sur elle – enfin pas vraiment *sur* elle, plutôt *devant* elle. À vrai dire, ce genre de choses arrivait souvent, et Cherise ne semblait jamais s'en rendre compte, encore moins s'en soucier. Bizarrement, aucun de ses admirateurs ne semblait capable de se jeter à l'eau. Mais encore une fois, peut-être qu'ils savaient quelque chose que j'ignorais.

— Ça défonce à quel point ? demandai-je.

— On parle toujours de drogue, là ?

Je levai les yeux au ciel.

— Ça fait combien de visites sur la page Internet, sale geek.

— Jusqu'ici, dans les deux cent mille.

— Tu rigoles !

— Eh, non ! Les mecs des TIC m'ont tout raconté.

Voilà qui n'était pas étonnant ; j'étais sûre que les mecs des TIC essayaient de la draguer en permanence. Ce qui m'étonnait, c'était que Cherise les ait *écoutés*.

— Qu'est-ce que tu faisais, à écouter les mecs des TIC ?

Elle leva un sourcil.

— On parlait de *X-Files*. Tu sais ? Tu te souviens ? La série avec Mulder et Scully, et…

Oh, ouais. Invasions extraterrestres. Apparitions étranges. Voilà qui relevait pile du domaine de Cherise. D'où le tatouage.

Le café était passable, ce qui était une surprise ; il était généralement rance, même tôt le matin, car notre chaîne n'était pas vraiment haut de gamme. Peut-être que quelqu'un avait fini par être dégoûté et avait fait un saut chez *Starbucks*, une fois de plus. Je me consolai en buvant de petites gorgées pendant que Geneviève continuait de torturer mes cheveux. Elle était en train de me faire un crêpage, ou peut-être un désherbage.

— Donc ? Tu es libre pour le reste de la journée ? demanda Cherise. (J'étais incapable de bouger la tête pour acquiescer ; je secouai donc la main pour répondre un vague *oui*.) Cool. J'ai un truc de pub vocale à faire demain, mais pour aujourd'hui je me tire de là.

Tu veux aller faire les magasins ? Je pense qu'on peut arriver au centre commercial vers dix heures.

Il était sept heures du matin, mais Cherise était comme ça. Elle connaissait les horaires d'ouverture de chaque magasin dans une zone de trois États, et elle planifiait à l'avance.

Geneviève s'empara du sèche-cheveux. Mon cuir chevelu se hérissa, redoutant la brûlure au troisième degré. J'aurais pu l'arrêter, mais ce qu'il y avait de bizarre, c'est qu'au bout de toute cette souffrance, j'allais être superbe. C'était le don particulier que possédait Geneviève.

— Il faut *absolument* que je fasse les boutiques, dis-je.

Le shopping a un effet profondément thérapeutique quand vous êtes piégé dans une vie bien moins qu'idéale.

Faire du shopping en ayant de l'argent aurait été encore mieux, mais bon, merde. On ne peut pas tout avoir.

Fort Lauderdale a des matins magnifiques. Des cieux au doux bleu céruléen, traversés de strates roses et or. Grâce aux fraîches brises océanes, le brouillard reste à son minimum. Quand je sortis du grand cube en béton de la WXTV-38, je ne pus faire autrement que m'arrêter et apprécier le paysage comme seul un gardien pouvait le faire.

Je fermai les yeux, levai le visage vers le soleil et laissai mon corps dériver en s'élevant dans le monde éthéré. C'était un peu difficile à faire, ces derniers temps ; j'étais fatiguée, je manquais d'entraînement, et j'avais parfois l'impression d'avoir à porter plus que mon lot de soucis. Dur d'atteindre un état métaphysique quand vous êtes relié si étroitement au monde réel.

Là-haut, dans le monde éthéré (une fois que j'eus réussi à l'atteindre), je vis que les choses étaient toujours aussi sereines ; des bandes brillantes de couleur vive, tournoyant et bougeant ensemble, avec un calme et une paresse universels. Là-bas, vers la mer, il y avait de l'énergie, mais elle était soigneusement équilibrée : mer, soleil et ciel. Pas d'orage en vue pour le moment, et pas de pluie, quoi qu'en disent les prévisions bidon de Marvin le Magnifique. Pauvre Marvie. Selon les statistiques, il aurait dû avoir raison environ quatre-vingt-six pour cent du temps s'il s'était seulement contenté de prévoir un temps chaud et ensoleillé sur la Floride ; mais non, il fallait qu'il essaie de faire dans le spectaculaire…

En parlant de ça, comment avait-il fait au juste pour déjouer les pronostics ? Il n'aurait pas dû y parvenir. Je l'avais observé une douzaine de fois dans le monde éthéré, pourtant, et il était exactement ce qu'il paraissait ; un type normal et odieux. Qui avait reçu en don la chance de toute la nation irlandaise, apparemment, mais c'était un être humain normal, pas un gardien, même avec une super couverture. Et certainement pas un djinn.

Alors que je flottais là-haut, en jouissant de la beauté, je sentis quelque chose se rapprocher pour la gâcher. Ce n'était pas le temps, mais des gens. Je clignai des paupières, me concentrai et vis trois centres d'énergie lumineux venir vers moi à pied, traversant le parking. Avec la vision du monde éthéré, on en apprend beaucoup sur quelqu'un. Celui du milieu était un homme, grand, voûté et confiant dans ses capacités ; il n'essayait pas de se donner l'air d'être meilleur, plus grand ou plus effrayant que les autres. Ses deux compagnes, en revanche… c'était une autre histoire. L'une des deux femmes se voyait comme une guerrière en armure, laquelle avait été imaginée à partir d'un roman plutôt qu'en fonction d'une nécessité pratique quelconque. Elle arborait un soutien-gorge push-up en acier et un bas de bikini peu pratique en métal assorti, ainsi qu'une épée trop grande pour que quelqu'un de sa taille puisse la dégainer, encore moins la manier.

La troisième était aussi une femme… élégante, floue, légèrement troublante.

J'en connaissais deux sur les trois. La femme-fantôme était un mystère.

Je me laissai retomber dans ma forme physique tandis que des bruits de pas s'approchaient et je me retournai, un sourire fermement plaqué sur le visage.

— John, dis-je. C'est si bon de te revoir.

— Toi aussi, dit John Foster.

C'était un début amical, mais il n'y avait vraiment aucune raison pour que mon ancien chef chez les gardiens se pointe aussi tôt pour discuter avec moi, en particulier encadré comme il l'était par de puissants auxiliaires. Cela ne pouvait être que mauvais signe.

John ne différait pas vraiment dans le monde réel de son apparence dans le monde éthéré; grand, bien habillé, légèrement professoral, si une telle chose pouvait être considérée comme un point négatif. Il aimait le tweed. Je le déplorais, mais au moins il avait dépassé le stade des pulls sans manches de ces dernières années.

Mon regard dériva vers la femme plus petite, plus sombre, plus punk qui se tenait près de lui. Je la connaissais elle aussi, et son accueil n'avait rien de très accueillant. Ses yeux soulignés de noir me lançaient un regard furieux. Shirl était une gardienne du Feu, puissante; la dernière fois que j'étais tombée sur elle, elle avait été assignée à l'équipe Power Rangers de Marion, occupée à rameuter les gardiens rebelles pour leur faire subir cette lobotomie magique dont la menace restait constante. Elle n'était pas tout à fait en tête de liste des personnes dont je souhaitais recevoir une visite surprise. Nous n'avions pas trop créé de liens, du temps où elle me traquait à travers le pays.

Elle avait ajouté quelques piercings à son visage depuis la dernière fois que je l'avais vue ; la pointe de ses cheveux teints en noir était couleur magenta, et elle avait noué une relation amicale et personnelle avec le cuir. Ce qui n'arrangeait guère son style.

La troisième femme restait un mystère. Nous ne nous étions jamais rencontrées, et j'étais incapable de dire quelle était sa spécialité ; mais si Shirl était là pour s'occuper du Feu, elle était sans doute gardienne de la Terre.

— Il est un peu tôt pour une visite de courtoisie, dis-je, essayant de garder un ton aimable.

John hocha la tête et fourra les mains dans les poches de sa veste. Mal à l'aise en cas de conflits, le John. Je me demandai pourquoi ils lui avaient collé ce boulot. Peut-être que les gardiens plus haut placés étaient occupés. Ou peut-être qu'ils savaient que j'avais une certaine affection pour lui, et que je ne ferais pas trop de difficultés.

— Tu connais déjà Shirl, dit-il en la désignant du coude avec désinvolture, sa voix habituellement chaleureuse prenant une tonalité monocorde. (Ah. Il ne l'aimait pas non plus. Bon à savoir.) Voici Maria Moore ; elle est venue de France pour nous donner un coup de main.

Maria, la femme-fantôme, était aussi une petite chose floue dans le monde réel. Plus âgée qu'elle n'en avait eu l'air un niveau au-dessus, mais elle gardait des airs de brindille. J'espérais qu'elle n'était pas une gardienne des Cieux; une bonne brise appuyée pourrait la faire voler vers la mer. Elle ressemblait plus à un djinn que la plupart des djinns ayant jamais croisé mon chemin.

— Il faut vous y mettre à trois pour me dire bonjour ? demandai-je.

— J'ai besoin que tu viennes faire un tour avec moi, Joanne, déclara John.

Il avait une voix intéressante, voilée par un accent traînant de Caroline du Nord; cela donnait toujours l'impression qu'il n'était ni particulièrement pressé, ni particulièrement inquiet. J'étais donc incapable de déterminer si le cas était grave, s'il était mineur, si John pensait pouvoir trouver de l'aide en me consultant... ou si j'allais faire une balade qui se terminerait par la mort ou un handicap permanent.

Je décidai que je n'avais pas vraiment envie de le découvrir.

— Désolée, dis-je – même si j'étais loin de l'être en réalité. Il faut que je rentre à la maison. J'ai des rendez-vous...

— Tu viens avec nous, dit Shirl d'un ton catégorique. Que ça te plaise ou non. Va falloir te faire à l'idée.

Mon regard croisa le sien.

— Sinon quoi, Shirl ? Tu vas te la jouer skinhead avec moi ?

Quelque part, elle avait espéré que j'adopterais cette attitude, j'en étais sûre. Elle plaça la main en coupe contre son flanc, et une boule de feu s'embrasa dans sa paume.

— Sinon tout ça va avoir un début bruyant et une fin brutale.

Je ne voulais pas me battre. Vraiment. En particulier avec John Foster au beau milieu, sans mentionner la Fantôme française ; je ne savais pas encore si c'était quelqu'un dont je devais me méfier ou non.

Je jetai un coup d'œil vers John, qui affichait une expression de marbre, et dis :

— Oh là, minute papillon, je ne cherche pas la bagarre. Je voudrais seulement être un tant soit peu avertie avant que vous passiez me voir pour bouleverser ma journée.

— Monte dans la voiture.

Elle n'allait pas se laisser mener par le bout du nez. C'était peut-être bien parce que je lui avais légèrement botté le cul la première fois ; elle n'avait aucune envie de participer à une rediff. Elle n'aurait pas dû ; à l'époque, je carburais au pouvoir «Marque du Démon», alors qu'à présent je n'étais que la bonne vieille Joanne, et la bonne vieille Joanne était fatiguée, épuisée et vraiment pas en état de passer par une grosse bataille magique rapprochée jusqu'à ce que mort s'ensuive.

En plus, je n'étais pas habillée pour. Sur ce top, il serait impossible de faire partir les taches.

Maria Moore m'indiqua sans rien dire une Lexus gris fumée, laquelle n'était certainement pas celle de John : les Lexus ne correspondaient pas à son style. Ça devait être celle de Maria, pour aller avec son image de fantôme. Elle aspirait probablement à posséder une Rolls Royce Silver Shadow. J'hésitai, juste assez longtemps pour leur faire savoir que je n'allais pas me laisser faire aussi facilement, puis je me détournai, me dirigeai vers la voiture, ouvris la portière arrière et montai à l'intérieur. J'étais à l'étroit, mais bon, j'avais des jambes plus longues que la plupart des femmes. Maria s'installa sur le siège conducteur. Shirl vint me tenir compagnie sur la banquette arrière. Ô joie.

— Vous allez me dire ce qui se passe ? demandai-je.

Maria et John échangèrent un regard.

— Il va nous falloir un certain temps pour arriver là-bas, dit-il. Je te suggère de passer un coup de fil et d'annuler tes rendez-vous. Tu vas être absente pendant la majeure partie de la journée.

Il était un peu tard pour râler, maintenant que la voiture était en marche. Je sortis mon téléphone portable et repoussai notre journée au centre commercial de vingt-quatre heures, à la grande déception de Cherise, puis je me mis à l'aise en prévision d'un long voyage.

Perspective qui, dans une Lexus, n'était pas désagréable.

LE TRAJET FUT calme. Je somnolai pendant une partie du voyage, d'une part parce que j'étais debout depuis quatre heures du matin, d'autre part parce que discuter avec Shirl la pelote d'épingles humaine n'engendrait pas une conversation divertissante. Elle possédait toute la puissance d'une personne comme Marion Bearheart, tout en n'ayant absolument rien de son charme. Marion me manquait, ainsi que toute son attitude posée, native-américaine, Mère Nature. Au moins, elle me menaçait avec classe et style, et elle avait une morale claire. Shirl… eh bien, je ne savais pas exactement à quoi m'en tenir à son propos. En particulier en ce qui concernait le style et la classe.

Maria le Fantôme faisait de temps à autre causette avec John, dans un français vif et liquide. John était multilingue, ce qui me surprit, pour une raison que j'ignore. Ils semblaient être à l'aise tous les deux. Comme de vieux amis ? Des amants ? Je n'arrivais pas à savoir ce qu'il en était. J'échafaudais mentalement des scénarios dramatiques, dans lesquels John prenait un vol au-dessus de l'Atlantique pour aller faire tourner la tête à Maria à l'ombre de la Tour Eiffel ; puis ils parcouraient tous deux l'Europe en s'impliquant dans des aventures de chambre à coucher délirantes et grotesques, où les identités donnaient lieu à méprise.

Hé, je m'ennuyais !

Trois heures et demie plus tard, la Lexus tourna à droite pour sortir de l'autoroute, et je commençai à apercevoir les premiers signes de dégâts. Nous pénétrions dans la zone où la tempête tropicale Walter avait soufflé, deux nuits plus tôt. La saison des ouragans avait *vraiment* été mauvaise, et même si nous étions en train de décompresser, personne ne se sentait très à l'aise avec le sujet. Les dommages étaient pour la plupart superficiels, semblait-il ; des feuilles de palmier déchiquetées, des clôtures plaquées au sol, de temps en temps une pancarte bousillée ou un panneau renversé. Les équipes de nettoyage étaient de sortie. L'électricité avait déjà été rétablie, pour l'essentiel. La plage paraissait propre et nette, et les déferlantes se recroquevillaient sur le sable en calmes petites vaguelettes d'écume.

Nous roulâmes encore pendant une quinzaine de minutes, puis John pointa le doigt vers la gauche. Maria ralentit la Lexus et nous dépassâmes une pancarte en partie rabattue, sur laquelle étaient affichées des informations à propos d'un chantier. « L'Anse du Paradis », proclamait-elle, présentée par Kingdom Paradise LLP. Avec tout un tas de sous-entrepreneurs, comme l'équipe des effets spéciaux dans un film à gros budget. Le rendu de l'artiste sur la pancarte était celui d'un hôtel de quinze étages environ, de forme avant-gardiste.

Désormais, il était carrément au top de l'avant-garde ; ce qui se trouvait derrière la pancarte n'était qu'une masse de métal tordu et de poutres effondrées. On aurait dit une zone de combat. Des matériaux de construction avaient été dispersés aux

alentours, comme des Lego après une récré pour
perturbés mentaux.

Maria gara la Lexus.

Ils me regardèrent tous les trois.

— Quoi ? demandai-je.

J'étais sincèrement perplexe.

— Dis-nous ce que tu sais là-dessus, dit John.

— Eh bien, je ne suis pas experte, mais je dois dire
qu'entre ça et le Motel 6 en bas de la rue, je serais
obligée de choisir le Motel 6…

— Je suis sérieux.

— Merde, John, moi aussi ! Qu'est-ce que tu veux
que je te dise ? On dirait que ça a été démoli. (Tout à
coup, j'eus une révélation. Elle n'était pas agréable.)
C'est de ça qu'ils parlaient aux infos. Les dégâts excep-
tionnels de la tempête tropicale Walter.

— En effet.

— O.K… et vous pensez que je sais quelque chose
là-dessus parce que… ? (Ils échangèrent tous des
regards, cette fois-ci. Personne ne parla. Je levai les
yeux au ciel et répondis à leur place.) Parce que vous
croyez que j'en suis responsable. Grandissez un peu,
les gars. Pourquoi est-ce que je ferais ça ? Les gardiens
ont très clairement établi que si je bidouillais avec
les éléments, quelqu'un dans le genre de cette bonne
vieille Shirl ici présente viendrait me faire intégrer la
Patrouille Bavante. Je veux dire, je n'aime pas vraiment
cette conception architecturale, mais les bâtiments ne
me passionnent pas à ce point.

Comme c'était prévisible, ce fut John qui se lança.

— À l'heure actuelle, il y a moins de dix gardiens
en Floride, dit-il. Quelqu'un a dirigé la tempête. Nous
avons enregistré une modification.

— Alors parlez à ma main, parce que ce n'était pas
moi.

Un autre coup d'œil lourd de sens dont je fus exclue.

— Tu es sûre que c'est ta réponse, Jo ?

— Bon sang, oui j'en suis sûre ! Et tu commences à m'emmerder avec ces conneries, John. Pourquoi est-ce que je ferais une chose pareille ? Pourquoi est-ce que j'en prendrais le risque, d'abord, et pourquoi est-ce que je choisirais cette portion de la côte en particulier ?

— Elle est proche de l'endroit où se trouvait autrefois la maison de Bob Biringanine, observa Maria la fantôme française.

— Et alors quoi, j'entretiens une rancœur envers un mort ? Ne soyez pas ridicules.

Je commençais à transpirer. Je veux dire, ce n'était pas là un comportement normal de la part des gardiens. Ceux que l'on soupçonnait d'être coupables étaient questionnés, mais habituellement par des auditeurs, et ils se présentaient rarement par groupe de trois. Je commençais à me sentir un peu comme un pauvre mafioso à qui l'on fait visiter la décharge publique du New Jersey, juste avant qu'il ne rejoigne le grand cycle du compostage.

— Écoute, dis-je, qu'est-ce que je peux faire pour te convaincre ? Je n'ai rien à voir avec ça. (Après quelques secondes de silence, je demandai :) Est-ce qu'il y a eu des blessés ?

— Trois personnes sont mortes, répondit John. C'était la nuit où le veilleur avait amené ses deux gamins avec lui au travail. Les gamins étaient endormis devant la façade quand la tornade a frappé. Il a essayé de les rejoindre, mais il avait perdu trop de sang. Il est mort sur le chemin de l'hôpital.

Silence. Dehors, les insectes bourdonnaient et le ciel était de ce bleu clair et propre que l'on obtient après un orage vicieux. Les quelques feuilles de palmier ayant survécu oscillaient dans la fraîche brise océanique.

Les orages sont naturels. Nous, les gardiens, ne bloquions pas le cycle de la nature ; nous le modérions seulement. Nous jouions un rôle de tampon, pour la sécurité des personnes vulnérables qui vivaient sur son chemin. Mais pour un orage tel que celui-là, nous ne nous serions pas dérangés. Il n'était pas si grave que ça, et il était nécessaire de corriger l'équilibre toujours vacillant de Mère Nature. Si quelqu'un avait tripatouillé l'orage, c'était criminel et intentionnel.

Et meurtrier.

— Ce n'était pas moi, dis-je. Je prêterai tous les serments que tu veux, John. Mais je suis innocente.

Il hocha lentement la tête, et se détourna pour regarder vers l'avant.

— Nous allons te ramener à la maison, dit-il.

— C'est tout ? s'écria Shirl. Juste comme ça ? Tu y crois juste parce qu'*elle* le dit ?

— Non, dit Maria la fantôme française, en tournant légèrement la tête vers moi. (Elle avait des yeux bizarres, d'une couleur indéfinissable, qui semblaient un peu vides.) Pas juste parce qu'*elle* le dit.

Shirl ouvrit la bouche, la referma judicieusement et regarda par la vitre d'un air renfrogné. Maria démarra la voiture et nous fit faire demi-tour, repartant vers l'autoroute.

Le voyage de retour fut long et silencieux, et j'eus beaucoup à penser.

QUAND J'ARRIVAI, IL était trop tard pour le shopping ; de toute façon, je n'étais plus d'humeur. Je rentrai chez moi dans mon petit appartement crasseux, préparai un chili en boîte accompagné de fromage râpé, me pelotonnai sur mon canapé d'occasion avec une couverture chaude et un film de location. Ce dernier était l'une de ces comédies romantiques à l'eau de rose réchauffées, avec bien trop de romance et pas du tout assez de comédie, mais cela n'avait pas d'importance ; j'étais trop distraite pour le regarder, de toute façon.

Si quelqu'un avait tripatouillé la tempête tropicale Walter, j'aurais dû le savoir. J'avais toujours été sensible à ce genre de choses. Bien sûr, je pouvais trouver une excuse dans le fait que les facultés d'araignée de John Foster n'avaient pas non plus tiqué, tout comme, apparemment, celles des huit autres gardiens stationnés dans l'État. Donc peut-être que je pouvais me pardonner un petit peu.

Je ne parvenais pas à effacer l'image de ce père amenant ses enfants à son boulot ennuyeux et sans danger, puis affrontant le cauchemar de sa vie. Luttant pour sauver sa famille, face à la méchanceté de quelqu'un d'autre.

Il arrivait aux gardiens de foirer, c'était une réalité de la vie. La météo est difficile, délicate, et elle n'aime pas être domptée. Elle possède une violence et une vengeance bien personnelles.

Mais ce n'était pas un foirage, ça ne donnait pas l'*impression* d'un foirage, ni d'un événement fortuit. Cela donnait l'impression d'avoir été prémédité, et froidement exécuté. Pas étonnant que les gardiens envoient des équipes de gros bras à la recherche de réponses.

J'étais bien obligée de me demander pourquoi John Foster avait accepté de me croire sur parole, à propos de mon innocence. À sa place, j'aurais voulu des preuves. Je n'étais pas certaine que m'avoir relâchée avec autant de facilité soit bon signe.

Je fis quelques recherches sur Internet, passai quelques coups de fil à des personnes neutres (c'est-à-dire pas à des gardiens), et esquissai une ébauche de tableau sur ce qui s'était produit. La tempête tropicale Walter était devenue vicieuse à la dernière seconde, amassant de la puissance alors qu'elle remontait la côte en rugissant. Elle avait effectué un virage de dernière minute vers le nord au lieu du sud, et s'était frayé un chemin en direction du rivage, avec des vents qui atteignaient presque la force d'un ouragan, et des tornades en complément. Pour ce que j'en savais, la seule à avoir touché terre avait rasé l'hôtel.

C'était peut-être égoïste de ma part, mais je devais me demander pourquoi l'enquête s'était concentrée sur moi. S'ils avaient immédiatement focalisé leurs soupçons sur ma personne, la réponse évidente était qu'ils ne me faisaient pas confiance (ce qui était le cas, hé), mais il devait y avoir un lien que je ne voyais pas. Et ce n'était pas le trou dans le sol qui avait autrefois été la maison en bord de mer de Bad Bob Biringanine. Même les gardiens n'étaient pas assez superficiels pour croire que j'avais piqué une crise insensée et que je m'étais défoulée sur une côte sans défense, à moins qu'ils ne me soupçonnent de devenir complètement tarée.

Ceci dit, je passais à la télé habillée comme la petite fille du sel Morton, et je recevais des seaux d'eau sur la tête pour de l'argent.

Peut-être qu'ils avaient mis le doigt sur quelque chose.

Je me sentais seule. Plus encore que cela n'avait été le cas depuis un certain temps, en fait. Mes amis me manquaient. Les gardiens me manquaient.

Le mec embrassa la nana, la musique s'éleva et essaya de me dire que l'amour allait tout arranger sur terre.

David me manquait ; oh mon *Dieu*, David me manquait.

Je me recroquevillai sous ma couverture chaude et regardai le reste du film, puis m'endormis devant la lueur froide et bleutée de l'écran.

L'ÉMISSION DU LENDEMAIN matin se déroula exactement aussi mal qu'on pouvait s'y attendre. Aucune chute de pluie aujourd'hui ; apparemment, Marvin prévoyait une belle journée pour les activités extérieures. Je pus donc poser dans mon bermuda stupide, mon tee-shirt trop grand, mon bob militaire, avec du zinc blanc barbouillé sous le nez, alors que Cherise portait le petit bikini mignon et prenait une pose glamour pour la caméra. L'une de nous deux était heureuse. J'avais du sable dans mes mocassins, donc ce n'était sans doute pas moi.

Mais le pire était encore à venir.

Cherise enfila un épais peignoir en éponge dès qu'elle fut hors champ (c'était son habitude sur le plateau), et nous parlions de nous rendre au centre commercial quand je sentis une main épaisse et moite glisser sur ma taille. Un peu trop haut pour être le territoire de la taille, en fait ; on approchait plutôt du niveau « je ne crois pas, non ». Cherise eut l'air surpris, puis afficha une mine sinistre alors que Marvin passait son autre bras autour d'elle. Par chance, son peignoir était fermé de telle façon qu'il ne pouvait pas glisser ses doigts à l'intérieur.

— Les filles… dit-il. (Puis il eut un large sourire, et nous serra contre lui. C'était certain, il avait récemment fait blanchir ses dents. Elles étaient tellement blanches que j'avais peur qu'elles ne brillent dans le noir.) Ça vous dit un p'tit déj ? C'est moi qui offre !

— Hé, chef, faut que je continue de rentrer dans ce bikini, répondit Cherise. (Elle se tortilla pour se libérer de son emprise.) Merci pour l'offre.

Il ne me laissa pas partir aussi facilement.

— T'en dis quoi, Jo ? Deux ou trois pancakes pourraient te faire du bien ! Ça te radoucirait un peu ! Allez, c'est ma tournée !

Je cillai, partagée entre l'indignation qu'il ne me trouve pas suffisamment aimable et le soulagement de voir qu'il avait remarqué mon attitude revêche.

— Je suis déjà prise, dis-je. Merci quand même. Une autre fois.

Au moins, il n'essayait pas de nous entraîner pour boire un verre, bien que je sois relativement certaine que si la journée avait été un peu plus avancée (genre, disons, s'il était midi), ça aurait été mojitos pour tout le monde au bar cubain ; et il se serait attendu à une partie à trois plus tard, dans sa fabuleuse garçonnière.

Marvin parvint à paraître à la fois anéanti et lubrique.

— O.K, poupées. Allez faire votre petit somme pour rester belles. Non pas que vous en ayez vraiment besoin !

Il mijotait quelque chose. Je lui lançai un regard dur alors qu'il s'en allait en sifflotant un air guilleret. Cherise secoua la tête, puis me précéda en sortant du plateau jusqu'au vestiaire. Elle devait prendre une douche pour retirer le maquillage qui couvrait son corps ; je devais seulement me débarrasser de l'oxyde de zinc, puis essayer de convaincre mes cheveux de ne pas donner l'impression que je cherchais à remporter le prix du meilleur de race à la coupe Purina.

Je finis la première, et criai dans les douches :

— Je te retrouve dehors !

— Dans un quart d'heure !

Cherise était profondément engagée dans les joies de l'après-shampooing. Je parcourus les couloirs aux allures de tunnels de la chaîne télé, évitai des stagiaires troublés et des techniciens qui me glissaient des regards en coin ; je me cachai au passage du directeur des programmes, et parvins à franchir la porte de derrière sans qu'on m'arrête pour que j'aide à faire quelque chose qui n'était pas mon boulot.

Je traversai le minuscule espace déjeuner, avec ses palmiers, ses tables de pique-nique vissées au sol et ses poubelles remplies à ras bord que personne ne semblait jamais penser à vider. Ce n'était pas tout à fait le paradis, mais l'endroit était parfois utile. Je m'assis sur le banc en métal frais, posai les coudes sur la table et regardai le matin apparaître.

Encore un beau lever de soleil. Au large, de fins nuages brillaient d'orange et d'or ; l'océan scintillait, bleu sombre, pailleté d'écume blanche. Le ciel affichait des teintes différentes, depuis le turquoise à l'est jusqu'à l'indigo à l'ouest ; quelques courageuses étoiles continuaient de jeter une faible lueur malgré l'aube. Une chaude brise océanique glissait comme de la soie sur ma peau nue.

C'était une façon très agréable de passer ces quelques minutes. Je ne faisais vraiment pas cela assez souvent : rester simplement assise, à attendre, en écoutant les chuchotements du monde.

Alors que je m'élevais, je sentis progressivement que quelque chose en moi commençait à résonner. Comme de la lumière liquide. Un ronronnement émanant du cœur de mes cellules. Le sentiment profond et intime que je rentrais en terrain familier.

J'avais à nouveau de la compagnie. Plutôt agréable, cette fois.

En bas dans le monde réel, des doigts chauds caressèrent mes cheveux, et là-haut dans le monde éthéré, je vis une lueur blanche étincelante de pouvoir, comme un fantôme.

Les boucles serrées de ma chevelure se détendirent, et les doigts de David passèrent lentement à travers, les lissant pour en faire une masse noire et brillante de soie qui tomba lourdement autour de mes épaules.

Je me retournai. Ne serait-ce qu'au niveau visuel, David valait bien le battement de cœur manqué et l'affolement du pouls qui résultèrent de mon geste ; une peau lisse et dorée, des cheveux auburn foncé qui scintillaient de reflets rouges dans la lumière du soleil, des lèvres gourmandes et des yeux d'une impossible couleur bronze, cachés derrière une paire de lunettes cerclées d'or. Il avait revêtu son costume habituel ; un jean, une chemise en coton suffisamment usée pour être confortable, un vieux manteau couleur olive qui lui arrivait aux chevilles.

David ne ressemblait pas à un djinn, la plupart du temps. Du moins, pas à l'idée que les gens se faisaient d'un djinn, vu que cela incluait des pantalons bouffants, des boucles d'oreille loufoques et un torse nu aux muscles saillants. Non pas que son torse, quand il était nu, ne saille pas de façon satisfaisante. Loin de là…

— Je croyais que tu te reposais, dis-je pour écarter de mon esprit la vision de David sans sa chemise.

J'essayais de paraître grave, mais il me compliqua la tâche quand il se pencha pour envahir mon espace personnel. Il fit glisser ses doigts dans ma chevelure magiquement lissée, inclina ma tête vers l'arrière et fut *très* près de m'embrasser.

Et, par taquinerie, il n'en fit rien. Ses lèvres douces et chaudes se contentèrent d'effleurer les miennes.

— Cela fait trop longtemps, dit-il. J'aimerais rester avec toi un moment.

Mon pouls s'affola, battant à plein régime. Je savais qu'il pouvait l'entendre. Le sentir à travers le frôlement de nos bouches. Je l'avais laissé tout seul dans la bouteille pendant plus d'un mois, espérant qu'ainsi il serait plus fort ; cependant, je n'avais pas mis le bouchon sur la bouteille pour l'enfermer à l'intérieur. C'était seulement que... je ne pouvais pas supporter l'idée de faire ça. Cela ressemblait trop à une prison.

— Tu es sûr ? demandai-je.

Ma voix n'était pas très ferme. En fait, l'excitation rendait même mon souffle court.

— Dis-moi seulement le mot.

— Quel mot ?

— Celui que ta mère ne t'a pas appris.

Un ronronnement bas s'éleva depuis le fond de sa gorge, qui n'était ni tout à fait un grondement, ni tout à fait un rire. À cet instant, je pouvais presque oublier combien il était fragile. Mon corps *voulait* l'oublier ; mais bon, mon corps avait aussi un trouble du déficit de l'attention. Et pas qu'un peu.

— Est-ce que tu... (J'avais horreur de demander ça ; c'était comme demander à quelqu'un qui a le cancer comment se passe son traitement.) David, sois franc avec moi. Sans rire. Est-ce que tu te sens mieux ? Est-ce que tu es assez fort pour... pour faire ça ?

Car depuis que je l'avais rencontré, David avait traversé encore plus d'épreuves que moi. Il avait combattu des démons et s'était scindé en deux pour me rendre à la vie quand j'étais morte ; puis il avait permis à un ifrit (une sorte de vampire djinn) de le vider de son énergie, presque entièrement. Il n'avait pas vraiment récupéré après tout cela.

Pire, je n'étais pas certaine qu'il *puisse* vraiment guérir. Jonathan, grosse légume du monde djinn, n'avait pas été tout à fait clair là-dessus.

Mais aujourd'hui, il avait l'air presque... normal. Peut-être que j'avais eu raison. Peut-être que le temps guérissait toutes les blessures djinn.

Il sourit. À bout portant, c'était là une arme mortelle.

— Ne t'inquiète pas. Je suis assez fort pour passer un peu de temps avec toi, dit-il.

Ses sourcils (d'une expressivité remarquable, ces sourcils) s'arquèrent vers le haut.

— À moins bien sûr que tu n'aies un rendez-vous ? ajouta-t-il.

À ce moment précis, la porte de derrière s'ouvrit avec fracas et Cherise commença à descendre les escaliers en tongs vers le parking. Je regardai par-dessus l'épaule de David et m'attendis à le voir se changer en brume, comme le faisaient les djinns d'ordinaire, mais il se contenta de se retourner pour regarder comme moi qui arrivait. Ce qui signifiait qu'il avait décidé de ne pas partir, mais seulement de se déguiser en faisant un usage mineur de ses pouvoirs ; une sorte de magie ne-me-voyez-pas, qui allait détourner de lui l'attention de Cherise…

— Wow ! Qui est ce beau gosse, Jo ? demanda Cherise, directement focalisée sur David. (Elle s'arrêta brusquement, agitant ses orteils bronzés dans ses tongs de créateur. Ses yeux bleus éclatants le balayèrent des pieds à la tête, s'étrécirent puis pétillèrent.) Ben dis donc. On me cache des choses. Vilaine amie. Pas de biscuit.

Il était *possible* que David soit seulement d'humeur à faire partie du monde humain pendant un certain temps. Il faisait ça, parfois ; c'était comme ça que je l'avais rencontré. Il m'avait fallu des jours pour me rendre compte qu'il n'était pas totalement humain, mais pour ma défense, j'étais un tant soit peu distraite à l'époque, rapport aux gens qui essayaient de me tuer.

Ce dont j'avais peur, ceci dit, c'était que David soit visible aux yeux de Cherise parce qu'il était trop faible pour se rendre non-visible par magie.

Si c'était le cas, je n'en percevais aucun signe dans son langage corporel. Il avait l'air détendu, ouvert et amical.

— Salut. Je m'appelle David, dit-il en tendant la main.

Cherise la saisit et donna à ce serrage de mains un air beaucoup trop intime.

— *Moi* je peux être une amie. Une amie très très *proche*. (Ses lèvres brillantes retouchées par Maybelline esquissèrent une moue, et elle m'envoya un regard suppliant alors qu'elle se penchait en envahissant son espace personnel.) Quand tu en auras marre de lui, je pourrai l'avoir ?

— Non.

— Je te l'échange contre un rendez-vous avec Johnny Depp.

— Cherise, tu n'as *pas* de rendez-vous avec Johnny Depp.

Elle renifla.

— Eh bien, je *pourrais*. Si je le voulais. Donc j'imagine que l'arrivée de monsieur Beau Gosse signifie que nous n'allons pas faire les boutiques.

— Tu irais faire les boutiques s'il venait te chercher ?

— Tu déconnes, n'est-ce pas ? Je me ferais retirer le shopping de mon système par chirurgie. Et tu sais parfaitement ce que ça représente pour moi. (Cherise me lança un sourire du genre préoccupé, arrachant son attention à David pendant environ, oh, deux secondes, et finit par pousser un soupir théâtral.) J'imagine que je vais devoir me contenter de frôler l'interdit bancaire toute seule. Ceci dit, j'ai l'intention de faire une séance de shopping *monstre*, et ce serait bien pratique d'avoir un bel homme fort pour porter mes…

— File, dis-je.

Elle haussa une épaule élégamment sculptée et partit vers sa décapotable rouge en faisant claquer ses tongs, balançant des hanches, avec son alien tatoué qui dansait un hula funky en suivant le mouvement. Ouais. Elle allait porter ses sacs toute seule, ben voyons. Quand l'enfer ouvrirait une patinoire de hockey.

— Est-ce que j'ai interrompu quelque chose? demanda David en se replaçant à distance de m'embrasser. Je sais combien tu prends au sérieux une visite au centre commercial. Je ne voudrais pas gêner.

Il était en train de me taquiner. Je me penchai à mon tour, effleurai ses lèvres des miennes et plongeai profondément mon regard dans ses yeux de bronze brûlant. La taquinerie pouvait aller dans les deux sens.

Ses pupilles s'agrandirent et m'absorbèrent.

— Le centre commercial n'ouvre pas avant dix heures, chuchotai-je entre ses lèvres entrouvertes. J'ai tout mon temps.

Son baiser s'empara de moi et me dilua en une masse d'étincelles et de frissons parcourue par une énorme bouffée de chaleur. Des lèvres humides, pressantes, passionnées, qui réclamaient toute mon attention. Je me sentis tomber contre lui, souhaitant de toutes mes forces passer à la position horizontale dans un endroit pourvu d'une porte qui ferme. Mon Dieu, il me faisait trembler de tout mon corps.

— Tu m'as manqué, dit-il, et sa voix était tombée dans les graves, rauque, cachée quelque part au fond de sa gorge.

Ses pouces caressèrent mes pommettes, y traçant des lignes de chaleur comme des tatouages.

— Montre-moi.

— Ici? (Il observa ostensiblement le gravier, l'asphalte et l'herbe rare.) Ça a l'air inconfortable. Ceci dit, je me souviens à quel point tu apprécies les étalages d'affection en public.

— Tu n'es qu'une bête.

Ses sourcils s'élevèrent encore, à une hauteur dangereuse. Son sourire s'assombrit.

— Oh, tu n'as vraiment aucune envie de découvrir combien c'est vrai.

Je ressentis une toute petite secousse intérieure. Parfois, David pouvait ressembler à un tigre domestiqué ; magnifique et terrible. Il n'était pas seulement un type sympa, agréable et doux de nature, bien qu'il soit certainement capable de se comporter ainsi. Il était simplement capable de tout. Tout. Les djinns n'étaient pas des petits lapins poilus qu'on garde comme animaux de compagnie ; ils étaient *dangereux*. David était doux avec moi, je savais cela. Mais parfois, de temps en temps, je voyais les vastes profondeurs noires qui se trouvaient au-delà, et j'en restais étourdie, le souffle court.

Et brûlante. Dieu du ciel. Une chaleur de combustion spontanée.

Il le savait, bien sûr. Je le vis passer dans ses yeux en un éclair.

— Je n'ai pas peur, tu sais, dis-je.

Ses mains, ainsi que tout son être, s'immobilisèrent. Le vent passa sur nous ses doigts curieux, ébouriffant mes cheveux, gonflant son manteau. Il avait le goût de l'océan. Les palmiers bruissèrent et agitèrent leurs feuilles au-dessus de nos têtes.

— Peut-être que tu devrais. Tu n'en sais pas assez sur moi.

Eh bien, il avait raison. Il avait vécu pendant des éons. Il avait vu des civilisations humaines s'élever et s'écrouler. Je connaissais à peine une fraction de ce qu'était David, et de qui il était.

Parfois je l'oubliais, tout simplement.

— Essaie toujours, dis-je.

La drague pétillante et pleine d'éclat de Cherise m'avait rappelé, avec un frisson, que je n'étais plus une charmante jeune fille, et que, sans même m'en rendre compte, j'allais me retrouver à acheter dans le rayon *Femme actuelle*, où viennent mourir les fringues vieux jeu. À lire *Pleine Vie*. À apprendre comment faire de la dentelle au crochet et du scrapple. Je voulais *connaître* David. Je voulais que tout ceci soit plus grand, plus profond et pour toujours, ou du moins aussi loin que mon «toujours» pouvait aller.

— Si nous devons rester ensemble, repris-je, tu ne peux pas te contenter de me montrer tes bons côtés, tu sais. Et je le pense. Je n'ai pas peur.

Il parut étonnamment solennel, et ne cilla pas. Il y eut à nouveau une touche de tigre dans ses yeux.

— Je ne crois pas que tu comprennes ce que tu es en train de dire.

Je poussai un soupir.

— Bien *sûr* que je ne comprends pas. Tout ce qui concerne les djinns n'est qu'un gros secret ténébreux qui fout les chocottes, et le simple fait d'avoir été un djinn ne signifie pas que j'ai reçu le mode d'emploi…

Il immobilisa mes lèvres en utilisant les siennes, dans un baiser haletant, lent et humide. Ses mains montèrent en glissant dans mes cheveux, caressant ces zones douloureusement sensibles derrière mes oreilles, sur ma nuque… Je perdis le fil de mes pensées.

Ce qui me fit passer du coq à l'âne quand il me laissa reprendre mon souffle.

— Nous devons te ramener à la maison.

Ce que cela signifiait vraiment, c'était le remettre dans sa bouteille; oui, les djinns avaient vraiment des bouteilles, en verre; il fallait qu'elles soient en verre et il fallait qu'elles soient accompagnées d'un bouchon ou d'un moyen de les fermer. Pas d'exceptions. Le cas le plus extrême que j'avais jamais vu était celui d'une bouteille de parfum ornementale fine comme une bulle de savon ; elle était stockée dans la chambre forte de l'Association des gardiens, située dans le bâtiment des Nations Unies à New York. Car ce truc se fracasserait si on lui lançait ne serait-ce qu'un regard un peu dur.

Celle de David était une bouteille décorative de cuisine assez robuste ; le genre de bouteilles fantaisie en verre bleu que les magasins agrémentaient d'huiles et de graines pour faire joli. Je la conservais dans un endroit très sûr, directement dans le tiroir de ma table de chevet, à côté d'huiles, de crèmes et d'autres trucs dont je ne voulais pas que n'importe qui puisse faire l'inventaire.

Ce qui me conduisit inévitablement à penser à mon lit, à des draps lisses, à une douce et fraîche brise océanique soufflant sur ma peau…

— Oui. Rentrons à la maison.

Ses mains glissèrent sur mes épaules, caressèrent mes bras en descendant et s'attardèrent sur mes mains avant de me laisser aller. La chaleur qui se dégageait de lui resta sur ma peau. Rémanences de lumière.

Ma voiture était garée dans le coin le plus éloigné du parking, loin des coups de portière fortuits. C'était une Dodge Viper bleu nuit, et je l'aimais assez tendrement pour qu'elle prétende au titre de deuxième bagnole préférée de toujours. Celle qui tenait la première place avait été une Mustang, bleu nuit elle aussi, nommée Delilah ; elle avait été réduite en morceaux peu de temps après ma rencontre avec David, comme s'il fallait que j'abandonne une chose vraiment magnifique pour en obtenir une autre.

David prit la place du mort, et j'engageai doucement Mona dans le trafic matinal, en direction de mon appartement. J'avais eu vraiment, vraiment de la chance quand j'avais déménagé (quand j'avais dû déménager, grâce à l'excès de zèle de certains agents immobiliers persuadés que j'avais brisé mon bail pour la simple raison que j'avais eu des funérailles); je m'étais retrouvée au deuxième étage, en front de mer, avec vue sur l'océan. Tous mes meubles étaient d'occasion et rien n'était assorti, mais le lit était confortable et le balcon, à mourir.

Le lit était la seule chose qui comptait pour l'instant.

Je dus sans doute me garer, mais cette partie du trajet resta brumeuse. Puis les escaliers, puis nous fûmes dans le couloir et je partis à la recherche de ma clef. Pour la plupart de mes voisins, nous avions dépassé l'heure du départ matinal au travail, et l'endroit était presque complètement silencieux, mis à part le bourdonnement distant et étouffé d'une télé, quelque part au coin du couloir. C'était sans doute Mme Appel; elle travaillait de nuit et aimait se détendre en regardant un peu la chaîne HBO avant l'heure de la sieste.

David s'approcha derrière moi et mit ses mains sur mes épaules, puis les laissa errer vers mes flancs, me caressant en gestes doux et lents. Un spectateur quelconque n'aurait pas trouvé cela follement sexuel (nous n'étions pas exactement en train de nous frotter l'un contre l'autre dans le couloir), mais je dus m'appuyer contre la porte et fermer les yeux. Il y avait quelque chose de magique dans ses mains, dans la façon lente et mesurée dont il les utilisait. Elles suivirent la ligne de mes épaules, firent le tour de mes bras et descendirent tout du long jusqu'à mes poignets.

Il vint plus près, jusqu'à être collé tout contre moi, comme une seconde peau. J'essayai de faire entrer à nouveau la clef dans la serrure. Raté. J'avais les mains qui tremblaient.

— Jo? (Sa voix était de velours, avec un accent légèrement râpeux qui bruissait comme un ronronnement.) Peut-être que tu ferais mieux de me laisser m'en charger.

Je tendis le trousseau en l'air. Il me le prit des mains et se pencha par-dessus mon épaule pour insérer la clef dans la serrure et la tourner.

Ce qui n'aurait pas dû paraître si suggestif que ça, mais peut-être était-ce la combinaison de mes hormones en ébullition et de la tiédeur de son corps pressé contre mon dos. Une chair chaude comme l'été, ferme là où il le fallait.

La porte s'ouvrit avec un déclic. Je pénétrai à l'intérieur, allumai la douce lumière diffuse du plafonnier et me débarrassai de mes chaussures d'un coup de pied, laissant tomber mon sac à main.

Il était derrière moi à nouveau, et cette fois il n'était pas question de se retenir à cause des voisins. Ses mains enlacèrent immédiatement ma taille et m'attirèrent contre lui; je tournai la tête pour le regarder.

Ses pupilles étaient d'un noir sans fond, et ses iris, couleur de cuivre ardent.

— J'ai besoin de toi, dit-il en repoussant mes cheveux. (Sa bouche trouva le côté de mon cou, léchant et suçant, si férocement que ses caresses étaient juste à la limite, fine comme la peau, entre la douleur et le plaisir. Ses mains glissèrent vers le haut pour frôler légèrement mes seins.) J'ai besoin de toi.

— Je… attends, David, je ne… tu es sûr que tu… (*Que tu te sens d'attaque pour ça* était la question franche qui me brûlait les lèvres) es assez fort pour…

— Tu me donnes de la force. (Sa bouche était en train de faire des choses absurdes à mon self-control.) Tu me donnes la vie. (Il le murmura contre cette zone incroyablement sensible, juste à la base de mon oreille.) Tu me donnes la paix.

Ce qui était peut-être la chose la plus sexy qu'un homme (ou un djinn mâle) m'ait dite de ma vie.

— On va parler toute la journée ? demandai-je, le souffle court.

Je le sentis rire. Ce n'était pas un rire gentil, et il ne contenait pas non plus beaucoup d'amusement. C'était le genre de ricanement grave et sonore que le diable pourrait pousser juste avant de vous montrer le texte écrit en minuscules au bas du contrat de votre résidence partagée sur l'île d'Aruba ; et grands dieux, ma colonne vertébrale se liquéfia quand je l'entendis.

— Cela dépend entièrement de toi, dit-il.

Ses mains inversèrent leur course, se déplaçant vers le bas et vers l'intérieur. Exigeantes. Remontant le fin tissu de ma jupe en le frôlant, les doigts écartés, tandis qu'il me pressait fortement contre lui dans un même geste.

— Est-ce que tu es d'humeur pour une bonne discussion bien longue ? Avec du thé et des cookies ?

Ce n'était *pas* ce que je voulais faire de ma bouche.

Nous tombâmes sur le lit en rebondissant. Je n'avais pas besoin de le déshabiller : là où je posais les mains, ses vêtements s'évanouissaient tout simplement pour révéler une étendue de peau dorée et sans défaut, à la beauté incroyable. Ses yeux partirent dans le vague, à demi fermés, alors que je caressais sa poitrine des doigts, descendant vers le bas. Ses muscles se tendaient à mon contact, comme des câbles entrelacés.

Il nous retourna, faisant basculer son poids sur moi. Je ne pus empêcher mon dos de se cambrer involontairement et, quand je vis ses yeux scintiller en réponse, je continuai de remuer les hanches. Il bougea vers l'arrière. C'était une longue, lente et chaude torture.

— Oui, chuchotai-je.

Il m'embrassa. Ce n'était pas un baiser romantique, cette fois, mais exigeant. Mû par quelque chose que je ne comprenais pas entièrement. Je ne l'avais jamais vu comme ça auparavant, empli d'une sorte de faim éperdue, comme s'il voulait me consumer, s'emparer de moi.

Me posséder.

La relation n'était pas égale. Elle ne pouvait pas l'être, car je détenais toujours sa bouteille, et je l'avais revendiqué. C'était une relation maître-esclave, peu importe que le maître soit gentil, ou l'esclave consentant. Cela m'ennuyait.

À ce moment précis, je me demandai si cela l'ennuyait, lui aussi.

Il était trop faible. Si je le libérais, il allait s'évanouir en fumée, consumé par la faim. Il allait se perdre.

Ça, je ne pouvais pas le laisser se produire. Que ce soit juste ou non. Je ne pouvais pas le laisser se produire.

Plus tard, je restai allongée là, pelotonnée contre sa chaleur alors qu'il dessinait paresseusement des motifs magiques sur mon dos. Ils devaient être magiques. Chaque zone que sa main traversait laissait en moi des flaques de lumière argentée. Certaines parties de mon corps étaient douloureuses. D'autres picotaient, brûlantes. Un vif élancement chaud comme un soleil battait sur mon cou, ainsi que plusieurs autres sur l'intérieur de mes cuisses ; j'avais l'impression d'avoir été complètement détruite, jusqu'à en avoir le souffle coupé. Si ça ce n'était pas être totalement possédée, j'étais incapable d'imaginer ce que je pouvais donner de plus sans tomber en morceaux.

Ses mains glissèrent vers le bas jusqu'au creux de mes reins et s'y attardèrent pendant quelques battements de cœur; je sentis alors une très, très légère vibration en moi.

Je tournai la tête pour l'observer. Il ne croisa pas mon regard.

— Il faut qu'on parle, dis-je.

— Je sais.

— Je ne comprends pas comment c'est censé fonctionner.

Je roulai sur le dos, pris sa main et la plaçai sur mon ventre.

Et nous sentîmes tous les deux la vibration intérieure. Ses yeux s'embrasèrent, puis s'assombrirent.

— Cela fait trois mois, dis-je. Rien n'a changé.

— Tu n'es pas… (Il s'interrompit, secoua la tête, et ses longs doigts sublimes frôlèrent gentiment ma peau. Ils me caressaient, à l'extérieur mais aussi à l'intérieur.) C'est difficile à expliquer.

— Mais je *suis* enceinte. N'est-ce pas?

— C'est ça qui est difficile à expliquer. Notre fille ne va pas… grandir comme un enfant humain. Elle est comme une graine qui attend le soleil. Elle se contente… d'attendre.

— Pendant combien de temps?

Il ne répondit pas à cette question-là.

— J'aurais dû te demander d'abord, dit-il, et sa main se déplaça à nouveau, dessinant des motifs argentés.

— Ça aurait été poli, ouais.

— Je l'ai fait pour te protéger.

— Je sais.

À l'époque, c'était à notre connaissance la seule façon de s'assurer que je survivrais à un voyage vers Las Vegas, et que je tiendrais tête au seul djinn dont il ne pouvait me protéger: son meilleur ami, Jonathan. Et cela avait marché, en plus. Jonathan ne m'avait pas tuée. Il avait même montré quelques signes indiquant que je valais légèrement mieux à ses yeux que des lentilles d'eau sur un étang, ce qui était une grosse amélioration.

— Dis-moi comment tout cela devrait se passer, alors, ajoutai-je.

Il secoua à nouveau la tête, ce qui en langage-David signifiait : « Je ne veux pas en parler. » Je patientai, observant son visage. Il finit par dire :

— Peut-être qu'il ne se passera rien du tout. Les enfants djinns sont rares. Et même quand ils apparaissent, ils naissent uniquement à partir de deux djinns. Un djinn et une mortelle... ce n'est pas... Elle existe en toi, en tant que potentiel, mais... il est possible qu'elle ne survive pas.

— Jonathan a dit qu'elle ne pouvait naître que si tu mourais.

Il leva lentement les yeux pour croiser mon regard.

— C'est... sans doute vrai. Nous sommes issus de la mort, pas de la vie.

Les djinns étaient très durs à tuer, mais David était fragile. Quand il avait fait de moi un djinn, il avait fracturé quelque chose de vital en lui, le séparant en deux morceaux et m'en donnant un pour me garder en vie. Même quand on m'avait de nouveau accordé l'humanité, cette fracture profondément enracinée en lui avait subsisté. Et puis il s'était mis sur le chemin d'un ifrit, qui l'avait vidé de son énergie en le laissant presque mort.

Et maintenant, il se balançait sur un fil ténu entre la vie et cette espèce de mort vivante, de perte de soi. S'il restait hors de sa bouteille pendant trop longtemps, ou s'il utilisait trop de pouvoir, il deviendrait un ifrit, une chose de glace et d'ombre. Une chose qui n'aspirait qu'à se nourrir des autres.

Comme s'il avait suivi le fil de mes pensées, sa main s'immobilisa. Je sentis un frisson le traverser, et ses yeux se ternirent un tout petit peu.

— David ?

Je m'assis. Il se rallongea sur le lit et fixa le plafond.

— Je n'aurais pas dû te faire ça, dit-il. Je n'aurais jamais dû te faire quoi que ce soit de tout ça. Tu mérites...

— Ne t'inflige pas ça. Rien n'est de ta faute.

Il ferma les yeux. Il parut tout à coup très, très fatigué. Humain.

— Je ne t'ai pas fait de mal, au moins ?

— Non ! Mon Dieu, non. (Je posai la main sur son torse, puis la tête. Mes cheveux s'étalèrent en une flaque noire sur sa peau.) Enfin, pas plus que je ne le voulais, en tout cas.

— J'ai peur que cela n'arrive, dit-il. (Sa voix semblait distante, enrouée par l'épuisement.) Non, je sais que je le ferai ; je peux le sentir. (Il ouvrit les yeux, et les dernières escarbilles de cuivre flamboyèrent en tourbillons orangés.) Tu ne peux pas me laisser faire ça. Je le pense, Jo. Tu dois avoir des moyens de défense contre moi. Tu dois apprendre...

Sous sa peau, le feu était en train de mourir ; la lumière qui l'habitait s'enfuyait.

— Je dois partir, à présent, dit-il. Je t'aime.

Je l'embrassai rapidement, tendrement, et dis :

— Je t'aime aussi. Retourne dans la bouteille, maintenant.

Je sentis la brusque aspiration de l'air accompagnant sa disparition, m'enfonçai dans l'amas de draps en désordre, et quand j'ouvris à nouveau les yeux, il avait disparu. Sans rien laisser derrière lui, à part un creux dans les oreillers.

Je me retournai, ouvris le tiroir de la table de chevet et sortis sa bouteille de sa mallette de protection, munie d'une fermeture éclair et tapissée de mousse grise.

Je fis le geste de remettre le bouchon en place, puis hésitai. À un certain niveau très profond, il faisait toujours partie de moi, puisant dans la magie que je possédais ; mettre le bouchon sur la bouteille revenait à couper cette connexion. Bien qu'il n'en ait rien dit, je soupçonnais que plus je pouvais lui donner, mieux ce serait. Je me serais ouvert les veines magiques, si cela avait pu améliorer son état. Bon sang, je ne faisais plus partie des gardiens, désormais ; je ne manipulais plus les éléments, je ne sauvais plus de vies. Je n'étais qu'un membre désargenté de la vaste et crasseuse masse des travailleurs salariés.

Ces temps-ci, j'avais besoin de lui pour des raisons qui n'incluaient nullement la production de miracles pour d'autres personnes.

Je retombai sur les oreillers avec un soupir. Je ne savais pas vraiment s'il était en train de guérir, ni, si c'était le cas, à quelle vitesse ; pour le découvrir, il me faudrait avoir l'opinion d'un autre djinn, mais aucun d'entre eux n'était venu faire un tour par ici pour me rendre visite depuis que j'avais quitté les gardiens. Ils restaient à l'écart. Je me disais que Jonathan devait avoir un rapport avec cette attitude. La dernière chose qu'il m'avait dite, d'un ton monocorde et colérique, était : «Tu l'as brisé. Tu le répares.» Le «sinon…» implicite avait été effrayant.

Jonathan n'était pas passé faire un saut depuis que j'étais revenue en Floride, mais avec le genre de pouvoirs qu'il possédait, il était loin d'en avoir besoin. Il était sans doute de retour chez lui, occupé à m'observer à travers son énorme baie vitrée-télé, en sirotant une bière d'importation magique.

Sans doute m'épiait-il à l'instant même.

Je me retournai sur le dos et fis un doigt d'honneur en direction du plafond.

— J'espère que tu as aimé le spectacle, dis-je. Il n'y aura pas de bis.

Pas de réaction. Ce qui était sans doute pour le mieux.

La bouteille auprès de moi, je m'endormis au chuchotement régulier des vagues qui s'écrasaient sur la plage, en contrebas.

Deux heures plus tard, je fus catapultée hors du lit par un martèlement provenant de la porte de mon appartement. J'étais à mi-chemin de l'entrée quand je me rendis compte que j'étais nue comme un ver. Je retournai dans la chambre à coucher pour passer un déshabillé en soie tombant jusqu'au sol, fermé par une ceinture, et fourrai mes pieds dans des chaussons.

— J'arrive ! hurlai-je en me précipitant de nouveau vers la porte tandis que les coups continuaient de tonner.

Je m'apprêtai à ouvrir la porte en grand, puis hésitai et utilisai le judas.

Il me fallut à peu près dix secondes (de longues secondes pleines) avant de réaliser qui j'étais en train de regarder, car elle était méconnaissable.

Oh. Mon. *Dieu*.

Je tournai le verrou et ouvris brusquement la porte en grand.

— Sarah ?

Ma sœur se tenait devant moi. Ma sœur de Californie, ma sœur mariée, non magique, qui, la dernière fois que je l'avais vue, portait ce qui se fait de mieux sur Rodeo Drive et arborait une coupe de créateur avec un fabuleux balayage. Sarah avait été l'une de ces nanas agaçantes qui passent leur temps à développer des combines pour mettre le grappin sur un homme riche, et… étonnamment… elle y était vraiment parvenue. Je ne m'étais pas attendue à ce qu'elle soit heureuse, mais j'aurais cru qu'elle s'accrocherait férocement à son millionnaire français, avec l'aide d'une Super Glue émotionnelle.

Apparemment, il y avait eu beaucoup de changements. Sarah portait un short kaki large et froissé et un tee-shirt Sunshine State trop grand; sa coupe de cheveux avait pris l'apparence d'un dégradé mal entretenu, et les restes décolorés de son balayage semblaient aussi *cheap* que des guirlandes de Noël. Pas de maquillage. Et elle ne portait pas de chaussettes dans ses chaussures de course abîmées.

— Laisse-moi entrer, dit-elle.

Elle avait l'air fatigué. Dépourvue de toute volonté, je fis un pas en arrière et elle entra, traînant une valise derrière elle.

La valise (laide, cabossée et trouvée au coin des bonnes affaires) me donna un très, très mauvais pressentiment.

— Je croyais que tu étais à Los Angeles, dis-je doucement. (La porte était toujours ouverte; je la refermai à contrecœur et la verrouillai. Ainsi s'évanouissait ma dernière chance de m'en sortir convenablement. Je tentai une interprétation agréable.) Je te manquais, c'est ça?

Elle s'assit lourdement dans mon canapé d'occasion en une masse désordonnée, les yeux baissés sur ses mains qui pendaient mollement et ne semblaient pas avoir connu de manucure depuis des semaines. Ma sœur était une femme séduisante: des cheveux brun noisette, des yeux bleus, une peau douce et fine qu'elle s'était échinée à garder souple; mais à cet instant précis, elle faisait son âge. Des rides. Mon Dieu. Sarah avait des *rides*. Et elle n'était pas allée voir un chirurgien plastique pour les éradiquer à coups de botox ? *Qui êtes-vous et qu'avez-vous fait de ma sœur maléfique ?*

— Chrétien m'a quittée, dit-elle. Il m'a quittée pour une *coach personnelle* !

Je tâtonnai derrière moi, trouvai une chaise et m'y laissai tomber, les yeux fixés sur elle.

— Il a divorcé, dit-elle. (Sa voix déjà tendue s'élevait comme une marée montante.) Et il a fait exécuter le contrat prénuptial. Jo, il a pris la *Jaguar* !

Voilà qui sonnait comme un authentique gémissement d'affliction brute.

Ma sœur (à côté de laquelle j'avais toujours paru minable en ce qui concernait la contenance, le style et le soin de sa personne) chialait comme une petite fille. Je bondis sur mes pieds et trouvai des kleenex, qu'elle utilisa sans tarder avec enthousiasme, puis j'allai chercher une poubelle dans la salle de bain pour en récupérer les restes détrempés. Je n'allais certainement pas ramasser ces machins-là.

Au final, elle était bouffie, couverte de plaques, le nez rouge, mais en avait terminé avec les pleurs (pour un temps). Elle me raconta la suite de l'histoire familiale rebattue. Chrétien et sa coach personnelle Brenda (Brenda ? Sans rire ?) se voyaient chaque mardi pour une session privée *vraiment* intense. Sarah avait nourri des soupçons, car ses vêtements de sport ne semblaient jamais avoir beaucoup servi. Elle avait engagé un détective privé pour les suivre. Avait reçu des photos cochonnes. Le face-à-face avait été bruyant. Chrétien avait invoqué les termes extrêmes du contrat prénuptial, ce qui lui avait retiré sa maison, sa voiture, son compte bancaire, et lui avait laissé sa *deuxième* voiture, une vieille Chrysler qu'elle prêtait aux bonnes pour aller faire les courses.

Et nul endroit où vivre.

Ma sœur autrefois riche était sans-abri.

Et elle était assise sur mon canapé avec une valise, en train de chialer et de me regarder avec des yeux gonflés et implorants.

Je lui rendis son regard en silence, songeant à tous les griefs de l'enfance. Sarah, en train de me tirer les cheveux quand Maman ne regardait pas. Sarah, en train de raconter à tous mes amis et ennemis que j'avais le béguin pour Jimmy Paglisi. Sarah, qui me volait sous le nez mon premier vrai petit ami. Nous n'étions pas proches. Nous n'avions jamais été proches. Primo, nous ne nous ressemblions en rien. Sarah était une femme professionnelle… en mettant bien l'accent sur « femme », pas sur « professionnelle ». Elle avait entrepris de prendre au piège un millionnaire, ce qu'elle avait réussi à faire, et de vivre la vie qu'elle avait toujours voulue, en se fichant de ceux qui allaient devoir souffrir pour qu'elle y parvienne. Elle avait signé le contrat prénuptial car, à l'époque, elle avait cru que Chrétien était complètement sous son charme et qu'elle pourrait l'amener à le déchirer à coups de compliments mielleux et de petites gâteries.

J'aurais pu lui dire (bon sang, je lui *avais* dit) que Chrétien était beaucoup trop français pour que cela fonctionne.

Sarah était échouée sur mon canapé, à renifler, humiliée et pratiquement sans le sou. Aucune compétence monnayable digne de ce nom. Pas d'amis, parce que le genre d'amis country club que Sarah s'était fait durant toute sa vie ne traînaient pas dans le coin après l'annulation de la carte platinium American Express.

Elle n'avait personne d'autre. Nulle part où aller.

Je ne pouvais que déclarer :

— Ne t'inquiète pas. Tu peux rester avec moi.

Plus tard, j'allais me souvenir de ces paroles et me cogner la tête contre les murs. C'était la lumière d'avertissement clignotant sur la route, signalant que le pont était hors-service, et comme une idiote, j'avais bêtement continué à rouler.

Droit dans la tempête.

JE M'OCCUPAIS D'INSTALLER Sarah dans ma minuscule chambre d'amis. Elle avait versé des larmes de gratitude jusqu'à ce que je hisse sa valise sur l'un des lits jumeaux, mais elle s'interrompit après avoir jeté un œil autour d'elle.

— Oui ? demandai-je avec douceur.

Car je pouvais voir qu'elle avait les mots « C'est tout ? » sur le bout de la langue.

Elle les ravala (ce qui dut l'étouffer), puis esquissa un sourire tremblant et forcé.

— C'est super. Merci.

— Je t'en prie.

Je regardai autour de moi, voyant la pièce à travers ses yeux. La buanderie qu'elle avait en Californie était plus grande que ça, j'en étais sûre. Les meubles n'étaient pas tout à fait à la page : une table de chevet branlante des années cinquante style vieille France blanc cassé sale avec un tiroir tordu ; un lit de campus mis au rebut, trop dur et défoncé, même pour des étudiants. Une coiffeuse hideuse couturée d'éraflures sans aucun pedigree spécifique, avec ses poignées de tiroir manquantes et son miroir fendillé, récupérée dans une benne avec l'aide de deux joueurs de football américain semi-professionnels.

Un vrai cauchemar de récup'.

Je soupirai.

— Désolée pour tout ça. J'ai été obligée de déménager quand…

— …Quand nous pensions que tu étais morte, dit-elle. Le temps qu'ils retrouvent ma trace pour m'apprendre la nouvelle, tes amis savaient déjà que tu allais bien et me l'avaient dit, Dieu merci, sinon je serais juste devenue folle.

Ce qui me procura une douce sensation de chaleur fraternelle, jusqu'à ce qu'elle continue.

— Après tout, je venais de découvrir ce qui se passait entre Chrétien et Brenda. Je te jure, s'il avait fallu que j'aie un truc de plus en tête, je crois que même une thérapie ne m'aurait pas aidée.

Je cessai de me sentir mal à l'aise à cause des meubles.

— Contente de ne pas t'avoir retardée sur la voie de la guérison.

— Oh ! Non, je ne voulais pas dire…

Je m'assis sur le lit à côté de sa valise. Le sommier grinça et gémit comme un vieux croûton exaspéré.

— Écoute, Sarah, on ne va pas se raconter d'histoires, d'accord ? Nous ne sommes pas les meilleures copines du monde ; nous ne l'avons jamais été. Je ne te juge pas, je dis seulement que tu es ici parce que je suis tout ce que tu as. N'est-ce pas ? Donc tu n'es pas obligée de faire comme si tu m'appréciais.

À cette seconde, elle me ressembla tout à fait ; les yeux écarquillés de surprise, le front plissé par un léger froncement de sourcils. Exception faite des cheveux. Même mes bouclettes de caniche actuelles valaient mieux que le dégradé mal fichu qu'elle arborait.

Elle dit lentement :

— C'est bon, je l'admets. Je ne t'aimais pas quand tu étais plus jeune. Tu étais une morveuse, puis tu as grandi pour devenir quelqu'un que je connais à peine. Et puis tu es bizarre, tu sais. Et Maman te préférait.

Rien à répondre à ce dernier argument. Cela avait vraiment été le cas.

Mais Sarah continua :

— Ça ne veut pas dire que je ne t'aime pas, Jo. Je t'ai toujours appréciée. J'espère que tu m'aimes encore. Je sais que je suis une garce, et que je suis superficielle, mais nous sommes toujours sœurs, tu vois.

Cet instant aurait pu être tendre et chaleureux si j'avais bondi sur mes pieds pour jeter mes bras autour de son cou et éclater en sanglots. Nous n'étions pas ce genre de famille pleine de bons sentiments.

Je réfléchis profondément et déclarai :

— Je ne te connais pas vraiment, Sarah. Mais je suis prête à apprendre à te connaître.

Elle sourit. Un sourire lent, mais authentique.

— Cela me semble… juste.

Nous conclûmes la chose ainsi. Je me levai et regardai Sarah ouvrir la fermeture éclair de sa valise et commencer à déballer ses affaires. Ce fut lamentablement rapide. Elle avait laissé derrière elle la majeure partie des trucs valables, et ceux qui lui restaient étaient horriblement froissés. Nous fîmes plusieurs piles : une à amener au pressing, une à brûler, une à donner aux nécessiteux et un tas à conserver. Ce dernier était maigre. Il remplissait exactement un tiroir de la coiffeuse.

— Maquillage ? demandai-je. (Elle pointa du doigt une minuscule mallette en plastique qui ne pouvait contenir plus qu'un rouge à lèvres, un mascara et peut-être un crayon à sourcils.) Chaussures ?

Elle pointa du doigt les chaussures de sport élimées et tint en l'air une paire de chaussures à talons carrés, qui auraient bien convenu à une grand-mère, tant que mamie ne s'inquiétait pas trop de son apparence. Je grimaçai.

— Ce salopard ne t'a même pas laissée garder tes *chaussures* ?

— Il a vidé la maison et a tout donné à l'Armée du Salut, dit-elle. Tous mes vêtements. Tout.

— Mon Dieu. (J'eus soudainement un éclair de soupçon.) Hum, écoute, Sarah, ce n'est pas que je doute de toi ou quoi que ce soit, mais ce n'était pas Chrétien la, euh, partie en tort... ?

Elle eut la bonne grâce de paraître ne serait-ce qu'un *tout petit peu* honteuse.

— Il a appris, pour Carl.

— Carl ?

— Tu sais bien.

— Non. Vraiment pas.

Elle leva les yeux au ciel.

— Très bien, si tu veux me forcer à le dire... je n'étais pas tout à fait innocente. Voilà. Je l'admets. J'avais une aventure avec son partenaire en affaires.

— Mon Dieu.

— Doux Jésus et son âne, acheva-t-elle, exactement comme elle l'avait toujours fait quand nous étions à l'école. Mais il n'était pas obligé de prendre tout ça de façon si *personnelle*. Il m'a trompée, après tout. On pourrait croire qu'il aurait au moins compris que c'était... eh bien...

— Récréatif ? proposai-je sèchement.

— Oui ! Exactement !

— Tu aurais dû t'inscrire au club de bridge, Sarah.

Elle me lança un regard furieux et impuissant.

— Je ne dis pas que j'étais innocente, mais... il m'a donné deux cents dollars et il m'a dit de m'acheter d'autres affaires pour les remplacer. *Dans ma nouvelle fourchette de prix.* Bon Dieu, Jo, je ne savais même pas *où* faire les boutiques !

J'inspirai profondément et dis :

— Tu sais quoi ? J'allais au centre commercial de toute façon, avec une amie, donc si tu veux te préparer...

— Je suis prête, répondit instantanément ma sœur. Je pris mon téléphone et appelai Cherise.

CHERISE AVAIT, BIEN sûr, changé de vêtements entre-temps. Elle avait arrêté son choix sur un chemisier magenta transparent au motif *tie & dye* vert lime, par-dessus un haut de la même couleur. Tout s'accordait avec le vernis à ongles vert à paillettes, qu'elle aimait de toute évidence suffisamment pour accessoiriser le reste en fonction.

— Dix, dis-je immédiatement quand elle sortit de sa décapotable rouge. Peut-être dix et demi. Je suis aveuglée par ta splendeur.

— Mais bien sûr. Bon sang, Jo, je savais que tu étais une sainte, mais tu as laissé tomber ton beau gosse pour ta *sœur* ? Merde alors. J'aurais zappé d'accompagner ma grand-mère à sa dialyse, pour cet homme !

Sarah sortit de l'appartement derrière moi, portant son short kaki froissé et une chemise qui n'était pas à sa taille. Les yeux parfaitement maquillés de Cherise s'écarquillèrent, lui collant une expression que l'on ne voit d'ordinaire que dans les dessins animés japonais.

— Oh mon *Dieu*, dit-elle, avant de me regarder d'un air horrifié. Tu m'as dit que c'était grave, mais bordel, c'est un sept et demi sur l'échelle du désastre fashion. Et c'est quoi le problème avec ses cheveux ?

— Cherise, dis-je. Je sais que c'est dur pour toi, mais je t'en prie. Sarah a traversé une mauvaise passe. Sois gentille.

— *J'étais* gentille. C'est bien pire qu'un sept et demi.

Sarah intervint :

— Jo ? Est-ce qu'elle vient de dire que tu as un petit ami ?

On peut faire confiance à Sarah, bien sûr, pour passer par-dessus la gaffe de Cherise afin d'en arriver à la partie potentiellement désastreuse de la conversation.

— Pas un *simple* petit ami, dit Cherise. Les petits amis, ce sont des poupées Ken. Les petits amis, c'est pas dangereux. Son mec est le genre de bombe qui t'oblige à garder un extincteur près de toi, juste pour arroser une femme de passage qui risquerait d'entrer en combustion spontanée.

Je la fixai des yeux, ébahie. Pour Cherise, voilà qui était, disons, poétique.

Pendant ce temps, Sarah fronçait les sourcils dans ma direction.

— Et tu ne m'as pas parlé de lui ?

Je ne voulais pas mettre David sur le tapis pour le moment. Cela allait être une conversation difficile et étrange, avec quelqu'un d'aussi normal et terre à terre que Sarah, et je ne pouvais pas vraiment la mener en bateau pendant très longtemps. Essayer de garder le secret sur lui ne ferait que nous entraîner dans une comédie bouffonne, une farce. Sans mentionner que ça refilerait une sacrée crampe à ma vie amoureuse.

— Il a dû partir, dis-je. (Ce n'était pas un mensonge.) Je le verrai plus tard.

— J'aurais dû me douter que tu avais un petit ami, dit Sarah. (Son ton de voix était amer.) À quoi je pensais ? Quand est-ce que ce n'est pas le cas ?

— Elle est un peu nympho, non ? demanda Cherise.

Sarah hocha la tête d'un air entendu.

— Hé ! dis-je d'un ton sec. Fais gaffe !

— Oh, allez, Jo. Ta libido n'est pas tout à fait en bas de la courbe. Je t'ai vue mater les mecs au boulot, dit Cherise. Même l'autre, tu sais, Kurt. Le présentateur.

— Jamais de la vie ! Ce type est en plastique !

— Oh, les meilleurs, c'est ceux qui sont en plastique, dit-elle en me lançant un regard pervers. Ils sont fournis avec des piles D, des boutons *off*, et on n'est jamais obligée de rencontrer leurs potes.

Cherise m'inquiétait, parfois.

— S'il te plaît, dis-moi que tu n'as pas… pas avec *Kurt*…

— Je t'en prie, j'ai mes critères, dit-elle. C'est peut-être un présentateur, mais du *matin*. Loin de valoir l'investissement.

— Alors, qui est ton petit ami ? recommença Sarah.

Je la poussai en direction de la voiture. Cherise partit de son côté, revenant rapidement sur ses pas, et appuya sur un bouton dans sa décapotable. Le toit en toile bourdonna en remontant et se mit en place.

— Marvin dit qu'il va pleuvoir, dit-elle.

— Marvin ne connaît pas la différence entre… (Je me mordis la langue pour m'empêcher de dire quelque chose qui pourrait lui revenir aux oreilles.)… entre la météorologie et la danse de la pluie.

Cherise leva les yeux sur le ciel bleu sans nuages, haussa les épaules et enfila ses lunettes de soleil.

— Ouais ben facile à dire, pour toi. Ce n'est pas toi qui devras passer l'aspirateur à eau. Et tu es au courant, pour le Pourcentage.

Oui. Ils aimaient bien utiliser ça dans les pubs : « Faites confiance au Pourcentage ». Car Marvin le Magnifique affichait vraiment le meilleur pourcentage d'exactitude dans les prévisions météo de notre zone. Non pas que ce soit rien d'autre que pure chance. Je lui avais demandé de me faire un topo explicatif de ses calculs pour sa prévision d'une journée de pluie, avant-hier, et il avait volontiers sorti les cartes, les modèles du National Weather Service, les images radar, tout le bon matos… puis il avait poursuivi, pour aboutir exactement à la mauvaise conclusion.

Mais son pourcentage d'exactitude s'élevait à quatre-vingt-onze durant les deux dernières années.

Dur de discuter ça, mais je vivais dans l'espoir qu'aujourd'hui, au moins, marquerait le début de la fin du règne de Marvin sur l'omniscience météorologique.

Nous nous entassâmes dans la Viper et partîmes en direction du nirvana du shopping, aussi connu sous le nom de la Galleria ; cent cinquante boutiques, avec absolument tout, de Sak's à Neiman Marcus. J'aimais et je détestais vivre juste à côté. C'était comme un diabétique au bec sucré vivant à côté d'une usine de caramels mous. Nous roulions à une vitesse de croisière, attirant les regards envieux des adolescents dans leurs voitures surbaissées reluisantes, des jeunes cadres ternes dans leur Volvo et des mamans à plein temps dans leur SUV. Mona *était* une voiture sexy. Je me languissais toujours de ma Mustang adorée, mais je devais l'admettre, le vibrant grondement de puissance de la Viper était séduisant.

Même quand nous faisions quelque chose d'aussi peu sauvage que de se traîner d'un feu rouge à l'autre en cette journée banlieusarde sans nuages.

Nous n'avions franchi que trois pâtés de maisons quand Sarah déclara soudain :

— Tu sais que tu es suivie ?

Nous descendions East Sunshine, et le trafic n'était pas vraiment fluide ; je la regardai dans le rétro (elle avait été reléguée à l'arrière), et l'étudiai avec attention.

— O.K, tu as vécu bien trop longtemps en Californie. On est en Floride. On ne se fait pas prendre en filature en Floride.

Elle ne regarda pas derrière elle quand elle répondit :

— Chrétien m'a fait suivre pendant six mois ; je sais de quoi je parle. Il y a un van blanc avec des vitres teintées et une pancarte de fleuriste. Il est sorti du parking de l'appartement en même temps que toi. Il est à trois voitures derrière.

Je cillai et me concentrai sur le trafic. Elle avait raison, il y avait bien un van blanc là-bas. Je ne pouvais rien voir de ses flancs, mais les vitres étaient teintées.

— Et alors ? Il a livré des roses. Pas à moi, malheureusement.

Et pourtant je les méritais tellement, pour avoir accepté d'héberger Sarah.

— Change de file, dit-elle. Observe-le.

Ça ne pouvait pas faire de mal. Je repérai une ouverture et opérai l'un de ces glissements latéraux de voitures de sport, comme si nous lévitions d'une file à l'autre, sans clignotant ; puis j'accélérai et repassai brusquement deux files. Cherise glapit et chercha une poignée à laquelle s'agripper ; Sarah se détourna pour regarder en arrière, d'un rapide coup d'œil.

— Il nous suit, mais il essaie de faire comme si de rien n'était, dit-elle.

J'acquiesçai. Ce n'était pas facile en conduisant au milieu du trafic, mais je scindai mon attention en deux et envoyai une part de moi-même en Seconde Vue, pour voir ce qui se passait dans le monde éthéré.

Au moins, ce n'était pas un gardien, derrière nous. Rien d'autre à signaler que les trucs humains habituels, pas même la tache à peine visible que j'en étais venue à reconnaître comme le signe d'un djinn qui ne voulait pas être repéré. Je me laissai retomber dans mon corps, appuyai sur le champignon et sentis Mona répondre avec un ronronnement rapide et impatient.

— Accrochez-vous, dis-je.

Puis je tournai brusquement le volant au feu rouge suivant. Cherise glapit à nouveau, d'une voix plus aiguë cette fois ; Sarah attrapa une poignée et se pencha sans émettre un son.

— Hé ! lâcha Cherise. Ce n'est pas la route du centre commercial !

L'idée de manquer son rendez-vous shopping la paniquait beaucoup plus qu'un sinistre maniaque sans visage qui nous collait au train.

Hé, j'ai jamais dit qu'elle était pas superficielle. Juste rigolote à fréquenter.

— L'entrée de derrière, dis-je.

Le van tourna au croisement, un pâté de maisons derrière moi, et accéléra. Je ralentis pour revenir à une vitesse normale en ville, attentive aux flics éventuels qui pourraient traîner dans le coin, et à qui il démangerait d'aligner une Viper ; puis je tournai une nouvelle fois, à gauche.

Je pris le virage en direction du parking de la Galleria. C'était un jour classique, c'est-à-dire très fréquenté ; je flânai dans le coin pendant un moment, à l'affût du van blanc. Il était toujours là. Quand je me garai sur une place libre, il fit de même, quelques rangées plus loin.

Tout à coup, cela devenait très sinistre. Je n'aimais vraiment pas ça.

— Cherise, tu emmènes Sarah et tu continues vers Ann Taylor, dis-je en ouvrant ma portière. Je serai juste derrière vous. Sarah, tu as ma Mastercard. Mais, euh, n'achète pas de trucs chers sans moi. (Je réalisai que les standards de Sarah en ce qui concernait les trucs chers pourraient être différents des miens.) Hum… ça veut dire tout ce qui dépasse les cent dollars.

Elle parut brièvement choquée, sans doute à cause de la médiocrité du plafond. Elles commencèrent toutes les deux à argumenter, mais je flanquai la portière et continuai de marcher, rapidement et avec détermination, en direction du van blanc garé à plusieurs centaines de mètres. Je m'assurai de rester à couvert autant que possible, en profitant des SUV géants (bordel, qui peut bien avoir *besoin* d'un Hummer de la couleur d'un panneau «cédez le passage»?) et des omniprésents camping-cars «Papi et Mamie font la Floride»; puis j'arrivai à sa hauteur au niveau passager.

Je tapai du doigt contre la vitre teintée. Après quelques secondes de silence, un petit moteur vrombit et la vitre s'abaissa.

Je ne reconnus pas l'homme assis sur le siège conducteur. Il était d'origine hispanique, plus vieux que moi (quarante, peut-être quarante-cinq ans); il avait les cheveux grisonnants, des yeux noirs farouches, sans expression, et une peau tannée par le soleil.

Il était sacrément intimidant.

— Salut, dis-je en lui lançant mon sourire le plus confiant. Ça vous tenterait de me dire pourquoi vous me suivez? Si c'est à propos de Sarah, dites à Chrétien qu'il peut se le carrer dans…

— Vous êtes Joanne Baldwin, m'interrompit-il.

Pas de trace d'accent.

— En chair et en os.

Avec son lot de cicatrices, lesquelles s'étaient heureusement estompées grâce à un petit coup de pouce des pansements en silicone et des salons de bronzage.

— Montez dans le van, dit-il.

— Oh, je ne pense vraiment pas que… (Il sortit une arme et la pointa sur ma tête.) En fait si, je le pense vraiment.

Je n'étais pas forte en matière de flingues, en particulier pour les identifier, mais celui-là était gros et n'avait pas l'air d'être fait pour plaisanter.

— Dans le van. Maintenant, s'il vous plaît.

Je sentis une pulsion irrésistible qui me poussait à faire *exactement* ce qu'il disait, mais je n'étais pas stupide au point de monter dans le van d'un inconnu. Surtout en Floride. J'essayai de concentrer mon regard au-delà du flingue, et de ne pas baisser les yeux devant lui.

— On est en plein jour dans le parking d'un centre commercial. Vous n'allez pas me tirer dessus, et je ne vais pas non plus monter dans ce foutu van. Sujet suivant.

Ma réaction le surprit. Je vis l'étonnement passer en un éclair sur son visage. Il aurait suffi de cligner des yeux pour la rater, mais son expression interloquée était sans aucun doute présente. Il haussa les sourcils d'un millimètre seulement.

— Et pourquoi au juste pensez-vous que je ne vous tirerais pas dessus ?

— Y'a des caméras de sécurité partout, mon pote, et ma sœur et ma copine ont toutes les deux une sacrée bonne mémoire des plaques d'immatriculation. Vous ne seriez pas revenu sur la route que les flics vous feraient déjà une queue de poisson. (Je me forçai à sourire de nouveau.) De plus, vous ne voulez pas ma mort, sinon vous m'auriez déjà abattue et vous auriez fichu le camp, et nous ne serions pas en train d'avoir cette charmante conversation.

Pendant une longue, longue seconde, il en débattit intérieurement. Je retins mon souffle, et expirai lentement quand il haussa les épaules et rengaina son arme, d'un geste si adroit que cela aurait aussi bien pu être un tour de passe-passe.

— Vous connaissez mon nom, dis-je. Et si vous me donniez le vôtre ?

— Armando Rodriguez, répondit-il, ce qui me surprit à mon tour ; je ne m'étais pas attendue à ce qu'un type venant de sortir une arme se présente aussi facilement. Inspecteur Armando Rodriguez, Département de Police de Las Vegas.

Oh, bon sang. Je sentis la chair de poule remonter avec un frisson sur l'intérieur de mes bras.

— J'aimerais vous poser quelques questions au sujet de la disparition de l'inspecteur Thomas Quinn, dit-il.

Ce que j'avais déjà compris.

Pas de pot, je savais *exactement* ce qui était arrivé à l'inspecteur Thomas Quinn. Et il n'y avait absolument aucun moyen que j'en parle à ce mec.

— Thomas Quinn ? (Je ne voulais pas faire dans le mensonge total, mais la vérité était hors course.) Désolée, je ne crois pas connaître ce nom.

Rodriguez ouvrit une chemise calée dans le vide-poches de sa portière côté conducteur, et en fit glisser une collection de photos ; elles avaient du grain, et provenaient de toute évidence de caméras de surveillance. Moi, dans une minijupe noire, escortée par l'inspecteur Thomas Quinn.

— Vous souhaitez reformuler ? demanda-t-il.

— Il paraît que tout le monde a un double, dis-je. Peut-être que vous avez trouvé la mauvaise nana.

— Oh, je ne crois pas.

— Prouvez-le.

— Vous conduisez une Dodge Viper bleue. C'est marrant ; on nous a signalé une Dodge Viper bleue s'éloignant d'une zone dans le désert où le SUV de Quinn a été retrouvé incendié. (Ses yeux sombres restaient fixement braqués sur moi.) Sa camionnette a été détruite, comme si quelqu'un l'avait chargée de dynamite, mais nous n'avons trouvé aucune trace d'explosifs.

Je haussai une épaule, la laissai retomber, et me contentai de le fixer. Il me rendit mon regard. Après un certain moment, il laissa un coin de sa bouche se soulever dans un sourire lent et prédateur. Je n'adoucis pas la sévérité de mon regard dur.

Quinn était parvenu à se comporter comme un flic et comme un ami en même temps. Rodriguez se comportait seulement comme un flic, et ne s'embêtait pas avec des conneries douceâtres et mielleuses pour me mettre à l'aise.

— Quinn était un ami à moi, dit-il doucement. J'ai l'intention de découvrir ce qui lui est arrivé. Si quelqu'un lui a fait du mal, je vais faire en sorte que cette personne souffre pour ça. Vous me comprenez ?

— Oh, je comprends, dis-je. Bonne chance, alors.

Un ami de Quinn n'allait *certainement* pas être un ami à moi.

Je m'écartai brusquement de la portière et m'éloignai, les talons claquant sur le sol, les cheveux ébouriffés par le vent. Il faisait chaud et nous allions bientôt être couverts de transpiration, mais ce n'était pas cela qui faisait couler la sueur le long de mon dos.

Rétrospectivement, devenir une personnalité de la télévision n'avait sans doute pas été le meilleur choix de carrière que j'avais fait de ma vie, quand un flic était porté disparu et présumé mort, et que j'avais été la dernière à avoir été vue avec lui. J'imagine que j'aurais dû y penser. J'avais passé trop de temps parmi les gardiens, où quelqu'un s'occupait de ce genre de choses et où les frictions avec le reste du monde mortel étaient aplanies grâce à l'influence, l'argent et, parfois, une utilisation judicieuse des djinns.

Merde. Je m'interrogeais maintenant au sujet de la Viper. Vu que je l'avais en fait volée dans le parking d'un concessionnaire en Oklahoma. Est-ce qu'elle était sur le registre des voitures volées ? Ou est-ce que Rahel, ma djinn libre de bon voisinage, s'en était occupée en la supprimant des fichiers ? Elle n'avait pas pris la peine de le mentionner. Je n'étais pas certaine de l'importance qu'elle aurait accordée à ce détail, dans le grand plan universel.

Merde, elle aurait sans doute pensé que ce serait plutôt marrant si je me faisais arrêter. Humour djinn. Très faible.

Il fallait que je m'occupe de ça, rapidement. J'avais le mauvais pressentiment qu'Armando Rodriguez n'allait pas se contenter de s'en aller, et que s'il y avait quoi que ce soit qu'il puisse trouver comme levier, il allait commencer à exercer une pression. Puissante.

Au moment même où je pensais que ma journée ne pouvait pas empirer davantage, j'entendis un grondement au-dessus de ma tête et vis qu'un épais banc de nuages avait glissé au-dessus du centre commercial pendant que je m'inquiétais de trouver un moyen pour ne pas être foutue en taule.

Je tendis une main. Une goutte humide et rebondie frappa ma peau. Elle était aussi froide que l'eau déversée sur moi par les machinistes dans le studio.

— J'y crois pas, dis-je en levant les yeux vers les nuages. Vous ne pouvez pas exister.

Ils me criblèrent d'une ou deux gouttes supplémentaires en guise de preuve. Marvin le Magnifique avait eu raison, après tout. Quelqu'un (quelqu'un d'autre que moi, c'était certain) s'était bien assuré qu'il ait raison. En regardant là-haut dans le monde éthéré, je pus voir les signes subtils d'un tripatouillage, ainsi que le déséquilibre qui se répercutait à travers tout le système du Broward County. Ce qui était plus grave, cependant, c'était le fait qu'à ma connaissance, il n'y avait aucun autre gardien dans les environs. Seulement moi. Moi, qui n'étais pas censée manipuler le temps d'aucune sorte, sous peine qu'on me retire mes pouvoirs avec un couteau émoussé.

C'était clair, c'est moi qu'on allait accuser.

Et, bordel, je n'aimais *même pas* Marvin.

INTERLUDE

Une tempête n'est jamais composée d'un seul élément. Une trop grande quantité de soleil se réfléchissant sur l'eau ne peut pas causer une tempête. Les tempêtes sont des équations; la mathématique du vent, de l'eau et de la chance doit être parfaite pour qu'elles grandissent.

Cette tempête, jeune et fragile, court le risque d'être tuée par un mouvement capricieux des vents provenant du pôle, ou par un front de haute pression traversant le ciel d'est en ouest. Comme tous les bébés, cette tempête n'est que potentiel et menace feutrée, et il ne faudrait presque rien pour la disperser. Même sensible comme je le suis, je ne l'ai pas vraiment remarquée. Elle n'est encore rien.

Mais le temps continue de mijoter une élévation des températures, les vents restent stables et les nuages s'épaississent et s'alourdissent. La friction constante des gouttes d'eau qui tourbillonnent dans les nuages crée de l'énergie, et l'énergie crée de la chaleur. La tempête est nourrie en hauteur par le soleil, et en contrebas par de l'eau chaude comme du sang ; un générateur s'enclenche, quelque part au milieu, caché dans la brume. Avec les bonnes conditions, un système orageux peut s'alimenter lui-même pendant des jours, en vivant de sa propre combustion, moteur de friction et de masse.

Elle n'a que quelques jours, à ce stade. Elle ne vivra pas plus de quelques semaines, mais elle peut soit s'évanouir dans un gémissement, soit disparaître dans une explosion.

Celle-ci peut faire l'un ou l'autre.

Elle se déplace en un large et lent survol au-dessus de l'eau. Un mur de nuages blancs, des voiles gris qui dérivent. Aucune pluie ne parvient à tomber dans l'océan en dessous ; le moteur l'aspire sans cesse vers le haut, la recyclant et grandissant.

Alors que l'humidité se condense à l'intérieur des nuages, les conditions deviennent étranges. Une intense énergie plonge l'eau dans une frénésie sautillante, produisant encore plus de puissance. Les nuages s'assombrissent tandis qu'ils acquièrent de la densité. Tout en rampant au-dessus d'une étendue d'eau dégagée, ils deviennent plus rebondis, ils s'étendent, se multiplient, et ce moteur au cœur de la tempête stocke de l'énergie en prévision de temps plus difficiles.

Et pourtant, cela reste vraiment peu de chose. Une brève averse d'été. Un désagrément.

Mais à présent, la tempête commence à savoir qu'elle est en vie.

II

QUAND NOUS MÎMES fin à la Grande Traversée 2004 du centre commercial pour déjeuner, Sarah, Cherise et moi avions assez de sacs pour habiller toute une expédition sur l'Everest, si les grimpeurs avaient l'intention de paraître vraiment, vraiment adorables et de copieusement traîner à la plage.

Sarah avait toujours été une malade de fringues-née. Elle n'était pas aussi plantureuse que moi, et possédait le genre de proportions anguleuses parfaites qui suscitaient des jalousies et que les chirurgiens plastiques montraient en exemple, dans le but de se maintenir dans le business de la liposuccion et de la sculpture des corps. Vivre avec l'Ex Français (c'est ainsi que j'avais décidé de qualifier Chrétien) n'avait pas ruiné son physique, sauf qu'elle avait quelques rides autour des yeux, une bonne coupe de cheveux devenue mauvaise, des chaussures hideuses et une attitude majoritairement amère envers les hommes. Une bonne petite lotion tonique se chargea des rides. Toni & Guy s'occupèrent courageusement des problèmes capillaires. Prada accepta volontiers de mettre en place une thérapie par les accessoires. Je ne pensais pas que quoi que ce soit puisse vraiment l'aider en ce qui concernait son attitude, sauf une ingestion massive de chocolat – ce que, avec sa ligne, elle refuserait de faire. Après une demi-journée de ce régime, j'étais prête à envoyer Sarah au club des ex-femmes aigries pour une séance bonus où elle pourrait faire connaissance avec son moi intérieur de garce geignarde.

— Il était nul, comme amant, déclara-t-elle tout en essayant une paire de chaussures.

Elle avait aussi des pieds parfaits. Longs, fins, élégants : le genre de pieds que les hommes aimaient s'imaginer en train de masser. Même le vendeur, qui avait certainement dû avoir son content d'orteils puants et transpirants, semblait tenté alors qu'il lui tenait le talon et glissait son pied dans une petite chose à lanières et à bout pointu. Service personnel. Ces temps-ci, cela n'arrivait que dans les meilleures boutiques, mais il faut dire qu'il essayait de lui vendre des chaussures valant plus cher qu'une télé standard.

— Qui ? demanda Cherise en inspectant une paire d'escarpins à petits talons.

Elle avait sans doute raté tout le monologue en cours sur les défauts de Chrétien. Je fixais d'un air morose les sandales rouge rubis pour lesquelles j'avais économisé, qui allaient sans doute passer de mode et revenir dans trois générations avant que je puisse me permettre de les acheter à nouveau, au rythme auquel Sarah faisait les boutiques.

Bon, c'est vrai que je l'avais cherché. Et c'était pour une bonne cause. Mais il fallait que je lui fasse découvrir d'urgence les dépôts d'usine.

— Mon ex, bien sûr, répondit Sarah en inclinant le pied sur le côté pour admirer l'effet produit par la chaussure. (C'était, je devais l'avouer, très joli.) Il avait une habitude affreuse ; il faisait ce truc, avec sa langue…

O.K, voilà qui était trop d'informations. Je bondis sur mes pieds.

— Je ne crois vraiment pas être prête pour affronter ce niveau de camaraderie fraternelle. Je vais me chercher un moka. Vous, les filles : shopping.

Sarah sourit et me fit signe de la main. Elle pouvait bien : elle avait ma Mastercard dans son sac à main, et j'avais exactement dix dollars plus de la monnaie dans le mien.

Être la benjamine, ça *craint*.

Tandis que je m'éloignais, Sarah distrayait le vendeur et Cherise avec un compte rendu qui incluait son mari, un costume Spiderman, des bombes à serpentins et des bandes Velcro.

J'accélérai le pas.

À l'extérieur, le centre commercial commençait à bourdonner. Il était rempli de mères de famille, de gamins braillards, de célibataires à l'air exténué agrippant leurs sacs de courses, avec, en prime, un escadron volant de gens grisonnants en survêtements gris qui faisaient une séance de marche dans la galerie. Certains avaient des cannes. Je dus me plaquer contre le mur pour éviter un wagon grondant de mères avec leurs poussettes, puis un troupeau de femmes d'affaires avec foulards et mallettes.

Les hommes, apparemment, ne faisaient plus les centres commerciaux. Ou du moins, pas seuls. Chaque homme que je vis avait une femme fermement accrochée à son côté, tel un bouclier humain.

Le café était bondé, mais le staff efficace, et j'en sortis avec un moka *gold*. Je fis du lèche-vitrines tout en le sirotant, et j'étais en train d'admirer une robe qui était vraiment, vraiment faite pour moi (et vraiment, vraiment pas faite pour mon budget) quand j'aperçus quelqu'un dans le reflet de la vitrine, en train de m'observer.

Je me retournai pour le regarder. L'inspecteur Armando Rodriguez de Las Vegas sourit légèrement, s'appuya contre un pilier bien commode entouré de néons, et prit une gorgée de sa propre tasse. Plus petite que la mienne. Sans doute du café noir. Il avait l'air d'être le genre d'homme simple, en ce qui concernait ses goûts en matière de caféine.

Je m'avançai droit vers lui, accompagnée par le claquement pressé et impatient de mes talons.

— Écoutez, dis-je, je pensais que nous en avions en quelque sorte terminé.

— Ah oui ?

— Vous devez me laisser tranquille.

— Ah bon ?

Il sirota son café en m'observant. Il avait de grands yeux, avec des mouchetures chaudes de brun dans un iris presque aussi sombre que la pupille. Il portait une veste, et je me demandai s'il avait placé l'arme à l'intérieur (une pratique assez risquée, ces temps-ci), ou s'il l'avait planquée dans son van. Ceci dit, je ne pensais pas qu'il en aurait particulièrement besoin. Même ses mouvements ordinaires semblaient gracieux, teintés d'une précision d'art martial. Il pourrait sans doute me plaquer au sol et me passer les menottes en cinq secondes si je lui en donnais le moindre prétexte. Dans la lumière crue du centre commercial, je vis que sa peau était rêche et grêlée. Il n'était pas vraiment bel homme, plutôt du genre intense. Ses yeux ne cillaient pas.

— Si vous continuez à me suivre, je vais devoir appeler les flics, dis-je.

Je le regrettai immédiatement en le voyant sourire.

— Ouais, faites donc ça. Tout ce que j'ai à faire, c'est montrer mon badge et faire appel à la solidarité professionnelle. Ou je pourrais sans doute leur montrer les photos de surveillance, et demander leur assistance. Je suis sûr qu'ils seraient heureux de m'aider à questionner un suspect. (Il haussa légèrement les épaules, sans jamais me quitter du regard.) Je suis un bon flic. Personne ne croira que j'ai roulé jusqu'ici pour vous harceler. Et un petit conseil : je ne pense pas qu'une personne qui se noie devrait se débattre dans l'eau. Ça pourrait attirer les requins.

Je ne dis rien, pendant quelques secondes de trop. Un fugueur de cinq ans fonça entre nous deux, frôlant mes jambes ; je fis un pas en arrière tandis que la mère chargeait à sa suite et tournait autour de nous, criant le nom du gamin. Rodriguez et moi l'observâmes tous deux alors qu'elle rattrapait le fuyard et le ramenait à marche forcée vers l'aire de restauration, où de toute évidence un peloton d'exécution de nourriture fast-food l'attendait.

Rodriguez déclara, les yeux toujours posés au loin sur la mère et son enfant :

— Quinn était mon partenaire. Il était sous ma responsabilité. Tu comprends ?

Je n'aimais pas ce que j'étais en train de comprendre. Il continua :

— Je vais pas m'en aller, ma douce. *Mira*, toi et moi, on va devenir très très amis jusqu'à ce que tu me dises ce que je veux savoir.

Il finit par reporter son regard sur moi. Les yeux fixes, intenses.

— Vous n'avez pas un boulot? Une famille? Un endroit où il faudrait que vous soyez? (J'avais l'habitude de gérer des situations difficiles, des gens difficiles, mais il ne cessait de me désarçonner.) Allons, ceci est ridicule. Vous ne pouvez pas vous contenter de…

— Quinn avait une femme, interrompit-il. (Ses yeux brillaient, à présent.) Une gentille femme. Tu sais ce que c'est, de vivre avec ce genre d'incertitude? De savoir qu'il est *sans doute* mort, mais d'être incapable de passer à autre chose parce qu'on ne peut pas vraiment le savoir? Tu ne peux pas vendre la maison, tu ne peux pas te débarrasser de ses vêtements, tu ne peux rien faire, parce que tu te dis: et s'il n'est pas mort? Son assurance ne sera pas versée. Sa pension est verrouillée. Et s'il franchit la porte et qu'il te trouve là, dans une vie toute neuve que tu t'es fabriquée sans lui?

— Je ne peux pas vous aider, dis-je malgré une soudaine boule dans ma gorge. Laissez-moi tranquille, s'il vous plaît.

— Je ne peux pas.

Et je ne pouvais pas céder devant lui, même s'il me frappait très fort là où ça fait mal.

— Très bien. Préparez-vous à admirer mon cul pendant une longue période, parce que c'est tout ce que vous verrez, dis-je. Ceci est notre dernière conversation.

Il ne se donna pas la peine de discuter. Je partis si rapidement que j'éclaboussai mes doigts de moka. Tout en les suçotant, je regardai en arrière.

Il était toujours appuyé contre le pilier, à m'observer. Impassible et impartial comme un juge sans pitié.

Je retrouvai Cherise et Sarah sortant de Prada avec un sac tout neuf. Je grimaçai à l'idée de l'ardoise qui avait été contractée après une telle orgie, mais souris courageusement et fis un pas en arrière pour admirer l'effet. Sarah était à présent vêtue d'une robe d'été en tissu peau de pêche, avec de grands motifs couleur mandarine et or et un galon lavande ; le maquillage au comptoir de chez Sak's, tel le coup de baguette magique d'une fée marraine, lui avait rendu une peau lumineuse et une sophistication sans défaut. Les chaussures ajoutaient juste la bonne touche de branché chic.

Bien sûr, elle était toujours fauchée. Mais elle avait l'air *sacrément* jolie.

Et maintenant j'étais fauchée à mon tour. Le cercle karmique de la vie continuait.

— Alors, dis-je. Déjeuner ?

Je leur fis franchir les portes surmontées de néons du Paradis des Calories. Il y avait environ trente choix culinaires différents, depuis la salade grecque jusqu'à *Diner Dogs*.

— Je meurs de faim, admit Sarah. Je pourrais tuer pour une entrecôte de bœuf. Je ne me suis pas fait une entrecôte depuis des siècles.

— Ma chérie, on est au centre commercial. Je ne pense pas que le *Food Court* fasse des entrecôtes.

— On pourrait aller chez *Jackson's*, intervint joyeusement Cherise. (Elle était elle aussi chargée de sacs, contenant pour la plupart des pantalons taille basse et des ceintures brillantes.) Ils ont des entrecôtes. Et des steaks à mourir.

— Est-ce que tu sais ce que ça coûte de manger chez *Jackson's* ? dis-je. (Elle me lança un regard vide, car voyons, évidemment qu'elle ne le savait pas. Cherise n'était pas le genre de fille qui sortait son propre chéquier.) Pensez petite monnaie, les filles.

Je les guidai en direction des restaurants que je pouvais encore (à peine) me permettre. C'est-à-dire ceux qui avaient une sensibilité décoratrice du type couleurs-primaires-flashy.

Elle leva les yeux au ciel.

— Très bien.

Elle s'avança d'un pas déterminé (comment quelqu'un pouvait-il faire cela dans des tongs ornées de bijoux, je n'en avais aucune idée) et rejoignit la queue en surpoids devant chez *McDonald's*.

— Je ne mangerai *rien* qui soit frit, reprit-elle. Je dois bientôt me peser, tu sais… Est-ce qu'ils ont des trucs bios ?

— C'est de la *nourriture*, fis-je remarquer. Ça se digère. Par définition, c'est biologique.

Nous nous querellâmes amicalement sur les habituels sujets liés à la nourriture, en particulier sur la bataille opposant le « tout-naturel bouffé par les insectes » au « pesticides et sans insectes », tandis que la file remontait paresseusement vers le comptoir. Les trois ados boudeuses en face de moi pouffèrent et chuchotèrent. Deux d'entre elles avaient des tatouages. J'essayai d'imaginer ce qui se serait passé si, à leur âge, j'étais rentrée à la maison avec un tatouage, puis je décidai que j'avais assez de cauchemars comme ça dans ma vie ; de plus, cela me donnait l'impression d'être vieille. Même Cherise avait un tatouage. Je commençais à me dire que j'avais raté un courant de mode important.

Quelqu'un rejoignit la file derrière Sarah. Je jetai un autre coup d'œil vers elle et eus la vision fugace d'un homme grand, mince, avec des cheveux couleur caramel légèrement hirsutes et le genre de barbe avec moustache qui donne toujours aux hommes l'air de tramer quelque chose, tout en leur conférant un style mystérieux et débonnaire. Ça lui allait bien. Il était en train d'examiner le menu en souriant gentiment, comme s'il pensait que toute cette expérience *McDonald's* allait être très amusante.

— Sarah? demandai-je. Quelque chose te tente?

— Je ne sais pas, dit-elle. Et si je prenais un cheese-burger? Oh, non, attends… une salade… ils en ont tellement! (Ma sœur, l'indécision personnifiée. Voilà qui évoquait des souvenirs d'enfance. Au ton de sa voix, elle semblait être au bord de la panique. Le choix de salades la perturbait, apparemment.) Je ne sais pas quoi prendre.

— Eh bien, je ne vous recommanderais pas le caviar, dit le type derrière elle d'une voix chaleureuse. (Il ne s'adressait pas à moi, mais bien à Sarah. Il s'était légèrement penché en avant, sans vraiment se montrer intrusif.) Je sais de source sûre que ce n'est pas vraiment du béluga.

Ce n'était *sûrement* pas un accent de Floride… Britannique. Pas britannique de la classe supérieure; il sonnait plutôt comme celui d'un prolétaire aisé.

Sarah se retourna pour le regarder.

— C'est à moi que vous parliez?

Il se redressa d'un coup sec et sortit de son espace personnel, les yeux écarquillés. Ils étaient bleus ou gris, mais c'était difficile de le déterminer avec certitude; c'était le genre de couleur changeante. Cela dépendait de la lumière.

— Euh… en fait, oui. Pardon. Je voulais seule-ment… (Il secoua la tête.) Peu importe. Pardon. Je ne voulais pas vous manquer de respect.

Il fit deux pas en arrière, referma les mains l'une sur l'autre et essaya très fort de faire comme s'il n'avait jamais ouvert la bouche.

Cherise s'était retournée en entendant le son de sa voix. Elle saisit mon poignet, le serra, me traîna auprès d'elle et siffla :

— Bon Dieu, qu'est-ce qu'elle glande, ta sœur ?

— Elle l'envoie chier, dis-je. Elle est pas dans son assiette.

— Elle est *dingue* ? Regarde-le ! Anglais, trop mignon ! Allô !

— Elle est sous le coup d'une déception amoureuse.

— Ouais, ben fais-la descendre du ring et laisse-moi y aller !

Tout ceci déballé dans un rapide sifflement mitraillé à toute vitesse, qui ne risquait pas de porter aussi loin que les oreilles de Sarah, encore moins celles de l'Anglais Trop Mignon, qui paraissait de plus en plus mal à l'aise sous le regard fixe de ma sœur.

— Oh, tu passes assez de temps sur le ring, crois-moi. Va prendre ta commande, dis-je.

Je la poussai vers l'employé à l'air fatigué qui prenait les commandes au comptoir et qui marmonna quelque chose du genre « Bienvenue chez *McDonald's*. » Cherise me lança un sourire théâtral de femme harcelée, et fit de sa commande toute une mise en scène, prenant une salade en demandant des informations sur le pedigree de chaque tomate et chaque carotte.

Le petit numéro de Cherise était si distrayant que je ratai le moment historique du relâchement, quand Sarah surmonta sa haine aigrie des hommes. Quand je regardai en arrière, elle était en train de tendre la main à l'Anglais Trop Mignon.

— Sarah Dubois, dit-elle, et je vis un frisson la traverser de part en part.

Je pus l'entendre penser : *Oh, mon Dieu, pas Dubois, crétine, c'est le nom de Chrétien, ton nom c'est* Baldwin !

Malheureusement, il était un peu trop tard pour faire marche arrière en ce qui concernait le nom de famille. Au mieux, cela semblerait loufoque. Elle cacha son trouble derrière un sourire particulièrement étincelant, grandement amélioré par le nouveau rouge à lèvres Clinique que nous lui avions acheté plus tôt.

L'Anglais Trop Mignon referma ses doigts sur les siens dans un serrement de mains amical, et waouh, en voilà des longs doigts ! Environ deux fois plus grands que les miens. Des mains de pianiste, bien manucurées, douces et gracieuses.

— Eamon, dit-il en lui lançant un sourire légèrement timide, avec une inclinaison de tête qui semblait être l'esquisse d'une courbette. C'est un plaisir de vous rencontrer, Sarah.

Elle rayonna comme un soleil devant l'attention qu'il lui accordait. Je veux dire, sincèrement. Et ceci de la part d'une femme qui, une demi-heure plus tôt, râlait en disant qu'elle arracherait le foie de n'importe quel homme essayant de lui offrir un verre. Elle venait sans doute de battre un record de vitesse de remise sur les rails.

Cherise m'empoigna par l'épaule et me fit perdre l'équilibre en tirant d'un coup sec. Je titubai sur mes talons hauts, retrouvai une position stable et me retournai alors qu'elle me poussait vers le guichet des commandes.

— Prends quelque chose qui fait grossir, dit-elle. Si tu me forces à manger ici, je veux te voir souffrir.

Par pure perversité, je portai mon choix sur un Royal Cheese. Avec des frites.

Sarah, profondément engagée dans une conversation avec Eamon, finit par grignoter une salade accompagnée d'une bouteille d'eau à une autre table, et nous oublia complètement.

JE M'ATTENDAIS À moitié à ce que Sarah s'envole vers le soleil couchant, m'envoie une carte postale depuis

Londres afin de me remercier de lui avoir prêté ma carte Fée Marraine désormais saignée à blanc, et vive heureuse pour toujours jusqu'à sa prochaine urgence matrimoniale, mais non. Le charmant déjeuner avec Eamon s'acheva avec une séparation sur serrement de mains, ce dernier ne ressemblant à aucun serrement de mains que j'avais *jamais* reçu d'un rendez-vous déjeuner : il était fait d'échanges de regards, de sourires et de longs doigts magnifiques enroulés jusqu'à son poignet.

Puis elle fut de retour parmi nous. Rayonnante et souriante comme la Madone après une visitation.

— Je n'ai plus rien à faire ici, annonça-t-elle.

Cherise, qui n'appréciait visiblement pas sa salade, lui lança un regard sombre ; mais merde, au moins elle s'était acheté de chouettes pantacourts moulants et des chaussures assorties. Le café et le Macdo mis à part, je n'avais pas dépensé un sou pour moi-même.

Mais bon, mon enthousiasme à faire les boutiques était quelque peu refroidi par la silhouette sombre et nonchalante d'Armando Rodriguez, qui avait pris un siège à une table située environ six mètres plus loin, occupé à siroter davantage de café. Apparemment, il avait l'intention de ne plus jamais, jamais dormir. Ni de me laisser tranquille.

— Très bien. Rentrons à la maison, dis-je en empilant les restes sur mon plateau.

L'endroit me donnait mal à la tête, de toute façon. Trop de gens, trop de bruit, trop de lumières clignotantes, flashy et tournoyantes.

Quand nous sortîmes du centre commercial, il ne pleuvait plus, mais le parking brillait de flaques lisses et noires qui frissonnaient et se ridaient dans le sillage des voitures de passage. L'humidité était infernale ; elle se referma chaudement autour de moi comme une couverture détrempée passée au micro-ondes. Je rassemblai en troupeau Cherise et Sarah ainsi que leur profusion de sacs en direction de la voiture ; le temps que nous pénétrions à l'intérieur, notre place de choix, proche de l'entrée, était repérée par un vieux vautour au regard d'aigle dans une Mercedes brillante, et par une Kévina à l'air déterminé, munie d'un A fraîchement collé sur son pare-brise arrière. Je sortis de la place de parking et pris la fuite avant que la bataille ne tourne à l'accrochage. Quelques averses maussades éclaboussèrent le pare-brise. Au-dessus de nous, le ciel de plomb était complètement chamboulé ; les schémas étaient définitivement bancals. Des ondes erratiques parcouraient le monde éthéré de haut en bas ; j'y voyais aussi de petites étincelles de pouvoir alors que d'autres gardiens faisaient de légères corrections. Personne ne semblait s'en préoccuper outre mesure, du moins pas pour l'instant ; le grain ne se changeait pas, de toute évidence, en l'orage du siècle. Ce qui m'inquiétait dans tout cela, c'était que j'étais censée être le seul talent libre du coin. Et *quelqu'un* avait tripatouillé le temps pour que ceci ait lieu.

Le tonnerre gronda à point nommé. Avec ressentiment.

— Il s'appelle *Eamon* ! dit Sarah en se penchant par-dessus les sièges alors que je me frayais un chemin vers la route. Vous avez entendu son accent ? Il n'est pas adorable ?

Sarah avait toujours craqué sur les accents étrangers. D'où tout le fiasco Ex Français.

— Ouais. Il vient de Manchester, au fait, pas du West End de Londres, dit Cherise tout en inspectant ses ongles à la lumière du soleil pour en admirer la brillance. Il n'a probablement pas une tune, Sarah. (Et peu importe qu'elle ait fait des pieds et des mains pour attirer son attention avant que Sarah se soit emparée du drapeau anglais.) Je n'en attendrais pas trop, si j'étais toi. Il est sans doute… tu sais.

— Quoi ? Gay ?

— Nan, il ne m'a pas donné l'impression d'être gay. Plutôt excentrique. La plupart des mecs anglais sont comme ça.

— Tu crois ?

Elle semblait intéressée, pas inquiète, mais c'est vrai que Sarah, comme je m'en souvins avec un temps de retard, avait un passif impliquant des costumes de Spiderman et des bandes Velcro. Oh, grands dieux. C'était en tête de liste des histoires que je n'avais pas besoin de connaître sur ma sœur…

Je sentis qu'il fallait que je détourne le fil de leurs pensées.

— Oh, allez, il était seulement amical, dis-je.

— Tu te moques de qui ? Il était mignon à tomber, dit Cherise. Les mecs mignons ne sont *jamais* seulement amicaux quand ils te lancent une amorce de drague dans la file du fast-food.

Pas faux. Cherise était sans cœur, sublime et *très* perspicace.

— C'est pas comme s'il l'avait embrassée ou autre. Il lui a serré la main. (Je haussai les épaules.) Je parie qu'il ne lui a même pas donné son numéro de téléphone.

— En fait… dit Sarah.

Je regardai dans le rétro. Elle faisait pendouiller devant nos yeux ce qui ressemblait à une carte de visite blanche flambant neuve.

— Oh non, j'y crois pas, soupira Cherise en s'affalant dans le siège passager. Toute la journée, j'ai trimballé les sacs d'une autre femme dans le centre commercial, et qu'est-ce que j'obtiens ? Je me prends un râteau d'un Anglais. Merde, il va peut-être falloir que j'aille séduire Kurt pour restaurer mon image.

— Vise plus haut, au moins, dis-je. Jette-toi sur Marvin.

— Beuuuuuuh, je t'en prie. J'ai dit *restaurer* mon image, pas la foutre en l'air. Il faut qu'il me *reste* une image après, quand même. Ça, c'est seulement dégueu. *Toi*, jette-toi sur Marvin. Il te trouve canon, tu sais.

Sarah relisait la carte de visite. Je me changeai les idées avec cette vision, pour évacuer l'image de Marvin en slip en train de me reluquer.

— Donc il fait quoi, ton chevalier en tweed ?

— Et ne nous dis pas qu'il a un genre de titre et un château, ou je vais vraiment me suicider par Marvin interposé, dit Cherise.

— C'est un investisseur en capital-risque. Il a sa propre compagnie. Drake, Willoughby et Smythe. (Sarah fit courir ses doigts fraîchement manucurés sur les caractères imprimés de la carte.) Impression en relief. Il ne l'a pas seulement tirée sur une imprimante laser ou autre. (Elle fronça les sourcils.) Quoique j'imagine qu'il pourrait être fauché. Il t'a paru fauché, Jo ?

— Hé, il aurait pu prendre cette carte sur un type quelconque qu'il aurait assassiné à l'aéroport, dit Cherise. Et puis il a mis son cadavre dans une malle de voyage et il l'a enregistré pour un vol vers Istanbul. C'est sans doute un tueur en série.

En observant un moment de silence, nous rendîmes hommage au fait que l'esprit de Cherise fonctionnait vraiment ainsi. Au moins, elle avait évité les explications impliquant des aliens et des échanges d'enveloppe corporelle.

Je sentis qu'il était de mon devoir de tenter une défense, même si je connaissais à peine ce type.

— Tout d'abord, Cherise, beaucoup trop de films d'horreur ; deuxièmement, Sarah, il se pourrait que

votre relation soit encore un peu trop fraîche pour
lancer Dun & Bradstreet sur ce pauvre homme. Alors ?
Tu vas l'appeler ?

— Peut-être. (Elle eut à nouveau ce petit sourire
mystérieux.) Sans doute.

J'avais toutes les raisons de m'en réjouir. Si Sarah
sortait avec quelqu'un, elle ne chercherait pas autant
à traîner avec moi, et son séjour dans ma chambre
d'amis serait très limité. Rien de tel qu'une histoire
d'amour potentielle pour motiver une femme à
devenir indépendante.

— Hé, Jo ? Ce van te suit toujours, dit Sarah. (Elle
était encore en train de regarder par le pare-brise
arrière, les sourcils froncés.) Je croyais que tu avais dit
que ce n'était pas grand-chose.

— C'est le cas.

Cherise ramena sa fraise :

— Alors pourquoi est-ce qu'il te suit ? Ne me dis
pas que tu t'es trouvé un maniaque. Tu as déjà un petit
ami ; ce n'est pas juste que tu aies aussi un maniaque.
Tu n'es pas mignonne *à ce point.*

Je lorgnai le van dans le rétroviseur. Il se faufilait
ici et là dans le trafic, avec fluidité, sans attirer l'attention mais en me collant toujours au train. L'inspecteur
Rodriguez ne s'embêtait pas avec l'anonymat ; il
voulait que je sache qu'il m'observait. Une petite
guerre psychologique.

Il allait falloir qu'il en rajoute un peu pour égaler
le stress de jouer les escortes pour Cherise et ma sœur.

— Ce n'est pas un maniaque, dis-je d'un air grave.
C'est un flic.

Il y eut un court silence, puis Cherise déclara :

— Cool. Tu trompes ton beau mec avec un flic ?
Ben dis donc, Jo, ça dépasse l'Anglais Tueur en Série
Trop Mignon. Je ne savais pas que t'étais capable de ça.

Les nuages se lâchèrent de plus belle, avec des rideaux argentés de pluie torrentielle chatoyant comme de la soie qui martelèrent mon pare-brise comme de la grêle. Je fis passer les essuie-glaces en mode hargneux avant de ralentir; Mona n'aimait pas la pluie, et je n'aimais pas l'idée de devoir contrôler un dérapage dans ces conditions. Ni l'idée de faire réparer une Viper, le Ciel nous en préserve. Régler l'orgie de Sarah allait me prendre le reste de ma vie active, dans son état actuel.

Derrière moi, le van blanc surgit de la pluie comme un fantôme et suivit mon allure. Je sentis un claquement d'énergie dans le monde éthéré, et un éclair lacéra le ciel avec un bruit de tissu déchiré, suivi par un coup de tonnerre vibrant. Je sentis aussi la réponse des gardiens, plus forte, cette fois. *Ce n'est pas moi, pas moi…* Comment étais-je censée m'y prendre, au juste, pour paraître innocente? En fait, *être* innocente n'allait pas suffire. Je connaissais beaucoup, beaucoup trop bien les gardiens pour ça. Ils étaient déjà prêts à faire couler le sang.

Cherise dit:

— Je suis contente d'avoir mis la capote sur la voiture. Tu sais, le pourcentage de Marvin se maintient. Je veux dire, c'est clair qu'il n'est rien qu'un pantin, et un vrai pervers, mais il s'y connaît en météo.

Je me mordis la langue. Avec force.

Il allait falloir que je fasse des recherches sur Marvin, et sur le Pourcentage.

CHERISE DÉCOLLA VERS une destination inconnue dès que nous arrivâmes à sa voiture, franchissant les cinq mètres qui la séparaient de sa décapotable sous la protection d'un parapluie assez grand pour abriter toute une équipe de foot américain. Hors de question que ne serait-ce qu'une goutte tombe sur son plumage

sans défaut. Sarah et moi nous répartîmes les paquets
et courûmes vers la porte de l'appartement, le souffle
court, trempées jusqu'aux os en cinq secondes environ.
La pluie était intense et froide, et elle nous cinglait
avec la force de petites balles dures. Des voiles moirés
se dilataient et tourbillonnaient dans la lumière des
lampadaires. Il faisait assez sombre pour qu'on se croie
au crépuscule, mais il était (je vérifiai ma montre) à
peine plus de deux heures de l'après-midi.

Rien n'était actuellement en préparation en haute
mer, au large de la côte africaine… Même si je n'avais
pas eu d'intérêt particulier pour la météo en tant que
gardienne, j'aurais tout de même su ce qui était sur le
radar. Les habitants de Floride suivent la saison des
ouragans avec au moins autant d'attention qu'ils en
accordent aux sports professionnels. Il n'y avait aucune
tempête tropicale de ce côté-là, du moins aucune
qui soit assez importante pour être enregistrée pour
l'instant, bien qu'un système basse pression traîne par
là-bas, en attente.

Mais cet orage n'avait aucun sens. Il n'aurait pas
dû se trouver là, et il n'avait apparemment aucune
intention de bouger. Et je semblais incapable de le voir
correctement, en plus. J'étais mollasse, dans le monde
éthéré. Lente.

Peut-être que j'étais *vraiment* fatiguée. Cette demi-
journée avait été plutôt bien remplie.

Nous parvînmes à l'appartement, balançâmes
nos paquets et nos chaussures mouillées et je pataugeai dans mes chaussettes pour aller nous chercher
des serviettes. Les cheveux de Sarah bouffèrent et en
ressortirent brillants et fabuleux. Les miens étaient
juste frisés. Je leur lançai un regard sombre dans le
miroir de la salle de bain, puis me décidai pour un
bain chaud et quelque chose de bon pour dîner.

Alors que je préparais des tomates et des oignons (l'idéal pour un plat mexicain maison), la sonnette d'entrée retentit. Je posai le couteau à découper et tapotai l'épaule de Sarah. Elle était assise à la petite table de la cuisine auprès de la porte du patio ridée par la pluie, occupée à couper les étiquettes de ses nouvelles et précieuses acquisitions.

— Maintenant, tu émincos, dis-je. L'entretien des fringues, ce sera pour plus tard.

Elle me lança une moue boudeuse absolument enfantine, mais se mit au travail. Sarah avait suivi des cours de cuisine ; c'était l'une de ces choses que vous faites en Californie quand vous êtes riche et que vous vous ennuyez. Je fis une pause sur le chemin vers la porte d'entrée pour la regarder prendre mon couteau et commencer à couper les tomates en dés, vive comme l'éclair, aussi compétente que n'importe quel chef sushi.

La sonnette retentit à nouveau. Je soupirai et repoussai mes cheveux bouclés sur mon visage. Toujours mouillés. J'utilisai une toute petite étincelle de pouvoir pour évaporer l'humidité ; j'y gagnai des cheveux secs et une décharge d'électricité statique bleu-blanc, qui s'échappa de mes doigts quand je tendis la main vers le bouton de la porte.

— Qui est-ce ? criai-je en appuyant un œil contre le judas.

Mon cœur fit un drôle de petit bond à la vue du grand homme aux cheveux bruns qui se tenait dans le couloir, les mains enfoncées dans les poches de son jean. Je défis la chaîne et ouvris la porte en grand avec un vrai sourire.

— Lewis !

— Salut, dit-il en s'avançant pour m'envelopper dans son étreinte.

Il dut se pencher un peu pour le faire, et j'étais loin d'être si petite que ça ; là où il me touchait, j'eus cette impression familière de vibration, d'énergie qui se nourrissait et se développait entre nous. Lewis était, sans aucun doute, le plus puissant gardien que j'avais jamais connu. Un ami. Plus qu'un ami, pourrait-on dire avec justesse… si David n'avait pas été là, sans doute beaucoup plus. Il me fascinait et m'effrayait à la fois. Il m'avait sauvée, trahie et sauvée à nouveau… Compliqué, voilà ce qu'était mon petit Lewis.

— Bon sang, qu'est-ce qui t'est arrivé ? demandai-je.

— Quoi ?

Il fit un pas en arrière en clignant des paupières.

— La dernière fois que je t'ai vu, tu ressemblais à un mort réchauffé, dis-je en l'étudiant avec plus d'attention. (En fait, il avait l'air d'avoir pris le soleil et d'avoir redécouvert la nourriture.) Tu te souviens ? Le hall de l'hôtel au Nevada ? Tu étais encore…

— Flageolant, proposa-t-il avant de hocher la tête. Je vais mieux.

— Comment ?

Il me lança l'un de ces sourires dont il avait le secret.

— Gardien de la Terre. (Il haussa les épaules.) Rahel m'a donné un coup de main. Je guéris plutôt vite quand il le faut.

— Je suis contente. J'étais inquiète, dis-je. (Je ne pus empêcher un sourire d'apparaître sur mon visage ; il avait cet effet-là sur moi.) Oh, essaie de ne rien dire de, tu sais, confidentiel. J'ai de la compagnie.

Lewis arqua les sourcils vers le plafond tout en fermant la porte.

— De la compagnie masculine ?

— Féminine. Du genre sœur.

— J'avais oublié que tu avais une sœur.

— J'ai passé la majeure partie de ma vie à essayer de l'oublier, moi aussi. Mais c'est la famille, et elle a besoin d'un peu… d'aide. Donc je l'aide. Tu as dit quelque chose, comme quoi Rahel t'avait aidé. Est-elle… êtes-vous… euh…

— Elle va bien, dit-il, ce qui n'était pas une réponse et il le savait. (Lewis n'était pas du genre à parler de sa vie privée, même avec moi.) David ? (Sa question contenait autant de prévenance réelle que d'ironie. Lui et David s'appréciaient relativement, mais Lewis et moi avions un passé commun, et David le savait.) Il va mieux ?

Je jetai un coup d'œil en coin vers la cuisine, d'où provenait toujours un bruit de découpage, ouvris la bouche pour répondre et fus interrompue par Sarah qui criait :

— Jo ! C'est Eamon ?

Ce qui m'arrêta net dans mon élan pendant une seconde. Je levai un doigt vers Lewis et revins sur mes pas pour passer la tête au coin et regarder Sarah, laquelle achevait de couper une tomate et faisait glisser les cubes à la perfection mathématique dans un bol.

— Je te demande pardon ? demandai-je. Pour quelle raison Eamon devrait être à la porte, précisément ?

Elle leva rapidement les yeux, puis mit le bol de côté et s'affaira à rincer la planche à découper couverte de sang de tomate, avant de placer l'oignon sur le billot.

— Est-ce que tu as dit à Eamon où je vivais ? insistai-je.

— Eh bien, tu sais, je lui ai donné mon numéro de téléphone et…

— *Est-ce que tu as dit à Eamon où je vivais ?*

Elle pinça ses adorables lèvres pulpeuses dans une ligne têtue et commença à s'attaquer à l'oignon.

— Je vis aussi ici, dit-elle, sur la défensive.

— Faux. Tu *séjournes* ici, et bon Dieu, Sarah, tu viens à peine de déballer tes affaires que tu donnes déjà mon adresse à des types que tu rencontres au centre commercial… !

Je sentis une chaleur derrière moi, et la main de Lewis se posa sur mon épaule.

— Désolé. J'ai juste pensé que je passerais dire coucou, et navré, je ne suis pas Eamon… Qui est Eamon ?

— Une rencontre qu'a faite Sarah au centre commercial, soupirai-je. Sarah, je te présente Lewis. Un vieil ami de la fac.

Elle avait immédiatement cessé d'émincer, et je pus voir qu'elle le passait rapidement en revue. *Mignon*, pensait-elle sans doute. *Mais beaucoup trop de coton.* Et elle avait raison. Lewis était entièrement voué aux vieux jeans et aux chemises à carreaux usées. Ses cheveux étaient de nouveau trop longs, bouclant à mi-chemin sur sa nuque, et il y avait des rides de sourire autour de sa bouche et de ses yeux. J'étais sûre qu'il n'avait jamais de sa vie possédé un costume, et qu'il n'en aurait jamais. Il n'aurait jamais non plus un gros compte bancaire. Ce n'était pas le genre de Sarah.

Elle lui sourit de façon impartiale. C'était la version Sarah de : « Salut, qui êtes-vous, maintenant allez-vous-en. » Je pouvais voir qu'elle était déçue qu'Eamon ne soit pas venu frapper à la porte pour l'emporter vers une soirée ponctuée d'entrecôtes, avec une sélection de bières anglaises de caractère.

— On prépare un repas mexicain, dis-je. Tu restes avec nous, n'est-ce pas ?

— Bien sûr. (Lewis regarda autour de lui.) Sympa comme endroit, Jo. Différent.

— Tout est d'occasion, dis-je, l'air sérieux. Un peu comme ma vie, en ce moment.

— Ça pourrait être pire. (Je le savais bien. Son regard frôla le mien, chaleureux et empli de prévenance.) Il faut que je te parle pendant quelques minutes. En privé ?

En entendant cela, tous les papillons que j'avais dans le ventre se recroquevillèrent et moururent. J'acquiesçai en silence et pris la tête jusqu'au salon, puis hésitai et l'emmenai dans la chambre à coucher avant de refermer la porte. Le lit n'était toujours pas fait. En temps normal, Lewis aurait pu en tirer une petite blague entendue, mais il se contenta de s'asseoir au bord du matelas en me regardant, les mains légèrement fermées l'une sur l'autre entre ses genoux. Lewis était un grand échalas, tout en angles bizarres qui, d'une façon ou d'une autre, restaient étrangement gracieux.

Cela me rendait… Disons qu'il m'avait manqué.

— Où est David ? demanda-t-il.

— Changeons de sujet, répondis-je.

Sans colère, juste d'un ton irrévocable. La dernière fois que nous étions entrés en contact, il avait fait partie d'un plan visant à me séparer de David, et on ne me referait plus ce coup-là, jamais. Lewis était sans doute le seul gardien à savoir que je l'avais toujours en ma possession, et cela me rendait un peu méfiante vis-à-vis de toute cette atmosphère de retrouvailles.

— Tu ne veux pas en parler, très bien. Je respecte ça. (Lewis frotta ses pouces l'un contre l'autre et baissa les yeux sur la moquette.) Je te demande seulement parce que je veux être sûr que tu es… protégée. Des gens posent des questions à ton propos.

— Des gens ?

— Des gens indésirables. Il y a une grande discussion en cours, et un nombre de personnes assez conséquent pousse de hauts cris en disant qu'on n'aurait pas dû te permettre de quitter l'Association sans… (Il ne dit pas les mots «être neutralisée», mais c'était plutôt ça qu'il voulait dire, nous le savions tous les deux) …s'assurer que tu ne continues pas à utiliser tes pouvoirs. Ils pointent du doigt certaines anomalies du coin pour prouver que tu joues toujours les gardiens sans ta licence.

Voilà qui n'était pas bon. Et cela expliquait la visite que j'avais reçue des Trois Amigos hier matin.

— Tu leur as dit que ce n'est pas le cas ? Que je respecte notre accord ?

— Je ne leur dis rien du tout. (Lewis secoua lentement la tête.) Écoute, je fais maintenant partie des gardiens, mais je ne fais pas vraiment… *partie* des gardiens. Tu vois ce que je veux dire. Quoi que j'aie à dire, cela ne risque pas de t'aider. Ils me respectent. Ils ne m'aiment pas, et la confiance n'entre pas en ligne de compte.

Je le savais. Lewis avait passé beaucoup d'années en marge du système, s'assurant que tous les gardiens, y compris moi, perdent complètement sa trace. Un nombre substantiel d'entre eux ne voulait sans doute pas du tout de lui dans les parages, et un nombre encore plus grand pensait qu'il était utile, mais ne croyait pas un mot de ce qu'il avait à dire.

— Et qu'en dit Paul ?

Paul Giancarlo, actuel gardien national en activité, était lui aussi un ami. Mais Paul avait un tempérament impitoyable guère tempéré, justement, et notre amitié n'allait pas l'altérer le moins du monde. Cette relation avait aussi pris pas mal de coups durant ces quelques derniers mois. Je n'étais pas certaine de pouvoir jamais vraiment lui pardonner ce qu'il m'avait fait dans le Nevada.

C'est une chose de me mettre en danger. C'en est une autre de me faire du chantage en jouant la vie de mon amant. Ce n'est pas un truc que font les amis.

— Il a essayé de calmer le jeu. (Lewis leva sur moi ses yeux chaleureux, emplis de compassion.) Ce n'est qu'une supposition, mais vu l'ampleur de la discussion en cours, quelqu'un possède des informations, et il se pourrait qu'elles ne soient pas en ta faveur. Il serait peut-être avisé de ta part de te perdre pendant un moment. Contente-toi de prendre David et de partir dans un autre coin.

— Je prends mes cliques et mes claques et je file, c'est ça ?

Il acquiesça. Il avait abandonné les gardiens de bonne heure, et il leur avait fallu des années pour le retrouver. En vérité, ce n'est pas vraiment *eux* qui l'avaient retrouvé mais bien *moi*, et il s'était laissé convaincre de rester. Plus ou moins. Je soupçonnais que certains jours, c'était surtout moins.

— Je crois que ce serait une bonne idée pour toi de ne pas leur offrir une cible trop facile en ce moment. Trop de choses vont de travers, et ils n'ont personne à blâmer. Trop peu de djinns, les gardiens sont en train de s'effondrer après le fiasco au bâtiment des Nations Unies… c'est le chantier. Paul fait tout ce qu'il peut pour maintenir l'ensemble debout, mais franchement, Jo, je crois qu'ils commencent à chercher des boucs émissaires. Tu es un choix évident.

— Je n'ai rien fait du tout, bordel.

— Je sais. Je t'ai surveillée.

— Quoi ? (Je fis deux pas vers lui, puis m'arrêtai.) Tu ne voudrais pas reformuler ça d'une façon qui ne soit pas, mettons, flippante, et qui fasse un peu moins espion ?

— J'aimerais bien, mais les choses sont ce qu'elles sont. Paul m'a envoyé. Il voulait être sûr qu'il n'y avait rien de vrai dans ce qu'on racontait sur toi.

— Je n'ai pas manipulé les éléments !

Il acquiesça.

— Je le sais. Mais quelqu'un l'a fait, dans le coin. La plupart du temps, c'est subtil, mais ce truc avec la tempête tropicale Walter, c'était un gros ratage. Tu dois avoir remarqué… (Il fit un geste vers la fenêtre balayée par la pluie et illuminée par la foudre.) Je veux seulement dire qu'en l'absence d'un suspect, tu apparais comme terriblement tentante. Quoi que je dise.

— Mais tu leur diras…

— Oui. Et tu crois vraiment qu'ils en auront quelque chose à foutre, au final ? Jo, là-bas je ne suis plus tout à fait le petit chouchou, désormais. De plus, toi et moi nous avons… un passé. Ce n'est pas un secret.

Il marquait un point. Un point un peu effrayant, en fait.

— Donc qu'est-ce que je fais ?

— Comme je te l'ai dit, pars, dit-il. Ou rejoins les Ma'at. Ils peuvent te protéger.

Les Ma'at étaient sa propre création, une sorte de version bas voltage des gardiens ; il n'y avait aucune puissance véritable chez eux à part Lewis lui-même et un ou deux autres. Leur force venait de leur capacité à *nier* la puissance, pas à la générer. Ils étaient conçus pour rétablir l'équilibre que les gardiens, sciemment ou non, avaient foutu en l'air.

Bonne suggestion. Cependant, je ne raffolais pas vraiment d'eux non plus, en règle générale. Les gardiens, les Ma'at… au final, aucun d'eux ne s'était mis en quatre pour s'assurer qu'on prenne soin de moi.

Tout le monde avait ses obligations propres. J'avais démissionné parce que j'en avais marre d'être à la merci des priorités de quelqu'un d'autre que moi-même.

En parlant de ça, Lewis avait raison. Je devrais me contenter de suivre mon propre chemin. Je devrais jeter des affaires dans une valise, laisser les clefs de l'appartement à Sarah et sortir de la ville, avec David sur le siège passager et la route devant moi. Mais *bon Dieu*, depuis combien de temps faisais-je ça ? Depuis la nuit où je m'étais battue avec Bad Bob, quand j'avais commencé à fuir, je n'avais pas eu une maison ou un endroit à moi sur Terre, et j'étais *fatiguée*. Je voulais… je voulais me reposer.

Je voulais être à nouveau à ma place, faire partie du monde.

— Je reste, dis-je doucement. Je ferais attention, d'accord ? Mais je reste. Je ne veux pas vivre comme ça pour le restant de ma vie, à regarder par-dessus mon épaule.

Lewis tendit le bras et prit ma main dans la sienne. Il avait de grandes mains, couvertes de cicatrices et un peu rêches par endroits. Des doigts puissants et une poigne ferme.

— Je suis ton ami, dit-il. Je ferai ce que je peux pour toi, tu sais ça. Mais Jo, si on en arrive là, tu dois être prête à fuir. Je ne veux pas te voir détruite, mais je ne veux pas avoir à choisir mon camp.

Je me penchai en avant et l'embrassai sur le front.

— Tu n'auras pas à le faire.

Il tenait toujours ma main. Son étreinte se resserra, juste un peu, et je sentis ce pouvoir bourdonner entre nous à nouveau. Nos dons avaient une sorte de vibration complémentaire, quelque chose qui montait en vagues. Puissant. Dangereux. Un peu sexy, aussi. Cela nous avait toujours attirés l'un vers l'autre, et en même temps, cela nous avait séparés. En tout et pour tout, nous avions eu une rencontre vraiment intime, laquelle avait été plutôt sismique, au sens propre.

Lewis n'était pas une fréquentation sûre, même si mon cœur appartenait à David.

Sarah cogna à la porte de la chambre.

— Hé ! Ne faites rien que je ne ferais pas, là-dedans !
hurla-t-elle. Et puis bon, les tomates et les oignons
sont coupés. Tu veux que je fasse dorer la viande ?

— Oui ! hurlai-je en retour, tout en levant les yeux
au ciel et en faisant un pas en arrière.

Lewis lâcha ma main, se leva et dit :

— Tu sais, ta sœur me fait beaucoup penser à toi.

Je lui lançai un regard de travers.

— Quoi ?

— Rien.

J'ouvris la porte de la chambre et sortis pour aider
à préparer le dîner.

FINALEMENT, TOUT SE passa bien. Lewis fut de compagnie
agréable, Sarah se tint plus ou moins bien, à part le fait
qu'elle le plaça sans pitié sur le gril en l'interrogeant
sur la nature de ma relation avec lui, et en déblatérant
sans fin sur David, qu'elle n'avait même pas rencontré,
ce qui me fit un peu grincer des dents.

Lewis me souhaita bonne nuit en m'embrassant
chastement sur la joue, puis s'en alla au pas de promenade dans l'air de la nuit, les mains dans les poches,
comme s'il projetait d'aller flemmarder à la plage et de
ne pas faire grand-chose. En réalité, il était sans doute
parti sauver le monde. C'était ça, Lewis. Une publicité
mensongère en chaussures de randonnée cabossées. Je
me demandai ce que Rahel et les Ma'at mijotaient.

Je décidai résolument que ce n'étaient pas mes
affaires.

Sarah ne fit pas la vaisselle. Apparemment, ils n'en-
seignaient pas cette compétence particulière dans les
cours de cuisine snobs pour riches femmes au foyer en
proie à l'ennui. Je fis le sale boulot, allai me coucher à
mon heure habituelle, mis mon réveil et me préparai

à une courte nuit de sommeil. Je me tournai et me retournai dans mon lit. David me manquait, il me manquait *beaucoup*. J'enserrai mon oreiller. Je plongeai la main dans le tiroir, sortis sa bouteille et fis lentement courir mes doigts sur sa surface.

Mais je ne le rappelai pas, et je finis par m'endormir au contact frais du verre, en imaginant qu'il pouvait sentir mes mains sur lui.

Ce qui mena à un rêve très agréable. Qui fut brusquement interrompu par la sonnerie du téléphone. Je roulai sur moi-même dans le lit, battant des bras, bousculant de petites choses bousculables (par chance, *pas* la bouteille qui reposait toujours sur les draps auprès de moi), et louchai sur les chiffres digitaux rouges de mon réveil, après avoir repoussé l'amas de cheveux emmêlés qui me tombait devant les yeux.

Trois heures et demie du matin.

Il fallut six sonneries pour que je me souvienne de la position du téléphone et que je lève maladroitement le combiné jusqu'à mon oreille ; quand j'y parvins finalement, j'entendis une conversation déjà engagée.

— … une bonne journée, alors ? (Une voix anglaise douce comme du velours, épicée par l'accent. Liquide, rapide, avec une petite pointe d'adrénaline.) Désolé d'appeler si tard. Je promets de ne plus le faire à cette heure indue ; j'étais au téléphone avec la Nouvelle-Zélande, et j'ai oublié quelle heure il était ici. Tu veux bien me pardonner ?

Il fallut une minute à mon cerveau embrouillé de sommeil pour comprendre pourquoi cette voix m'était familière. Oh, ouais. Eamon. Je m'apprêtai à lui dire de rappeler à une heure où les gens sont *réveillés*, mais la voix de Sarah m'interrompit alors que je prenais mon souffle.

Elle était langoureuse et détendue, et semblait très heureuse d'avoir des nouvelles de lui.

— Ce n'est rien. Je ne dormais pas vraiment.

Ouh, la grosse menteuse !

Ma miss Bonnes Manières intérieure, qui était à peine réveillée et garce comme pas deux, me dit de raccrocher le téléphone avant d'entendre quelque chose de personnel. Ce que je m'apprêtais à faire. D'une seconde à l'autre.

— Tu as bien aimé cette journée passée avec ta sœur ?

— Jo ? Oh, ouais. Elle peut être adorable, tu sais ? (Voilà qui était étonnant. Cela me prit de court pendant une seconde, jusqu'à ce qu'elle continue.) Enfin, quand elle le veut. Parce qu'elle s'est comportée comme une vraie garce avec moi pendant la majeure partie de nos vies.

D'accord, très bien. Je ne ressentis alors aucune culpabilité à écouter, et d'ailleurs, pour qui donc se prenait monsieur Anglais Trop Sexy, à appeler ma sœur à je ne sais quelle heure du matin ? Je devais me lever dans une heure ! Et c'était *mon* appartement !

Miss Bonnes Manières se réveilla un peu plus, et me rappela que je serais bien emmerdée si Sarah décrochait le téléphone et écoutait, disons, pendant que David et moi partagions un moment intime. Je débattis intérieurement de la question pendant assez longtemps pour entendre Eamon dire :

— Ton ex ne t'a plus causé d'ennuis, cependant ? Il n'a envoyé personne d'autre à ta recherche, si ? (Au ton de sa voix, il paraissait sincèrement préoccupé.) Je m'inquiète seulement un peu, avec toi et ta sœur, sans personne. C'est une ville dangereuse, pour deux belles femmes seules.

Des ennuis ? Quels ennuis ? Il y avait eu des ennuis avec Chrétien ? D'après la version que Sarah m'avait fournie, si ennuis il y avait eu, c'était avec ses avocats. Rien qui soit en rapport avec un danger physique.

Mais c'est vrai que Sarah omettait parfois des choses. Comme le détail initial d'importance, sur le fait qu'elle ait trompé Chrétien avec son partenaire en affaires. Elle n'avait pas été honnête sur tous les points.

— Tu es adorable, dit Sarah d'un ton à demi endormi et chuchotant. (J'entendis le froissement des draps. Si je pouvais l'entendre, Eamon l'entendait aussi. Sarah avait toujours su manier la drague mieux que personne d'autre, à ma connaissance.) Non, je crois qu'il a laissé tomber ça. Quand il arrive à me trouver, il se contente de m'appeler. Et il dit… des choses cruelles.

— Je suis navré.

— Au moins, maintenant il ne *fait* plus les choses cruelles. Il en parle, c'est tout.

Chrétien ? Cruel ? Voilà qui était nouveau pour moi. Je veux dire, il avait toujours été superficiel et arrogant, mais j'étais tout simplement incapable de l'imaginer en mari abusif. Et elle me l'aurait dit, non ? Même si j'étais une vraie garce. Ma sœur me l'aurait dit, si elle avait été mariée à un homme qui lui faisait du mal.

N'est-ce pas ?

— Sarah, il a de l'argent et il t'en veut, dit Eamon. C'est une mauvaise combinaison. Est-ce qu'il sait où tu es allée ?

— Il peut le deviner. Je n'ai pas beaucoup de famille.

— Tu es toujours inquiète, alors ?

Elle soupira.

— Un peu. À propos de Jo. Elle… elle ne sait pas où sont les limites, parfois. J'ai peur que s'il envoie quelqu'un, elle se fasse blesser.

— Ça peut te sembler cavalier, mais… tu sais que tu peux m'appeler. N'importe quand. Jour et nuit. Je viendrais directement, dit Eamon, laissant échapper sa phrase dans un demi-murmure, venu du fond de la gorge.

Et, ouais, je devais l'admettre, sur le coup ma réponse aurait pu être : « Oh, oui s'il te plaît, viens tout de suite, bébé ». Mais cela aurait été ma réponse intérieure et silencieuse. Juste avant de lui dire calmement « non merci » à voix haute.

C'est ça, me rappelai-je du haut de ma noble position de donneuse de leçons. *Parce que toi tu n'as jamais rien fait qui ressemble à ça.* Bordel, j'avais récupéré David quand il faisait du stop sur le côté de la route. Les donneurs de leçon et moi formions le terrain glissant proverbial.

Sarah eut un petit rire à voix basse.

— Tu n'es qu'un horrible dragueur.

— Pas du tout, dit-il. Je suis un homme honorable. Je dormirais sur le canapé, ma belle. Complètement platonique. Pur comme la neige. (Sa voix tomba encore plus bas dans les graves.) Sarah. Je sais que tout ça est très soudain, mais je t'aime bien. Et je veux pouvoir mieux te connaître. J'espère que tu ne trouves pas ça déplacé.

— Non.

— Bien. (Je pouvais presque entendre son sourire à travers le téléphone.) Alors cela ne t'embête pas si je te rappelle ? Ou si je te vois en personne ?

— Pas du tout, ronronna-t-elle.

Pas du tout, imitai-je en silence en faisant une grimace devant le combiné. Et je retins mon souffle en le glissant sur sa base pour raccrocher, finalement convaincue que je dépassais peut-être un *petit peu* les bornes.

À ce moment, des lèvres chaudes touchèrent mon épaule, et David demanda :

— Qu'est-ce que tu fais ?

Je glapis (bruyamment) et m'empêtrai dans les draps, finissant enveloppée comme une momie. Je le vis appuyé sur un coude, étalé dans la lumière de la lune. Aussi somptueux qu'un rêve de minuit, avec ses yeux brûlants comme un feu qui couve.

— Qu'est-ce que *tu* fais ? demandai-je, le souffle court. Hé ! Tu devrais être…

Il posa deux doigts sur mes lèvres pour me faire taire.

— Je devrais être ici, dit-il, avant de remplacer ses doigts par sa bouche, en un baiser torride d'une intimité liquéfiante, qui me fit fondre de l'intérieur en une flaque de contentement chaud.

Il y eut sa langue, puis ses mains glissant sous les draps et oh mon Dieu, que c'était agréable. Les extrémités endormies de mes nerfs se réveillèrent avec un bourdonnement électrique.

Dehors, la pluie tombait toujours, chuchotement régulier contre la vitre, et cela me rappela qu'il ne me restait qu'une heure avant de devoir prendre une douche et rouler jusqu'au studio pour me faire à nouveau humilier par Marvin le Magnifique et ses prévisions à la mords-moi-le-nœud, qui semblaient bien trop chanceuses pour être vraies.

— Je dois me lever bientôt, dis-je.

Puis je me frayai un chemin en descendant le long de sa poitrine nue, déposant les cercles lents et humides de mes lèvres et de ma langue sur les plaines tremblantes, chaudes et veloutées de son ventre…

J'entendis son souffle se relâcher dans un lent gémissement impatient.

— Alors nous devrions nous dépêcher, chuchotat-il, avant de faire disparaître les boucles de mes cheveux d'une caresse.

***

Au matin (enfin, dans l'obscurité précédant l'aube), la pluie finit par s'arrêter juste au moment où je me garais sur le parking. Mes cheveux soigneusement lissés avaient un aspect brillant et sublime quand j'y jetai un œil dans le miroir; je me maquillai rapidement, interdis à Geneviève de crêper *quoi que ce soit*, puis jetai un œil à la tenue qu'elle avait pendue au crochet près de la porte.

— Tu rigoles, j'espère, dis-je. (Elle haussa ses épaules massives et musculeuses.) Oh, bon Dieu, je te file du fric si tu me dis que tu rigoles.

— Je suis trop chère pour toi, chérie, dit-elle en allumant une Marlboro.

Il était interdit de fumer, ici. Elle ne s'en était jamais souciée. Je retins mon souffle et me levai de ma chaise pour décrocher mon costume de son cintre, afin de le tenir dans la lumière.

Apparemment, Marvin allait prévoir un temps beau et chaud. J'allais porter un énorme soleil jaune clownesque en caoutchouc mousse, avec un trou pratiqué au sommet, juste assez grand pour mon visage. Des trous pour les bras et les jambes, et des collants jaunes.

— Non, dis-je. Je ne porterai pas ça. Dis à Marvin…

— Me dire quoi?

Marvin s'avança, jeta un bras lourd autour de mes épaules, se pencha et son regard plongea vers ma chemise. Il sentait la mauvaise eau de Cologne et les pastilles pour l'haleine, avec un arrière-goût aigre de restes d'alcool de la nuit dernière. Ses implants capillaires ressemblaient toujours à des semis, mais il allait les couvrir avec un postiche avant de passer en direct, mettre une giclée de Visine dans ses yeux rouges, et blanchir ses dents vite fait. Marvin connaissait la télévision comme d'autres météorologistes (meilleurs que lui) savaient s'y retrouver dans une image satellite.

— Qu'est-ce qui ne va pas ? demanda-t-il. La tenue ne te plaît pas ? Tu aurais dû venir au p'tit déj' avec moi hier, hé hé.

Je me forçai à sourire et me rappelai que j'avais besoin d'un boulot, et que celui-ci payait mieux que de travailler au comptoir d'un *7-Eleven*, avec un risque légèrement moins élevé de se faire braquer.

— Je préférerais ne pas porter ça, dis-je. (J'essayai de paraître professionnelle, sur le sujet.) Pourquoi pas quelque chose d'autre ? Quelque chose de moins…

— Les gamins *adorent* Madame Soleil, dit-il en pressant le caoutchouc mousse, pile à l'endroit où se trouverait ma poitrine. On a tellement envie de lui faire un câlin. Allons, Jo. Sois sympa.

Son ton jovial ne me trompait pas ; ses yeux étaient sévères et brillants, et il n'allait pas accepter un « non » comme réponse. Le directeur des programmes, un jeune homme débordé du nom de Michaël, ne souffrirait aucune résistance morale contre le caoutchouc mousse, et d'après ce que j'en savais, il n'y avait aucune Union des Miss Météo pour me protéger de ce crime contre la mode.

— Très bien, dis-je en me forçant de nouveau à sourire. Pas de problème.

Il me lança un clin d'œil, je le jure devant Dieu. Il le fit.

Je dus franchement combattre une pulsion grandissante de concentrer un éclair.

* * *

LA SESSION SE passa à peu près aussi mal que j'aurais jamais pu l'imaginer. Mes répliques étaient débiles, le costume soleil en caoutchouc mousse était chaud, Marvin était haïssable et Cherise était évidemment absente dans la seconde ligne de tranchées du soutien moral. Ils me jetèrent encore de l'eau, cette fois pour avertir qu'il y aurait des vagues inhabituellement grosses. L'un des machinistes ricana.

Alors que je retirais les collants poisseux et pleins de sueur, Geneviève prit un moment sur sa pause cigarette pour me filer une serviette et dire :

— Tu sais, tu es meilleure qu'il ne le mérite. En fait, avec toi, il paraît bon. Moi, j'oublierais mes répliques et je vomirais sur lui.

Elle leva un sourcil trop épilé d'un air lourd de sens, et alluma son Bic pour se griller un nouveau clou de cercueil.

Je lançai mes collants humides dans le panier à linge (trois points), et remuai les orteils dans l'extase de la liberté.

— Ça marcherait ? demandai-je.

— Bien sûr, répondit-elle. Ça a marché pour les deux filles précédentes. Enfin, O.K, l'une d'entre elles a pété les plombs et l'a frappé avec un poisson en caoutchouc. Mais en fait, le taux d'audience a augmenté, donc peut-être que ce n'est pas une si bonne idée que ça de partir là-dessus, surtout avec le poisson. Eh, tu sais quoi ? Tes cheveux sont superbes. Tu devrais aller à la plage. Il est censé faire beau.

Nous rîmes toutes les deux, je lui tapai dans la main et la laissai aller crêper la présentatrice de midi jusqu'à totale soumission.

Le temps se dégageait à l'est, mais alors que je restais immobile, à sentir le vent, je sus que les choses n'allaient pas rester ainsi ; une nouvelle vague d'air humide et froid se déplaçait au-dessus de l'océan, et la collision avec le système de hautes pressions existant allait sans doute attirer d'autres nuages. De la pluie pour aujourd'hui. De la pluie pour demain, sans doute. Soleil, mon cul. Marvin *devait* avoir tort, ou alors il avait un gardien dans sa manche. Mais qui ? Pas moi, de toute évidence. Et comme le bureau local était dirigé par John Foster, l'un des quelques gardiens vraiment honnêtes que j'aie jamais connus, je ne voyais pas. Mais John avait une faille. Il faisait confiance aux gens, jusqu'à ce qu'ils le laissent tomber.

Je me demandai si je devais commencer sérieusement à chercher le coupable. Par légitime défense.

Tu as du pouvoir, me dis-je. *Tu peux faire appel aux orages, à la foudre et à l'eau. Tu peux botter le cul de quelqu'un si besoin est.* Ouais, et me faire traîner vers une lobotomie pour ma peine. La situation était mal engagée. Je n'étais que trop conscient de ce qu'avait dit Lewis. Je n'avais pas du tout utilisé mes pouvoirs, et les gardiens se retournaient quand même contre moi. Si je les utilisais maintenant, même en cas de légitime défense…

Alors que je passais le coin en direction de ma voiture, je repérai un van blanc d'une familiarité déprimante. Il était constellé de gouttelettes de pluie qui brillaient de reflets orange dans la lumière du lever de soleil.

Merde.

Rodriguez était assis sur le siège conducteur, en train de manger les dernières miettes d'une tresse danoise. Un tout petit écran LCD était branché sur l'allume-cigare du tableau de bord et diffusait la chaîne WXTV. Il avait vu (et sans aucun doute apprécié) mon humiliation matinale sous les traits de Madame Soleil Super Gourdasse.

Je ne sais comment, je ne m'en sentis pas mieux du tout.

— Vous vous amusez bien ? lui demandai-je. (Il essuya des miettes de viennoiserie sur sa bouche avec une serviette, lécha ses lèvres et prit une gorgée de café.) Parce que ça commence à bien faire. Rentrez chez vous. Je ne peux rien vous dire.

— Bien sûr que si, dit-il. Monte à l'intérieur. Explique-moi d'où tu connaissais Tommy Quinn, et ce qui lui est arrivé. La confession est salutaire pour l'âme.

— C'est une perte de temps. Le vôtre et le mien à la fois.

— Eh bien, je suis en congé longue durée, donc je dispose de mon temps, dit-il. Et en ce qui concerne le tien, je m'en fous plus qu'un peu. Tu *vas* me parler. Tôt ou tard.

J'étais fatiguée, j'en avais ras le bol, et j'avais l'impression que la matinée tout entière s'acharnait sur moi ; rien de tel que d'être la cible en caoutchouc mousse de mauvaises blagues pour vous mettre de super humeur avant d'entamer la journée. Mais plus que cela, j'étais tout simplement *fatiguée*. Je me sentais… lourde. Épuisée. Terne.

Et c'est peut-être la raison pour laquelle je pris d'un coup la décision d'ouvrir ma gueule.

— Très bien, dis-je d'un ton sec. Thomas Quinn n'était pas un type sympa, et s'il était votre ami, je suis désolée, mais croyez-moi, vous êtes mieux sans lui. Il vous aurait planté un couteau dans le dos en une seconde s'il avait pensé que cela en valait la peine. Et je ne parle pas au figuré.

Rodriguez s'était soudain figé et était devenu très, très froid, les yeux fixés sur moi. Une froideur de flic, avec une rage humaine qui brûlait quelque part au-delà.

— Tommy était un homme bien, dit-il avec un calme délibéré. Un bon flic. Un bon mari, et un bon père. (La rage fit son chemin, brûlante, vers la surface.) Je l'ai vu sortir un bébé de six mois d'un bâtiment en flammes et vomir ses tripes quand il est mort dans ses bras. Tu ne sais rien, putain. C'était un *homme bien*.

Je me souvins de Quinn, de toutes ses facettes, et de toutes ces impressions que j'avais eues de lui. Je l'avais apprécié. Je l'avais craint. Je l'avais détesté. Je ne le connaissais pas du tout, et Armando Rodriguez non plus, peu importe ce qu'il pouvait penser. Il n'était pas vraiment possible de connaître les gens comme Quinn. Ils ne vous montraient jamais leur vrai visage.

— C'était aussi un meurtrier, un tortionnaire et un violeur, dis-je. Mais vous savez, personne ne se résume jamais à une seule facette.

Je m'éloignais, fouillant dans mon sac à la recherche de mes clefs de voiture, quand Rodriguez dit derrière moi :

— Une seconde. Tu as dit *était*. Au passé.

Je continuai de marcher, un point glacé naissant au creux de mes omoplates. J'entendis le grincement du métal, des pas lourds derrière moi sur le trottoir mouillé, et j'eus le temps de penser *oh, merde* juste avant qu'il ne m'empoigne et me pousse vers l'avant, contre le métal mouillé et glissant de la portière passager de la Viper. J'expirai brusquement, en partie à cause du choc, en partie à cause de l'impact, et avant que je puisse seulement songer à résister, il avait mis mes deux bras derrière mon dos, enserrés dans une seule main énorme, l'autre maintenant ma tête vers le bas, douloureusement pressée contre le toit de la voiture. Mes cheveux étaient retombés en un rideau noir sur mon visage et se soulevaient au rythme de ma respiration rapide et apeurée. J'étais prise de court, secouée, et j'avais l'impression que mes bras allaient s'arracher de leur cavité articulaire.

Je sentis que je me tendais par réflexe vers l'air et l'eau autour de moi, et me forçai à lâcher prise. J'avais de plus gros problèmes que l'inspecteur Rodriguez.

— Du calme, grogna-t-il à mon oreille. (Il tira à nouveau d'un coup sec sur mes bras.) *Calme.*

Je n'avais même pas réalisé que je m'étais débattue, et cela n'avait carrément aucune importance de toute façon ; il était impossible que je me libère. Je n'avais absolument aucun point d'appui. Je me forçai à me détendre, et la douleur dans mes bras se réduisit à un élancement sourd. Je ne pouvais pas combattre en utilisant des moyens surnaturels. Pour ce que j'en savais, les gardiens pouvaient être garés de l'autre côté de la rue, surveillant mes moindres gestes.

— Tu ferais mieux de m'écouter, dit Rodriguez. Je ne vais pas jouer avec toi. Tu sais ce qui est arrivé à Tommy ; tu ferais mieux de me le dire *tout de suite*, sinon je te jure que je vais te balancer à l'arrière de ce van et qu'on va aller dans un endroit où nous pourrons parler en privé pendant très, très longtemps. Tu m'as compris ? Je peux te faire du mal. Crois-moi.

— D'accord, chuchotai-je. (Je sentais le froid du métal contre ma joue ; les gouttes de pluie, elles, étaient tièdes comme des larmes.) Vous n'avez pas envie de le savoir. Je ne me fous pas de vous, vous n'en avez vraiment pas envie. Laissez-le être comme vous pensiez qu'il était. Laissez sa famille se souvenir de lui ainsi. Je ne peux rien faire pour améliorer quoi que ce soit… ah !

Ce dernier mot était un cri aigu, presque un hurlement, qu'il m'arracha en me tordant brusquement les poignets et en enfonçant un genou dans mes fesses pour m'écraser avec plus de force contre la voiture. Il n'y avait rien de sexuel dans tout ça ; ce n'était que de la douleur. Il se fichait du fait que je sois une femme.

Je n'étais qu'un suspect, et je détenais quelque chose qu'il voulait.

À ce moment précis, une voiture tourna le coin et ralentit pour entrer dans le parking. Je ne la reconnus pas. Ce n'était pas la petite voiture de nana flashy que possédait Cherise; celle-ci était une berline classique noire, avec des plaques de voiture de location. Il y avait deux personnes à l'intérieur, c'est tout ce que je pus distinguer à travers le voile de mes cheveux et les larmes dans mes yeux.

Elle s'arrêta brusquement, les pneus crissant sur le sol, et la portière côté conducteur s'ouvrit en grand.

Je sentis une montée soudaine et viscérale de soulagement m'envahir quand Armando Rodriguez me lâcha. Je m'écroulai contre la peinture brillante de Mona, les genoux vacillants, et repoussai les cheveux qui me tombaient dans les yeux pour regarder par-dessus mon épaule.

Le flic marcha rapidement mais sans panique vers son van blanc, monta à l'intérieur et mit les gaz. Je remarquai qu'il avait choisi le meilleur endroit pour partir. Sa sortie fut rondement menée. Il tourna à droite et disparut dans le trafic en quelques secondes.

Une paire de mains puissantes se referma gentiment autour de ma taille et m'aida à me rétablir. Je sentis l'odeur d'une coûteuse eau de Cologne.

— Ça va? demanda une voix grave et liquide. (Je parvins à acquiescer.) Tu connais cet homme?

Je levai les yeux vers mon sauveur et, pendant une seconde de panique, je ne le reconnus pas. Puis toutes les pièces s'assemblèrent. Des cheveux bruns légèrement ébouriffés, une barbe, une moustache. Une chaude voix britannique.

Eamon.

Je n'eus ni le souffle ni le temps nécessaires pour répondre à sa question.

— Oh mon *Dieu*! Jo, tu vas bien?

La voix stridente de Sarah avait gagné deux octaves dans l'aigu sous le coup de la peur. Elle vola vers moi à toute vitesse et me heurta, me prenant dans ses bras, et je grimaçai en sentant des muscles froissés émettre une plainte.

Puis je la serrai en retour, recevant avec gratitude l'amour inconditionnel et l'inquiétude contenus dans son étreinte.

Eamon fit un pas en arrière et nous observa, ses yeux bleu-gris brillant dans la lumière du matin. Après un instant, il posa une main sur l'épaule de Sarah.

— Tout va bien, elle est en sécurité maintenant, dit-il d'une voix réconfortante. Joanne? Tu es blessée?

Je secouai la tête et m'écartai de l'étreinte de Sarah.

— Non, non, je vais bien. Merci.

— On venait voir si tu voulais prendre le petit déjeuner avec nous, laissa échapper Sarah. Oh, mon Dieu, Jo, cet homme: c'était le même van! Il était… est-ce qu'il était en train d'essayer de t'enlever? Est-ce qu'il a…

— Je vais bien, interrompis-je. Vraiment, Sarah, je vais bien. Il essayait seulement de me faire peur.

Eamon, apparemment rassuré de voir que je ne saignais pas abondamment et que je n'avais pas une blessure horrible, s'éloigna d'un pas et regarda la rue dans laquelle le van de Rodriguez avait disparu. Il abaissa légèrement les paupières, masquant à demi la lueur dure de ses yeux.

— Pour moi, ça ressemblait à plus que de l'intimidation, ma belle, dit-il. On aurait dit qu'il essayait vraiment de te faire du mal.

— Costaud comme il est, s'il avait voulu me blesser, je serais blessée, dis-je. (Ce qui était purement un vœu pieux; en fait, *j'étais* blessée. Mon bras me faisait un mal de chien. Je n'avais pas trop envie de le bouger.) En plus, c'est… (*Un flic.* Je ne sais pas pourquoi je ne le dis pas. Des années passées à cacher des choses. Une vieille habitude.) Il est parti.

— Et s'il revient? demanda Eamon de façon assez légitime. Il semble persévérant.

— Je peux prendre soin de moi-même.

Il tourna vers moi son regard plein d'intensité, et je sentis quelque chose en moi bondir et frissonner à la fois devant la force qu'il contenait.

— Ah oui? (Je me redressai et acquiesçai.) Très bien, dans ce cas, dit-il. J'imagine qu'il va falloir que je te croie sur parole.

— Mais… dit Sarah, les sourcils froncés.

Eamon prit sa main dans la sienne, et elle se tut. Pour tout dire, j'aurais fait pareil. Il y avait quelque chose de doux et de persuasif dans la façon dont il le fit; ce n'était pas un geste du genre *ferme-la*, mais quelque chose de rassurant. De réconfortant.

— Allons parler devant un petit déjeuner, dit-il, avant de la ramener vers la voiture de location.

Il ouvrit la portière côté passager et l'aida d'une main à s'installer, avec une grâce un peu surannée, puis il se tourna vers moi alors qu'il la refermait. Aujourd'hui, il portait une chemise noire dont les deux premiers boutons étaient défaits, et un pantalon noir fraîchement repassé. De longues chaussures fines; je n'étais pas experte en haute couture masculine, mais elles ressemblaient vaguement à des Bruno Magli. Chères. Peut-être même faites sur mesure.

Il n'avait certainement pas l'air pauvre. Pas du tout.

— Tu viens? me demanda-t-il en arquant les sourcils.

Je pris une profonde inspiration.

— Bien sûr.

Il ouvrit la portière arrière et la tint pour moi comme un gentleman pendant que je me glissais à l'intérieur.

INTERLUDE

Pour quelque chose d'aussi puissant, une tempête est étrangement vulnérable. Celle-ci, née de la chaleur de l'eau et d'un caprice du vent, n'est pas différente. Il ne faudrait qu'un fort vent d'ouest en provenance des latitudes moyennes pour découper le sommet de ses nuages et la figer sur place jusqu'à ce qu'elle dépérisse et meure. Ou peut-être qu'elle éviterait les vents d'ouest, mais se déplacerait au-dessus d'eaux plus froides, ce qui la ralentirait. Elle pourrait rencontrer un air plus sec, qui la laisserait affaiblie et fatiguée, dispersée au moindre petit obstacle.

Mais rien de tout cela ne se produit.

Elle avance au rythme de quinze kilomètres à l'heure environ, parfois plus lentement quand elle rencontre de petites zones d'eau plus froide; elle capture l'air plus frais qu'elle trouve et s'en enveloppe: elle s'isole, conservant l'air chaud qui produit de l'énergie à l'intérieur d'elle-même. Les nuages rencontrent de la résistance à une altitude supérieure, et ils s'empilent comme des soldats prenant d'assaut une muraille. Son drapeau de guerre est représenté par les amas dodus à la tête écrasée que sont les nuages orageux en forme d'enclume.

Tandis qu'elle progresse vers l'avant, telle une armée en marche, il y a à l'intérieur de l'énorme masse lourde de nuages des jaillissements blanc-bleu lumineux, alors que le générateur laisse échapper son énergie excédentaire. Ce ne sont que de petites lueurs. Elle n'est pas encore prête.

Mais elle arrive rapidement.

III

E AMON AVAIT D'EXQUISES manières à table. Pour une raison quelconque, cela me fascina. Les mouvements propres et précis de ses mains, l'élégance dans les ajustements légers de son couteau et de sa fourchette. Il gardait en permanence ses coudes loin de la table. Il ne parlait pas la bouche pleine. En fait, il ne dit pas grand-chose du tout ; il se contenta d'écouter poliment tandis que Sarah ressassait l'événement. Encore. Et encore.

— Je ne peux tout simplement pas *croire* que ça se soit passé en plein jour ! dit ma sœur pour la vingtième fois environ. (Je pris une bouchée de pain perdu, m'assurai qu'elle soit généreusement enduite de sirop d'érable et savourai une déferlante sucrée.) Les gens pour qui tu travailles, ils n'ont pas de vigiles ? C'est horrible !… Il devrait y avoir un éclairage de sécurité dans ce parking !

— Pour tout dire, je ne pense pas que cela aurait été utile, Sarah. On était en plein jour, souligna Eamon d'un ton raisonnable. (Angélique, il semblait plus amusé qu'irrité.) Il y a beaucoup de problèmes dans ce genre, par ici ? Effractions, agressions… ?

— Quelques voitures forcées, dis-je en faisant passer le sucre avec du café. (Ce qui comptait pour deux dans les groupes alimentaires majeurs.) Rien de sérieux. Des gamins, sans doute.

— Et dois-je penser qu'il n'était rien d'autre qu'un voyou de plus ?

Il engloutit une belle bouchée d'œufs et arqua les sourcils dans ma direction.

— Non, pas lui, admis-je.

— Sarah a dit que tu étais suivie, poursuivit-il après avoir respecté une pause polie pour mâcher et avaler. Le même genre de van.

— Le *même* van, insista Sarah en tournant ses grands yeux vers moi. C'était ce type-là ? Celui du centre commercial ?

Inutile de mentir sur ce point.

— Oui. Mais… ça va, vraiment. Je vais me débrouiller.

— Tu es certaine que c'est la bonne chose à faire ? Tu devrais peut-être aller voir la police, suggéra Eamon. (Il en parlait d'un ton neutre. Autour de nous, les autres clients faisaient tinter l'argenterie sur leurs assiettes et s'occupaient de leurs vies quotidiennes, lesquelles n'incluaient sans doute pas d'être suivis par des flics venus d'un autre État. Je secouai la tête.) Ah, je vois. Il y a une raison particulière pour que… ?

— Je le connais, si on veut, dis-je. Je me débrouillerai.

Eamon me lança un long regard songeur, puis il posa sa fourchette et extirpa son portefeuille de sa poche arrière. J'ai toujours pensé qu'on pouvait en savoir beaucoup sur un homme d'après l'état de son portefeuille ; celui d'Eamon était lisse, noir et coûteux. Il en sortit une carte de visite et me la tendit.

— Mon numéro de portable, dit-il en tapotant le coin du papier épais. (Sarah avait raison, ses cartes n'étaient pas des poids plume : un papier crème, des caractères en relief… au niveau du prix, elles s'accordaient avec le portefeuille qui les contenait.) Écoute, je sais que tu me connais à peine, et je suis sûre que les femmes comme toi ne sont pas à court d'hommes attendant de les escorter, mais mieux vaut être prudents.

J'acquiesçai. Il mit le portefeuille de côté.

— Je me fiche de savoir que tu le connais, Joanne. Ce sont *justement* ceux qu'on connaît qui peuvent nous faire du mal.

Je me désintéressai de la carte et croisai son regard. Il avait de grands yeux doux qui, d'une certaine manière, atténuaient les angles durs de son visage.

— Ne le prends pas mal, dis-je, et je ne veux pas que tu penses que je ne te suis pas reconnaissante pour le sauvetage de ce matin, mais est-ce que tu es sûr que tu veux vraiment t'engager là-dedans ? À nous deux, nous pourrions représenter beaucoup de problèmes. Tu n'es qu'un passant innocent. Et si nous te connaissons à peine, on peut dire aussi que tu *nous* connais à peine. Et si nous étions…

— Les méchantes ? (Eamon sembla extrêmement amusé par cette idée.) Oh, ma belle, j'ai peine à le croire. Garde la carte, ceci dit. Je n'ai aucune obligation pour le moment, j'attends qu'une affaire fasse son apparition ; il n'y a aucune raison pour que je ne puisse pas aider si tu en as besoin. Même si ce n'est que de temps en temps pour aller et venir jusqu'à ta voiture ; qui, d'ailleurs, n'est *pas mal* du tout. Ta voiture, je veux dire. C'est quel modèle ?

Voilà un terrain plus ferme. Nous discutâmes voitures. L'immensité des connaissances d'Eamon en

matière de voitures de course anglaises était saisis-
sante ; il avait un faible pour les Formule 1. Dix
minutes plus tard, je remarquai que Sarah avait l'air
plus qu'un peu contrariée par toute cette conversation.
Ah, ouais. Il sortait avec *Sarah*, pas avec moi. J'imagine
qu'avoir une longue causerie animée devait sortir du
cadre de l'amitié.

Je tamponnai mes lèvres et m'excusai afin de
me rendre aux toilettes pour dames ; j'y pris mon
temps pour me laver les mains, appliquer une lotion
crémeuse à la vanille et rafraîchir mon rouge à lèvres.
Mes cheveux n'avaient pas subi trop de dommages
après mon match de lutte avec l'inspecteur Rodriguez.
En fait, j'avais plutôt belle allure, pour changer.

Le manque me tirailla avec tant de force que je
dus m'accrocher au lavabo des deux mains. Je voulais
David. Je voulais l'appeler pour qu'il sorte de sa
bouteille, le faire asseoir en face de moi, sourire et
discuter, comme si quelque part il existait pour nous
quelque chose se rapprochant d'une vie normale.

Je me rendis compte que ma main avait glissé vers
le bas pour se poser à plat sur mon ventre. Il y avait
toujours cette palpitation troublante, profondément
enfouie. Une promesse de vie. Je ne savais pas ce que
je devais ressentir… de l'espoir ? De la terreur ? De la
colère, parce qu'il m'avait confié une responsabilité si
énorme que mon boulot de gardienne semblait facile
en comparaison ?

Je voulais avoir une vie normale avec celui que
j'aimais. *Ceux*. Ce qui vibrait si doucement sous mes
doigts était la possibilité, bien que ténue, d'une…
famille.

Mais je savais qu'une vie normale était un fantasme,
et pas seulement à cause de l'étrangeté que représen-
tait le fait d'aimer un djinn. Ce matin, je l'avais senti

s'affaiblir avant de rentrer dans la bouteille. Il n'était pas resté dehors si longtemps que ça.

Il n'allait pas mieux, comme j'avais voulu m'en convaincre.

David était mourant.

Quand je m'autorisai à regarder les choses en face, le désespoir causé par ce fait ne cessa de m'envahir. *Il y a un moyen d'arranger ça. Il doit y avoir un moyen. Je dois seulement… le trouver.*

— Jonathan, dis-je. Si tu peux m'entendre, s'il te plaît… je te le demande. Pour le bien de David. Aide-moi.

Pas de réponse. Non pas que Jonathan soit particulièrement omniscient, bien sûr. Je ne me flattais pas de croire qu'il me tenait sous observation constante ; je ne méritais sans doute même pas d'être en numéro favori, tiens. Le temps passe différemment, pour les djinns. Il allait sans doute m'oublier totalement jusqu'à ce que j'atteigne les quatre-vingts ans, et que j'en sois à pousser mon déambulateur autour de la maison de retraite.

Ce qui, en fait, était bizarrement une pensée réjouissante.

Je pris une profonde inspiration, m'entraînai à sourire dans le miroir et sortis des toilettes pour revenir dans le restaurant. Alors que je me faufilais entre les tables, distribuant des coups de pied à des enfants et à un homme qui, par pur hasard, avait laissé traîner sa main à hauteur de fesses en attendant que je me glisse devant lui, je vis qu'Eamon et Sarah étaient plongés dans une conversation. Je ralentis pour étudier le langage des corps, et appréciai ce que je vis ; il était penché au-dessus de la table, absorbant chacun de ses mots, les yeux fixés sur son visage. Elle était animée, vive et lumineuse dans la lumière du matin.

Le langage silencieux de l'attirance.

Alors que je les observais, elle laissa tomber sa
main sur la table, se pencha en avant vers lui, et les
longs doigts élégants d'Eamon se déplacèrent pour
couvrir les siens. Ce n'était qu'un frôlement, mais ce
fut suffisant pour que je voie un frisson la parcourir.

Je répugnais presque à les interrompre. Presque.
Mais bon, foutre en l'air les bons moments est le rôle
d'une petite sœur.

Je me glissai sur ma chaise et ils se rassirent immédiatement, non sans échanger de petits sourires mystérieux.

— Alors, dis-je à Eamon. Quels sont tes plans pour
la journée ?

— En fait, je suis désœuvré. (Il regardait toujours
Sarah, les yeux à demi fermés.) Je pensais aller jouer
les touristes. Je ne connais pas bien Fort Lauderdale.
Qu'est-ce que vous pourriez me recommander ?

Il m'incluait dans la question sans vraiment le
faire ; je compris l'allusion implicite. Je tirai poliment
ma révérence.

— Waouh, ce serait génial, mais j'ai un truc de
prévu aujourd'hui. Un truc à faire. Alors, pourquoi
est-ce que vous n'iriez pas vous amuser un peu, toi et
Sarah ? On dirait qu'il va faire…

Sans même y réfléchir, je cherchai à percevoir le
temps.

Et ratai ma tentative.

Je me figeai, de marbre, ma tasse de café à
mi-chemin de mes lèvres, et me concentrai plus fort.
La sensibilité délicate que j'avais toujours possédée
pour l'équilibre des choses, la respiration du monde,
était… assourdie. Indistincte.

— Jo ? demanda Sarah, avant de regarder par-
dessus son épaule, vers le mur que je contemplais fixement comme si je voulais y creuser un trou.

Je cillai, me forçai à sourire.

— …Il va faire beau, achevai-je. Beau et chaud. Ou du moins c'est ce que dit Marvin le Magnifique. Donc ce serait peut-être une bonne idée pour vous d'aller à la plage. Je crois que Sarah s'est trouvé un maillot de bain qui tue, hier ; n'est-ce pas, Sarah ?

Ma sœur lança un sourire ravi à Eamon, qui m'observait avec un léger froncement creusé entre ses sourcils. Je lui envoyai un « Je vais bien. » silencieux, et il fut distrait par une question de Sarah à propos de l'Angleterre ; ils vivaient à nouveau dans un monde à deux.

Je fermai les yeux pendant une seconde, concentrée, et dérivai dans le monde éthéré. Se déplacer entre les dimensions était quelque chose de tellement automatique que c'était pour moi comme de respirer ; je vivais la moitié de ma vie là-bas, connectée au monde, observant ses strates et ses niveaux.

Aujourd'hui, j'avais l'impression de nager dans du sirop. Et une fois que je fus là-bas, les couleurs étaient ternes et indistinctes, les motifs troubles et déroutants. Il m'arrivait quelque chose, mais je ne parvenais pas à imaginer ce que cela pouvait être ; je ne me sentais pas *mal*. Seulement… déconnectée.

— Jo ?

Sarah était en train de dire quelque chose, et d'après le ton de sa voix, elle l'avait dit plus d'une fois. J'ouvris les yeux et la regardai, vis son froncement de sourcils impatient. Eamon me jaugeait à nouveau du regard.

— Tu vas bien ? demanda-t-il.

— Très bien, dis-je. Bien sûr. Un peu mal à la tête, j'imagine. Écoutez, je suis vraiment… je suis seulement vraiment fatiguée. Je crois que je vais rentrer à la maison et m'allonger un moment avant de devoir aller faire… le truc que j'ai à faire. Pourquoi est-ce que vous, vous n'iriez pas vous amuser ?

L'idée ne semblait pas trop leur déplaire, mais Eamon insista tout de même pour payer le petit déjeuner et me ramener au studio afin que j'y récupère ma voiture, avant de me suivre jusqu'à la maison ; il alla même jusqu'à m'escorter en haut pour faire rapidement le tour de l'appartement. (Je regrettai de ne pas avoir mieux rangé.) Quand il fut convaincu que je n'allai pas me faire sauter dessus par un maniaque fou planqué dans le placard bourré à craquer, il partit en compagnie de Sarah. Je leur fis signe de la main depuis le balcon, et restai dehors quelques minutes, regardant sa voiture se frayer un chemin vers la sortie du parking, en direction d'une journée merveilleuse faite de soleil et de plaisir.

Un van blanc tourna au coin, se glissa dans le parking et se gara. Je pouvais voir une ombre sur le siège conducteur.

— J'espère que t'es à l'aise, dis-je d'un air grave, avant de lever les yeux vers le ciel.

Il était en train de se dégager. L'humidité était en baisse ; une fraîche brise océanique soufflait sur ma peau et faisait bruire les palmiers un étage plus bas.

J'étais incapable de penser à quoi que ce soit qui pourrait faire la moindre foutue différence, sauf attendre et prétendre être tout à fait à l'aise face à la campagne d'intimidation de l'inspecteur Rodriguez.

Je rentrai dans l'appartement, me changeai pour enfiler un bikini turquoise, attrapai une serviette ainsi qu'une chaise longue pliante et me préparai un pichet de Margarita. Mon bras m'élançait toujours, mais il ne semblait pas trop meurtri. Des bleus fantomatiques se formaient sur mes poignets, pour s'accorder avec les marques bien plus agréables laissées plus tôt le matin par mes ébats avec David.

C'est la fête sur le patio, inspecteur. Intimide un peu ça.

Je glissai mes lunettes de soleil sur mon nez, huilai ma peau et le saluai avec mon verre tout en prenant un bain de soleil matinal.

QUELLE EST LA règle cardinale d'une séance de bronzage ? Ah, ouais. Ne pas s'endormir.

Eh bien je m'endormis. J'étais allongée sur le ventre, je laissais la caresse du soleil faire disparaître toute ma tension, et je pensais à David, à ses yeux de bronze chaud, à sa peau dorée, au moment où j'atteignais cette agréable douleur liquide qui me donnait envie de dire son nom, et quelque part au milieu de tout cela, je glissai dans le pays des rêves. L'endroit était sympa. J'y restai.

Quand je me réveillai, je sus immédiatement que j'étais aussi brûlée que si je m'étais collée sous le gril du four. Mon dos me donnait l'impression d'être boursouflé, engourdi, et j'avais tellement transpiré que mon bikini *et* ma serviette étaient imbibés de sueur. Je m'assis, droite comme un i, attrapai le reste de ma Margarita tiède et l'enfilai d'un trait, puis décampai hâtivement vers l'appartement.

Le van blanc était toujours en bas, innocemment garé sur un emplacement légal. Aucun signe de Rodriguez. J'étais incapable de déterminer s'il y avait toujours une ombre sur le siège passager ou non, mais à ce moment précis, j'avais un autre problème.

Je laissai tomber la chaise, l'huile, le pichet et la serviette, et me précipitai dans la salle de bain. Le devant avait l'air bien. Je me mordis la lèvre et commençai à tourner, très lentement. Bronzage… bronzage… un peu plus rouge… rouge… écarlate.

Oh, *la vache*. Je décollai l'arrière de mon slip de bikini et découvris que le contraste était à peine moins marqué que sur un poteau d'intersection rouge et blanc. Ça allait *vraiment* me faire mal.

J'enlevai le bikini et entrai dans la douche : ce fut une erreur. L'engourdissement s'atténua rapidement, remplacé par un bel assortiment de douleurs et de tourments, variant selon la direction du jet ; je me tamponnai délicatement pour me sécher, et barbouillai autant de zones de mon corps que je pouvais en atteindre de crème contre les brûlures. Et je souffris.

Quand le téléphone sonna, j'étais d'humeur massacrante, prête à arracher la tête d'un démarcheur avec les dents.

— Quoi ? aboyai-je, en relâchant un peu ma prise sur la serviette qui entourait mon dos douloureux.

— Ben dis donc, ma fille, je savais que tu serais d'une humeur de merde après le costume de Madame Soleil, pouffa Cherise à l'autre bout de la ligne. Mais tu avais l'air si *mignonne* et joyeuse !

— Oh, je t'en prie, Cherise. À mon âge, *mignonne* ? C'est pas vraiment ce que je recherche.

J'essayai la position assise. Mes cuisses et mon dos protestèrent violemment. Je déambulai à la place, marchai jusqu'aux portes du patio et tirai les rideaux, puis laissai tomber la serviette sur la pile des Trucs À Ramasser Plus Tard et continuai de faire les cent pas toute nue.

— C'était une petite blague de Marvin, c'est ça ? Parce que je l'ai remis à sa place hier ? repris-je.

— On dirait, acquiesça-t-elle. (Je pouvais presque la voir inspecter son vernis à ongles.) Hé, quelqu'un a posé des questions sur toi, au studio de la chaîne. Un type grand, hispanique, très poli ? Ça te dit quelque chose ?

Mis à part le côté poli, cela correspondait à la description de Monsieur Van Blanc, en bas.

— Qu'est-ce qu'il voulait savoir ?

— Depuis combien de temps tu es là, où tu étais avant, ton passé, depuis combien de temps on te connaissait, des conneries dans le genre. Hé, tu as des ennuis ? Et est-ce que c'est, tu sais, sérieux ?

Elle n'avait pas l'air inquiète. Elle avait l'air pantelante d'excitation.

— Non, et non.

— C'est ton maniaque ? Parce que d'habitude ils n'interrogent pas les amis proches. C'est plutôt le genre de tarés flippants qui te regardent de loin. Oooh, il est du FBI ?

— Non. Cher…

— Tu as vu l'ovni au-dessus de l'océan la nuit dernière ?

— Si j'ai… quoi ?

— L'ovni. (Le ton de sa voix était triomphant.) Je parie qu'ils pistent tous les gens qui l'ont vu. Il y avait un truc là-dessus sur le net ; les mecs des TIC m'en ont parlé au petit déjeuner. N'ouvre pas la porte si des types en costumes noirs aux crânes rasés se pointent.

— *Cherise.*

— Appelle-moi si Mulder passe te voir. Oh, en parlant de ça, écoute, tu pourrais me faire une faveur ? J'ai, euh, perdu le numéro de l'Anglais Trop Mignon…

— Tu n'as *jamais* eu son numéro.

— Ouais, mais ta sœur l'a eu, et elle allait me le donner, mais…

— Je ne te donnerai pas le numéro d'Eamon.

— Oh, je vois, maintenant c'est *Eamon*, dit-elle. Très bien. Fais comme tu veux. Brise-moi le cœur, vu que tu ne partages pas non plus David le Beau Gosse.

— Bye, Cherise.

— On se voit à trois heures ? (Nous avions une sorte de promo commerciale à faire. Je jetai un œil à l'horloge. Encore quatre heures devant moi.) Je viendrai te chercher.

— Ouais. À plus, alors.

Je raccrochai et continuai de marcher. L'air conditionné me frappa, froid comme de la glace sur mon dos, ce qui était agréable. Peut-être que je pouvais trouver quelque chose de léger à porter ; de la gaze serait à peine acceptable. Quoi que ce soit de plus lourd serait une torture.

Le téléphone sonna à nouveau avant que je puisse le reposer. C'était encore Cherise.

— J'ai oublié de te prévenir : Marvin a dit que tu étais censée porter le costume de Madame Soleil pour la promo. Ne t'inquiète pas, je l'ai fourré dans la voiture. Je te l'apporterai.

Elle raccrocha vite fait.

Avant que je puisse hurler.

— Waouh, dit Cherise en me voyant vêtue d'un dos-nu, d'un short et de tongs. Tu maîtrises vraiment bien le principe de la tenue de boulot décontractée.

Je lui jetai un regard mauvais et essayai de m'installer en douceur sur le siège passager de sa décapotable. Je laissai échapper un hoquet quand mon dos brûlé toucha le cuir. Cherise eut une exclamation et m'attrapa par l'épaule pour inspecter les dégâts.

— Oh, la vache, c'est pas bon, dit-elle en faisant claquer sa langue, exactement comme ma grand-mère. Tu ne peux pas porter le costume de Madame Soleil dans cet état. Je veux dire, merde alors, tu vas crever. Du caoutchouc mousse sur un coup de soleil ?

Comme si j'avais le choix. Je lui envoyai un regard malheureux.

— Oh, tu vas *vraiment* m'en devoir une belle, ma fille. (Elle passa brusquement la décapotable en marche arrière, fit crisser les pneus en démarrant en trombe et changea de direction comme un champion du Grand Prix en sortant du parking. Nous dépassâmes le van blanc en coup de vent, réduit à une masse confuse. Je vis ses feux arrière s'allumer alors qu'il démarrait.) Je vais peut-être devoir sucer Marvin pour te sortir de là, tu sais. Merde, peut-être qu'on devra le sucer toutes les deux. Oh, ne t'inquiète pas, on va trouver un moyen. Il ne peut pas te demander de mettre ce foutu costume comme ça ; ça doit enfreindre une règle fondamentale du droit du travail, ou bien ça entre dans les punitions cruelles-et-inhabituelles, un truc de ce genre.

Je grognai.

— Ouais, ce Marvin, il est à fond branché droit du travail.

Elle savait que je marquais un point, et fronça les sourcils à la vue de la circulation tout en rejoignant la rue. Une Lincoln Continental semblait l'avoir personnellement insultée, vu le regard menaçant qu'elle jeta au conducteur.

— Alors peut-être que tu as eu un accident. Je pourrais te déposer quelque part. Genre à l'hôpital. Tu pourrais même avoir une facture pour prouver le truc.

— Pour autant que j'aie envie de payer cent dollars pour qu'un interne ado fraîchement sorti de l'école médicale me diagnostique un coup de soleil…

Elle passait déjà à une autre idée. Elle me regarda avec une gravité extrême ; c'était le genre de regard que pourrait vous lancer un ami proche ayant décidé de vous faire un don d'organe pouvant vous sauver la vie.

— Je porterai le costume de Madame Soleil. Aujourd'hui, ce sera toi, Miss Plage.

C'était un sacrifice non négligeable. Cherise était *toujours* Miss Plage ; c'était son truc. De tout petits bikinis et un sourire parfait. Mis à part sa petite taille, elle ressemblait tout à fait à un mannequin en maillot de *Sports Illustrated*. Et elle ne mettait *jamais* de costumes. Il était possible, d'après moi, que ce soit contraire à sa religion. Il allait falloir qu'elle dise dix Donna Karan et un Tommy Hilfiger pour se rattraper, après coup.

Aussi tentant que ce soit, je n'imaginais sincèrement pas Marvin y souscrire, pas quand il avait une opportunité en or de me rendre la vie impossible.

— Il ne sera jamais d'accord, dis-je avec morosité. Et puis t'imagines, Miss Plage Brûlée ? Quel genre de message ça enverrait au spectateur ? C'est censé être un spot à propos des *dangers* du soleil, tu te souviens ?

— Oh, allez, ils ne te filmeront que de face, de toute façon. Et, ma belle, si ton dos n'est pas un conte d'avertissement, je ne sais pas ce que c'est…

Je lui lançai un faible sourire et relevai mes cheveux tout en me retournant pour regarder par-dessus mon épaule. Je ne fus pas vraiment choquée de voir le van blanc tourner en sortant du parking à notre poursuite ; enfin, ce n'était pas vraiment une poursuite. Il n'était pas hyper pressé de m'attraper.

— Y'a un truc qui va pas ? demanda Cherise, avant de jeter un œil dans le rétro. Oh, merde, j'y crois pas. C'est le même mec qu'au centre commercial ?

— Ouais. (Je me détournai pour regarder devant nous, enfilai mes lunettes de soleil et appuyai la tête sur le dossier.) Ne t'inquiète pas pour lui. Il est seulement…

— Obsédé ? compléta Cherise à ma place. Ouais. Je comprends carrément. Tu sais, j'ai au moins trois fans qui m'envoient des lettres toutes les semaines, pour me dire qu'ils veulent que je… euh, tu n'as pas vraiment besoin de savoir ça. Quoi qu'il en soit, ça fait partie du boulot. On entre dans la vie des gens, et ils veulent nous garder avec eux.

Cherise rejoignit l'autoroute, klaxonna un routier qui mima un baiser à son adresse, et se faufila prestement dans le trafic avec une aisance et une rapidité qui auraient impressionné un chef d'équipe de NASCAR. Sa Mustang (que je convoitais sérieusement) était un nouveau modèle, magnifiquement entretenu, et Cherise n'avait jamais été du genre à faire profil bas, pour ainsi dire. Elle était pomponnée, vêtue d'une mini-jupe en jean qui dévoilait les trois quarts de ses cuisses fermes et bronzées, d'un petit top ventre nu moulant et d'un soutien-gorge Victoria's Secret qui donnait au top un léger effet bombant et pigeonnant. Ses cheveux flottaient comme un drapeau de soie dans le vent. Cherise était une de ces femmes qui arrivent à destination après trente minutes de sévices capillaires à cent kilomètres à l'heure, et qui d'un coup de brosse accompagné d'un petit mouvement de tête désinvolte semblent sortir tout juste d'un salon de coiffure.

J'avais ce pouvoir, autrefois. Cela me manquait. Mes cheveux bouclaient encore. Non pas que cela ait de l'importance sous le costume de Madame Soleil.

— Donc, dit-elle, parle-moi de lui.

— Le maniaque ?

— Non, crétine. David. (Cherise se frayait un chemin dans la circulation incessante, nous maintenant dans l'ombre des gros camions. Elle fit signe de la main à une voiture de flic tout en la dépassant. Le flic cligna de l'œil et lui fit signe en retour.) Comment tu l'as rencontré ?

— En faisant un voyage à travers le pays, dis-je. (Ce qui était vrai.) Il allait vers l'ouest. Je l'ai pris avec moi dans la voiture.

Elle laissa échapper un couinement aigu.

— Oh mon *Dieu*, il faisait du stop ? Parce que tous les mecs que je vois faire du stop sont à trois semaines des zones d'hygiène correcte, sans parler des cheveux dégueu et de la laideur.

— Je l'ai pris avec moi, continuai-je avec une dignité blessée, et il m'a aidée à résoudre un problème. Entre nous… ça a fait tilt, c'est tout.

— Je parierais que ça a plutôt fait crac-crac que tilt… mais bon. Donc il vient d'où ? Il fait quoi ? Je veux dire, j'imagine que ce n'est pas un sans-abri errant dans les rues…

— Non, il est… (Merde, comment m'étais-je fait embarquer dans cette conversation ?) Il est musicien. (Voilà qui était presque toujours sans risque. Pas de moyens de subsistance visibles, des horaires bizarres, des habitudes étranges. Musicien, donc.) Il fait des concerts ici et là. Donc il ne fait que passer. Il n'est pas toujours dans le coin.

— C'est chiant. Ceci dit, c'est plus dur de se lasser d'eux quand ils ne traînent pas chez toi à péter sur le canapé en se plaignant de la chaîne Lifetime. Il est chaud, au lit ? Je parie qu'il est chaud.

— Cher…

— Ouais, je sais, je sais. Mais quand même. Il est chaud, non ? Allez, Jo, laisse-moi avoir un bout de fantasme, là. Tu *sais* que la moitié du plaisir qu'il y a à avoir un petit ami canon, c'est de s'en vanter.

Je souris.

— Je ne me plains pas.

— Et vois : je meurs. Merci beaucoup. (Cherise ralentit soudain. J'ouvris les yeux et regardai la route ; le trafic ralentissait devant nous.) Oh, la vache. Comme par hasard ! Il nous reste trois kilomètres, qu'est-ce qu'ils foutent… ?

La circulation fut interrompue alors que nous montions vers le pont autoroutier. Du genre interrompue *net*, chaque file pilant en faisant crisser les pneus. Cherise s'arrêta, gara la voiture sur le côté et se hissa sur le siège pour essayer d'apercevoir quelque chose. Les gens sortaient par vagues de leurs véhicules pour pointer un truc du doigt.

J'ouvris la portière et sortis jouer les badauds comme tout le monde.

Il y avait un mec, debout sur la rambarde du pont; il était visiblement sur le point d'aller à la rencontre de sa mort et de s'écrabouiller sur le béton en dessous. O.K, la situation était de toute évidence mauvaise.

Mais elle était vraiment bien, bien plus grave qu'on ne pouvait le soupçonner. Je réalisai presque instantanément que personne d'autre ici ne voyait ce que je voyais.

Des djinns se le disputaient.

Ils étaient deux, face à face. Je reconnus immédiatement l'un d'entre eux: la petite Alice aux cheveux blonds avec son tablier, tout droit sortie d'un livre de contes, qui m'avait fait quelques faveurs dans l'Oklahoma. Elle avait un air doux et innocent, si l'on exceptait le feu nucléaire de ses yeux bleus. En dépit des apparences (lesquelles, chez les djinns, étaient notoirement trompeuses), elle était au sommet du classement des gens à ne pas faire chier. Je l'aimais bien, et d'après ce que j'en savais, elle n'avait rien contre moi, mais cela ne faisait pas tout à fait d'elle une amie. Vous ne faites pas ami-ami avec le prédateur suprême quand vous êtes plus bas que lui dans la chaîne alimentaire. Vous vous réjouissez seulement de ne pas figurer au menu.

Alice se tenait entre les voitures à l'arrêt et le côté du pont, les yeux levés. Le pauvre bougre sur la rambarde (qui, d'après mon point de vue, ressemblait beaucoup moins à un fou suicidaire qu'à un pion dans un jeu de cartes aux enjeux élevés) oscillait *sur* la rampe étroite et, aux yeux de presque tous, il avait sans doute l'air d'être en équilibre précaire dans les airs; en fait, son bras était maintenu d'une poigne de fer par un autre djinn qui se tenait là-haut avec lui.

Je la reconnus aussi; je l'avais surnommée Prada, fut un temps, car elle avait un sens de la mode assez pointu, mais à présent son style s'était dégradé, usé par le temps. L'élégante veste de créateur était déchirée, la chemise blanche en crêpe était tachée, et les bijoux qu'elle affectionnait, quels qu'ils soient, avaient disparu depuis longtemps. Elle avait un air… eh bien, «sauvage» serait le mot. Elle regardait Alice avec fureur; cette dernière, par contraste, avait l'air lisse et dans l'ensemble bien trop propre pour participer à une vendetta, bien que ce soit de toute évidence ce qui se déroulait ici.

J'étais arrivée juste à temps pour l'acte trois d'un drame en cours. Qui était peut-être une tragédie.

Même si les flics arrivaient, ils seraient incapables de gérer ça.

— Hum… reste là, dis-je à Cherise avant de me faufiler parmi les voitures à l'arrêt, en direction d'Alice.

— Hé! Qu'est-ce que tu fais? (Elle sortit du côté conducteur.) Tu connais ce type?

— Reste ici! aboyai-je.

J'imagine que le ton de commandement que j'employai dut fonctionner; Cherise s'arrêta où elle était, et me regarda marcher avec précaution vers le garde-fou.

Ce qu'elle avait dit me fit réfléchir. Le type, là-haut, me semblait vaguement familier; mais non, je n'étais pas sûre de le connaître. Pourtant il y avait quelque chose…

Il me regarda fixement. Comme s'il me reconnaissait. Il cessa de chercher à conserver son équilibre en battant de sa main libre, et la tendit vers moi. Paume en l'air.

Et je vis le vif scintillement argenté d'un glyphe.

C'était un gardien.

Prada, qui gardait son équilibre sur la rambarde avec l'aisance d'un faucon sur une corde raide, le bouscula violemment pour avoir bougé sans sa permission. Ses pieds cherchèrent frénétiquement un point d'appui sur le métal glissant et il glapit, le visage pâle et crispé par la tension.

Alice décala soudain vers moi son regard à la chaleur nucléaire ; il n'y avait rien d'enfantin dans ses yeux.

— Tu ne devrais pas être là, me dit-elle.

— Tu m'en diras tant, dis-je. Ça ne m'enthousiasme pas trop non plus.

— C'est *ça* que tu amènes en renfort ? (Cela venait de Prada, qui se permit un sourire méprisant pendant que l'attention d'Alice était ailleurs. Je n'aurais pas fait ça, à sa place ; mais c'est vrai que, pour commencer, je n'aurais pas été assez stupide pour m'engager dans ce combat. Alice n'était définitivement pas une puissance qu'on avait envie d'emmerder.) Cette *humaine* ?

Prada m'avait tuée, une fois. Enfin, temporairement. Et pour être juste, elle y avait été contrainte par un ordre, vu qu'elle était à l'époque l'esclave d'un maître ; en parlant de cela, je ne voyais aucun signe de son patron gardien tueur à gages. J'en fus à la fois heureuse et nerveuse.

Alice ne regarda même pas Prada ; elle se contenta de déplacer légèrement son poids dans la direction de l'autre djinn, et je sentis le monde éthéré tourbillonner d'une nouvelle et effrayante manière. Oh, c'était vraiment vilain, et ça allait s'aggraver. Des gardiens qui se lâchent et utilisent leurs pouvoirs, c'est mauvais signe pour l'humanité en général ; les djinns, quant à eux, avaient le potentiel d'être bien, bien pires.

Pourquoi combattaient-ils? Et, ce qui était plus important, au sujet de quoi se disputaient-ils?

Et, attendez une seconde… des *renforts*? Mauvaise nouvelle. Cela sous-entendait que Prada attendait peut-être qu'on lui vienne en aide. Est-ce que les djinns libres se battaient ainsi en public? Je n'en avais jamais entendu parler auparavant.

En particulier avec un gardien en guise de jouet en caoutchouc, coincé entre deux chiens d'attaque. *Ça*, j'en aurais entendu parler.

— Je n'ai pas demandé de l'aide, dit Alice, de sa douce voix de petite fille. Je n'ai besoin d'aucune aide. Dernière chance. Laisse-le partir.

Prada lui lança un petit rire moqueur, et déséquilibra à nouveau le gardien d'un coup sec. Tout ce qu'elle avait à faire, c'était ouvrir la main. Il y avait un long chemin jusqu'à un horrible impact d'os écrasés sur l'autoroute très fréquentée en dessous. Alice ne bougea pas; il était possible, étant donné l'équilibre du pouvoir, qu'il lui soit impossible de faire quoi que ce soit sans tuer l'otage pris au milieu.

— Alice, qu'est-ce qui se passe? demandai-je.

— Qui est Alice? demanda Cherise en tendant le cou. (Elle s'était aventurée jusqu'ici et vint se tenir auprès de moi.) Ce type s'appelle Alice? J'espère que c'est son nom de famille.

— Ferme-la et retourne dans la voiture!

Je lui hurlai pratiquement dessus. Elle sursauta et recula en sautillant, les mains levées en signe de soumission.

La situation était hors de contrôle et très, très dangereuse. Prada et Alice ne pouvaient pas déclencher un truc comme une guerre à échelle djinn, pas ici; il y avait trop d'innocents à portée. Elles pouvaient abattre le pont tout entier. Je ne pouvais en aucune manière protéger les gens contre cela.

— Ceci n'est pas ton combat, me dit Alice. (Son regard était rivé sur Prada, sur l'homme que tenait Prada.) Pars. Tu vas attirer leur attention si tu interfères.

— Moi ? Attends… *leur* attention ? De qui tu parles ? Alice, dis-moi quelque chose ! Bordel, qu'est-ce qui se passe ?

Je pouvais sentir Cherise me regarder bizarrement, vu que j'étais apparemment en train de converser avec le vide. Je ne pouvais pas m'en inquiéter pour le moment.

— Pars ! dit sèchement Alice. (Je sentis une soudaine poussée dans le monde éthéré. Elle était sérieuse.) Je ne peux pas te protéger. Reste loin de nous.

J'aimais de moins en moins la tournure que prenaient les choses.

— Pas avant de savoir ce qui se passe entre vous.

Elle émit un grognement. C'était vraiment perturbant, car d'aussi loin que je me souvienne, Alice au Pays des Merveilles n'avait jamais été portée sur les grondements d'animal enragé.

Le grognement s'interrompit brusquement, comme si quelqu'un avait appuyé sur un bouton, et elle fit volte-face pour inspecter l'ensemble de la zone.

— Trop tard, dit-elle. Ils sont là.

Alors que je me détournais, je vis les *autres* djinns. Ils étaient quatre, et apparaissaient en naissant de la brume au milieu de la foule, à des endroits stratégiques. Ils la dépassaient en nombre. Elle n'était sans doute pas surclassée, mais quand même.

— Tu dois cesser, dit Alice en se retournant vers Prada. Il te pardonnera ce que tu as fait, mais tu dois arrêter maintenant. Ne va pas plus loin.

Prada enfonça plus profondément ses griffes au vernis impeccable dans le bras gauche du gardien, et le déséquilibra à nouveau. Il vacilla désespérément, luttant pour rester en vie. Je pouvais entendre ses halètements, malgré les cris des badauds essayant de le convaincre de descendre. Eux, bien sûr, agissaient d'après l'hypothèse qu'il était fou, et pouvait choisir de faire quelque chose par lui-même. Qu'il pouvait se sauver.

J'en savais plus qu'eux.

Autour de moi, les quatre nouveaux djinns se rapprochaient. Lentement. Soit ils se méfiaient des capacités d'Alice, soit ils y prenaient du plaisir. Peut-être les deux.

Ceci n'avait aucun sens. Les djinns n'étalaient pas leurs combats dans le monde humain, pas si publiquement. Et un gardien prisonnier entre eux, un tendre morceau parmi les tigres… non, ce n'était pas bon du tout. Les choses changeaient. Je pouvais le sentir, même si j'en ignorais la cause.

Prada braqua un sourire dur, froid et inhumain sur Alice.

— Tu devrais fuir, ma petite, ronronna-t-elle. Je promets de ne pas te pourchasser.

— Je ne vais pas fuir, dit Alice. Tu as commencé cette bataille. Tu devrais être prête à la porter jusqu'au bout.

— Je le suis.

— Alors laisse l'humain en dehors de ça. Il n'a pas d'importance.

— Bien sûr qu'il en a !

Prada lui lança un regard méprisant. Les pieds du gardien glissèrent et il chercha à reprendre son équilibre en battant des bras, soutenu par l'étreinte impitoyable du djinn. La foule de spectateurs rassemblés retint son souffle. Un routier se pencha par la portière de son semi, la bouche ouverte.

Je n'avais pas beaucoup de temps. Je pouvais entendre le hurlement des sirènes se rapprocher ; les flics seraient bientôt là, et Dieu seul savait ce que cela impliquerait.

Alice replia ses mains l'une sur l'autre et observa. Le vent ébouriffait ses cheveux de lin soyeux, soulevait la robe bleu ciel et le tablier blanc. Elle sortait tout droit de chez Lewis Carroll, mais en me concentrant sur la force adulte visible sur ce visage d'enfant, je pus distinguer quelque chose de plus vieux, de plus puissant et de bien plus effrayant que tout ce qui pourrait sortir de l'Autre Côté du miroir.

Prada l'avait mise en colère. Ce qui était sans doute une stratégie très, très stupide.

— Ce type va sauter, murmura doucement Cherise derrière moi. Oh mon Dieu. Oh mon Dieu…

Les quatre autres djinns (sûrement des alliés de Prada) rôdaient plus près de nous. Soudain, Alice passa à l'action, se déchaînant dans une éruption explosive de pouvoir qui atteignit Prada, fit une boucle autour d'elle et tenta de la tirer ainsi que l'otage loin du garde-fou, vers la sécurité relative du pont, mais cela eut l'effet inverse. Prada, luttant de toutes ses forces pour résister, faillit passer par-dessus bord. Alice abandonna immédiatement son attaque quand le gardien hurla de panique.

Avec tout le pouvoir qu'elle possédait, elle était impuissante à faire quoi que ce soit sans mettre en danger des vies innocentes. Elle avait besoin d'aide.

Je ne savais absolument pas si Alice était du bon côté ou non dans cette affaire, mais au moins ce n'était pas elle qui tenait un mec au bord d'un vide de trois étages.

Je passai mes options en revue, et me décidai pour quelque chose de relativement risqué. Les djinns sont, dans leur structure atomique, essentiellement constitués de vapeur ; ils peuvent augmenter leur poids et s'attribuer la masse correspondante, mais à cet instant précis, je me doutais que Prada cherchait plus à conserver son équilibre qu'à maintenir une vraie forme humaine. Une apparence humaine était suffisante, pour ce qu'elle voulait faire. Elle n'avait pas besoin de la réalité concrète.

Tout ce que j'avais à faire, c'était la frapper dans le dos avec une rafale de vent puissante, suffisante pour lui faire lâcher prise sur le type qu'elle tenait, tout en inclinant ce dernier vers l'arrière et en l'encourageant à sauter pour revenir sur le béton.

Simple. Relativement élégant. Et carrément mieux que d'attendre l'apparition d'un vainqueur dans ce match à mort djinn.

Je fermai les yeux, inspirai rapidement et profondément et me tendis pour contrôler l'air autour de moi.

Et je ratai mon coup.

J'eus un hoquet et me tendis plus loin – je m'étirai. Je sentis une faible réponse parvenir jusqu'à moi. Une forte brise. Rien d'assez puissant, loin de là. *Oh mon Dieu*… Je me sentais maladroite, abrutie, imprécise. Terriblement impotente. Je me frayai de force un chemin dans le monde éthéré, avec l'impression de nager à contre-courant ; quand j'y parvins, tout était brouillé, estompé, distant. Gris comme de la cendre.

C'était comme ce qui m'était arrivé pendant le petit déjeuner avec Sarah et Eamon, mais en bien pire.

Je remontai mes manches et allai profond, au plus profond, vers des réserves dans lesquelles je n'avais pas puisé depuis que j'avais survécu à la Marque du Démon. Je pris de l'énergie dans mes cellules pour allumer le brasier du pouvoir en moi. Je raclai chaque parcelle de puissance en ma possession et les jetai dans le mélange…

Et ce n'était pas assez. Je pouvais appeler le vent, mais je ne pouvais pas le contrôler. Si je le déclenchais, il serait pire qu'inutile : il frapperait avec la force d'une tornade et tourbillonnerait sauvagement, projetant le fragile corps humain du gardien sur le béton, et *ce serait ma faute…*

Prada sentit que je faisais quelque chose. Elle montra les dents, étira sa main libre vers moi, les griffes tendues et miroitantes, et j'eus une nouvelle impression de déjà-vu. Je pouvais la *sentir* se tendre vers ma poitrine pour s'emparer de mon cœur battant. Elle n'aurait même pas à faire beaucoup d'efforts pour me tuer ; il s'agirait seulement d'interrompre les impulsions électriques passant dans mes nerfs, une légère décharge…

— David ! glapis-je.

Je n'avais pas l'intention de l'appeler ; j'étais plus maligne que ça, bordel, mais j'avais peur, et un gardien était sur le point de mourir parce que je n'étais pas assez forte…

— David ? Où ça ? (Cherise, détournant son attention du drame pendant une seconde, me regarda fixement.) Qui, le mec sur la rambarde ? C'est pas David, il…

Je sentis la chaude déferlante du pouvoir, éclatant dans un craquement incandescent, et David surgit de nulle part entre les voitures stationnées, son manteau kaki gonflant autour de lui dans le vent. Auburn, or et feu prenant corps. Se déplaçant plus vite que la chair humaine n'en était capable. Aucune des personnes qui se tenaient autour de lui, en train d'observer l'action, ne lui jeta ne serait-ce qu'un coup d'œil. À leurs yeux, il n'existait même pas.

Les quatre autres djinns présents dans la foule se figèrent, le regard braqué sur lui. Et comme un seul homme, ils firent un pas en arrière.

Prada siffla et transféra immédiatement son attaque sur lui, ce qui était une erreur; cela le poussa à s'arrêter, certes, mais seulement le temps de lui jeter un regard dur. Il avait l'air fatigué, horriblement fatigué, mais il écarta ce qu'elle essayait de faire, peu importe ce que c'était, d'un négligent mouvement de la tête. Il regarda l'homme sur le garde-fou, puis les flics. Il s'imprégna de la situation, d'un seul coup d'œil global. Je me demandai, et ce n'était pas la première fois, ce que voyaient les djinns en étudiant une scène telle que celle-ci. La surface? L'enchevêtrement brillant, empli de fureur, des émotions humaines? Les énergies que nous exercions, même inconsciemment, sur le monde autour de nous?

Quoi qu'il en soit, ça ne pouvait pas être beau à voir. Je vis de légères rides se creuser autour de sa bouche et de ses yeux.

Ces derniers passèrent à une couleur de métal brûlant, fondu, et son visage se durcit. Il se préparait à la bataille. Il fixa Prada, qui lui rendit son regard avec un calme égal.

— Pourquoi fais-tu ça? demanda-t-il.

— Toi, je ne te répondrai pas, répondit-elle. Tu nous as trahis. Tu nous as tourné le dos.

David se tourna vers Alice, qui leva un sourcil pâle.

— Ça a commencé, dit-elle. Cela se répand comme une maladie. Un djinn libre tue un maître, libère un esclave, qui en libère un autre, qui en libère un autre.

Il eut l'air horrifié.

— C'est Jonathan qui a ordonné ça?

— Bien sûr que non. (Alice reporta ses yeux de bleuet sur Prada, sans ciller.) Ashan a tué son maître pour elle, en échange de sa loyauté.

Prada répéta d'un ton sarcastique:

— Mon *maître*. (C'était un juron, chargé d'acide et de venin.) Il ne méritait même pas de lécher mes chaussures. Je n'ai brisé aucune loi. Je ne l'ai jamais touché.

— Et lui alors ? demanda David en inclinant la tête vers le gardien qu'elle secouait en tous sens sur le garde-fou. Qu'est-ce qu'il t'a fait pour mériter ça ?

Les lèvres élégantes de Prada se comprimèrent en une ligne dure.

— Ils le méritent tous.

— Oh, c'est sur ce point que nous différons, dit-il. Ce n'est pas vrai. Laisse-le partir. Si tu fais ça, je jure que je te protégerai si Alice fait un geste contre toi.

— David, dit cette dernière avec un avertissement dans la voix. Je suis ici sur les ordres de Jonathan.

Il l'ignora.

— Je te protégerai, répéta-t-il. Laisse-le partir.

Prada découvrit des dents aiguisées comme celles d'un requin, d'une blancheur impeccable. Elle sembla, si c'était possible, encore plus enfiévrée.

— Tu es la créature de Jonathan, dit-elle. Tu l'as toujours été. Lui et ses créatures n'ont plus d'ordres à me donner, plus maintenant.

David eut l'air… eh bien, choqué. Comme si elle venait de lui dire que la Terre était un pancake qu'une tortue portait sur son dos.

— Qu'est-ce que tu veux dire ?

— Je suis avec celui qui sait que les humains sont nos ennemis, dit Prada. Celui qui comprend que notre esclavage droit prendre fin, peu importe ce qu'il en coûte. Je suis avec Ashan.

Oh, merde.

J'étais en train d'assister à une guerre civile. Elle se jouait juste là, brouillonne, dans le monde humain : le Seigneur Djinn Jonathan et son second lieutenant (maintenant que David était invalide) Ashan s'étaient comme qui dirait disputés. Les djinns se séparaient en deux camps. Ashan haïssait les humains ; je le savais, je l'avais rencontré, du temps où j'étais un djinn. Jonathan ne *haïssait* pas les humains, mais il ne nous aimait pas non plus. Nous n'étions qu'un désagrément et, au mieux, il ne s'emploierait pas à nous exterminer. Nous permettre de mourir, ça, c'était une tout autre histoire.

David était le seul djinn de ma connaissance qui semblait vraiment se soucier, d'une manière ou d'une autre, du destin de l'humanité dans son ensemble ; et David était loin d'être assez puissant pour se retrouver au milieu de tout ça. Pas en ce moment. Si les autres djinns se méfiaient de lui, c'était seulement parce qu'ils le connaissaient d'avant.

Ils ne pouvaient pas encore voir les dégâts qu'il avait subis.

Il n'avait pas franchement l'air impotent, ceci dit. Le vent jouait dans ses cheveux aux reflets de bronze, et la lumière dans ses yeux était comme une flamme nue. Il était plus djinn que je ne l'avais vu depuis longtemps. Moins humain.

Il se tourna légèrement et décala son regard vers moi, et je sentis cette connexion entre nous se resserrer comme une amarre. J'étais son soutien, son roc. Et il était maintenant en chute libre, brûlant ses maigres ressources à un rythme effrayant.

Je dois essayer d'arrêter ça, le sentis-je dire à travers ce lien secret et silencieux. *Accroche-toi. Ça sera peut-être douloureux.*

Il ne plaisantait pas. Tout à coup, je sentis que cet écoulement entre nous, ce flot à sens unique cascadant de moi en lui, s'ouvrait pour devenir un torrent ; et bon sang, cela ne faisait pas seulement mal : j'avais l'impression qu'on m'arrachait les entrailles et qu'on me récurait à la laine d'acier. Je dus faire une tête de déterrée, car Cherise cria mon nom, et je la sentis m'attraper par les épaules. Je ne parvenais pas à détourner les yeux de ce qui se passait dans le triangle des Bermudes formé par les trois djinns se tenant devant moi, et les quatre autres qui se positionnaient pour attaquer David par-derrière.

Ce qui était sur le point de se produire, quoi que ce fût, allait se produire *maintenant*.

David commença à avancer. Les yeux de Prada (qui brûlaient d'un rouge rubis, à présent) le suivirent, mais elle ne bougea pas. Toujours prisonnier de son étreinte d'acier, le gardien l'observait lui aussi d'un air tendu. Impuissant à affecter le cours des choses. Ce n'était pas un gardien des Cieux, je pouvais au moins dire ça, et je doutais qu'il ait le pouvoir de la Terre. C'était sans doute un gardien du Feu, ce qui lui était parfaitement inutile à l'instant présent.

Pauvre gars. Il avait passé sa vie à croire qu'il était au firmament du pouvoir mondial, et il recevait une rude leçon sur le grand déroulement des choses.

David atteignit le garde-fou. Prada ne fit aucun geste. Il considéra le métal pendant un instant, puis bondit avec un mouvement fluide de chat, et commença à marcher sur la fine courbe glissante. Aucune hésitation. Aucune maladresse humaine. C'était comme si la gravité n'était qu'une règle de plus qu'il pouvait briser. Même les rafales de vent n'avaient aucun effet sur lui ; elles se contentaient de fouetter le bas de son manteau alors qu'il couvrait le reste de la distance le séparant de Prada et du gardien.

C'était la chose la plus inhumaine que je l'aie jamais vu faire.

David était encore à deux ou trois mètres d'eux quand Prada laissa échapper un cri aigu, comme un crissement de métal, et lâcha son otage. David plongea en avant, mais il arriva trop tard. L'homme moulina des bras pendant une fraction de seconde, puis sa tête et ses épaules s'inclinèrent, et ses chaussures de sport abîmées glissèrent sur le métal lisse de la rambarde.

Et il disparut. Vers une mort rapide et horrible.

— David ! Fais quelque chose ! criai-je.

Tout le monde criait, mais David m'entendit ; il tourna la tête, et même à cette distance je vis la chaude lueur orangée de ses yeux. Aussi inhumaine que l'équilibre parfait qu'il affichait là-haut sur le garde-fou. Je vis le doute sur son visage, mais il ne discuta et n'hésita pas. Sans un bruit, il étendit les bras et sauta du pont autoroutier. Aussi gracieux qu'un ange en pleine chute.

Au même moment Alice fonça, réduite à une masse confuse, se lança en hauteur, et décrocha un tacle volant à Prada. Les quatre autres djinns se lancèrent à sa suite comme une meute de loups. Ils formaient une masse de pouvoir grondante, furieuse, aux mâchoires claquantes, et j'entendis Prada hurler de rage et de douleur avant qu'ils ne se volatilisent tous dans un craquement si bruyant qu'il ressemblait à un coup de tonnerre. Disparus.

Je bondis en avant, pantelante, me fichant de savoir s'il y avait des gens sur mon chemin. Ils bougèrent, ou je les fis bouger. Je heurtai violemment le garde-fou, le métal chaud s'enfonçant dans mon estomac, les deux mains tendues vers le bas comme si je pouvais, d'une manière ou d'une autre, saisir quelque chose, *faire* quelque chose.

N'importe quoi.

— David ! criai-je.

Je ne vis personne en bas. Les flics étaient arrivés sur l'autoroute en dessous, mer de gyrophares et de

visages tournés vers le haut. Aucun signe de David.
Aucun signe du gardien.

Un mouvement dans l'obscurité du pont attira mon
regard éperdu. Ils flottaient dans les airs. David avait
attrapé l'homme. Ils étaient tous les deux suspendus,
tournant lentement et étrangement dans le vent. Un
ballet silencieux.

Personne d'autre ne pouvait les voir, réalisai-je.
Seulement moi.

Je me sentis malade, glacée et terriblement, terriblement faible, et je réalisai que le flot d'énergie
s'écoulant de moi vers David avait gagné en importance. Il était plus sauvage. Plus profond. Comme si
nous avions brisé un barrage entre nous, et qu'il était
impossible d'arrêter le torrent avant que le réservoir
ne soit à sec.

— Oh, mon Dieu, chuchotai-je.

Je pouvais littéralement sentir ma vie s'écouler hors
de moi.

Il leva les yeux, et je fus frappée par la blancheur
livide de son visage, par l'obscurité glaciale de ses yeux.

— Je ne peux pas, dit-il. (Je pouvais l'entendre,
même à cette distance, comme s'il parlait juste à côté
de moi.) Jo, je suis en train de te tuer.

— Pose-le d'abord.

Il essaya. Je sentis qu'il esquissait un mouvement
mais, à ce moment, il perdit le contrôle et ce fut la
chute libre. Il parvint à les freiner ; néanmoins, cela
n'allait pas durer, et alors il tomberait à pic. J'avais
environ trois secondes pour agir.

Je n'étais pas magicienne, capable de suspendre les
lois de la gravité à volonté. J'avais du pouvoir, oui, mais
il valait mieux l'utiliser sur une échelle massive, si je
devais déplacer des forces rapides et tournoyantes qui
se mesuraient en millions de volts. C'était un pouvoir

capable de détruire, mais rarement de guérir. Saisir le gardien requérait un contrôle au millimètre de forces extrêmement traîtresses, des vents précisément équilibrés provenant d'au moins quatre points différents, et une maîtrise exacte de la quantité de force qui allait être exercée sur une chair humaine fragile à un instant donné.

David était une étincelle brillante en train de s'affaiblir. Entre nous se trouvait un pont de noirceur, une rivière d'énergie au courant rapide qui sortait de moi pour entrer en lui. Pour y être dévorée.

J'étirai les bras et me tendis jusqu'à avoir l'impression que je pouvais être démantelée, brisée et balayée au loin. Je sentis le goût du sang et perçus que mon corps était à court d'air et mourait de l'intérieur, alors que son énergie se déversait dans le vent à une vitesse folle. J'essayai de faire ce que j'avais fait un millier de fois auparavant : altérer la température de l'air au niveau subatomique, créer friction, élévation, chaleur et vent.

Pour la première fois… j'échouai.

Je sentis David rompre en premier avec un *pop* chaud, éclatant et fracassant, et la sombre traction exercée sur mes pouvoirs disparut. Le choc en retour me frappa brutalement avec une force étonnante, me projetant vers l'arrière ; puis je bondis à nouveau vers la rambarde et vis David lâcher le gardien.

Qui tomba en hurlant vers sa mort.

Il n'y avait rien que je puisse faire. Rien.

Je criai et me couvris les yeux pour masquer la vision écœurante de son corps s'écrasant sur le trottoir, le sang giclant en arc de cercle alors que son crâne explosait.

Je sentis sa vie se briser comme ses os.

David s'immobilisa en plein air, figé sur place, les yeux sombres et étranges, son corps passant du feu d'un djinn aux ombres noires et charbonneuses d'un ifrit.

— Oh, mon Dieu...

Le processus ne s'arrêta pas. Je sentis chaque parcelle d'énergie être aspirée hors de moi ; la vie, la chaleur, le *bébé, oh mon Dieu pas le bébé tu ne peux pas David...*

Je sentis le monde autour de moi se... *suspendre.* Étrangement, je continuai de vivre... hors du temps, de la vie, du souffle. Je me sentais comme si j'étais un djinn, ou du moins, ce dont je me souvenais de la forme djinn. Sauf que je pouvais sentir une partie profonde de mon être hurler et se disloquer sous la tension. Je n'étais pas guérie.

Le temps s'était arrêté. Pas la douleur.

Quelqu'un était intervenu.

J'entendis des chaussures frotter sur l'asphalte derrière moi.

Je me retournai, le souffle court, et vis Jonathan avancer vers moi en traversant un monde figé sur place. Les gens étaient immobilisés en plein milieu d'une enjambée, d'un mot, d'un hoquet. Lui et moi étions les seuls à bouger.

Contrairement à la plupart des djinns, Jonathan (le plus puissant d'entre eux) paraissait humain. D'âge mûr, avec des cheveux courts grisonnants. La carrure d'un joggeur, tout en angles et en puissance. Des yeux noirs, et un visage qui pouvait être amical, impassible ou cruel selon l'humeur et la lumière. Ce n'était qu'un type comme les autres.

Et cependant, il était si loin d'être humain qu'à côté de lui, David ressemblait au voisin de palier.

— Tu dois m'aider, commençai-je.

J'aurais dû savoir que le son de ma voix allait lui casser les couilles.

Il marcha droit sur moi, me saisit à la gorge et me poussa si brutalement contre le garde-fou que mon dos plia douloureusement au-dessus du vide.

— Tu as de la chance, grogna-t-il d'une voix rendue rauque par le whisky, que je sois de bonne humeur.

Puis il regarda par-dessus mon épaule, vers la silhouette figée et tordue de David, immobilisé en pleine transformation. La ruine choquante du cadavre du gardien sur le trottoir en dessous. Le visage de Jonathan perdit tout semblant d'humanité, toute expression. J'eus la sensation, encore plus qu'auparavant, d'un pouvoir vaste et terrible s'agitant autour de lui.

Même le vent était absolument silencieux, comme redoutant d'attirer son attention.

— Jonathan... commençai-je d'une voix enrouée.

— Joanne, m'interrompit-il dans un ronronnement grave, empli d'obscurité et de menace, tu sembles tout simplement incapable *d'écouter*. Je t'ai dit de réparer David. Il ne m'a pas l'air réparé. En fait... (Sa main se resserra convulsivement autour de ma gorge et il me secoua pour insister. Je hoquetai en cherchant à reprendre mon souffle.) En fait, il a l'air franchement moins bien que la dernière fois que je l'ai vu. Pas étonnant que je sois très *déçu*.

Impossible de se tromper sur la fureur qui l'habitait, même si elle se cachait derrière un visage avenant et des yeux qui avaient tout le charme et la chaleur de trous noirs.

— Je n'ai pas de temps pour ces conneries, dit-il en braquant son regard sur moi.

Et, oh mon Dieu, la rage y bouillonnait, points rouges clignotant dans les ténèbres. Prête à se déchaîner. Prête à tout réduire en miettes ; moi, ce pont, cette ville, ce monde. Telle était sa puissance. Je pouvais la sentir s'élever au-dessus de lui comme la chaleur sur une coulée de lave.

— Je vous ai laissés continuer vos petits jeux stupides, votre petite amourette stupide, et c'est en train de le détruire. Je n'ai pas de temps pour ça. *J'ai besoin qu'il revienne. Tout de suite.* Je ne suis pas en train de jouer à un putain de jeu, tu comprends ça ?

Parce qu'il se trouvait en pleine guerre. Je comprenais. Les djinns combattants avaient disparu, mais les conséquences de leur bataille s'attardaient dans l'air comme de la cordite brûlée. Si cela se produisait partout dans le monde…

— Je ne sais pas comment l'aider, croassai-je. J'ai essayé. Mais je ne vois pas comment faire.

Je sentis à nouveau sa prise se resserrer sur ma gorge. Il s'appuya tout contre moi, ses cuisses collées aux miennes, penché au-dessus de moi dans une parodie de danse.

— Eh bien dans ce cas tu ne m'es plus d'aucune utilité, n'est-ce pas ?

— Attends… (J'essayai d'avaler ma salive. Peine perdue. Ma gorge allait me faire très, très mal, si j'y survivais.) Tu… tu dois être capable de…

— Si j'avais pu le guérir, tu ne crois pas que ce serait déjà fait ? Tu crois que c'est une espèce de jeu pour moi, de le regarder souffrir ? (Non, ce n'était pas ce que je pensais. Je pouvais voir la douleur enragée dans les yeux de Jonathan.) C'est ton *esclave*. Je ne peux pas l'atteindre avant que tu le libères.

David. La bouteille. Jonathan ne pouvait pas interférer. C'était la règle. Je ne pouvais qu'imaginer combien il détestait ça, combien il *me* détestait d'être en travers de son chemin.

J'essayai encore de déglutir, mais son étreinte était trop serrée. Je pus à peine sortir les mots malgré la douleur brûlante de ma gorge.

— *Je ne peux pas.* Tu sais aussi bien que moi que si je le laisse partir maintenant…

Il savait. David serait impossible à contrôler pour qui que ce soit une fois que je l'aurais libéré de la bouteille. Jonathan pourrait éventuellement l'aider, mais d'abord il devrait l'attraper, et ce ne serait peut-être pas possible.

— Aide-moi à l'aider, chuchotai-je.

Oh, il n'aimait pas cette idée, pas du tout. Je n'avais jamais été en bonne position sur la liste des chouchous de Jonathan, pour beaucoup de raisons ; tout d'abord, j'étais humaine, ce qui n'était pas un bon argument de vente ; deuxièmement, ma relation avec David, et l'attachement tenace que ce dernier éprouvait envers moi, avait contrarié l'ordre établi de longue date dans l'univers de Jonathan. Et comme il était, en termes djinns, pratiquement aussi puissant qu'un dieu, ce n'était pas vraiment une bonne chose.

Il était aussi très difficile de nier le fait que Jonathan aimait David. Énormément. D'une façon profonde et éternelle, qui remontait au temps de leur création. Cela n'aidait pas à établir une relation à trois agréable.

— T'aider ? répéta-t-il. Oh, je crois que je t'ai aidée à peu près autant que tu le mérites, ma douce. Dans la mesure où tu respires toujours.

— Pas très bien, croassai-je en agitant une main impuissante vers ma gorge douloureuse.

Ce qui tordit ses lèvres en quelque chose qui n'était pas tout à fait un sourire. Il me lâcha, mais ne recula pas. J'appuyai lentement mes mains sur le garde-fou et m'arc-boutai pour me redresser, attentive à ne faire aucun mouvement brusque (non pas que je puisse lui faire du mal en quoi que ce soit, bien sûr), et nous nous retrouvâmes serrés l'un contre l'autre, poitrine contre poitrine. Il se fichait de mon espace personnel.

Il me fixa à cette distance très intime. Vus de près, ses yeux étaient vraiment terrifiants… noirs, traversés d'étincelles semblables à des étoiles, à des galaxies brûlant, mourant et renaissant. Autrefois, dans un passé lointain, il avait été humain et gardien, et avait possédé les trois pouvoirs de la Terre, du Feu et des Cieux… comme Lewis aujourd'hui. Je ne connaissais pas grand-chose de sa vie humaine, je ne connaissais que sa mort; elle avait poussé la Terre elle-même à se réveiller pour le pleurer. Jonathan avait été transformé en djinn par la force de ce deuil. David, qui avait été entraîné avec lui dans les feux de la création, en était sorti suprêmement puissant. Jonathan en était sorti perfectionné sur un tout autre ordre de grandeur, dangereusement proche de la divinité.

Il était en train de perdre cela, au profit d'Ashan. Comment ce dernier avait-il eu les couilles de décider qu'il pouvait gagner un combat rapproché avec Jonathan, cela me dépassait, mais c'était un fait: même si Jonathan lui foutait une raclée d'enfer, ainsi qu'à tous les djinns qui le suivaient, c'était une guerre capable de faire trembler la Terre. Personne ne serait à l'abri.

Rien ne serait sacré.

Jonathan regarda en moi. Cela me fit mal; je tressaillis, tremblai et souhaitai désespérément pouvoir me cacher dans un coin sombre, mais il était impossible d'échapper à ça. Ou de s'en défendre. Il leva les mains et les posa sur mes épaules, puis les fit glisser vers le haut pour les mettre en coupe autour de mon visage, dans une chaleur brûlante. La tiédeur de sa peau contre la mienne me troubla; je me sentis bizarre, désincarnée. Je voulais reculer, mais je ne pouvais aller nulle part, et de plus, je n'étais pas sûre que mon corps allait seulement écouter un tel ordre.

— Tu te sens faible? me demanda-t-il en se penchant plus près. (Ses yeux engloutirent le monde.) Tu te sens mal? Un peu *éteinte*, ces jours-ci?

Mes lèvres s'entrouvrirent. Il était très, très proche. Si proche que s'il avait été humain, nous aurions été fiancés.

Il tourna ma tête selon un angle ténu, inclina la sienne, et plaça ses lèvres près de mon oreille.

— Il est en train de te tuer, chuchota Jonathan. Tu ne le sens pas? Ça dure depuis un moment, progressivement. Il te dévore de l'intérieur. Tu ne crois pas que cela l'a tué, lui aussi? Que ça l'a détruit?

Je me souvins de tous les signes. La faiblesse. La maladresse que je ressentais quand je me tendais à la recherche du pouvoir. La confusion grise du monde éthéré. Le tiraillement écrasant quand j'essayais d'appeler le vent.

— Le pouvoir humain ne peut plus l'alimenter, désormais. Il te sucera à blanc. C'est un ifrit; peu importe l'apparence qu'il prend une fois qu'il s'est gorgé de ton énergie. Il ne peut pas s'en empêcher. Il te tuera, et une fois qu'il l'aura fait, même si je peux le ramener, ce sera une épave. Il se remettra, mais ça prendra une putain d'éternité.

Je sentis des larmes me brûler les yeux, se libérer et couler, froides, le long de mes joues. Il recula de quelques centimètres seulement, pencha à nouveau ma tête entre ses larges mains puissantes pour me regarder. Ses pouces firent disparaître l'humidité d'une caresse sur ma peau.

— Tu ne représentes rien pour moi, continua-t-il avec une douce intensité. Que ce soit clair; je te réduirai en morceaux si je le dois, si on en vient à choisir entre toi et lui. Mais je ne peux pas le laisser te tuer. Il me serait inutile.

Je tressaillis. Il me maintint en place.

— Je ne sais pas comment réparer ça, dis-je. Je le jure, Jonathan. *Je ne sais pas !*

— C'est simple. Rentre à la maison, prends cette putain de bouteille, pulvérise-la, et vis le reste de ta petite vie pathétique comme tous les autres dans le monde humain. Tu dois le laisser partir. Il est déjà mort pour toi.

— Menteur, chuchotai-je.

Je reçus en retour un sourire à la fois beau et maléfique.

— Ah ouais ? Si je suis un menteur, pourquoi est-ce que tu ne peux pas le sauver maintenant ? Pourquoi est-ce que tu n'as pas pu sauver ce pauvre type, là en bas, l'empêcher de tomber et de mourir ? Tout ça dans une seule journée de boulot, pour une gardienne comme toi, hein ? Tu n'as pas besoin de moi. Vas-y. Joue les héros.

Il me lâcha et recula ; ce fut comme de passer de la fournaise du désert à l'Antarctique. Mon corps réclama sa chaleur à grands cris, comme s'il était une drogue et que j'avais développé une dépendance à la vitesse de l'éclair. Connard. Il l'avait fait exprès.

David était un merveilleux amant de poème lyrique. Jonathan, s'il s'abaissait jamais à quelque chose d'aussi intime avec un humain, serait un pirate, s'emparant de ce qui lui fait envie et forçant sa partenaire à le vouloir aussi. Il ne serait que cruauté, grâce nonchalante et dominance absolue.

J'empoignai le garde-fou de part et d'autre et pris des inspirations profondes et apaisantes. Jonathan croisa les bras et m'observa, tandis que l'énergie était aspirée au loin. Partant en spirale dans le trou noir des besoins de David.

— Aide-moi, dis-je. (Mon Dieu, la défaite avait un goût plus amer que du poison.) Montre-moi comment arrêter ça.

— Dis le mot magique.

— S'il te plaît.

— Ce n'est pas celui que j'attendais, mais je m'en contenterai.

Il tendit le bras et posa sa main à plat sur ma poitrine. La chaleur se déversa en moi, aussi importune que les mains d'un inconnu, et je me raidis contre cette invasion. Non pas que cela serve à quoi que ce soit. Jonathan pouvait faire tout ce qu'il voulait.

Mais c'était la vie qu'il était en train de me donner, et je n'avais pas la force de la refuser, de toute façon.

Les yeux noirs et mystérieux de Jonathan me contemplèrent alors que je capitulais devant lui, et il me lança une minuscule et mince esquisse de sourire. Un sourire presque humain. Pas gentil, mais humain.

— Très bien. J'ai créé un réservoir de pouvoir en toi. Ça ne durera pas longtemps. Tu dois le laisser partir, ou tu mourras.

— Si je fais ça, comment sais-tu si tu vas pouvoir l'empêcher de te pourchasser *toi* ?

Car David allait être attiré par le pouvoir, aussi sûrement qu'un démon.

— Je peux prendre soin de moi-même, dit-il d'un ton désinvolte. Nous en avons terminé. Tu vas peut-être devoir t'accrocher à quelque chose.

Il laissa retomber sa main contre son flanc.

Derrière moi, le pouvoir explosa. L'éclair me traversa en brûlant comme une onde de choc, et le vent arriva dans son sillage, enragé et furieux d'avoir été retenu ; il faillit me jeter à terre, et Jonathan tendit la main pour me retenir alors que mes cheveux volaient vers lui et claquaient comme une bannière de guerre. À travers le rideau ondulant de ma chevelure ébouriffée, je vis Jonathan me lancer un autre sourire cynique, très léger.

Puis il regarda derrière moi et je vis la douleur traverser son visage. Il dit quelque chose, mais ce n'était pas dans une langue humaine; c'était dans la langue vive et musicale des djinns. Une prière, une malédiction, une lamentation…

Je sentis une présence noire dans les airs derrière moi.

David se transformait en quelque chose de terrible, quelque chose qui possédait des contours tranchants et une faim criante à la place du cœur.

Quand j'essayai de me retourner pour voir, Jonathan me maintint en place et secoua la tête.

— Ne regarde pas.

C'était déjà assez terrible de voir la dévastation dans ses yeux. J'étais en train d'assister à la fin d'une amitié qui n'était pas censée avoir de fin… quelque chose que le temps lui-même était censé respecter. *J'ai fait cela. Non, nous avons fait ça, David et moi, ensemble.*

Je commençais à réaliser que l'amour était beau, mais aussi impitoyablement égoïste.

Je touchai Jonathan et perçus du feu, pas de la chair; il me brûla avec une fureur sauvage et intime, mais je ne lâchai pas prise.

— Jonathan…

— Je dois y aller, dit-il, et j'entendis à nouveau cette note de chagrin dans sa voix, liquide et fondue de douleur. Il me tuera si je reste ici. Ou pire. Je le tuerai. Il est trop affamé pour le moment. Souviens-toi de ce que j'ai dit. Tu n'as pas beaucoup de temps; contente-toi de le *faire.*

Il me lâcha le bras et recula. Mes cheveux obscurcirent à nouveau ma vision, et je levai la main pour les repousser tout en pivotant pour voir ce qu'il était en train de regarder.

David avait disparu. À sa place se trouvait une créature d'ombre noire tordue, faite d'angles et de contours scintillants, n'ayant rien d'un tant soit peu humain. Un ifrit.

Il se posa sur la surface du pont et approcha de nous en rôdant, concentré sur le pouvoir.

Concentré sur Jonathan.

— Non ! criai-je en me jetant sur le chemin de David.

Mais il me traversa comme si j'étais faite de fumée, et bondit en étirant des griffes brillantes comme du diamant…

Et Jonathan s'évanouit avant qu'elles ne puissent le toucher.

David se dispersa sous forme de brume quelques secondes plus tard. Parti traquer ce fantôme brillant et lumineux.

J'étais seule.

Enfin, mis à part les curieux qui réalisaient soudain que *quelque chose* de bizarre avait eu lieu. Mais sans savoir exactement quoi, ni qui en était responsable.

Les flics arrivèrent. On me bouscula pour m'amener auprès d'une voiture de patrouille. Personne ne savait quelles questions poser, car personne ne comprenait ce qui venait de se passer ; je n'eus qu'à me montrer aussi paumée qu'eux. C'était assez facile, en fait. Je ne faisais pas semblant d'être sous le choc et traumatisée. Les questions qu'ils essayèrent d'élaborer étaient tout aussi vagues que mes réponses ; les flics finirent donc par laisser tomber, et acceptèrent toute l'affaire comme un suicide.

J'aurais aimé pouvoir voir les choses ainsi, mais j'étais incapable d'arrêter de pleurer. J'étais incapable de m'empêcher de repasser mentalement la terreur dans les yeux du gardien alors qu'il tendait la main vers moi, ou le cri qui lui avait été arraché quand David l'avait lâché.

Ma faute.

Je ne savais même pas comment il s'appelait.

Pour finir, les flics me placèrent sous la surveillance de Cherise, qui s'était tenue derrière les barricades, l'air anxieux et ébahi, plus qu'un peu flippée, et pour un bon bout de temps. Elle ne dit pas un mot. Elle empoigna ma main et me remorqua à sa suite vers la Mustang, cette fois garée sur la bande d'arrêt d'urgence, et m'amena à bonne distance avant de me prendre à partie.

— C'était quoi ça, putain ? hurla-t-elle pour couvrir le vacarme de la circulation, des coups de klaxon et du vent qui avait repris. Joanne ! Merde, mais qu'est-ce que tu croyais faire ?

Je ne pus répondre. Je n'en avais pas la force. Je me contentai de la regarder, de contourner la voiture jusqu'au côté passager et de m'installer sur le siège. Cherise continua à m'incendier et à me bombarder de questions, lesquelles n'avaient pas plus de sens que celles que les flics avaient trouvé à me poser. Je l'ignorai.

David avait disparu. Je n'arrivais plus à le percevoir. Je fermai les yeux et me rappelai que là-bas, à Las Vegas, quand j'avais tenu la bouteille d'un autre djinn changé en ifrit, j'avais été tout aussi incapable de ressentir la moindre connexion avec elle… mais elle avait obéi à mes ordres. Au moins, à l'ordre le plus important.

Sans ouvrir les yeux, je chuchotai :

— David. Retourne dans la bouteille, *maintenant*.

Je n'avais aucun moyen de savoir s'il avait obéi. Avec un peu de chance, cela laisserait un peu de liberté d'action à Jonathan. Peut-être même que David allait légèrement guérir. Peut-être, peut-être, peut-être… tout était tellement bousillé. J'appuyai la paume de mes mains sur mes yeux jusqu'à voir des étoiles.

La chaleur en moi me semblait étrangère, comme un appareil de survie artificiel. Jonathan m'avait prévenue que ça ne durerait pas. Combien de temps me restait-il pour trouver une réponse, une qui ne détruirait pas David dans l'intervalle ?

Cherise était en train de dire quelque chose, comme quoi nous étions carrément virées. Nous avions une bonne heure de retard pour le tournage, bien sûr ; non pas que je m'en souciais. Je voulais seulement rentrer à la maison. Je sentis le moteur vrombir alors qu'elle démarrait la Mustang, mais elle la repassa tout à coup à l'arrêt, tendit la main et m'attrapa par l'épaule.

Je la regardai. Elle était l'image même de l'étonnement, de ses sourcils dessinés levés bien haut jusqu'au « o » formé par sa bouche aux lèvres brillantes de gloss.

— Quoi ? demandai-je.

En guise de réponse, elle me poussa vers l'avant et mit sa main sur mon dos nu.

— Hé !

— Joanne, dit-elle en me giflant légèrement au même endroit, à plusieurs reprises. Ton coup de soleil. Il a disparu.

Cadeau d'adieu de Jonathan. Elle déclara par la suite que c'était un miracle, mais pour des raisons complètement différentes, je trouvai cela plus incroyable que tout le reste.

Je voulais rentrer à la maison. Cherise refusa tout net de faire demi-tour, vu que nous étions très proches de notre destination.

— Si je dois me faire virer comme une merde, je veux qu'ils me le disent en face, dit-elle gravement en écrasant l'accélérateur pour nous propulser dans le trafic au débit rapide, puis nous faire descendre la bretelle de sortie.

Le tournage était situé sur le parking d'un vendeur de voitures d'occasion. Évidemment. Ça devait être un genre de pub conjointe avec le concessionnaire de bagnoles local. Cherise fit crisser les pneus de la Mustang en accomplissant un arrêt glissé sur une place de parking commode, puis lorgna les vendeurs avec méfiance alors qu'ils apparaissaient comme… eh bien, comme par magie.

— Personne ne touche à ma voiture, dit-elle au Vendeur Alpha, un mec grand, du genre ex-footballeur américain, avec les cheveux en brosse et, dans les yeux, cette lueur à la « j'ai-une-affaire-en-or-pour-vous ». (Il grimaça un sourire et acquiesça.) Et te fatigue pas, beau gosse, je ne suis pas intéressée.

Peut-être pas pour acheter une voiture, mais ses yeux le parcoururent de haut en bas, évaluant sa cote à l'argus masculin. Le résultat dut résonner avec un bruit de tiroir-caisse aux oreilles de Cherise, car elle sortit un de ses célèbres sourires en disant :

— Tu la surveilles pour moi ?

— Absolument, dit-il en lui tendant sa carte. Besoin de quoi que ce soit, venez directement me voir.

Elle la glissa dans sa poche arrière avec un clin d'œil et me bouscula vers la troupe de personnes qui se trouvait près des bâtiments principaux. J'avançai, à peine consciente de me déplacer. Tout ce que je voulais, c'était m'effondrer en tas et pleurer.

Marvin le Magnifique n'était *pas* de bonne humeur. Il faisait les cent pas, le visage empourpré sous son fond de teint, balançant sèchement des ordres à une pauvre stagiaire qui avait l'air anémique, asexuée, et sur le point de démissionner (ou peut-être d'expirer suite à une crise d'asthme). Marvin avait encore sa serviette de maquillage coincée dans le col. Ce n'était pas une vision rigolote.

Les types de l'équipe caméra se prélassaient dans le coin, heureux comme des coqs en pâte. Ils pouvaient bien, à cinquante dollars de l'heure chacun, voire plus. L'un d'entre eux faisait une petite sieste dans une chaise portable munie d'un parasol.

— Vous ! gueula Marvin en nous apercevant. Vous êtes *virées*, compris ? *Virées* ! Toutes les deux !

Je rassemblai un peu de mon sens des responsabilités.

— Ce n'est pas la faute de Cherise, dis-je d'un ton morne.

Non, c'était ma faute. Je ne cessai de me repasser la chute du gardien, son impact sur le béton. Il était jeune. Trop jeune pour mourir comme ça, pris au milieu de quelque chose qu'il ne pouvait comprendre.

— C'est pas à elle que je parlais, et de toute façon je me fous de savoir à qui est la faute, vous êtes toutes les deux virées ! Écoute, je peux trouver des jolies filles à un dollar la douzaine, là-bas sur la plage ; je n'ai pas besoin de vous deux avec vos airs de diva…

— Attendez, dit le directeur, qui regardait une télé portable dans l'ombre d'un minivan affichant le logo de la chaîne peint sur son flanc. Viens ici, Jo.

Je vins. Cherise m'accompagna.

Le directeur, Michaël, pointa l'écran du doigt tout en prenant une bouchée de son sandwich au fromage.

— C'est toi, ça ?

Il leva les yeux vers moi, le doigt posé sur une toute petite silhouette en réduction sur l'écran.

— Ouais, c'est elle, intervint Cherise en voyant que je gardais le silence. (Sur l'écran, les djinns n'étaient pas visibles ; il n'y avait que nous, humains. Le gardien sur la rambarde luttait pour sa vie, battant des bras dans le vide.) Bon Dieu, Michaël, elle a essayé de sauver ce type. Elle a vraiment essayé.

Il reporta son attention sur les infos. Je fermai les yeux quand les pieds du gardien glissèrent sur la rambarde avant le plongeon fatal, mais pas avant de m'avoir vue bondir vers lui. Je ne pensais pas avoir réagi aussi vite, mais tout était pourtant là, sur le grain du film. On aurait dit que j'avais essayé d'attraper ses mains, quelque chose dans ce genre.

— Bon dieu, dit doucement Michaël. Joanne, je suis désolé. C'est horrible. (Il réfléchit pendant quelques secondes, puis éleva la voix.) Hé, Doug! Changement de programme! On rentre à la station tout de suite. Passe un coup de fil à – c'est quelle chaîne, ça? – Channel Four, et trouve-nous tous les rushes qu'ils possèdent. Reportage de fond. Fais passer Joanne et Cherise avec – qui est dispo? – Flint, ouais, et fais l'interview avec elles sur le pont, si possible. Sinon, studio. Il faut qu'on s'y mette tout de suite.

Marvin nous avait suivies. Il arracha théâtralement la serviette de maquillage fixée à son col.

— Qu'est-ce que tu racontes? tonna-t-il.

Michaël lui jeta un coup d'œil, puis baissa de nouveau les yeux sur son écran.

— Désolé, Marvin. Je laisse tomber la promo.

— Tu ne peux pas faire ça!

Michaël tapota sa casquette de baseball. Elle était bleu foncé, et indiquait en grandes lettres brodées de blanc: «Directeur des programmes.»

— Je crois bien que si.

Marvin fit demi-tour et s'éloigna d'un air furieux, balançant la serviette roulée en boule à sa stagiaire qui la rata et dut lui faire la chasse sous une Toyota fraîchement lustrée.

— Vous voulez que je mette le costume de Madame Soleil pour l'interview? demandai-je d'un ton amer.

Michaël leva la tête et croisa mon regard. Ses yeux étaient gris, pleins d'une intelligence aiguisée, et foncièrement calculateurs.

— À partir de maintenant, tu ne portes plus le costume. Quelqu'un d'autre le fera, dit-il. Peut-être Marvin.

Malgré tout, malgré le poids écrasant du chagrin et l'incertitude dans laquelle j'étais à propos de David, où il était, ce qu'il advenait de lui, malgré la culpabilité, le choc et l'horreur, il réussit à me faire sourire.

Cherise arqua un sourcil.

— Et moi ? demanda-t-elle. (Michaël lui jeta un regard plus prudent.) Je ne suis pas virée, n'est-ce pas ? Alors est-ce que vous aurez besoin de moi aujourd'hui ?

— Juste pour l'interview, Cherise. Mais tu recevras tout ton cachet pour la promo.

Elle acquiesça d'un air grave, me contempla longuement, puis tendit le bras derrière Michaël et prit son coupe-vent bleu marine sur le dossier du fauteuil pour le draper sur mes épaules.

Je frissonnais. Contrecoup du choc. Terreur absolue.

J'avais besoin de retourner chez moi.

L'interview dura des heures.

QUAND JE RENTRAI en chancelant, c'était déjà la fin de l'après-midi, et j'étais absolument crevée. Aucun signe de Sarah, par chance ; là tout de suite, devoir supporter l'enthousiasme joyeux de ma sœur excitée par son nouveau soupirant était la dernière chose dont j'avais envie.

Je me débarrassai de mon sac et de mes chaussures et me déshabillai dès que j'eus claqué la porte de la chambre à coucher. J'enfilai mon peignoir le plus chaud et le plus confortable, puis je me recroquevillai sur mon lit, un coussin entre les bras.

J'ouvris le tiroir de la table de chevet et sortis la bouteille de David de sa mallette. Solide et fraîche au toucher, elle brillait d'une lueur bleutée, mais ce n'était qu'une bouteille, qui ne contenait et ne diffusait aucun écho de lui. J'ignorais s'il était là-dedans. Je ne savais pas s'il souffrait. Je ne savais pas s'il se souvenait seulement de qui j'étais.

Je la levai et songeai combien ce serait facile, en fait. Un coup brutal et rapide sur la table de chevet en bois.

J'avais promis à Jonathan que je libérerais David, mais si je faisais ça, ce serait comme d'abandonner tout espoir. De tout abandonner. Je ne pensais pas que Jonathan puisse le sauver, et bien que j'en sois peut-être tout aussi incapable que lui, au moins l'état de David n'allait pas empirer dans la bouteille. Si je le libérais, il pourrait achever sa transformation en ifrit. Il commencerait presque certainement par s'en prendre à la plus grande source de pouvoir à sa portée, c'est-à-dire Jonathan.

Mais surtout, je pourrais le perdre pour de bon, cette fois.

Le réservoir de vie artificielle de Jonathan tenait toujours bien le coup. J'avais encore le temps.

Je ne pouvais pas le faire. Pas tout de suite.

Je me recroquevillai en serrant la bouteille contre moi et pleurai jusqu'à tomber dans un sommeil épuisé et grisâtre comme le crépuscule.

Je rêvais.

Le sommet de la montagne m'était familier. J'étais déjà venue ici… un petit espace plat de roche nue, entouré par le ciel. Loin en dessous, des canyons découpaient profondément la terre. Ils étaient à sec, pour l'instant, mais je savais qu'ils pouvaient rapidement se remplir et déborder. L'eau était le plus traître de tous les éléments.

J'étais assise en tailleur, réchauffée par le soleil, et je portais quelque chose de blanc et fin, qui pouvait à peine être qualifié de tissu, encore moins de vêtement… une tenue cérémonielle plus que fonctionnelle.

Il n'y avait aucun bruit dans mon rêve, mis à part le chuchotement sourd de la course du vent. La respiration du monde.

Je sentis une main chaude toucher mes cheveux, et des doigts se perdre dans la masse soyeuse. À leur contact, les boucles se détendaient et retombaient en ordre, lissées comme de la soie.

— Ne te retourne pas, chuchota la voix de David dans mon oreille.

Je frissonnai et sentis sa chaleur contre mon dos, la fermeté de ses muscles, la douceur de sa chair. Aussi réel, tangible et désirable que tout ce que j'avais jamais connu.

— Tu dois être prudente, maintenant, Jo. Je ne peux pas te protéger…

— Contente-toi de rester avec moi, dis-je. Tu peux faire ça, n'est-ce pas ? Reste, c'est tout.

Ses mains descendirent jusqu'à mes épaules et froissèrent le tissu fin comme de la gaze, puis il le fit glisser en le laissant dériver loin de ma peau.

— Si je fais ça, tu mourras.

— Je trouverai un moyen.

Son baiser brûla intensément au creux de mon cou.

— Je sais que tu essaieras. Mais tu dois me promettre que, quand le moment viendra, tu feras le bon choix. Tu lâcheras prise.

J'eus une vision de cauchemar au ralenti montrant David, les mains ouvertes, le gardien dérapant et tombant vers sa mort. Sauf que cette fois, c'était moi qui tombais en hurlant, les mains tendues.

Je vacillai au bord de la montagne, penchée sur les courants en contrebas.

David m'empoigna par la taille et me retint.

— Ne me laisse pas te faire du mal, chuchota-t-il. (Sa voix tremblait sous la tension, rendue vulnérable par le besoin.) Arrête-moi. S'il te plaît, Jo, il faut que tu m'arrêtes, je ne peux pas y arriver tout seul…

Je baissai les yeux sur l'endroit où ses bras m'enlaçaient, où ses mains me touchaient.

Des mains noires et tordues d'ifrit. Des angles, des griffes et de la faim.

— Je t'en prie, chuchota-t-il à nouveau contre ma peau, d'un ton si désespéré, si perdu. Je t'en prie, Jo. Laisse-moi partir.

— Je ne peux pas, dis-je, engourdie.

— Laisse-moi partir ou laisse-moi avoir ce dont j'ai besoin ! Je ne peux pas… je ne peux pas…

Il explosa dans un hurlement en une brume noire et huileuse, puis disparut.

Je m'écroulai vers l'avant, la gaze blanche flottant autour de moi dans le vent qui murmurait, incessant, et je hurlai de toutes mes forces, avant de me réveiller.

MA SŒUR ÉTAIT rentrée. Je pouvais l'entendre remuer dans le salon, tout en chantonnant quelque chose de gai et enjoué. Sans doute un morceau de musique classique ; Sarah avait toujours été plus cultivée que moi, depuis les premiers jours, quand elle attendait les cours de piano avec impatience et que je les séchais pour courir après des balles de baseball sur le terrain vague au coin de la rue. Je n'entendis pas la voix d'Eamon. Je réalisai que je serrais toujours la bouteille de David de toutes mes forces, des deux mains, et la remis dans la mallette rembourrée de la table de chevet.

Tu as promis, chuchota une petite voix dans un coin de mon esprit.

En effet. Mais je n'étais pas prête.

Je fermai le tiroir de la table de chevet, me traînai jusqu'à la salle de bain et grimaçai, éblouie par une lumière crue et peu flatteuse à la Hollywood. J'avais une sale tronche… les yeux gonflés et les cheveux ébouriffés. Je bataillai pour faire disparaître mes boucles à coups de peigne, parvins plus ou moins à lisser mes cheveux, et décidai de laisser tomber les yeux, exception faite d'une rapide application de Visine. J'enfilai un haut court et un jean taille basse moulant (artistiquement bien que non intentionnellement délavé suivant un motif abstrait, grâce à un accident avec la Fée Javel), puis je sortis pieds nus pour pénétrer dans le reste de mon univers.

Lequel était étonnamment bien rangé.

Sarah était en train de cuisiner. Des légumes frais et colorés étaient étalés devant elle sur le plan de travail, et elle s'y attaquait de bon cœur avec un couteau étincelant et surdimensionné. Derrière elle, une mare d'huile frémissait dans une poêle. Elle leva les yeux vers moi et se figea en pleine aria, puis se força à sourire et continua d'émincer.

— Hé, dis-je avant de m'asseoir à la table de la cuisine, les yeux fixés sur mes mains.

— Hé toi-même. (Elle fit quelque chose à la limite de ma vision périphérique, puis un verre de vin apparut sur la table en face de moi. Du vin blanc, dont la fraîcheur argentait l'extérieur du verre.) Ça peut aider ?

— Aider à quoi ?

Je sirotai le vin. Il était bon, léger et fruité, avec une dernière touche plus âpre. Sec en fin de bouche.

— Quel que soit le problème.

Je soupirai.

— C'est plus un problème «whisky dégueu dans un sac en papier» qu'un problème «pinot gris grand cru».

— Oh. (Elle chercha à nouveau refuge dans ses légumes.) Tu as disparu de la surface de la Terre pendant toute la journée, tu sais. Eamon vient pour dîner; j'espère que ça ne pose pas de problème. Je me disais que ton, hum, ami pourrait nous rejoindre. David. Le musicien.

Oh, bon dieu, ça faisait mal. Je pris une nouvelle gorgée de vin pour atténuer la douleur, aiguë comme un couteau.

— Il est en tournée.

— Oh. Dommage. (Elle haussa les épaules et se remit à ses préparations culinaires.) Eh bien, on aura du rab'. Je fais du poulet primavera. J'espère que tu aimes ça.

N'ayant aucune opinion sur la question, je ne répondis pas et me contentai de siroter mon vin en fixant les portes du patio. L'océan se déroulait depuis l'horizon, et le crépuscule était magnifique. Nous n'étions pas orientées face au coucher de soleil, mais l'air se colorait d'une légère teinte orange qui se reflétait sur les crêtes découpées et transparentes des vagues. Le ciel avait adopté un bleu profond et infini, qui virait au noir.

J'avais dormi un bout de temps, mais j'avais l'impression de ne pas m'être reposée depuis des jours. Tout me semblait fragile, abrupt, et un peu étrange.

Je laissai cette impression s'estomper dans le bruit de fond, tandis que Sarah raclait des légumes méticuleusement démembrés de sa planche à découper vers un bol. Elle les mit de côté puis contrôla un faitout sur la cuisinière, lequel laissa échapper un parfum de poulet et d'herbes quand elle souleva le couvercle. Je ne me souvenais pas d'avoir possédé un faitout.

Il avait l'air neuf. Tout comme les couteaux étincelants qualité professionnelle. Je n'arrivais pas à me rappeler si j'avais récupéré ma carte de crédit. Cela m'inquiéta vaguement, comme un souci d'un autre monde.

Elle parlait sans cesse de mes voisins, avec qui elle avait sans doute passé la matinée à bavarder. Je ne parvenais pas à la suivre, mais ça n'avait pas d'importance ; elle babillait avec une pointe de nervosité, la tactique Sarah classique quand elle essayait de ne pas penser à autre chose. Je me souvins qu'elle faisait ça au lycée, en se préparant pour des rendez-vous avec des Mecs Trop Mignons. Elle était nerveuse à cause d'Eamon.

— … tu ne crois pas ? conclut-elle en commençant à filtrer le poulet.

Je remarquai qu'elle gardait le bouillon. Parfait pour faire cuire les pâtes.

— Absolument, dis-je.

Je n'avais aucune idée de ce qu'était la question, mais elle s'éclaira joyeusement en entendant ma réponse.

— C'est bien ce que je me disais. Hé, donne-moi un coup de main avec ça, tu veux ?

Elle avait du mal à soutenir le poids du faitout. Je me levai et saisis l'une des poignées à l'aide d'une manique (elle aussi flambant neuve) et lui prêtai main-forte. Elle me lança un sourire qui s'évanouit devant mon manque de réaction. Nous filtrâmes le poulet en silence. Le faitout, réapprovisionné en bouillon, retourna sur la gazinière et reçut un chargement de pâtes. Sarah déversa le poulet et les légumes dans la poêle déjà huilée pour les faire sauter.

— C'est David ? demanda-t-elle tout en les mélangeant de façon experte et en ajustant la température. (Je cillai et la contemplai.) Vous vous êtes disputés ?

— Non.

Il n'y avait pas de réponse simple. Elle prit, à raison, ma réaction comme une esquive et se concentra sur sa cuisine.

J'avais coupé le téléphone cet après-midi, avant de m'effondrer sur le lit; je m'approchai lentement de la base sans fil et vis qu'il y avait trois messages. Je soulevai le combiné et pressai des boutons.

— Envie de devenir propriétaire? De nos jours, les taux sont…

Effacer.

— De beaux mecs célibataires vous attendent!

Effacer.

Un bref moment de silence, puis l'enregistrement débita:

— Sois sur ton balcon dans trente secondes. Je t'attends.

Je connaissais cette voix féminine, riche et très légèrement inhumaine. Et ce n'était *pas* un enregistrement. Pas tout à fait.

Je posai le téléphone, avançai jusqu'à la porte vitrée et regardai au-dehors. Il n'y avait personne. Mais je savais bien que je ne pouvais pas reporter cette rencontre, même si j'en avais envie; Rahel, la djinn, n'était pas le genre de fille qu'on peut éviter bien longtemps. J'ouvris la baie coulissante et fis un pas à l'extérieur, dans la brise fraîchissante. Alors que je refermais la porte avec bruit, je sentis… quelque chose. Une petite vibration intérieure, un léger frisson sur la nuque.

Quand je me retournai, Rahel était assise à ma table de café en fer forgé, les jambes croisées, occupée à inspecter ses ongles en forme de serres. Ils étaient peints d'un or éclatant. Son tailleur-pantalon était assorti; en dessous, elle portait une chemise violette.

Sa peau luisait, sombre et lisse dans la lumière déclinante, et quand elle tourna la tête pour me regarder,
je vis l'éclat de ses yeux dorés, vifs comme ceux d'un
faucon.

— Blanche-neige, me salua-t-elle en faisant légèrement cliqueter ses ongles. (Ils produisirent un carillon
métallique.) Je t'ai manqué ?

Je m'assis sur l'autre petite chaise délicate et joignis
les mains sur la table tiède.

— Autant que la peste bubonique.

Elle déplia une main gracieuse et mortelle pour la
poser là où son cœur se trouverait, si elle en avait eu
un.

— Je suis anéantie. Mon bonheur est en miettes.

— À quoi dois-je le plaisir de ta venue ?

— Ah, c'en est un ?

— Contente-toi de me dire ce pour quoi tu es là.

Je m'exprimai d'un ton monocorde, déjà lasse de ce
badinage, uniquement désireuse de me traîner au lit
et d'éviter la réalité pendant quelques heures de plus.
Éviter le choix que je savais devoir faire. Lequel n'était
même pas vraiment un choix.

Rahel se pencha en avant et posa les coudes sur
le plateau en fer forgé. Ces yeux anormaux, étincelants comme ceux d'un oiseau, m'étudièrent sans la
moindre trace de pitié ou d'humour.

— Tu es en train de mourir, dit-elle. Tu es cassée de
l'intérieur. Je vois que Jonathan t'a donné du temps,
mais tu ferais mieux de ne pas le gâcher, petite sœur.
Les choses vont trop vite.

— David est un ifrit, dis-je brusquement.

Je me souvins d'avoir observé cette transformation sur Rahel – laquelle était, à ma connaissance,
le seul djinn à en avoir jamais guéri. Et elle y était
parvenue en pompant l'énergie du deuxième djinn le

plus puissant du monde… David… ainsi que grâce à une convergence unique d'événements incluant des morts humaines et l'intervention des Ma'at, dans une extraordinaire entreprise de coopération entre humains et djinns.

— J'ai besoin des Ma'at, dis-je. J'ai besoin qu'ils soignent David.

Rahel me regardait fixement avec ses yeux de prédateur. Dans le jour finissant, ils avaient une brillance irréelle, alimentée par quelque chose d'autre qu'un reflet d'énergie. Ses longs ongles acérés tambourinèrent sur le fer, et leur tintement fit naître un frisson qui me parcourut l'échine.

— Les Ma'at ne viendront pas. Les djinns libres ont leurs propres affaires à régler, et même si nous venions, nous ne suffirions pas. David est trop puissant. Il nous viderait tous de notre vie, et cela ne donnerait rien.

— Jonathan veut que je…

Elle leva la main.

— Je me fiche de ce que veut Jonathan.

Voilà qui était nouveau. Et perturbant. Rahel s'était toujours fanatiquement rangée dans le camp de Jonathan ; j'avais compris qu'il y avait des cultes de la personnalité au sein du monde djinn, voire carrément des partis politiques, mais je ne l'aurais jamais crue capable de changer d'allégeance. Elle était pour Jonathan. Point.

Elle poursuivit.

— Si tu libères David maintenant, il se mettra en chasse et détruira ce qui l'entoure. J'étais dangereuse, quand j'étais un ifrit. *Lui*, il sera mortel, et s'il s'en prend à Jonathan, ce dernier ne fera pas ce qu'il faut pour l'arrêter. Tu comprends ?

Je croyais comprendre, oui. J'avais perçu la faim vorace de David, son besoin de survivre. Je savais qu'il aurait préféré mourir plutôt que de songer à se nourrir de Jonathan, du temps où il était sain d'esprit, mais ce qui lui arrivait ne laissait aucune place à la raison. Pas telle que je l'entendais.

— Si tu le gardes dans la bouteille, il te saignera à blanc, chuchota doucement Rahel. Mais ça en restera là. Il sera enfermé dans le verre.

— Mais il n'est pas en train de me vider, là !

Elle se contenta de me regarder pendant si longtemps que je sentis mon estomac se retourner de façon écœurante.

— Si ?

— Les ifrits peuvent se nourrir des humains, dit-elle. Mais seulement des gardiens. Et il y a quelque chose en toi d'inhumain qui l'attire aussi.

Le bébé. Oh, mon dieu, le bébé.

— Tu veux que je le laisse *volontairement* me tuer, dis-je. Moi et le bébé. Pour sauver Jonathan.

— Tu le dois, dit Rahel. Tu sais ce qui est en train de se passer, tu le sens déjà. Les djinns se battent. Ils tuent. Ils meurent. La folie s'empare de nous, et sans Jonathan il n'y aura pas d'échappatoire. Toute raison disparaîtra, y compris dans le monde humain. Tu comprends ça ?

Je secouai la tête, en signe d'épuisement plus que par ignorance.

— Tu me demandes de sacrifier ma vie et mon *enfant*. Tu t'imagines ce qu'il ressentira s'il survit après ça ?

— Je sais. Pourtant, même si cela l'anéantit pour toujours, il doit en être ainsi. Il n'y a pas eu de guerre chez les djinns depuis des milliers d'années, mais elle arrive. Nous ne pouvons pas l'arrêter. Certains veulent se détacher des humains, du monde. D'autres veulent rester. Certains pensent que c'est notre devoir, aussi déplaisant soit-il, de sauver l'humanité d'elle-même.

— Ben dis donc, fis-je. Faut pas vous prendre la tête comme ça.

Elle me lança un regard froid.

— Certains coups ont été échangés et ne peuvent être repris. Je crains pour nous. Et pour toi. Les ténèbres sont là, mon amie. Et je n'aurais jamais cru revoir cela.

— Jonathan dit que si je ne brise pas la bouteille, il sera impossible de ramener David.

Rahel ne répondit pas vraiment. Elle grava des sillons dans le métal de la table, les yeux à demi clos, indéchiffrables.

— Il croit connaître le dénouement des événements, dit-elle. Je pense qu'il voit ce qu'il veut voir. Il croit qu'il peut contrôler David, même en tant qu'ifrit. Je ne l'en crois pas capable. Mais même s'il souhaite à tout prix sauver David, il pense aussi à ton enfant. Il souhaite vous sauver tous, si possible.

— Et pas toi. Tu veux que nous mourions pour limiter les dégâts. Qu'est-ce que je suis censée répondre à ça, Rahel ?

Rahel entrouvrit ses lèvres élégamment rehaussées de gloss pour répondre, mais avant qu'elle ne puisse le faire, je sentis une soudaine déferlante de pouvoir brut dans le monde éthéré, et une voix masculine déclara dans mon dos :

— J'ai la solution à tous vos problèmes. Donne-moi David.

Ashan. Grand, large d'épaules, un visage anguleux qui tendait à paraître cruel même si ses traits sculptés étaient élégants. Il était une étude en gris… des cheveux argentés, un costume gris, une cravate bleu sarcelle qui s'accordait avec ses yeux. Les goûts vestimentaires de Rahel se tournaient vers le fluo ; elle était le soleil, lui la lumière de la lune. Froid, impassible et rigide ;

il n'y avait absolument rien d'humain en lui, malgré les apparences.

Rahel repoussa sa chaise, le métal grinçant sur le béton, et feula, un éclat doré dans les yeux. Ashan se contenta de la regarder fixement. Il dégageait une violence à couper le souffle, prêt à tuer en une seconde, même s'il ne faisait que rester planté devant nous.

J'avais devant moi l'incarnation de la guerre dont parlait Rahel, et j'étais le champ de bataille qu'ils avaient choisi.

— Tu milites toujours pour ton maître ? demanda-t-il. (Il ne s'adressait pas à moi ; je ne comptais pas du tout pour lui. J'étais humaine, de la chair à canon.) C'est terminé, Rahel. Tu vas rester avec lui ? La relève est arrivée. Je te conseille de te montrer intelligente sur ce coup-là. J'ai une place pour toi à mes côtés.

Elle ne répondit pas. Elle n'en avait pas besoin. Sa posture ramassée, défensive, parlait pour elle.

— C'est une petite armée que tu t'es constituée là, continua Ashan. Petite, et faible. Tu pues les humains, Rahel. Tu ne veux pas te débarrasser d'eux, te laver de leur présence ? Eux et toute la crasse dans laquelle nous nous sommes vautrés pendant des milliers d'années, quand Jonathan regardait ses plans pourrir et avorter ?

— Je suis bien assez propre comme ça, dit-elle, et je ne te répondrai pas.

— Pas encore, convint-il, avant de tourner ses yeux étranges vers moi. Je ne sais pas pourquoi Jonathan ne t'a pas tuée, humaine, mais si tu te mets en travers de mon chemin, je n'hésiterai pas. Tu le sais.

J'enfonçai mes ongles dans la paume de mes mains et acquiesçai lentement.

— Maintenant, sois une bonne fille et va me chercher la bouteille, dit-il. Je veux David. *Tout de suite.*

INTERLUDE

Alors que la tempête s'apprête à entrer pour la première fois en contact avec les terres, elle n'a presque plus rien en commun avec la douce brise pâlichonne née au large de la côte africaine. Elle s'étire sur plusieurs centaines de kilomètres, dans son épaisse armure de nuages d'un gris électrique. Elle porte en elle l'énergie du soleil, stockée sous forme d'humidité cumulée qui continue de s'élever et de chuter, de se condenser et de se déliter, et chaque transfert injecte de la fureur dans le système.

Dangereuse, mais pas mortelle. Quand elle éclatera, elle déversera une pluie torrentielle et des vents violents, mais elle ne reste qu'une tempête.

Cependant, alors qu'elle se rapproche de la première île se trouvant sur sa route, apparaît une convergence d'événement dont la probabilité n'était que d'une sur un milliard ; un courant océanique serpentant du nord au sud est réchauffé par le soleil selon un angle parfait. Sa température augmente de quatre degrés.

Seulement quatre.

Juste au bon moment.

La tempête passe au-dessus du courant et heurte tout à coup le chaud mur d'humidité qui s'en dégage. Quelque chose d'alchimique se produit, au plus profond des nuages; une certaine masse critique d'humidité, de température et d'énergie, et la tempête entame sa course suicidaire implacable.

La dernière petite variable de l'équation est un léger vent coupant qui tourbillonne en remontant du Cap. Il entre en collision avec le périmètre extérieur de la tempête et se glisse sur le côté – et parce qu'il est plus froid, il entraîne la tempête avec lui.

Elle commence à tourner. La tempête a une rotation. Elle a une masse. Elle a une gigantesque source d'énergie autoalimentée. Elle a franchi un grand pas, elle a grandi de façon explosive, sa menace s'est aggravée, et elle n'est plus une enfant.

Elle est à présent un ouragan à part entière, et elle ne cesse de croître.

IV

RÉTROSPECTIVEMENT, GRONDER « Il faudra me passer sur le corps ! » n'était sans doute pas la chose la plus intelligente à répondre à un djinn capable d'affronter Jonathan en combat réglo pour le contrôle du monde djinn.

Je n'ai jamais dit que j'étais intelligente. Mais au moins, on ne peut pas me traiter de lâche.

Ashan tendit le bras pour m'agripper, mais sa main ne me toucha jamais ; Rahel me dépassa d'un bond dans un éclair doré et se jeta sur lui comme un tigre en grognant, toutes griffes dehors. Ashan, pris par surprise, recula de quelques pas…

…et passa par-dessus le balcon.

Il ne tomba pas. Il flotta, l'air surpris, ennuyé et un peu contrarié, puis il tira d'un coup sec sur les cheveux tressés de Rahel pour l'écarter loin de lui. Sa force était incroyable. Je savais que Rahel était très coriace ; pourtant il la balança avec une facilité déconcertante, la projetant avec violence en un arc de cercle qui se termina par un impact brutal avec le sol dix mètres plus bas – après avoir heurté au passage au moins quatre rangées de voitures dans le parking. Rahel s'écrasa sur le sol, roula sur elle-même et se mit à genoux d'un geste fluide, les mains posées par terre, ressemblant à l'un de ces prédateurs griffus que l'on voit dans les films de dinosaures.

Elle sauta sur le toit du van blanc, dans lequel l'inspecteur Rodriguez avait peut-être remarqué un léger transfert de poids tout en étant incapable de voir quoi que ce soit, même en sortant pour regarder. Elle courut sur toute sa longueur, se ramassa sur elle-même et se lança en un arc gracieux dans les airs, droit sur Ashan…

…qui la frappa en plein vol aussi facilement que Babe Ruth donnant un coup de batte en direction des gradins.

Je pouvais sentir les courants d'énergie désordonnés dans l'air autour de moi. Les djinns causaient de l'instabilité, et bon sang, il n'y avait rien que je puisse faire. Les dégâts qu'avaient subis mes pouvoirs quand je m'étais trop étirée et que David avait… changé… n'allaient pas disparaître tout seuls, et l'énergie que Jonathan avait déversée en moi n'était pas faite pour manipuler les éléments.

Rahel fut projetée dans les airs comme une poupée de chiffons. Elle s'écrasa sur l'asphalte du parking, puis roula sur cinq bons mètres, les bras et les jambes ballottant en tous sens.

Puis elle s'évanouit dans un nuage de brume.

Pouf.

Ashan reporta son attention sur moi.

Je déglutis et me levai pour reculer. Le balcon n'offrait guère d'opportunités de fuite.

— Tu sais ce que je veux, dit Ashan en tendant la main. (Ses ongles luisaient avec un éclat argenté et opalin dans le crépuscule, et ses yeux étaient aussi brillants que deux lunes. Il portait peut-être un costume de styliste, mais il était loin d'être humain.) Va chercher la bouteille.

— Tu ne peux même pas la toucher, dis-je. (Je voulais que mon argument soit formulé de manière impassible et logique, mais ma voix trembla.) Les djinns ne peuvent pas…

— Petite fille, n'aie pas la prétention de me dire ce que les djinns peuvent ou ne peuvent pas faire, m'interrompit-il d'une voix si froide et si grave que je sentis de la glace se former le long de ma colonne. J'ai dit : va la chercher.

— Sinon ?

— Je ne pense pas que tu aies vraiment envie de me mettre à l'épreuve.

Il fit un pas mesuré en avant. Je sentis l'ozone crépiter dans l'air ; je sentis la menace dans les nuages au-dessus de ma tête. Ils étaient tout fins, mais ils se renforçaient tandis que les perturbations dans le monde éthéré se reflétaient dans le monde physique… des vents sauvages et cinglants dans la mésosphère ; des zones froides ; un rai de chaleur issu d'Ashan qui transperçait les schémas météorologiques comme une pointe de lance. Je pouvais sentir que l'électricité dans l'air cherchait un moyen de toucher terre. Il pouvait me griller ici et maintenant sur le patio, et avec mes pouvoirs qui se situaient actuellement entre le zéro et le néant absolu, je ne pouvais même pas me défendre.

— David aime beaucoup les humains. Pas moi. Peu m'importe si je dois raser tout ce bâtiment pour prouver ce que j'avance.

— Les djinns, dis-je en me forçant à grimacer un sourire. Aucun sens des proportions.

Je ne le vis pas bouger, mais je sentis le coup – il fut assez fort pour court-circuiter temporairement mon système nerveux et m'envoyer valdinguer contre le plâtre et la brique. Au moins, j'avais évité d'atterrir sur la porte vitrée. Ce fut un soulagement. Quand mes sensations déferlèrent de nouveau en moi, elles furent accompagnées par une vague de douleur cuisante sur le côté de mon visage. Il m'avait seulement giflée, mais la vache, il ne s'était pas retenu. Je posai la main sur ma joue et en perçus la chaleur. Mes yeux s'emplirent de larmes.

Ashan fit un nouveau pas en avant.

— Je me moque de savoir combien tu te crois maligne, et si tu t'imagines que ton corps humain m'intéresse, tu te fais des illusions, dit-il. La seule chose qui m'intéresse à ce sujet, c'est comment le déchiqueter de façon créative et variée. Maintenant, va chercher la bouteille.

Il ne pouvait pas la toucher. Il ne pouvait pas me la prendre. Même Jonathan n'en avait pas été capable. Est-ce que c'était du bluff? Ou est-ce qu'il voulait seulement savoir où elle était?

Je fis coulisser la porte vitrée et rentrai dans l'appartement à reculons avant de la refermer d'un coup sec. Même si ça ne m'apportait absolument rien, bien sûr. À l'extérieur, la silhouette d'Ashan se découpait sur le soleil couchant; il était gris comme un cadavre, avec ces yeux à la couleur tourbillonnante, froids et argentés.

— Coucou, dit Sarah.

Elle était toujours profondément plongée dans sa transe culinaire, et faisait désormais quelque chose qui impliquait le four et du pain. La cuisine sentait le romarin, l'huile d'olive et le poulet rôti. Paradisiaque. J'aurais bien voulu pouvoir apprécier l'odeur; je tremblais, secouée et effrayée. Je la regardai glisser la plaque dans la fente avant de refermer le four; puis elle se défit de ses maniques et se tourna vers moi avec un sourire.

— C'est agréable dehors, non? Plutôt paisible. Peut-être qu'on pourrait dîner sur le balcon…

— Ouais, dis-je. Super. O.K.

Quelle idée horrible. Je fis mine de la dépasser pour me rendre dans la salle de bain.

Elle tendit la main et m'agrippa par les bras, me forçant à m'arrêter. Son froncement de sourcils creusait de légères rides sur son front.

— Jo? Qu'est-ce qui est arrivé à ton visage?

— Hum… (Je pataugeai dans la semoule.) J'ai trébuché.

— Trébuché?

— Ce n'est rien du tout, Sarah.

J'essayai de me dégager. Ma sœur était plus forte qu'elle n'en avait l'air.

— Rien du tout, mon œil. Tu as l'air morte de trouille, Jo. C'est ce type? Celui du van? (Maintenant elle avait aussi l'air en colère.) Bordel… J'appelle la police. Tout de suite.

— Non! Non, écoute, ça n'a rien à voir avec ça… (Tout cela devenait beaucoup trop compliqué. Je me libérai d'un coup sec de son étreinte. Elle bondit vers le téléphone. Je le lui arrachai des mains et le plaquai violemment sur la table.) *Sarah!* C'est mes oignons, compris? Et le mec dans le van, je te rappelle que *c'est* un flic!

Elle me fixa, abasourdie.

— C'est un quoi?

— Un flic. (J'avais du mal à contrôler ma respiration. La panique me faisait perdre mes moyens.) J'ai eu des problèmes à Las Vegas, il y a deux mois. C'est temporaire.

— Mon Dieu, qu'est-ce que tu as fait ? Tu as tué quelqu'un ?

— Non mais est-ce que je ressemble à une meurtrière, à ton avis ? Tu es ma sœur ! Tu es censée avoir confiance en moi !

Je n'avais pas répondu à sa question, mais heureusement j'avais appuyé sur le bon bouton : celui de la culpabilité.

— Jo… (Sarah joignit ses mains manucurées d'un air impuissant.) Bon. Très bien. Je te crois. Mais pourquoi est-ce qu'il te suit ?

— Il croit que je sais quelque chose à propos d'un crime qui a eu lieu pendant que j'étais – avant que tu me le demandes, non. Ce n'était pas moi. (Elle ouvrit la bouche pour me mitrailler encore de questions, et je cherchai en toute hâte un prétexte pour m'échapper.) Excuse-moi. Il faut que j'aille aux toilettes.

Même les gens tenaces n'ont pas envie d'argumenter avec une vessie pleine. Elle me laissa partir. Je franchis la porte du salon à toute allure, fonçant en direction de mon espace privé, et… la sonnerie de l'entrée retentit.

BORDEL !

— Vas-y ! criai-je par-dessus mon épaule sans m'arrêter.

Je courus jusque dans ma chambre, ouvris le tiroir de la table de chevet et saisis la bouteille en verre bleue de David. Mon cœur tambourinait dans ma poitrine. J'étais sur le point de faire un pari énorme, et j'allais sans doute être blessée ou tuée à cause de ça. Je retournai dans le salon et croisai Sarah qui se dirigeait vers la porte d'entrée et fronça les sourcils à mon intention ; elle avait pris le temps d'enlever son tablier et de faire bouffer ses cheveux.

Je fis de nouveau coulisser la porte vitrée et avançai sur le patio. Ashan cessa de contempler l'océan pour me fixer. Ses yeux passèrent vivement sur la bouteille dans ma main.

— Au moins, tu suis correctement les ordres, dit-il. Appelle-le.

— Tu n'as vraiment aucune envie que je fasse ça, dis-je.

Les yeux d'Ashan devinrent aussi sombres que des nuages d'orage, teintés d'un bleu électrique.

— Je ne le répéterai pas.

— Tu veux le tuer.

Ashan sourit – et pas gentiment.

Je fermai les yeux, les rouvris puis lançai :

— David, sors de la bouteille.

Pendant une longue seconde, je fus convaincue d'avoir commis une terrible erreur et crus qu'il n'était jamais revenu dans la bouteille ; puis une ombre se détacha au coin du balcon et se tint auprès de moi en oscillant, toute en angles. Ce n'était pas David. Ce n'était pas… quoi que ce soit de reconnaissable. Mais cela répondait à son nom, et de toute évidence j'avais encore un peu de contrôle sur lui.

Ashan fit encore un pas, mais en arrière cette fois. Son sourire de prédateur disparut au grand galop.

— Quel est le problème ? lui demandai-je – et cette fois, ma voix resta froide et posée. Tu voulais David. Le voilà.

— *Ifrit.*

— Oh, non ça c'est pas gentil. Tu ne devrais pas juger un djinn d'après la couleur de sa…

Avant que je puisse parvenir au bout de ce qui était, je dois bien le reconnaître, une blague très faible, je perdis le peu de contrôle que j'avais sur la situation. L'ifrit anciennement connu sous le nom de

David bondit et se referma autour d'Ashan avant de commencer à s'en nourrir.

Ashan hurla, recula, heurta la rambarde et commença à déchiqueter le dos de l'ifrit (je ne parvenais pas à l'appeler David) avec des griffes argentées. La silhouette d'Ashan changea, se répandit, devint quelque chose de plus grand n'ayant que peu de rapports avec une forme humaine. C'était une masse grise, confuse, transpercée par des rais éblouissants de lumière blanche.

Les deux hommes se changèrent en brume, passèrent à travers la rambarde et chutèrent en contrebas en se contorsionnant. L'ifrit avait deux membres déformés et angulaires, profondément plongés dans le torse du djinn, dont l'essence argentée s'écoulait en spirale le long des bras scintillants couleur de charbon. Elle disparaissait dans le trou noir – la bouche ? – ouvert au centre de l'ombre tordue.

Il souffre. Pas Ashan, David… Je pouvais le sentir. Je pouvais sentir son tourment ; je vacillai, empoignai la rambarde et ravalai un cri. La connexion entre nous était en train de revenir, et bon Dieu, ça faisait mal. Comme un litre d'eau de Javel déversé dans mes entrailles. Je m'accrochai à la rambarde de toutes mes forces, les yeux baissés sur les deux silhouettes en train de combattre, qui heurtèrent le parking comme Rahel avant eux et roulèrent en s'entre-déchirant tels des tigres sauvages.

Puis tout à coup, au moment où la douleur était sur le point de me faire tomber à genoux, tout cessa. J'éprouvai une sensation de flottement, une explosion de paix écrasante, et je vis l'ifrit changer.

Se tordre.

Retrouver des couleurs, une silhouette, une forme.

David était accroupi sur un Ashan à terre, les mains plongées jusqu'au poignet dans le torse de l'autre djinn. Il était vêtu d'un jean et rien d'autre ; son torse était nu, luisant, couleur de bronze, et il brillait de ce qui ressemblait à de la sueur. Ses épaules se soulevaient, bien qu'il n'ait pas besoin de respirer, à moins d'avoir entièrement pris forme humaine.

Il arracha brutalement ses mains de la poitrine d'Ashan. Elles étaient maculées d'un résidu argenté. Ashan, de son côté, restait allongé sans bouger, les yeux fixés sur le ciel sombre parsemé de nuages.

Un éclair bondit d'un nuage à un autre, flamboiement chaud et blanc que je perçus le long de mes terminaisons nerveuses. Le tonnerre éclata dans les airs et martela ma poitrine, présence si physique qu'elle déclencha des alarmes de voitures.

David leva la tête vers moi, et ses yeux brillèrent d'un bronze chaud. Étrangers. Familiers. Hantés.

Il se releva et s'éloigna d'Ashan en vacillant sur ses pieds, puis il s'appuya contre une Coccinelle Volkswagen commodément garée là. L'alarme de la voiture se déclencha. Il la fit taire d'un air absent en tapotant des doigts sur le pare-chocs, reprit le contrôle de lui-même avec un effort visible et fit surgir du néant une chemise bleue à carreaux. Il l'enfila, mais ne prit pas la peine de la boutonner. Je ne crois pas qu'il en avait la force.

Il avait l'air si faible.

— David, chuchotai-je.

J'agrippais la rambarde avec tant de force que je me dis qu'il allait falloir une opération chirurgicale pour en détacher mes doigts.

Il leva de nouveau les yeux et me lança un faible fantôme de sourire.

Puis il disparut dans la brume.

Je poussai un cri étranglé et me penchai pour le chercher des yeux, mais il était parti, parti…

Des mains chaudes glissèrent sur moi. Je me mordis la lèvre et y perçus le goût des larmes. Je ne m'étais pas rendu compte que j'avais pleuré. Je me laissai aller en arrière dans son étreinte.

— Chuut, murmura David contre mon oreille. (Son souffle fit voleter mes cheveux.) Je n'ai pas beaucoup de temps. Je n'ai pas pu lui prélever suffisamment d'énergie pour rester sous cette forme, et je refuse de le tuer. Même lui.

— Je sais, dis-je en me retournant pour lui faire face.

Il avait l'air normal. En bonne santé, sain et parfaitement à l'aise – mais c'était temporaire, là était la torture. Il allait devoir se nourrir encore et encore pour maintenir cette illusion de normalité.

Je l'embrassai éperdument. Fougueusement. Il me rendit mon baiser avec les intérêts, cherchant à déverser le plus d'émotion possible dans un très bref espace de temps. Il leva ses longues mains pour les mettre en coupe autour de mon visage, m'immobilisant tandis que ses lèvres chaudes et soyeuses dévoraient les miennes.

Quand il s'écarta de moi, ce fut comme perdre un membre. Je pouvais de nouveau le sentir en moi – la connexion était forte et bourdonnait de potentiel. Mais je percevais déjà que je me vidais de mon énergie. Il m'en restait peu, et quelque chose en lui était en train de la siphonner. Autant essayer de remplir un trou noir.

— Remets-moi dans la bouteille, dit David. Il le faut. Fais-le maintenant.

Je hochai la tête. Il lissa mes boucles en passant ses mains dans mes cheveux, les rendant lisses et soyeux comme il savait que je les préférais.

— Je t'aime, dit-il.

Et ça faisait mal, oh mon Dieu. Parce que je savais qu'il était sincère, en dépit de tout.

Je prononçai les paroles rituelles et il disparut dans la bouteille en verre bleue que j'avais laissée tomber, oubliée, sur la table en fer forgé. Je ne me souvenais même pas du moment où elle avait quitté ma main. Je la ramassai, surprise par la température du récipient, trop froide de plusieurs degrés, et me souvins de regarder ce que devenait Ashan.

Il n'était pas mort. En fait, il bougeait. Il roula sur lui-même pour s'agenouiller, une main posée sur l'asphalte en guise de soutien. Il avait l'air de s'être pris une sacrée raclée, mais je n'avais absolument aucun doute sur le fait qu'il était complètement et absolument furax; il allait chercher à se dédommager, et à un taux exorbitant.

Je ne pouvais pas utiliser David pour me protéger. Pas alors qu'il s'accrochait de justesse à sa santé mentale et à son identité.

Je restai debout, les yeux baissés vers lui, quand Ashan parvint à se relever. Il passa d'un air absent la main sur son costume et les déchirures disparurent, ainsi que la saleté. Il était redevenu une pub vivante pour Brooks Brothers – sauf que l'expression qu'il arborait n'aurait pas fait vendre grand-chose, mis à part des armes à feu ou du matériel funéraire.

Il ne bougea pas mais se contenta de me fixer, immobile, avec cette menace brûlante dans les yeux.

Je déclarai:

— Si tu t'en prends encore à moi, je te transforme en buffet à volonté pour ifrit.

Il dit quelque chose dans ce langage liquide et argentin des djinns, celui que je parvenais presque à comprendre. Je doutais que c'était un compliment.

— Je suis sérieuse, dis-je. Dégage. Si tu reviens, ce ne sera pas moi qui me prendrai une claque dans la gueule, cette fois !

Derrière moi, la porte de la baie vitrée glissa dans un roulement et j'entendis Sarah dire :

— Jo ? Eamon est là. Je suis prête à servir les pâtes. Et je ne plaisante pas, à propos de la police. Tu devrais vraiment les appeler. Tant pis si ce type est un flic ; il ne peut quand même pas te faire un truc pareil. Ce n'est pas légal.

Je ne bougeai pas. En bas, dans le parking, Ashan resta lui aussi immobile. Nous nous regardâmes fixement pendant trente longues secondes. Le vent fouettait mes vêtements et mes cheveux, soufflant vers l'ouest, puis vers le sud. Il partait dans tous les sens, bouleversé par les perturbations qui bouillonnaient dans le monde éthéré. Mon Dieu, les éléments étaient complètement détraqués. Les gardiens allaient devenir fous.

Ce qui me rappela ce qui s'était passé sur le pont. Je n'avais aucune idée de l'incidence que cela avait sur les gardiens, mais je savais maintenant qu'il y avait eu une perte humaine. Il fallait que je le signale.

— Jo ? (Sarah semblait inquiète.) Tu vas bien ?

La porte du patio glissa encore un peu, et elle vint se placer à côté de moi, m'enveloppant dans un nuage de parfum Omnia, de Bulgari, qu'elle avait négocié (m'avait-elle assuré) à soixante-quinze dollars les soixante millilitres. Le vent joua dans ses cheveux méchés, et elle fronça les sourcils en regardant le parking, les yeux fixés sur le van blanc. Elle laissa échapper un soupir exaspéré.

— C'est bon, j'appelle les flics. Au moins, ils pourront le forcer à arrêter de se garer là pour nous surveiller tout le temps.

En contrebas, les yeux intenses d'Ashan (qui passaient sans cesse d'une teinte argentée à une sorte de bleu-vert) se décalèrent soudain pour se poser sur ma sœur. Et il sourit. C'était le sourire d'un prince des ténèbres, froid, amusé et terrifiant. Je sentis une bouffée d'indignation furieuse monter en moi. *Je te l'interdis, sale ordure. Je t'interdis de regarder ma sœur comme ça.*

Qu'il l'ait perçu ou non, il s'évanouit dans un nuage de brume sans faire un bruit ni prononcer un mot.

Plus rien, mis à part cette vague menace qui s'attardait.

J'inspirai profondément, me retournai et posai une main sur l'épaule nue de Sarah. Sa peau était douce comme de la crème sous mes doigts glacés et tremblants.

— Ça va, dis-je en souriant. Tout va bien maintenant. Allons profiter d'un bon dîner tranquille.

Ouais. Très crédible.

PENDANT QUE JE jouais les Juliette sur le balcon pour un Ashan-Roméo homicide, Sarah avait transformé ma table de salle à manger (encore un spécimen de récup') ; elle avait perdu son aspect délabré d'origine pour se changer en quelque chose qui aurait pu donner envie à un décorateur d'intérieur d'aller chercher son appareil photo. Je reconnus la nappe, laissée par ma mère (un machin en crochet écru gigantesque, assez grand pour recouvrir toute une voiture), mais Sarah l'avait rehaussée avec un chemin de table en soie muni de pompons, des bougies et un bol de fleurs fraîches flottant dans l'eau. Les assiettes (toutes assorties) avaient l'air flambant neuves. Elles étaient modernes et d'un noir mat, et j'étais certaine que la veille elles ne faisaient pas partie de mon arsenal de vaisselle. En fait, ma collection de porcelaine consistait pour la majeure partie en Melmac d'occasion, avec de temps à autre du Corningware ébréché.

La cuisine était impeccable. Trois verres remplis de vin blanc frais étaient posés près des assiettes, scintillant délicatement à la lumière des bougies.

Eamon était assis près de la table et nous tournait le dos, occupé à regarder quelque chose sans le son sur notre écran télé, qui, lui, restait toujours aussi pourri. Des nouvelles financières, apparemment. Il se retourna en entendant la porte du patio se refermer, et je dois bien admettre qu'il avait belle allure. Tout comme Sarah, il avait reçu le mémo «dîner habillé» que j'avais dû rater. Son pantalon était coupé dans une sorte de soie sombre à la texture brute, et sa chemise était faite d'un tissu peau de pêche donnant délicieusement envie de le toucher. Elle était ouverte juste ce qu'il faut pour être en mode informel tout en restant loin du look disco postmoderne glauque qui semblait actuellement tellement en vogue. Il avait l'air de sortir de chez le tailleur, tout en y prenant à peine garde.

Classe sans effort.

Il me tendit la main. Je la pris par réflexe et regardai son sourire s'atténuer, remplacé par un froncement de sourcils inquiet.

— Joanne, dit-il. Tu as froid. Tout va bien?

— Oui, dis-je. Merci. Ça va.

Ses longs doigts (suffisamment longs pour envelopper deux fois mon poignet) glissèrent vers le haut pour toucher un hématome sur mon bras, récolté ce matin.

— Tu es sûre? (Il avait l'air dubitatif.) Tu ne veux pas voir un docteur? Pas de problème avec ton bras?

— Je vais bien. (J'essayai d'y insuffler un peu plus de conviction.) Contente que tu aies pu venir. Sarah cuisine depuis des heures.

C'était peut-être la vérité, d'ailleurs. Je n'en savais absolument rien.

Eamon me lâcha et accepta le changement de sujet.

— Oui, ça sent extrêmement bon. Et ton appartement est adorable, à ce sujet.

Je décochai vers Sarah un coup d'œil qu'elle me rendit en haussant les sourcils.

— Ouais, apparemment. J'en suis la première surprise.

Je posai un regard insistant sur les nouvelles assiettes. Les yeux d'Eamon filèrent en direction de Sarah, puis se reportèrent sur moi.

— J'espère que ça ne te dérange pas, dit-il. Elle a dit que tu étais un peu à court de produits de première nécessité, alors je l'ai emmenée faire du shopping. Nous avons acheté quelques petites choses.

Dans mon monde, des assiettes noires chicos, des nouveaux verres à vin et des chemins de table en soie ne faisaient pas vraiment partie du *nécessaire*, mais j'étais disposée à m'y faire.

— Ça ne me dérange pas, mais vraiment, si tu les as achetées, je te rembourserai.

Ceci dit, ces assiettes avaient l'air de valoir plus à elles seules que toute ma collection de chaussures.

— Inutile. (Il écarta ma proposition d'un haussement d'épaules.) Il se trouve qu'on a reçu le paiement d'un freelance, aujourd'hui. Ça ne me gêne pas d'apporter ma petite contribution, étant donné que tu as eu la gentillesse de m'inviter.

— La plupart des invités apportent seulement une bouteille de vin, pas tout le décor. Mais bon, ça fait du bien d'entendre des bonnes nouvelles, pour une fois.

Il sourit lentement.

— Je ne sais pas si c'est une bonne nouvelle pour tout le monde ; l'argent que je reçois doit bien sortir de la poche de quelqu'un d'autre, aux dépens de quelqu'un d'autre… ah, bref. La vie prend parfois des détours intéressants. (Ses yeux se posèrent brièvement sur la bouteille de David. Je la tenais toujours dans ma main gauche.) Veux-tu que je pose ça dans la cuisine pour toi ?

J'eus immédiatement un tressaillement de recul.

— Ça ? Non, c'est… de la crème hydratante.

C'était sans doute l'explication la plus débile que je pouvais trouver, mais j'étais encore sous le choc. Trop de choses se produisaient, trop vite. Et il était de toute évidence hors de question que je permette à Eamon de toucher la bouteille, sans quoi il serait devenu propriétaire de David. Du moins temporairement.

— Elle est vide, ajoutai-je. (Je la retournai pour lui en faire la démonstration.) J'allais seulement la remettre à sa place. Pour la remplir.

Je me glissai derrière lui et partis en direction de ma chambre. J'y restai debout dans le noir pendant quelques instants en caressant lentement le verre du bout des doigts. Je songeai à David, qui avait paru tellement normal. Pouvait-il avoir été… guéri ? Peut-être qu'il allait bien maintenant. Peut-être…

Ouais, me dis-je intérieurement. *Peut-être que tu pourrais appeler ton petit ami djinn pour qu'il vienne dîner avec toi, comme ça tu pourras leur expliquer que ton chéri musicien vivait dans ton placard alors que tu avais dit qu'il était sur la route.*

Ce n'était pas le bon moment pour faire des expériences. J'ouvris le tiroir, embrassai la bouteille et la glissai dans sa mallette capitonnée. Après une légère hésitation, je zippai la fermeture éclair. Si j'avais besoin de partir précipitamment, chaque seconde pourrait être précieuse, et avec Ashan sur le sentier de la guerre, la fuite pourrait bien être la meilleure défense.

Étant donné que Sarah et Eamon étaient sur leur trente-et-un, j'enfilai une robe bleue (rien de trop suggestif, vu qu'après tout ce n'était pas moi qu'il était censé regarder), et glissai mes pieds dans une paire correcte de Jimmy Choo d'occasion à petits talons. Du rouge à lèvres, un peu de mascara – ce fut une séance de maquillage rapide, mais au final j'avais l'air pas mal. Le reflet dans mon miroir montrait une lueur dans mes yeux qui n'était pas là auparavant, ainsi que des joues plus roses.

Mes cheveux étaient brillants, lissés par le contact des mains caressantes de David.

Je pensai aux djinns, qui se battaient entre eux. Je pensai aux gardiens qui faisaient des chutes mortelles depuis des ponts.

Je pensai à tout cela pendant environ trente secondes, puis je m'assis sur le lit et soulevai le combiné. Je composai un numéro de mémoire.

— Yo, dit à l'autre bout une voix rude épicée d'un accent italien.

Je compris qu'il n'avait pas encore regardé l'identité de celui qui l'appelait. Il y eut une pause brève et maladroite, puis il lança avec beaucoup plus de chaleur :

— Jo ! Ça fait plaisir de voir que tu te souviens encore du numéro.

— Paul, comment pourrais-je l'oublier ? (Je me réinstallai sur le lit, croisai les jambes et souris ; je savais qu'il pouvait l'entendre au ton de ma voix.) Je me suis juste dit que je ferais mieux de t'informer qu'il se passe quelque chose avec les djinns. C'est grave, Paul. Vraiment grave.

C'est parfois une bonne idée de se montrer proactif avec son ex-boss, surtout quand l'intéressé a le pouvoir de vous traîner par la peau des fesses dans une clinique spéciale pour vous faire subir une lobotomie. De force. Et sans aucune raison valable, en fait. De plus, je voulais que Paul entende certaines choses de ma bouche, avant qu'il ne commence à recevoir des rapports de Floride sur les trucs dingues qui se passaient autour de moi dans le monde éthéré.

Il soupira.

— Qu'est-ce qui se passe ?

— J'ai assisté personnellement à la mort d'un gardien. (Je passai lentement la main dans les draps du lit.) Paul… le djinn l'a fait exprès. C'était délibéré.

Le silence dura un bon moment, puis j'entendis sa chaise grincer quand il changea de position.

— Ce n'est pas le premier.

C'est bien ce que j'avais craint.

— Combien ?

— Je ne peux pas te le dire. Mais si j'étais du genre crédule, je rejoindrais une secte pour commencer à prêcher l'apocalypse, parce que tout ça, c'est… c'est mauvais signe, Jo. Et je n'y comprends absolument rien. Tu as des informations qui pourraient m'être utiles ?

Je me mordillai la lèvre pendant quelques secondes.

— On dirait que les djinns se séparent en deux camps. C'est une sorte de lutte de pouvoir. Nous sommes seulement… coincés au milieu.

— Génial.

— Écoute, je sais que ce n'est sans doute rien, vu tout ce qui se passe en ce moment, mais… trois gardiens m'ont emmenée faire une balade l'autre jour. Ils avaient l'air de penser que je manipulais toujours les éléments. Ça venait de toi ?

Silence.

— Paul ?

— Je ne peux pas discuter de ça, Jo.

Merde. Ça venait de lui.

— Il faut que je sache. Écoute, je ne suis pas en train de fuir, c'est seulement que… il se passe tellement de choses. Je ne peux pas me permettre d'être prise au dépourvu par les gardiens en ce moment.

— Cartes sur table ? demanda-t-il. J'ai une douzaine de gardiens supérieurs qui réclament ta tête à grands cris. Ils avancent que, quelle que soit la nature des événements, tu te trouves au beau milieu – et de plus, tu n'as pas été franche avec nous, sur beaucoup de points. Et je sais que *ça*, au moins, c'est vrai. Donc où est-ce que ça nous mène, tout ça ?

— Dans une impasse, j'imagine. Parce que si tu les envoies me chercher, il y aura un combat. Et ce ne sera pas beau à voir. Tu ne peux pas te permettre de perdre des gardiens.

— Je le sais bien. Mais ma belle, ne t'y trompe pas : on peut quand même le faire. Il y aura des dommages collatéraux, mais surtout de ton côté, non ? Tu ne peux pas gagner. Nous sommes trop nombreux, et même si nous ne sommes pas au mieux de notre forme, tu es toute seule. Alors ne déclenche pas les hostilités. J'ai bien assez de problèmes comme ça, putain. S'ils veulent t'emmener, laisse-les t'emmener.

C'était à peu près ce à quoi je m'attendais. Et de la part de Paul Giancarlo, qui n'avait pas vraiment beaucoup de marge de manœuvre dans son boulot, c'était un vrai cadeau.

— Alors où est-ce que je me situe ? demandai-je. Avec vous, sans vous ? Assignée à résidence ?

Un long, long silence, puis Paul déclara :

— Ne déconne pas. C'est tout ce que je dis.

— O.K. (J'inspirai laborieusement et en vins à la question qui était la véritable raison de mon coup de fil.) Tu saurais comment mettre la main sur Lewis, ces temps-ci ?

— Lewis ? Ouais. Pourquoi ?

Il semblait être sur ses gardes.

Je tentai une attitude désinvolte.

— Je voulais lui dire quelque chose, c'est tout. Tu aurais son numéro de portable ?

Il l'avait, et me le lut à voix haute. Je le gribouillai sur un bout de papier en le mémorisant. Nous continuâmes à bavarder sur des sujets neutres, tout en nous mentant encore une fois ou deux, puis je raccrochai quelques minutes plus tard.

J'appelai Lewis, qui décrocha à la première sonnerie.

— J'ai besoin de toi, dis-je. Où es-tu ?

— Au nord, sur la côte.

— Occupé ?

— Je suis à Disney World, dit-il. (Ce qui était peut-être bien la vérité. Avec Lewis, on ne pouvait jamais vraiment savoir.) Qu'est-ce qui ne va pas ?

— À part les djinns qui se battent dans la rue et Ashan en personne qui vient me casser la gueule ? Eh bien, ma vie est soumise à un compte à rebours, et Jonathan veut que je brise la bouteille et que je libère David, mais si je le fais nous ne pourrons jamais le guérir, et en plus il tuera probablement Jonathan et gagnera la guerre à la place d'Ashan. J'ai pris un coup de soleil et mon chef essaie de me tripoter tous les jours. Ah, et aussi, ma sœur a invité un copain pour dîner, et David est un ifrit.

Il y eut un silence abasourdi. Puis il dit prudemment :

— Tu as bu ?

— Pas encore, et je peux te dire que j'en ai vraiment envie. J'ai besoin de toi. Ramène tes miches dès que possible. Rahel pourrait peut-être te faire venir ici en vol express.

— Non, je vais venir en voiture. Je t'envoie Rahel. Au moins, elle peut t'éviter des ennuis jusqu'à ce que j'arrive.

Curieusement, Rahel n'avait de toute évidence pas informé Lewis de la conversation que nous avions eue, et de la raclée qu'Ashan lui avait fichue. Mais il n'était qu'un simple mortel, et elle une djinn, et même les plus sympas d'entre eux ne nous considéraient pas vraiment comme leurs égaux. Il n'était pas son maître, et elle n'était l'esclave de personne.

— Jo ? demanda-t-il.

Je sentis une déferlante de pouvoir et un *pop* discret, comme un bouchon de champagne qui saute. Quand je levai les yeux, Rahel se dressait de l'autre côté du lit. Elle ne souriait pas, m'observait avec ses yeux d'or flamboyants, et avec le genre d'intérêt clinique qu'on pourrait voir chez l'élite des gardiens de prison du couloir de la mort.

— Il te faudra combien de temps pour arriver jusqu'ici ? demandai-je.

— Deux heures, dit-il. Fais gaffe à toi. Ça a pas été la fête ici non plus.

Clic. Il était parti.

Je raccrochai et laissai le téléphone glisser sur le dessus-de-lit, puis je me levai prudemment et fis face à la djinn élégamment vêtue de couleurs vives qui, les bras croisés et le torse bombé, me parcourut du regard. Sa tête s'inclina sur le côté et ses tresses bruirent comme de la soie.

— Eh ben, dit-elle. Ashan perd la main. Je croyais qu'il t'aurait bien plus amochée que ça.

Je la fusillai du regard.

— S'il se pointe encore, est-ce que tu me défendras ?

— Non.

— Et Jonathan, alors ? Tu l'empêcherais de s'en prendre à moi ?

— Ne sois pas ridicule.

— Très bien. Donc tu es juste là pour observer pendant qu'ils me tabassent. Hé, merci pour ton aide.

— Je fais une faveur à Lewis. Ça ne veut pas dire que je t'en fais une à toi. (Elle inspecta ses ongles et dut décider qu'ils n'étaient pas suffisamment acérés ; ils se mirent soudain à luire comme des couteaux. Ses yeux, qui se reportèrent vivement sur moi, étaient presque aussi dérangeants.) Pour quelqu'un dans ta situation, tu montres remarquablement peu de gratitude.

— De la gratitude pour quoi ? Pour avoir provoqué un combat et m'avoir laissée tomber, toute seule face à Ashan ? (Je sentis monter en moi une bouffée de panique tardive, ainsi qu'une vieille amie, la colère.) Je te donne un conseil : aide-moi moins. Ce sera mieux pour tout le monde.

— Je ne suis pas venue ici à ta demande, fit-elle remarquer avant de s'allonger sur mon lit comme si c'était le sien, pour tester le matelas. Fais ce que tu as à faire, Blanche-neige. Je n'ai pas besoin que tu me surveilles. C'est toi qui as besoin d'une baby-sitter. Quoi qu'il en soit, je dois te dire que si Lewis a besoin de moi, je te laisse tomber sans aucune hésitation. C'est compris ?

Je comprenais très bien. Je ne pouvais pas vraiment faire grand-chose pour l'arrêter si elle décidait de traîner dans ma chambre et d'essayer toutes mes fringues en se conduisant de façon générale comme une peste, ou si elle décidait de se barrer en plein milieu d'un combat. Elle n'était pas le soutien le plus efficace que j'aie connu.

Je rassemblai autour de moi les lambeaux de ma dignité et décidai que je commençais vraiment à avoir faim, après tout ; et puis avoir Eamon et Sarah sous les yeux serait plus supportable que de devoir endurer le regard fixe sardonique et surnaturel d'un djinn pendant deux heures.

— Qu'il n'arrive rien à David, l'avertis-je avant de jeter un coup d'œil vers la table de chevet.

Son visage se figea.

— Oh, crois-moi, dit-elle, j'y prendrai garde.

Je m'échappai pour aller dîner dans mes toutes nouvelles assiettes.

Sarah ne m'avait pas attendue ; Eamon et elle étaient déjà assis à table, face à face, les bougies scintillant entre eux. Elle avait éteint la lumière du plafonnier, et c'était comme une petite île de romance dans un océan de ténèbres. Très mignon.

Je me cognai contre un angle du canapé, jurai et ruinai l'ambiance. Sarah se figea et me lança un regard las et ennuyé, sa fourchette à mi-chemin de ses lèvres parfaitement maquillées, tandis que je m'écroulai sur une chaise à côté d'Eamon et dépliai ma serviette. Elle avait été arrangée pour former une sorte de cygne élaboré en origami. Encore un truc à la Martha Stewart que peu de mortels qui travaillent ont le temps d'apprendre à faire.

Le vin était agréablement frais et astringent, la salade croquante, et Sarah avait préparé une vinaigrette au fouet ; je n'aurais jamais de la vie cru qu'un truc pareil pouvait sortir d'une simple cuisine non professionnelle. Sarah aurait dû devenir chef cuisinier, pas femme de luxe.

— Tu parlais à David ? demanda Sarah. (Je faillis en lâcher ma fourchette.) Au téléphone.

— Oh. (Je poignardai une tranche de tomate. Les couverts étaient étranges et lourds, et quand je les examinai avec plus d'attention, je découvris qu'ils m'étaient aussi peu familiers que les assiettes. Le montant total de mes dettes, qu'elles soient karmiques ou Mastercard, commençait à devenir balèze.) Oui. Il était un peu malade, mais il se sent mieux maintenant.

— Sarah m'a dit qu'il était musicien ? demanda Eamon en saupoudrant un peu de poivre noir sur sa salade.

Ce n'était pas du tout une mauvaise idée, et j'imitai son geste.

— Chanteur, dis-je. (Ce qui expliquerait, si la chose s'avérait nécessaire, pourquoi il ne trimballait pas de matériel avec lui.) Il fait partie d'un groupe.

— J'en ai entendu parler ?

— Sans doute pas.

Eamon était trop poli pour essayer de contourner cette barrière ; il reporta son attention sur Sarah, qui faillit entrer en combustion sous la force de son regard. Il avait vraiment un joli sourire, je devais bien l'admettre.

— J'ai passé une excellente journée, Sarah. Je ne me doutais absolument pas que Fort Lauderdale avait tant à offrir.

— C'était éducatif, dit-elle.

Mais il y avait de la couleur sur ses pommettes, une étincelle dans ses yeux, et je me demandai si les merveilles de Fort Lauderdale avaient consisté en attractions pour touristes standards ou en quelque chose de bien moins familial, genre un tour sur le siège arrière de la voiture de location d'Eamon.

— Merci pour tout, ajouta-t-elle. C'était délicieux, vraiment. T'inviter à dîner était la moindre des choses.

— Attention, dit Eamon. (Sa voix était tombée dans une gamme que je ne pouvais que qualifier de ronronnement.) Si tu me nourris comme ça, je pourrais bien ne plus jamais m'en aller.

Ses yeux étaient lumineux, posés sur elle. Comme si elle était la seule chose présente au monde.

Elle lui fit un clin d'œil.

Je commençai à me souvenir de ce que je ressentais au lycée, quand je regardais ma sœur aînée accomplie et raffinée dévaster les garçons d'un geste négligent de ses doigts parfaitement manucurés. Oh ouais, c'était bien ce sentiment-là. Comme si j'étais les petites roues toutes moches sur le vélo de l'amour. Je me demandai si je ne devais pas prendre ma salade pour aller manger dans ma chambre avec Rahel, qui me donnait peut-être l'impression d'être un insecte particulièrement crade, mais qui au moins n'allait pas me sermonner sur mes bonnes manières.

— Y'a des hôtels pour ça, dis-je en engloutissant une bouchée de verdure.

Sarah m'envoya un regard choqué. Ouaip, nous étions revenues tout droit au lycée. Sarah la martyre, Jo la sale morveuse et le pauvre Eamon pris entre les deux.

Sauf qu'Eamon n'était pas un ado aux hormones chamboulées ; il se contenta de sourire et tendit le bras par-dessus la table pour verser à ma sœur un autre demi-verre de vin.

— En fait, dit-il, je suis bien mieux ici qu'à l'hôtel.

Dieu merci, l'entrée fut terminée avant que je ne me comporte encore plus comme une conne, et Sarah servit les pâtes. Eamon et elle flirtèrent. J'essayai de faire mine de ne pas m'en rendre compte. C'était inconfortable. Le poulet primavera de ma sœur était incroyablement délicieux, mais je l'engloutis avec un manque total d'égards pour les manières ou pour la dégustation gastronomique. Sarah, naturellement, mangea environ un tiers de son assiette et se déclara satisfaite. Eamon se leva pour l'aider à débarrasser la table, les manches relevées de sa chemise dévoilant des avant-bras longs et élégants. Il l'effleura au passage de façon assez appuyée pour qu'on qualifie ça de cour amoureuse dans plusieurs parties du monde. J'observai leur langage corporel pendant qu'ils se tenaient côte à côte devant l'évier. Le sien était… à l'aise. Propriétaire. Il occupait l'espace de Sarah, attiré vers elle par la

gravité. Par-dessus le bruit de l'eau, je captais des fragments de leur conversation. Je sirotai mon vin et le
regardai se pencher plus près d'elle, placer son visage
auprès de son cou et inspirer profondément. C'était
extrêmement sensuel.

— Omnia, de Bulgari, dit-il de sa voix charmante,
si précise et si chaleureuse.

— Tu t'y connais en parfum ? demanda Sarah en
sursautant et en tournant la tête pour le regarder.

Il était penché par-dessus son épaule, suffisamment proche pour l'embrasser. Aucun des deux ne fit
mine de s'écarter.

— Un peu, dit-il. J'ai un peu de pratique en chimie ;
les parfums m'ont toujours intéressé. Omnia a une
composante de poivre noir, tu sais.

— Vraiment ? (Elle se sécha les mains avec une
serviette et se tourna vers lui.) Quoi d'autre ?

— Il y a du dessert ?

Elle cilla, surprise par le changement de sujet, mais
se décala sur le côté et dévoila un plat rempli de petites
tartes parfaites, pâles, avec une croûte brune sur le
dessus. De la crème brûlée. Grands dieux. Je ne possédais même pas un de ces mini-chalumeaux sophisti-
qués, si ? Eh bien, apparemment, j'en avais désormais
un. Ainsi qu'une casserole bain-marie.

Eamon émit un son guttural que, je le jure, je
n'avais jamais entendu chez un homme en dehors
de moments particulièrement intimes. Il prit une des
tartes et mordit dedans en observant ma sœur.

— Délicieux, marmonna-t-il.

— On ne parle pas la bouche pleine.

Cela ressemblait fort à une blague entre eux, vu
l'intensité des sourires qu'ils se lancèrent. Il lui offrit
la tarte. Elle mordit délicatement dedans, sans jamais
quitter Eamon des yeux.

— Qu'est-ce que tu sais sur ce parfum ? lui demanda-t-il.

— Dis-moi tout.

Le sourire d'Eamon s'élargit et devint quelque chose d'à la fois angélique et susceptible de faire fondre les femmes comme du beurre.

— Les parfums ont des notes de tête, de cœur et de fond. Dans les notes de tête d'Omnia, il y a du poivre noir. Ses notes de cœur sont le thé, la cannelle, la noix de muscade et l'amande. Très exotique. Ça te va bien.

Sarah avait l'air fascinée.

— Et il y a des notes de fond ?

Il prit une autre bouchée de tarte.

— Bois de santal, fève tonka et chocolat. (Il prononça le mot « chocolat » de manière quasiment indécente.) On pourrait presque en manger.

— Et qu'est-ce qui te fait dire qu'on ne peut pas ?

— C'est une invitation… ?

Je levai les yeux au ciel, sortis de table et déclarai :

— Je serai dans ma chambre.

Ils ne me remarquèrent même pas. Je fermai ma porte et la verrouillai, m'écroulai sur le lit et réalisai que mon cœur battait la chamade. J'avais été intoxiquée par procuration, avec leur flirt. Ces deux-là étaient des champions olympiques des préliminaires.

Cependant, je les soupçonnais d'avoir franchi ce cap un peu plus tôt pour attaquer directement le cœur des choses. Sans doute plus d'une fois. Les hormones étaient de toute évidence en pleine ébullition.

Je parcourus la pièce des yeux. Aucun signe de Rahel. Je n'en fus pas surprise. Elle était sans doute passée en mode ne-me-voyez-pas, ou bien elle avait déjà décidé d'aller voir ce que devenait Lewis. Je l'ignorai – ou ignorai son absence – et retirai ma robe de dîner, puis enfilai un pantalon de survêtement négligé qui tombait bas sur mes hanches, ainsi qu'un haut court. J'ouvris ma fenêtre pour goûter un peu à la fraîche brise océane. J'eus soudain envie de sortir ; je me sentais piégée. Je regardai l'heure à mon horloge. Encore trente minutes avant de rencontrer Lewis.

Je me dis que je ferais mieux de ne pas trop attendre, et que je gagnerais du temps en le retrouvant à l'extérieur ; nous ne pourrions pas vraiment avoir une discussion à cœur ouvert avec ma sœur et Eamon apprenant à mieux se connaître (au sens biblique) dans la pièce d'à côté. Je chaussai des baskets, les laçai bien serré et déverrouillai la porte de ma chambre pour lancer un coup d'œil prudent à l'extérieur.

Eamon était en train d'embrasser Sarah dans la cuisine. Ils étaient debout contre le frigo ; les mains d'Eamon tenaient le visage de Sarah en coupe, ses doigts passés dans les cheveux de ma sœur, qui avait mis ses bras autour de son cou – et la vache, ils allaient bien ensemble.

Je clignai des yeux et songeai à annoncer que j'allais courir, puis je décidai que cela pourrait ruiner le moment. D'ailleurs, ils s'en fichaient complètement. Je saisis mes clefs, ma carte d'identité et mon portable, les fourrai dans la poche à fermeture éclair de mon survêtement et sortis.

J'étais à mi-chemin de l'escalier quand mon pantalon sonna. J'en extirpai mon téléphone et ouvris le clapet ; avant que je puisse répondre, je reçus une cuisante décharge d'électricité statique qui me fit trébucher dans les marches et me força à éloigner brusquement le portable de mon oreille.

Mais j'entendis clairement quelqu'un hurler mon nom à l'autre bout du fil.

Je replaçai le téléphone contre mon oreille et demandai :

— C'est qui ?

— Lewis ! (Sa voix était éraillée, presque noyée par les parasites, puis le bruit se réduisit à un grondement sourd. La circulation, peut-être ? Possible, mais seulement s'il était sur un circuit de formule un.) Changement de programme. Retrouve-moi sur la plage en face de ton appartement.

— Où, précisément ?

— On te trouvera.

Il raccrocha. J'essayai la touche rappel, ne reçus aucune réponse, et compris que ma décision de porter des vêtements de jogging était une bonne idée. Cela me donnait une chance d'aller en douce à mon rendez-vous tout en faisant un peu d'exercice.

Je dévalai en plusieurs bonds les dernières marches et m'étirai un peu. Pendant ce temps, je vis que le van blanc de l'inspecteur Rodriguez était toujours garé en face de mon appartement, aux premières loges. Pas de phares. Eh bien qu'il aille se faire foutre. S'il avait envie de s'en prendre à moi, il allait le sentir passer. Je n'étais pas d'humeur à lui faire des cadeaux.

Je posai mon pied droit sur les marches et commençai mes étirements. Je touchai mes orteils, ramenai mon pied vers moi et, pendant que j'y étais, je jetai un bref coup d'œil vers la fenêtre de mon appartement. Je ne voyais que des ombres, mais cela me suffit. J'étais presque certaine qu'Eamon était en train d'enlever la robe de Sarah.

— Tirez les rideaux, crétins, marmonnai-je dans ma barbe.

Mais bon, qui étais-je pour les juger ? J'étais celle qui avait vécu sa première expérience sexuelle vraiment intense avec un djinn dans un jacuzzi au beau milieu du hall d'un hôtel. Peut-être que l'exhibitionnisme était un truc de famille.

Je me focalisai sur mes étirements. La brûlure que je ressentais dans mes muscles aidait beaucoup à la concentration.

Une fois décemment échauffée, je me frayai un chemin dans le parking en évitant les voitures, à l'affût de feux arrière allumés, puis je courus sur place devant un feu rouge tandis que les automobilistes passaient à toute vitesse devant moi.

Je me raidis en sentant une présence arriver à mes côtés. L'inspecteur Rodriguez ne courait pas sur place, il restait simplement planté là. Il ne croyait pas à la nécessité de maintenir son rythme cardiaque, déduisis-je. Je pouvais respecter ça.

— Tu vas quelque part ? demanda-t-il.

— Ouais. J'ai l'intention de nager jusqu'en Angleterre, de voler les joyaux de la couronne, de les planquer dans le Titanic et d'engager James Cameron pour qu'il aille les chercher pour moi. Vous m'excuserez ? J'ai un emploi du temps chargé. (Je poursuivis mon jogging. Ma colère pulsait au rythme de mes battements de cœur. Qu'il aille au diable. Je n'avais vraiment, vraiment pas besoin de ça maintenant.) Écoutez, je vais revenir, d'accord ? Je vais juste courir. Ça arrive aux gens de faire ça. Enfin, à ceux qui ne vivent pas dans un van et n'espionnent pas les autres, en tout cas.

Il sourit légèrement. Il avait changé de vêtements, ou bien il était déjà habillé pour faire du sport ; il portait un pantalon de survêtement bleu foncé, couleur flic, avec des bandes réfléchissantes blanches qui lui donnaient un air d'uniforme, et un sweat à capuche avec LVPD inscrit en majuscules jaunes dans le dos.

— Loin de moi l'idée d'interrompre ta séance d'exercice, dit-il d'un ton affable. J'ai besoin de faire un peu de sport.

Je continuai de bouger, prête pour le feu vert, et quand il clignota, je me dépêchai de traverser la rue puis de passer sur la plage elle-même. Rodriguez, bien sûr, me suivit.

— Vous auriez dû rester là-bas ! lui dis-je par-dessus mon épaule. Je ne vais pas ralentir pour vous !

Et je passai la vitesse supérieure. Le sable était mou et instable sous mes pieds. Une brise chaude soufflait depuis l'océan, portant l'odeur du crépuscule et de la mer. Il y avait toujours des passants, même à cette heure de la journée ; des couples qui faisaient des balades romantiques au bord des vagues et posaient pour se prendre en photo. Des gamins qui s'enfilaient des bières en douce ou, s'ils n'étaient pas assez courageux pour assumer, des cannettes de Coca généreusement additionnées d'alcool. La relève de nuit arriverait bientôt – les gamins plus âgés, plus durs, ceux qui cherchaient à faire des conneries et à baiser dans le sable. Les surfeurs de nuit, aussi, qui m'avaient toujours laissée perplexe. Pourquoi choisir un sport dangereux et le rendre encore plus dangereux ?

Je jetai un coup d'œil derrière moi, et je n'eus pas à regarder bien loin. L'inspecteur Rodriguez, bien que plus vieux et alourdi par son régime alimentaire d'espion, restait sans problème à ma hauteur. Il se déplaçait d'une foulée ample et aisée, qu'il raccourcissait pour s'accorder à la mienne. Je ne l'avais pas remarqué auparavant, mais il était assez costaud. Rien de trop évident, rien à voir avec les beaux gosses musclés et les accros aux stéroïdes qu'on croisait tous les jours sur la plage, mais il était fort et agile.

Je savais déjà qu'il était fort. J'avais des bleus pour le prouver. Étrangement, je découvris que je ne lui en voulais pas.

— Tu es en forme, dit-il.

— Allez vous faire foutre, répliquai-je.

Et ce fut là tout le contenu de notre conversation, pendant un moment. J'augmentai ma vitesse. Il suivit. Je me fatiguai de cette accélération et m'installai dans un rythme souple et confortable, en me creusant la tête pour trouver un moyen de me débarrasser de lui.

Environ dix minutes plus tard, nous dépassâmes un SUV garé là illégalement et trois ados assis au bord du coffre ouvert, arborant un air de jeunes loups enragés. Rodriguez leur lança un regard de flic. Ils se redressèrent et firent semblant de ne pas nous avoir vus.

— L'orage approche, dit Rodriguez.

C'est vrai que le combat des djinns avait bousillé le monde éthéré, mais je pouvais sentir (de façon étouffée et indistincte) que les gardiens avaient remis les schémas en place. Humpty Dumpty n'était pas encore cassé de façon irréparable.

— Non, je crois que ça se dégage.

En guise de réponse, il fit un signe de tête vers l'océan. Je regardai dans cette direction et vis une couche de nuages sombres au loin, près de l'eau, presque invisible dans la nuit grandissante. Je montai par réflexe dans le monde éthéré, ou du moins j'essayai, et je sentis immédiatement une traction qui signifiait que je n'étais pas assez forte pour faire ça. J'y parvins quand même et jetai un œil autour de moi en Seconde Vue tandis que mon corps continuait son travail simple et répétitif, posant un pied devant l'autre.

Mais je ne parvenais pas à comprendre grand-chose, ceci dit. D'abord, ma vision éthérée était brouillée, indistincte. Comme si j'avais eu besoin d'une correction laser pour mon œil mental. Par ailleurs, l'étendue de mes perceptions était passée de quasi infinie à quelque chose d'humain et frustrant.

Je pouvais à peine voir l'horizon, encore moins déterminer ce qui se passait là-bas. Il y avait de l'énergie, oui, mais de quel type ? Un orage de cause naturelle ? Ou un orage mitonné par inadvertance après la baston djinn qui avait eu lieu à mon appartement, et que les gardiens auraient échoué à corriger ? Ce n'était que trop probable, malheureusement. Je n'arrivais même pas à percevoir si c'était dangereux ou non. Peut-être était-ce seulement un petit grain, qui ne causerait rien d'autre qu'une brève averse et des touristes déçus.

Je me laissai retomber dans mon corps. Pas par choix, plutôt comme si ma force éthérée venait de me faire défaut. *Blam*, et je retombai si vite que j'eus l'impression d'être un missile projeté depuis les cieux. Je heurtai mon corps de chair si violemment que je vacillai, trébuchai et m'étalai par terre. Je me redressai en crachant du sable, désorientée et en colère.

L'inspecteur Rodriguez, qui s'était arrêté, ne m'offrit pas une main secourable.

— Chiotte, marmonnai-je en m'époussetant.

Il ne dit rien, se contentant d'attendre que je reparte. La plage scintillait, toute blanche, des éclats de quartz reflétant les toutes dernières lueurs du jour. Les vagues pilonnaient le sable en rouleaux puissants et souples, avant de se fracasser en amas d'écume et de reculer. Je sentis ma frustration entrer en éruption dans un éclat de fureur aveugle, et je me tournai brusquement vers lui, les poings serrés.

— Écoute, tu vas me *laisser seule*, oui ? Je veux seulement être seule, O.K ? Je ne vais pas m'enfuir !

— Je ne te quitte pas des yeux, dit-il d'un ton catégorique. Pas avant que tu me dises ce que je veux savoir à propos de Quinn.

Contente-toi de courir, m'intimai-je mentalement. *Cours et oublie tout le reste.* Bon conseil. J'aurais bien aimé pouvoir le suivre, mais mon cerveau refusait de cesser de tourner, et j'étais en train de compromettre sérieusement ma sécrétion d'endorphines. J'avais envie que Lewis se pointe. Et je commençais maintenant à penser que blesser sérieusement l'inspecteur Fouille-merde n'était peut-être pas une mauvaise idée, parce qu'il commençait vraiment à me taper royalement sur le système.

Est-ce que je peux avoir le dessus ? Je détaillai des yeux Rodriguez, lequel continuait de courir sans effort à côté de moi. Il avait ce genre de mouvements mécaniques et inconscients signifiant qu'il s'entraînait sans doute vachement plus dur que moi, et qu'il pourrait me plaquer au sol sans même mouiller sa chemise. Il me lança un regard inexpressif, et j'eus l'honnêteté de répondre à ma propre question par un non catégorique. Je n'y arriverais pas, du moins pas sans mes pouvoirs de gardienne, et je ne les possédais plus – enfin pas suffisamment pour que ça pèse dans la balance, ni pour les brûler sans raison valable.

— Pourquoi est-ce que tu n'as pas appelé les flics ? demanda-t-il. Après ce qui s'est passé au studio télé ?

— Oh, tu veux parler de ton attaque injustifiée ?

Il eut la grâce de se renfrogner.

— Tu m'as mis en colère.

— Te prends pas la tête, tu n'es pas le premier mec à avoir tenté une approche physique avec moi. (Je souris tout en prononçant ces paroles, mais mon sourire ne recelait pas beaucoup d'humour.) Ton partenaire s'en est chargé bien avant que tu t'y mettes.

— Tout ce que je veux, c'est la vérité.

— Non. Tu veux croire que Quinn est une sorte de héros tombé au combat, et je ne peux pas t'aider là-dessus, mon pote.

Silence. Nous poursuivîmes notre course, le vent jouant avec ma queue de cheval étroitement nouée, les vagues se fracassant régulièrement, battement de cœur du monde. De la sueur apparut le long de mon dos et sous ma poitrine, dégoulinant et s'infiltrant dans mon soutien-gorge de sport. Mes tendons d'Achille hurlaient déjà. Je manquais vraiment de pratique. Je leur ordonnai de la fermer et accélérai. La nuit tombait comme une couverture épaisse et humide, qui aurait été suffocante s'il n'y avait pas eu la brise océanique qui ne faiblissait pas. D'après mon horloge interne, cela faisait plus de trente minutes que j'étais partie. Aucun signe de Lewis, mais apparemment, il avait eu des ennuis, et peut-être qu'il était à la bourre. *Il appellera.* S'il était conscient. S'il n'était pas en train de lutter pour sauver sa peau.

— Qu'est-ce que Quinn t'a fait ? demanda Rodriguez.

Je pris une inspiration entrecoupée.

— Je te l'ai dit.

— Tu m'as dit que c'était un violeur et un meurtrier.

— Ben voilà.

— Tu es toujours en vie. Donc ce n'est pas toi qu'il a tuée.

Aucune réponse n'était nécessaire. Je continuai en silence, jusqu'à ce que Rodriguez tende brusquement la main et saisisse mon poignet. Il tira dessus pour me forcer à m'arrêter en trébuchant dans le sable. Les vagues grondaient et s'écrasaient en nous aspergeant d'embruns.

Je ne voyais pas l'expression de son visage. Je remontai dans le monde éthéré en ayant l'impression de tirer le poids du monde entier, et je le vis sous la forme d'une tache orange foncé. Quels que soient ses sentiments, je n'avais plus la capacité de les lire, mais de toute façon les auras et les schémas des humains normaux n'avaient jamais été très clairs pour moi, même pendant mes meilleurs jours.

Je ne pouvais me fier qu'à mon instinct, lequel me disait que l'inspecteur Rodriguez était peut-être un fumier endurci, mais il n'était pas un tueur, et il n'était pas aveugle à la vérité.

— Tom t'a fait du mal, dit-il.

— Oui.

— Tu as de quoi prouver ce que tu avances ? demanda-t-il.

— Non.

— Alors pourquoi est-ce que je devrais te croire ?

J'examinai ce que je parvenais à distinguer de lui dans l'obscurité.

— Parce que tu sais déjà quelque chose que tu n'avais pas envie de croire. N'est-ce pas ? Tu sais qu'il n'était pas le rayon de soleil parfait pour lequel tu le prenais depuis toutes ces années. Tu affirmes que tu veux seulement que je te dise la vérité, inspecteur. Eh bien, je vais te la dire. Ici et maintenant. Et c'est à prendre ou à laisser. Tu veux m'écouter ?

— C'est pour ça que je suis venu, dit-il. Je vais t'écouter.

Alors je lui racontai. Je ne lui parlai pas des Ma'at, ni des djinns, ce qui se révéla légèrement problématique, niveau narration, mais je lui exposai les grandes lignes. J'étais partie à Las Vegas pour aider un ami, j'étais tombée sur Quinn, et j'avais été happée par un cauchemar surgi de mon passé. Et Quinn avait essayé de m'empêcher de dévoiler la vérité.

Quand j'eus terminé, Rodriguez inclina la tête sans ciller et demanda :

— Il est vraiment mort ?

— Oui. J'étais là, et j'ai tout vu. Mais tu ne pourras jamais intenter un procès à quelqu'un pour ça, et si tu continues d'essayer, tu vas faire du mal à ceux-là mêmes que tu veux aider. Je ne sais rien sur la femme de Quinn, mais si c'est quelqu'un de bien, ça ne l'aidera pas de savoir que son mari était tout le contraire. Laisse tomber.

Rodriguez affichait un air impassible. Indéchiffrable.

— Je peux te poursuivre en tant que complice pour meurtre d'un policier.

— C'est ce que tu m'as déjà dit. Je ne vois aucune poursuite à l'horizon, inspecteur. (Je reculai d'un pas.) Je suis désolée pour Quinn. Je l'aimais bien, moi aussi, et tu n'imagines pas combien ça me contrarie, tout bien considéré.

Il me laissa partir. Je me retournai dans la direction d'où nous venions et j'accélérai d'un cran, fuyant mes souvenirs au rythme de mes jambes qui montaient et descendaient, de mon cœur qui tambourinait. La pulsation rouge de l'effort vint dissoudre mon angoisse, chassant le doute, la peur et l'anxiété. J'étais en pleine forme, j'étais vivante, et à ce moment précis, je contrôlais les choses.

Si Rodriguez s'était montré franc sur ce qu'il voulait de moi, il retournerait dans son van. Il réfléchirait à ce que je lui avais dit. Il s'installerait devant son ordinateur portable pour faire correspondre les dates et les heures enregistrées dans ses fichiers avec mes dires, et pour vérifier si Quinn avait des alibis pour tout.

Il découvrirait que j'avais été honnête. Et puis il s'en irait et me laisserait gérer la bonne douzaine d'autres crises qui menaçaient ma vie.

J'étais raisonnablement rassurée sur ce point quand le sable devint tout à coup mou et liquide sous mes pieds, et que je disparus sous la surface, si rapidement que j'aurais aussi bien pu m'évanouir dans un nuage de fumée.

INTERLUDE

En approchant des îles, la tempête gagne en vitesse, se déplaçant à vingt-cinq kilomètres à l'heure ; mais elle est désormais si énorme que son accélération signifie peu de choses. Tout ce qui se fait piéger sur sa route est voué au pire. Sur les parois extérieures, les vents foncent à des vitesses fulgurantes, et leur force est si grande qu'ils appuient littéralement sur les vagues, créant une houle épaisse et lisse qui enfle, en formant d'immenses frissons vers l'horizon – onde de choc au ralenti qui donne une idée de l'ampleur véritable de l'explosion à l'intérieur des nuages.

Il n'y a aucune force dans la nature qui soit aussi immense, aussi inarrêtable et aussi intelligente qu'un ouragan.

La pluie commence à tomber à grande échelle. Sur l'océan, il n'y a aucun moyen de mesurer les précipitations qui chutent du ciel lourd et plombé, mais tout ce qui se trouve à la surface et disparaît dans le rideau noir chatoyant ne réapparaîtra plus jamais. La puissance de l'ouragan tue les poissons sous l'océan. Il n'y a pas d'épaves dans son sillage ; il broie en petits morceaux tout ce qui se présente à lui, le digère et se nourrit de la douleur. La mer qu'il laisse derrière lui est lisse comme du verre, enveloppée dans un silence choqué. L'eau est indulgente. Ses blessures guériront rapidement.

La côte n'aura pas cette chance.

Cette houle qui ressemble curieusement à un ruban roule en direction des terres, voyageant avec une rapidité incroyable – renflements aplatis qui atteignent les eaux moins profondes et prennent vie dans une explosion rugissante. Les vagues se fracassent avec une force étourdissante contre les rochers, le sable, la chair. Cette puissance écrasante revient vague après vague, sans cesser de croître, monstre fuyant la force encore plus terrifiante qui se trouve derrière lui.

Tandis que les vents se renforcent, les arbres sont arrachés du sol auquel ils étaient solidement attachés depuis cent ans ou plus.

Alors que la tempête approche de la première grande île, la houle soulève le niveau de l'océan de plus de six mètres, et de nombreux endroits sont déjà en train de s'enfoncer dans la mer.

Rien ne peut survivre à celle-là.

Elle n'est pas mortelle.

Elle est légendaire.

V

J E CHUTAI EN ligne droite, glissant à travers du sable fuyant qui n'offrait aucune prise, avant de rencontrer une surface solide dans un impact violent qui se transmit à mes jambes, remonta le long de ma colonne et explosa dans mon crâne comme une grenade. Je me penchai en avant et tendis aveuglément les mains, sentant quelque chose qui ressemblait à de la pierre sous mes doigts. Le soubassement rocheux. J'avais fait une sacrée chute. J'avais eu de la chance de ne rien me casser.

Des mains saisirent mes épaules et me tirèrent d'un coup sec en arrière, me faisant perdre l'équilibre. Je me débattis en criant, me ressaisis et fis volte-face en frappant à l'aveuglette. Je touchai de la chair avec assez de force pour recevoir une nouvelle onde de choc qui traversa mes os. Les mains qui me tenaient me lâchèrent tandis que s'élevait un grognement.

Il faisait noir comme dans un four, dans ce trou sous le sol. Ce n'était pas bon signe pour moi. Des choses désagréables m'étaient déjà arrivées dans une grotte ; je n'étais vraiment pas à l'aise, dans les grottes, et je pouvais sentir un début de panique crisper mes entrailles.

Du calme. Je devais rester calme.

J'avais face à moi quelqu'un qui possédait les pouvoirs de la Terre, ça au moins c'était évident ; il fallait un talent bien particulier pour aspirer quelqu'un à travers la plage jusque dans une caverne, d'autant plus que Fort Lauderdale n'était pas exactement renommée pour ses grottes.

J'avais l'impression d'être un donut saupoudré de sucre. Ma course au bord de la plage m'avait laissé une belle pellicule de sueur, et le sable fin me couvrait d'une couche granuleuse qui n'allait pas partir sans l'aide d'une douche et d'un gant de toilette.

Oh, quelqu'un allait payer pour ça.

Commençons par le commencement : je n'allais pas agir dans le noir. J'avais besoin de lumière, et j'étais à court de lampes-torches. Cependant, même si je n'étais pas une gardienne du Feu, le principe basique de la création du feu n'était pas hors de portée de mes pouvoirs. J'avais déjà créé auparavant de petites bulles d'oxygène enfermées dans une coquille dure, avant d'y mettre le feu. Une sorte de lampe toute prête.

Quand je me tendis pour effectuer cette action très simple – désengager les molécules O_2 de la longue chaîne chimique d'atmosphère respirable, avant de les isoler dans un espace vide – ce fut comme d'essayer de pratiquer une microchirurgie avec des maniques. Et sous anesthésie. Je cafouillai et sentis l'air aigrir en prenant une odeur rassise.

Ouais. Je n'étais même pas en mesure de faire les trucs les plus simples. Super nouvelle. Je décidai que je ferais mieux d'affronter le problème à l'aveuglette.

Ledit problème était grand, humain, et revenait vers moi. Je sentis quelque chose m'effleurer et
j'esquivai instinctivement; des ongles m'éraflèrent
la joue. Pas des griffes, donc ce n'était pas un djinn
– mais je n'avais pas vraiment cru cela possible;
d'ordinaire ils n'étaient pas aussi sournois ni aussi
subtils. Et ils ne sentaient pas la peur et la transpiration.

Je reculai, sentis un mur derrière mon dos et
balançai devant moi un coup de pied circulaire. Il
entra de plein fouet en contact avec quelqu'un qui
poussa un grognement étouffé et tomba à la renverse.
En plein dans le mille.

Je me sentais agréablement féroce quand une
lumière aveuglante jaillit soudain, m'obligeant à
reculer en me couvrant les yeux.

— Pour l'amour du ciel, Jo, arrête !

La voix était celle de Lewis. Je jetai un coup d'œil à
travers mes doigts et vis que la source de cette lumière
éblouissante n'était qu'une bonne vieille lampe de
poche de jardin. Il l'inclina légèrement, et la lumière
indirecte me donna un aperçu des traits allongés et
bronzés du visage de Lewis – sauf qu'ils n'étaient pas
aussi détendus et doux que d'habitude. Il avait l'air
sérieusement stressé.

Et il y avait du sang sur sa joue. Du sang frais. Et des
éclaboussures sur sa chemise.

— Qu'est-ce qui se passe, bordel ? demandai-je.
Tu vas bien ?

— Ce n'est pas mon sang, dit-il. J'ai besoin de ton
aide. Viens par ici.

— Mon aide pour quoi ?

En effet, il n'allait pas être facile d'expliquer à Lewis
que mon aide resterait strictement du domaine du
soutien moral, actuellement.

— Kevin, dit-il avant de se détourner.

Il se déplaçait déjà pour braquer sa lampe sur… le fin visage grêlé d'acné de Kevin Prentiss. Le gamin qui avait été, autrefois, le fléau de mon existence – et aussi mon maître, quand j'étais un djinn – n'avait pas beaucoup changé. Toujours crasseux, toujours vêtu d'un jean trop grand qui flottait sur son corps, avec trop de poches et de chaînettes, ainsi que d'un tee-shirt noir débraillé qui aurait eu besoin d'un tour de machine supplémentaire. Il avait pris un look résolument gothique depuis la dernière fois que je l'avais vu, au Nevada ; le piercing dans le nez était nouveau, ainsi que le pentagramme sur sa nuque. Il ressemblait toujours à un petit branleur. Sauf que sous-estimer Kevin était une erreur. Il avait la capacité d'être un branleur vraiment effrayant, et je l'avais déjà vu à l'œuvre. Je n'avais pas envie de revivre ça sous terre, dans un espace confiné.

Et puis je réalisai que Kevin n'était pas assis par terre dos au mur parce qu'il n'était qu'un petit con boudeur – même s'il en était tout à fait capable – non : il était pâle, penché, et sa respiration était étranglée et superficielle.

Dur à dire sur du noir, mais le devant de son tee-shirt avait l'air humide. Je ne pensais pas qu'il était allé faire un plongeon dans les vagues.

— Ils s'en sont pris à nous, dit Lewis. Les gardiens. Je nous ai cachés, mais je ne savais pas que le garçon avait été touché avant que nous ne soyons déjà en bas. Je ne peux pas l'abandonner.

— Pourquoi ? (C'était mesquin, mais merde, Kevin le méritait.) Très bien, d'accord. Il a besoin d'aide médicale, j'ai compris. Sortons-le d'ici.

— Je ne peux pas.

— Pourquoi ?

Il me lança un coup d'œil, puis fit un signe de tête en direction de la grotte qui nous entourait. Je réalisai avec un temps de retard que les murs compacts n'étaient en réalité que du sable tassé et modelé. Du sable maintenu ainsi par la seule force de sa volonté. Eh oui, Lewis s'était creusé une cachette secrète, ce qui était vachement cool, mais l'idée que toute la structure pouvait s'écrouler sur nous à n'importe quel moment ne me fit pas tout à fait rayonner de confiance.

— J'ai besoin de ton aide, dit-il. En fait, j'ai besoin de l'aide de David. Je ne peux pas tout faire en même temps. Il peut retenir le sable pendant que je m'occupe de la blessure…

Oh, merde.

— Hum… Je ne peux pas faire ça.

Le visage de Lewis se crispa encore plus, ce qui n'était vraiment pas bon signe.

— Jo, j'ai juste besoin de te l'emprunter. Je ne vais pas le garder.

— Je ne peux pas.

— J'ai *besoin* de lui.

— Il n'est pas… il ne va pas bien, Lewis. Il est…

— Jo ! Le gamin va mourir !

J'inspirai profondément.

— Je ne vais pas appeler David. Quel est le plan B ?

Pendant une seconde, je vis surgir en lui une rage pure, ce qui était plutôt effrayant, vu qu'il était l'équivalent humain de Jonathan dans le monde des djinns – un entrepôt à pouvoir presque parfait – mais ce n'était pas dans le genre de Lewis de l'utiliser pour s'en prendre à quelqu'un. Il ramena toute sa puissance en lui et ferma les yeux pendant une seconde ; quand il parla de nouveau, ce fut tranquillement et à voix basse.

— Le plan B consiste à l'observer se vider lentement de son sang, dit-il. Je n'aime pas le plan B. Écoute, Jo, guérir c'est la chose la plus difficile qui soit. Je ne peux pas le faire tout en maintenant cet endroit en place. Cela requiert de la précision. J'ai besoin d'aide.

— Très bien. Alors tu n'as qu'à me faire remonter, j'appelle une ambulance et on le sort de là. Traitement médical ordinaire, prosaïque. Ça marche aussi, tu sais.

Lewis secoua la tête en regardant Kevin qui respirait en frissonnant. Ce dernier ne semblait pas nous entendre.

— Il a une artère sectionnée, dit-il. Je la garde fermée, mais entre ça et soutenir cette grotte, je suis à la limite. Il faudra que tu sortes par toi-même.

Une idée me vint à l'esprit.

— Où est Rahel ? Pourquoi est-ce qu'elle ne t'aide pas à faire ça ?

Une autre bouffée de colère surgit sur son visage. Il ne prit pas la peine de masquer la tension dans sa voix.

— Rahel ne pense pas qu'il soit digne d'être sauvé, dit-il. Elle pense aussi qu'elle a mieux à faire. Elle est partie. Jo, je ne plaisantais pas. J'ai besoin de David. S'il te plaît.

Portable. Je l'extirpai de ma poche et regardai le réseau. Oh-oh. Sept mètres de sable se soldaient apparemment par un « Aucun signal » clignotant sur mon écran.

— Euh… la réponse est toujours non. Écoute, si je peux faire appel au vent pour qu'il descende…

— Tu nous tueras.

— C'est vrai. Mauvaise idée. L'eau… O.K, ça nous tuera aussi. Lewis, tu as appelé la mauvaise personne. Je n'ai rien qui puisse t'aider.

— Tu as un *djinn* !

— *Non je n'en ai pas !* hurlai-je à mon tour. J'ai un *ifrit*, bordel, et je ne vais pas l'appeler, alors tu ferais mieux de te creuser la tête ! Dis-moi ce que je peux faire !

— Rien, répliqua Lewis d'un ton sec. Merci d'être passée.

— J'imagine que je suis foutu, alors, chuchota Kevin en ouvrant les yeux.

Pas beaucoup, cependant. Il avait le regard vague et brouillé ; Lewis devait aussi bloquer la douleur d'une manière ou d'une autre. Je m'accroupis près du gamin et sentis une tension dans mes genoux. Rien de tel qu'un atterrissage brutal après une chute de sept mètres pour échauffer vos articulations comme il faut.

— Comment tu te sens ? demandai-je.

— Comme si t'en avais quoi que ce soit à foutre, répliqua Kevin.

Il agissait à moitié par réflexe, je le voyais bien. Il n'avait pas le cœur à jouer les victimes aujourd'hui, et il avait l'air effrayé. Vraiment, vraiment effrayé.

— Tu m'as laissé tomber comme un sac-poubelle quand tu as eu ce que tu voulais. T'es retournée dans ta petite vie sympa. Alors, Jo, tout roule pour toi ?

Je n'avais pas envie de lui expliquer en quoi jouer les Miss Météo débiles sur une chaîne de télé minable ne constituait pas tellement une vie sympa.

— Si tu cherchais à attirer l'attention, il y avait de meilleurs moyens d'y arriver, dis-je.

Il me fit un doigt d'honneur. Gauchement. En fait, c'était plutôt mignon. Il y avait des ombres étranges sur ses joues, et je réalisai deux choses : premièrement, il portait de l'eye-liner noir (il était donc assurément passé du côté goth), et deuxièmement le maquillage s'était étalé sur son visage.

Kevin avait pleuré.

Je sentis mon cœur, qui avait commencé à se dire qu'il ferait bien de se calmer, recommencer à tambouriner. Kevin était à bout de souffle, et ses lèvres avaient l'air légèrement bleues.

— Bordel, Lewis, je suis tout bousillé à l'intérieur. Je me sens…

— Doucement, murmura Lewis en mettant un genou à terre auprès de lui.

Il remonta le tee-shirt à manches longues un peu crade qui faisait la promo d'un groupe de morts-vivants, avec un tréma sur leur nom et un graphisme zombie, mais la véritable horreur se trouvait en dessous – une longue et profonde entaille béante sur le flanc de Kevin, qui laissait échapper un filet de liquide lent et constant. Il avait perdu beaucoup de sang; on en retrouvait les traces et les éclaboussures sur sa peau, formant des motifs humides.

Lewis posa ses doigts autour de la plaie pour former un cercle approximatif, pencha la tête et se concentra. Kevin frissonna et chercha convulsivement à saisir ma main; je le laissai faire sans protester. Sa poigne était forte, mais pas autant qu'elle aurait dû l'être.

Le saignement ralentit pour revenir à un égouttement. Kevin s'étrangla, toussa et déglutit péniblement. Je crois qu'il essayait de ne pas vomir.

— Qu'est-ce qui s'est passé? demandai-je.

— Je ne sais pas. (La main de Kevin tremblait, tout comme sa voix.) On enquêtait à propos des djinns, et Lewis m'apprenait des trucs. Tout le monde était plutôt… cool, tu vois? Ils ne me détestaient pas. Les vieux, là, les Ma'ats, ils ont même dit que je pourrais aider des gens. Je… j'essayais…

— Kevin, *qu'est-ce qui s'est passé?*

— Quelqu'un a essayé de nous tuer.

— Toi et Lewis?

— Ouais.

Il essuya son visage de sa main libre, étalant du même coup son eye-liner, ce qui lui donna un air de clown triste. De l'autre côté, Lewis était une statue de marbre, figé, occupé à faire ce que font les gardiens de la Terre quand ils se battent pour sauver une vie en péril. C'était sans aucun doute une épreuve terrible pour lui et pour Kevin; ce dernier aurait préféré mourir plutôt que de me laisser le voir dans un tel état de faiblesse.

— Putain de connards. On ne faisait de mal à personne.

J'eus un très mauvais pressentiment.

— C'était des gardiens?

Il acquiesça.

— Quelqu'un que je connais?

Il essaya de hausser les épaules, une de ces expressions molles d'ennui que les ados doivent avoir inventées à l'aube de l'évolution. Il ne parvint à en produire qu'une faible imitation, cependant. L'effort ne fit que le rendre encore plus pâle, et il baissa les yeux sur le chantier à nu qu'était la plaie dans son flanc.

Elle saignait encore. Pas beaucoup, mais c'était un filet de sang régulier. Et alors même que je l'observais, il s'écoula un peu plus vite.

— Kevin, dis-je pour le distraire. (Sa panique ne ferait que compliquer la tâche de Lewis.) Tu as dit que c'étaient des gardiens. Dis-moi à quoi ils ressemblaient.

— Tu connais une connasse avec des piercings de punk et un type qui ressemble à un bûcheron?

— Peut-être.

Je réfléchis rapidement. Ça pouvait être Shirl et Erik, qui m'avaient pourchassée durant ma première course folle à travers le pays, quand je me dirigeais vers Star et ce que je croyais être un havre de sécurité. Ils faisaient partie de l'équipe de Marion Bearheart, mais je ne voyais pas Marion autoriser un commando contre Kevin, pas maintenant. Pas après ce qui s'était passé à Las Vegas.

— Où est-ce que ça s'est produit ? À Vegas ?

— Non, ici. Lewis et moi on était sur la côte, on inspectait les ruines d'un hôtel où des djinns s'étaient battus, d'après ce qu'on avait entendu dire. Ils se sont jetés sur nous… (Il s'interrompit et déglutit.) Oh, merde. Je vais mourir, c'est ça ?

J'avais envie de me pencher et de le prendre dans mes bras. C'était de toute évidence une mauvaise idée, et ce pour beaucoup, beaucoup de raisons.

— Tu ne vas pas mourir, lui promis-je.

Je risquai un coup d'œil vers sa blessure, et bon Dieu, est-ce que je me trompais ? Est-ce qu'elle saignait plus, pas moins ? Lewis était enfermé dans son silence, concentré. Il essayait de le guérir, ou de moins de maintenir les choses à peu près en l'état.

Il n'allait pas être capable de me faire sortir d'ici, et il ne pouvait pas faire ça tout seul. La plaie était trop profonde, et il devait détourner trop de pouvoir pour garder la grotte intacte.

Je ne pouvais l'aider ni dans l'un ni dans l'autre cas.

— Oh, bordel, chuchota Kevin. (Il prit une inspiration sifflante, retint son souffle, et je vis son visage devenir plus pâle.) Tu sais, en fait, c'est beaucoup plus grave que ça n'en a l'air.

Il essayait de plaisanter sur le sujet. Cela me brisa le cœur. Il était trop jeune pour ça. Trop jeune pour beaucoup de choses qu'il avait subies durant sa courte vie, et beaucoup trop jeune pour certaines des choses qu'il avait faites à d'autres personnes. Kevin était un monstre, un tueur et un petit con revêche, mais il n'avait pas vraiment eu de chance à la naissance.

— Ça ne me fait pas plaisir d'entendre ça, parce que ça a pourtant l'air moche, dis-je. Mais tu as Lewis. Et personne ne peut s'en occuper mieux que lui.

Il me vint à l'esprit qu'il y avait en fait quelque chose que je pouvais faire, bien que ce ne soit pas sur un plan mystique. Je jetai un œil sur ce que je portais ; il n'y avait là rien que je pourrais utiliser comme bouchon, du moins pas sans révéler beaucoup plus qu'il n'était politiquement correct.

— Lewis. Lewis ! J'ai besoin de ta chemise.

Je tirai sur le tissu de son épaule, en retirant à moitié sa chemise ; il se décala pour m'aider et me laissa le défaire de son vêtement maculé de sang, révélant un torse nu, des bras fins et des abdos impeccables que j'aurais pris le temps d'admirer si les circonstances avaient été meilleures.

— Cher *Penthouse*, chuchota Kevin. Je n'aurais jamais cru que ça m'arriverait à moi…

— Ferme-la un peu.

Je pliai la chemise de Lewis pour former un bouchon de fortune et l'appuyai fortement contre la blessure ouverte, du moins autant que je le pouvais autour de la main de Lewis. J'obtins pour résultat un frisson, un hoquet de souffrance et une pâleur de cire que je n'appréciai guère.

Kevin glissa dans l'inconscience.

— Lewis. Lewis ! C'est grave à quel point ? Vraiment ?

Ses yeux bruns fatigués s'ouvrirent et se concentrèrent sur moi avec peine.

— C'est fatal si je cesse de m'en occuper. Une artère principale est sectionnée. Je fais ce que je peux pour qu'elle reste fermée, mais…

Mais il ne pouvait pas continuer comme ça éternellement. Ce genre de choses exigeait un sacré paquet de concentration.

— Tu peux le guérir ?

— Non. Trop de dégâts.

— Qu'est-ce que tu veux que je fasse ? demandai-je aussi calmement que possible.

Il ne répondit pas. Ses paupières se refermèrent progressivement.

— Lewis ?

Pas de réponse. Je tendis la main et lui tapotai gentiment le visage ; il papillonna des yeux puis revint lentement à lui. Je répétai la question.

— Va chercher de l'aide, dit-il. Trouve un moyen. Sinon…

Il ne poursuivit pas. Il n'était pas inconscient – s'il s'était évanoui, Kevin se serait mis à saigner à gros bouillons. Au lieu de cela, le saignement ralentit et redevint un petit filet contre mes mains et la chemise en boule déjà détrempée. Lewis avait plongé plus profondément dans sa transe pour essayer de garder la situation sous contrôle.

Je pris sa main et la décalai pour l'appuyer contre le pansement de fortune. Il prit le relais et maintint la pression.

— Hé, chuchota Kevin.

Il était de nouveau conscient. Il posa sur moi le regard fixe de ses yeux écarquillés et injectés de sang. Il dégageait une forte odeur de rance et de vêtements sales, avec un léger parfum vert et terreux de shit. *Lewis*, songeai-je, *tu es nul comme nounou.*

Non pas que j'aurais pu faire mieux.

— Qu'est-ce que tu vas faire ? demanda-t-il.

— Tu peux créer du feu ?

C'était le pouvoir de base de Kevin, et il avait toujours été puissant dans ce domaine. De plus, le feu était l'une des énergies les plus faciles à manipuler, tant qu'il n'était pas assez gros pour développer une conscience propre.

Il hocha la tête.

— Mais c'est débile. Pas de ventilation. Tu vas nous faire tuer. Lewis a dit qu'il y avait un stock d'air limité, ici.

— Fais-moi confiance. Je vais nous trouver de l'air.

Il fit un faible et théâtral geste de la main en direction du sable derrière moi, et *boum*, un feu explosa dans toute sa gloire rouge-orangé, et commença à brûler la réserve d'oxygène à notre disposition.

À mon tour. *Concentre-toi*, m'ordonnai-je mentalement avant de fermer les yeux.

Les molécules de l'air tournaient, brûlaient et se contorsionnaient. Détruites puis reformées. La chaleur vibra tandis que la colonne d'air s'élevait vers le plafond de sable. Je parvenais toujours à voir la tache pâle au-dessus de ma tête, là où le sable lui-même était en partie poreux ; c'était la trappe à travers laquelle Lewis m'avait fait descendre. Elle s'effritait de façon régulière et s'effondrait sur elle-même. Je pouvais entrevoir des bouts de ciel noir au-dessus. La chaleur allait accélérer ce processus et agrandirait le trou en dilatant les molécules de l'air entre les grains de sable.

Tu peux faire ça. Tu dois le faire.

Je l'avais déjà fait. C'était un petit tour festif, un truc que les gardiens faisaient pour se divertir mutuellement quand ils s'ennuyaient. Du feu et de l'air qui interagissaient. J'aurais pu le faire en dormant.

Enfin, d'ordinaire.

J'inspirai profondément, lançai toutes mes forces dans mon essai et sautai au-dessus du feu.

Le coussin d'air était spongieux et instable, comme un matelas à eau. Ce n'était pas du tout la plate-forme solide qu'il aurait dû être. Et il était chaud. Voire même, pour tout dire, brûlant. Et je portais des chaussures que je n'avais pas envie de voir fondre.

J'exerçai une pression sur la couche d'air durci sous mes pieds pour la raffermir. Ça n'allait jamais marcher si la chaleur ne parvenait pas à la pousser...

Je commençai à m'élever. Lentement. J'ouvris les yeux et faillis m'étrangler quand la puissance du feu commença à me brûler à travers mes baskets. Je clignai des paupières pour chasser mes larmes et me mordis la lèvre. *Tiens bon.*

Je montais. Lentement. *Bordel, il y a un an, j'aurais fait ça en cinq secondes chrono.*

La chaleur était intense, à présent, et j'étais convaincue que mes chaussures étaient en train de fondre. Je sentais l'odeur du caoutchouc brûlé. Peut-être quelque chose d'autre, aussi, une odeur digne de me faire paniquer.

Le ciel rampa dans ma direction à une allure réduite, tandis que les parois du puits de sable bougeaient et s'effondraient autour de moi. Tout ce truc commençait à perdre sa cohésion. Si je ne m'y prenais pas comme il fallait, si je n'allais pas chercher de l'aide, Kevin et Lewis allaient se faire enterrer vivants...

Je réalisai que j'avais le souffle court, en partie à cause de la pression implacable de la chaleur, en partie à cause de la douleur qui se transformait rapidement en une souffrance intolérable. J'avais l'impression que les flammes léchaient l'arrière de mes mollets. L'air sous mes pieds se ramollit comme du pudding, menaçant de me laisser retomber sur les quatre mètres que j'avais parcourus, droit dans les flammes.

Je me mordis profondément la lèvre, je levai les mains vers le ciel et je refroidis l'air au-dessus de moi. Je séparai les molécules, ralentis leur mouvement et fis chuter la température d'au moins vingt degrés. Fastoche. Un jeu d'enfant. Je parvins à peine à le faire et, quand j'y réussis, je me sentais au bord de l'anévrisme. Une douleur intense transperçait mon crâne, et j'avais du mal à respirer. Je perçus un goût de sang au fond de ma gorge.

Je m'élevai plus vite. Plus vite.

Je n'osai pas baisser les yeux, parce que je savais que mes pieds étaient désormais en train de brûler, grands dieux, j'avais l'impression que la chair était déjà rôtie et qu'à présent les muscles étaient en train de cuire, mais si c'était vrai alors je ne sentirais plus rien, une fois que les nerfs seraient morts…

Tiens bon. Tiens bon. Tiens bon.

Je me raccrochai à l'idée du visage pâle comme la cire de Kevin, du sang qui s'échappait de son flanc et, tout à coup, ma tête passa au niveau du sol et je fus *dehors*.

Je m'écroulai en avant, poussée par mes dernières bribes de force, roulai et continuai à rouler jusqu'à atterrir dans une eau à la fraîcheur choquante. Une vague s'écrasa sur moi et j'entendis un sifflement quand mes chaussures fumantes rencontrèrent l'océan.

J'avalai de travers, toussai, m'étranglai, sentis un goût de sel et de décomposition, et posai mon visage sur le sable froid et humide avec un soulagement si intense qu'il se rapprochait de l'orgasme.

— Bordel de merde !

Une paire de mains me fit rouler sur le dos, et je cillai pour accommoder ma vision sur la tache à peine visible que formait le visage d'Armando Rodriguez. Pour la première fois, il arborait une expression facile à déchiffrer : il était choqué.

— Qu'est-ce que c'était que ça ? s'écria-t-il.

Comme si je pouvais le lui expliquer. Je toussai du sel, crachai de l'eau et croassai :

— Il y a deux personnes en bas dans le trou ; l'une d'entre elles est gravement blessée. Va chercher de l'aide, *maintenant*.

Il avait un flingue à la main, ce qui n'était d'aucune aide. Il le rangea et sortit un téléphone portable. Il composa un numéro et détailla la situation.

— Demande une ambulance, ajoutai-je.

Il acquiesça et continua de parler.

Je me tortillai pour me mettre en position assise et retirai mes pieds de mes baskets fondues. Ils étaient roses et mous, mais pas encore rôtis à point.

Mon Dieu, j'allais avoir mal, demain.

— Nous ne pouvons pas attendre, dis-je. Trouve de la corde, des couvertures qu'on pourrait assembler, n'importe quoi. Cours !

Il fonça dans la direction d'où nous étions venus, droit vers la lumière des phares marquant la position des trois gamins qui glandaient sur le SUV de parents malchanceux. Je rampai jusqu'au trou. Il s'élargissait.

— Kevin ! hurlai-je. L'aide est en route !

Pas de réponse. Je me relevai maladroitement, m'éloignai du trou et regardai autour de moi. Rodriguez manquait à l'appel. Je ne voyais personne d'autre sur toute l'étendue obscure de la plage. Le temps filait à toute allure.

Appelle David, chuchota mon mauvais ange à mon oreille. *Appelle-le. Tu l'as déjà remis sur pieds. Tu peux le refaire. Ashan n'a même pas été blessé si gravement que ça.*

Était-ce ainsi que cela avait commencé, pour Patrick et son amante ifrit ? Une petite concession après l'autre, jusqu'à ce qu'il se retrouve à tuer ceux de sa race pour lui offrir une mince tranche d'existence supplémentaire ? Jusqu'à ce qu'elle soit d'accord pour s'adapter à ce genre de vie, juste pour rester avec lui ?

Non. Non, non, non, jamais, et David ne le supporterait pas.

— Rahel ! hurlai-je de toute la force de mes poumons. Rahel, où es-tu, bordel ? Ramène ton cul par ici, j'ai besoin de toi *maintenant* !

Un éclair illumina la plage, long filament bleu-blanc qui courut dans le ciel et explosa en plusieurs branches qui s'étirèrent sur la moitié de l'horizon. Spectaculaire.

Les nuages qui embrassaient l'océan semblaient plus gros qu'auparavant.

À la faveur de l'éclair suivant, je vis quelqu'un sortir de l'eau. Grande, un port parfait, une peau noire luisante de gouttes de pluie. Rahel était aussi magnifique qu'une déesse de la mer, et ses yeux brûlaient avec tant d'éclat qu'ils ressemblaient à des soleils.

Elle surgit du creux d'une vague et s'écroula à quatre pattes dans le sable mouillé. Son corps était solide jusqu'aux genoux, et le reste n'était que du brouillard tournoyant. À peine cohérent. Elle avait une sale gueule – contusionnée, épuisée, déchiquetée et ensanglantée. En ce qui la concernait, le sang était une métaphore. Elle n'était pas devenue humaine ; elle était seulement devenue incapable de réparer les dégâts de son avatar physique.

Rahel n'avait pas foutu le camp dans une crise de dépit et ne s'était pas délibérément tenue à l'écart ; elle avait sans doute eu l'intention de rester et de les aider. Mais son retour en fanfare avait été interrompu entre-temps par un sérieux combat. Le genre de combat dont on ressort blessé ou mort.

Rahel était aussi costaude que n'importe quel djinn. Elle perdrait une bagarre contre Ashan, Jonathan ou David, mais contre n'importe qui d'autre, elle aurait dû s'en sortir. À moins que… à moins que ce ne soit Ashan qu'elle ait affronté.

Ou Jonathan.

Que ce soit l'un ou l'autre, ce n'était pas une bonne nouvelle, là tout de suite.

Je rampai vers elle. Elle leva les yeux et l'expression de son visage se durcit. Je m'arrêtai.

— Ils arrivent, dit-elle. Je n'ai pas pu les retenir. Prépare-toi.

— Qui ?

Il était trop tard pour que ça ait de l'importance. Je pouvais la sentir approcher dans le monde réel et dans le monde éthéré, même faible et aveugle comme je l'étais. Une perturbation gigantesque, qui se dirigeait droit sur nous.

Plus loin, dans l'obscurité, je vis des silhouettes bouger. Indistinctes, mais bien présentes.

— Joanne Baldwin, dit l'une d'entre elles. Lève-toi.

Ça avait l'air humain. Avec un immense effort (et je ne savais pas bien combien d'efforts de ce genre je serais encore capable de produire), je montai en Seconde Vue et perçus au moins dix brasiers de pouvoir rassemblés autour de Rahel et moi. Des gardiens. Putain de merde. Combien de personnes Paul avait-il envoyées pour me placer en détention ? Croyait-il vraiment que je pourrais me défendre à ce point ?

— Ils ne sont pas venus pour toi, dit Rahel. Ils sont venus pour *lui*. Lewis.

Si l'on considérait la situation dans sa globalité, ce n'était pas vraiment la meilleure nouvelle que j'aie pu entendre.

— Qui est en face de moi ? demandai-je d'une voix rauque en parvenant à me remettre sur pieds.

Ouille. Ouille ouille ouille. La douleur me donnait envie de sautiller sur place, mais l'immobilité était de mise pour le moment. L'immobilité, et un masque inexpressif vraiment convaincant.

Quelqu'un invoqua du feu, un feu de joie orange brillant qui plana au-dessus d'une paume. Dans sa lumière, je vis Shirl. Noir goth, une coupe de cheveux informe, beaucoup trop de piercings dans des endroits étranges. Des tatouages s'entortillaient sur son bras nu. Elle n'avait pas l'air plus contente de me voir que lorsqu'elle était descendue le long de la côte pour m'accuser de meurtre en rapport avec les éléments.

— Qu'est-ce que c'est que ce bordel ? lui demandai-je.

— C'est pas tes oignons, répliqua Shirl d'un ton sec. Tu n'es même plus un gardien. Reste en dehors de ça.

Rahel ne faisait pas mine de se mettre debout ; au contraire, elle s'accroupit à côté de moi. Intimidante. J'approuvai. Vu le regard mal à l'aise que Shirl lui jeta, cela fonctionnait.

— Par ordre des gardiens, je suis venue mettre Lewis Levander Orwell en détention, dit Shirl. Et tu as intérêt de te tirer d'ici, Joanne. Tu es déjà sur un terrain très instable ; je te déconseille fortement de nous donner une raison supplémentaire de nous en prendre à toi aussi.

Peut-être que c'était censé être drôle, étant donné que j'avais été piégée dans un puits de sable. Si c'était le cas, le sens de l'humour de Shirl avait besoin d'être retravaillé.

— Je ne vois pas du tout de quoi tu parles, dis-je. Lewis n'est pas là. Il va peut-être falloir que vous dégagiez, les gars. Je suis ici avec un flic, et il est un peu grognon, si vous voyez ce que je veux dire. Alors à moins que vous n'ayez envie de jouer les gros durs depuis l'intérieur d'une prison…

Elle lança sa boule de feu vers moi. Je veux dire, avec la rapidité d'une balle de baseball. Elle siffla en passant à côté de mon visage et fonça vers l'océan, où elle s'écrasa sur une vague dont elle vaporisa instantanément la crête en formant un nuage de vapeur surchauffée.

— Je ne vais pas jouer avec toi, salope, dit Shirl. C'est là que tous les autres se plantent. Ils te laissent parler. Tu as une chance de me dire où il est, sinon je jure que la prochaine te passera droit dans le bide.

Mon plan visant à l'effrayer et la forcer à partir ne se déroulait pas vraiment comme je l'avais espéré.

— Je veux parler à Marion, dis-je, surprise de constater que ma voix restait posée.

— Pas question. Marion est occupée.

Shirl eut l'air beaucoup trop contente d'elle-même en disant ça. Marion était sans doute assignée à résidence pour avoir protesté un peu trop, ou pour avoir carrément refusé d'obéir.

— Dernière chance. Montre-nous Lewis, ou on te passe sur le corps.

— Alors laisse-moi parler à Paul !

Son sourire était parfaitement sinistre.

— Tu peux parler autant que tu veux, ça ne le concerne pas. C'est *nous* qui sommes en première ligne, et nous allons nous défendre tout seuls, avec ou sans permission.

— Vous défendre contre quoi ?

Elle dut se souvenir qu'elle ne voulait pas parler, car elle arma son bras et du plasma jaillit dans ma direction. J'esquivai. Il me suivit. Il n'était pas aussi rapide que le premier projectile, mais je pense qu'elle le faisait exprès ; elle était en train de jouer avec moi. Le plasma bougeait par à-coups en suivant mes mouvements, me touchant et me brûlant à chaque passage. J'étais fatiguée, faible, et la douleur me rendait maladroite. Quand je finis par perdre l'équilibre et tomber à la renverse sur le sable, le globe incandescent plongea vers moi et flotta à quelques dizaines de centimètres seulement de ma poitrine haletante. Suffisamment chaud pour me brûler au troisième degré et pour que mon soutien-gorge commence à carboniser.

J'enfonçai mes doigts dans le sable, le saisissant à pleines poignées pour résister tant bien que mal au besoin écœurant de détruire David afin de sauver ma propre vie.

Rahel bondit en avant avec un grognement, tendit une main griffue et repoussa la boule de feu. Elle fonça droit sur Shirl, qui esquiva ; mais elle toucha une autre personne qui se mit à pousser des hurlements aigus de souffrance. Shirl se retourna pour éteindre le chaos de flammes qui en résulta. Rahel saisit mon bras.

— Fuis, m'ordonna-t-elle sans ménagements. Ils vont te tuer. Ils en ont déjà tué d'autres.

Elle se lança dans un bond gracieux et félin et atterrit sur Shirl, qui hurla. Il y eut une éruption de feu. Je vis les vêtements jaune vif de Rahel se couvrir de flammes.

Je me retournai vivement sur le ventre et rampai jusqu'au trou. Je sentis le sable glisser sous mes genoux. *Oh mon Dieu.* Lewis était en train de perdre pied. Le tunnel s'écroulait. Le sable était en train de leur tomber dessus.

Il n'y avait rien que je puisse faire.

Un nouvel éclair raya le ciel au-dessus de nos têtes, sa lumière blanche reflétée par les vagues, dévoilant un tableau figé de plusieurs gardiens qui convergeaient vers Shirl et Rahel. Rahel allait perdre. Elle n'avait pas la puissance nécessaire pour tous les arrêter, pas toute seule, pas en tant que djinn libre.

— Hé ! cria une voix grave à deux dunes de là. Qu'est-ce qui se passe ici ? Oh, les gamins, arrêtez ça !

— À l'aide ! criai-je. Allez chercher de l'aide !

L'abruti pompeux (et je ne fus jamais si heureuse d'en entendre un) sembla se sentir encore plus dans son bon droit. Et aussi un peu alarmé.

— Je vous préviens, j'appelle les flics ! Vous feriez mieux de dégager d'ici pendant que vous en avez l'occasion !

— Oui, espèce de débile, *appelle les flics* ! Et le SAMU ! *À l'aide* !

J'étais vaguement consciente de la présence de l'inspecteur Rodriguez qui revenait à toute vitesse avec une sorte de corde enroulée sur son épaule, mais je le sentais dans mes os, c'était trop tard. Bien trop tard.

Rahel et Shirl étaient un feu de joie roulant sur le sable. Feu, sang et rage.

Le sable se souleva avant de s'effondrer sur lui-même, me faisant tout à coup tomber d'un bon mètre. Je glissai sur une dune formée en un instant.

La grotte s'était écroulée.

Lewis était en train de mourir là-dessous.

— Non ! hurlai-je avant de commencer à creuser.

C'était inutile. Il faudrait des heures pour déplacer tout ce sable ; impossible qu'ils puissent survivre là-dedans.

Je n'avais qu'une option. Une seule.

— David ! criai-je. David, j'ai besoin de toi !

Je sentis la connexion entre nous se tendre brusquement. En attente d'un ordre. Un précieux battement de cœur passa. Deux.

— David…

Rodriguez s'arrêta auprès de moi en dérapant et posa brutalement la corde sur le sable.

— Où est le trou ?

— Il s'est effondré, dis-je d'une voix étranglée. Oh, mon Dieu – David, fais-les sortir, sors Lewis et Kevin de là…

Je sentis quelque chose creuser profondément en moi à la recherche de mon pouvoir, aspirant le peu qui me restait, et la traction fut insoutenable. Je gémis et enveloppai mes bras autour de mon ventre. J'avais l'impression qu'on m'arrachait les intestins et qu'on les traînait dans le sable comme une sorte de corde de sécurité biologique.

Rodriguez abandonna sa tentative de sauvetage et se tourna vers les gardiens et la lutte. Son arme surgit de son étui sous sa veste à capuche.

— Police ! hurla-t-il. Que personne ne bouge.

La plupart d'entre eux obéirent, réalisant qu'ils n'opéraient pas vraiment sous couverture. Rahel disparut dans une volute de fumée, laissant Shirl allongée sur le sable, en train de gémir. Elle était en vie, mais exsangue et brûlée. L'un des autres gardiens s'agenouilla auprès d'elle et posa une main sur son bras pour l'immobiliser – un gardien de la Terre, sans aucun doute. Je sentis passer un courant de pouvoir quand il déversa de l'énergie curative dans son corps.

La connexion entre David et moi s'étira et devint plus fine, encore plus fine, coupante comme une lame de rasoir. Je retins un cri, fermai les paupières de toutes mes forces et pris des inspirations douloureuses et humides, par saccades.

— Tu les as ? chuchotai-je.

Je sentis quelque chose bourdonner le long de la connexion, quelque chose de puissant et d'intense. Acquiescement et amour, de l'émotion condensée trop profonde pour être entièrement comprise d'un seul coup. Comme s'il m'avait envoyé tout ce qu'il ressentait dans un dernier éclat éperdu et frénétique, tel un sous-marin en train de chuter qui transmet un dernier SOS désespéré en s'enfonçant dans les ténèbres.

Une main surgit du sable de la plage, les doigts recroquevillés, et battit l'air autour d'elle. Je poussai un cri inarticulé et m'en emparai, avant de tirer jusqu'à ce que mes muscles menacent de céder.

Lewis se libéra de l'étreinte du sable. Son visage creva la surface et il eut un hoquet, puis il commença à tousser, à s'étouffer, à cracher.

Il s'accrochait à Kevin. Dès qu'il fut dégagé, je le lâchai et bondis en avant pour saisir le poignet de Kevin tandis que Lewis le hissait. Le bras du garçon apparut, puis la courbe de son épaule. Du sable retomba en pluie de sa tête penchée. Il n'eut pas un hoquet en prenant sa respiration, car il ne respirait pas.

Je ravalai un juron et me plaçai derrière lui ; je le pris sous les aisselles et tirai comme un docker, chaque muscle de mon corps tendu au maximum. Je finis par le sortir du trou. Du sable s'était accumulé autour de la blessure béante sur son flanc, mais son sang ne coulait plus. Je ne savais pas si c'était bon signe, ou si c'était le pire des signes possibles. Parce qu'on ne saigne pas quand on est mort : on fuit comme une outre.

Dans la lumière incandescente d'un nouvel éclair, je vis que les yeux de Kevin étaient fermés, son visage figé.

Il ne respirait plus, c'était certain.

Lewis vint m'aider à tirer, et nous reposâmes le garçon sur le dos. Je me penchai sur lui et plaçai mon oreille près de sa bouche et de son nez pour écouter.

Rien. Pas un seul souffle.

— Tu ne vas pas me claquer entre les doigts, petit con, lui dis-je, avant de tirer sur son menton pour lui ouvrir la bouche.

Quand je posai mes lèvres sur les siennes, je sentis un goût de sable et de peur. Je soufflai. Il ne me restait plus rien en matière de pouvoirs, sinon j'aurais superoxygéné ses poumons, mais les méthodes humaines de base étaient tout ce qui me restait.

Je posai mon oreille contre son torse et perçus un battement de cœur, léger et frémissant.

Je respirai de nouveau pour lui. J'attendis. Je respirai. J'attendis. Je vis des étoiles et j'eus l'impression que j'allais m'évanouir sous le coup de l'effort.

Je sentis son torse se convulser tout à coup sous ma main, et il respira de lui-même.

— Merde ! dit Lewis d'une voix rauque.

Je levai les yeux et découvris que la plaie sur le flanc de Kevin avait commencé à cracher des jets de sang à haut débit. Je refermai mes mains sur la blessure. Lewis posa ses mains sur les miennes, et je sentis le pouvoir se déverser hors de lui, chaud, brûlant et pur comme de l'or liquide… mais pas suffisant. Pas pour une blessure de cette ampleur.

— J'ai besoin d'un autre guérisseur ! hurlai-je au groupe de gardiens qui se tenaient sous le regard de Rodriguez, les mains levées. Que l'un de vous vienne par ici ! Maintenant !

Aucun d'entre eux ne bougea. *Aucun d'entre eux.* Je levai la tête, désespérée, et à la faveur d'un nouvel éclair, je vis quelque chose de terrible sur leur visage. Mes amis et collègues, mes compagnons gardiens de la race humaine.

Ils n'en avaient absolument rien à foutre.

Deux silhouettes sortirent des ténèbres auprès de moi.

David, son long manteau claquant dans le vent océanique, ses yeux flamboyants. Le visage pâle et concentré comme s'il se raccrochait à cette forme avec les derniers fragments de force qui lui restaient.

Rahel, exsangue, en lambeaux et ensanglantée, qui boitait. Elle avait passé un bras sur l'épaule de David pour s'appuyer sur lui.

— Aidez-moi, dis-je.

David s'effondra à genoux en face de moi, de l'autre côté de la silhouette flasque de Kevin, et il posa sa main sur la mienne. Sa peau était si brûlante que je grimaçai, et ses yeux croisèrent les miens pendant une longue seconde.

Il sourit. C'était un sourire terriblement las, doux, vaincu, et empli d'une douleur indescriptible.

— Ne m'oublie pas, dit-il.

Puis je sentis l'étincelle passer à travers sa main, franchir la mienne et celle de Lewis. Tout ce qui lui restait. Tout ce qu'il avait pris à Ashan, et tout ce qu'il m'avait pris. Une pointe étincelante de pur pouvoir curatif, tirée non pas de moi mais de cet ultime noyau farouchement défendu qui faisait de David ce qu'il était.

Comme l'étincelle de vie qu'il avait placée en moi, notre enfant, formée de l'union de nos pouvoirs.

J'entendis la protestation de Rahel déchirer la nuit en deux, hurlement aigu et plaintif comme les lamentations des anges.

La blessure de Kevin cessa de saigner.

David se déforma, noircit, se changea en ifrit. Rahel, qui était la plus proche de lui, trébucha en arrière quand le visage brutal aux angles aigus de la créature se tourna vers elle, comme un lion qui renifle une proie. Elle était trop faible. Il allait la détruire.

Comme s'il le savait (pouvait-il seulement le savoir?), il fit volte-face et bondit sur un djinn à peine visible, comme de la brume dans le noir. Il sortait sans doute du stock personnel des gardiens. Le djinn laissa échapper un cri aigu de panique quand l'ifrit se referma sur lui et commença à se nourrir.

Rahel, épargnée, ne perdit pas de temps pour disparaître.

Je retirai prudemment ma main. Plus de jets de sang, même si j'en étais quasiment trempée. Une vaste plaie béait sur son flanc, et cela donnerait une belle cicatrice qui deviendrait ensuite un sujet idéal pour entamer une conversation, mais Kevin n'était plus en danger de mort.

Du moins, plus à cause de ça.

Les gardiens ne réagissaient pas à la présence de l'ifrit au beau milieu d'eux, et je finis par me rappeler qu'ils ne pouvaient pas le voir. Seuls les djinns (ou quelqu'un comme moi, avec un statut de djinn à la retraite) pouvaient voir ce qui se passait. David – l'ifrit – avait plaqué le djinn sur le sable, et ses griffes noires étaient profondément plantées dans son torse, aspirant son énergie et sa vie.

J'avais peut-être envie qu'il continue, mais je ne pouvais pas le laisser faire. Pas si je voulais dormir la nuit.

— David, retourne dans la bouteille, dis-je.

Puis je le regardai se transformer en brume et disparaître dans un souffle noir en hurlant.

La lune échappa à la couche de nuages sur l'horizon et fit scintiller la plage d'une lueur argentée.

— Bon, encore une fois : qu'est-ce qui se passe, putain ? demanda l'inspecteur Rodriguez.

Il dit cela d'une voix forte, comme s'il le répétait depuis un moment déjà. Je le fixai, puis je regardai Lewis, qui maintenait la pression sur la plaie de Kevin et me lança un haussement d'épaules signifiant « je ne peux rien pour toi ».

— Qui sont ces gens ? continua l'inspecteur.

— Des fauteurs de trouble, dis-je. Tire sur le premier qui se rapproche de ce mec. Ils cherchent à le tuer.

Ça, il le comprenait.

— Est-ce que je devrais savoir pour quelle raison ?

— Non, pas vraiment. Écoute, je t'expliquerai. Mais pas maintenant, d'accord ?

Rodriguez s'installa près de Kevin, lequel respirait désormais plus régulièrement, la couleur revenant sur son visage. Je me levai et marchai en direction des gardiens, qui se remettaient de leur confusion et en étaient à divers degrés de méfiance.

Shirl était toujours à terre. Je fixai le gardien de la Terre assis auprès d'elle. Je ne le reconnus pas, mais il avait l'air sérieux et propre sur lui, dans un style vaguement *Fortune 500*.

— Si vous vous en prenez encore à lui, vous aurez affaire à moi, lui dis-je d'un ton net. Lewis et Kevin sont sous ma protection. Je vous promets que la prochaine fois, je ne retiendrai pas mon djinn. Si vous voulez la guerre, très bien, je suis prête. Mais vous feriez mieux de préparer les housses mortuaires.

Le gardien ouvrit la bouche, puis la referma. Il donna un brusque coup de tête en direction des autres gardiens qui se tenaient là ; ils soulevèrent Shirl et le plus costaud du groupe la porta sur son épaule.

— Et pour lui ? demanda le gardien de la Terre.

Il avait une voix agréable, avec un accent vaguement canadien, et l'un de ses yeux était légèrement de travers, ce qui lui donnait un air rusé. Il désignait l'inspecteur Rodriguez.

— Et pour lui quoi ?

— Nous ne devrions pas laisser de témoins.

J'étais abasourdie. Est-ce qu'il parlait vraiment de… ?

Oui. Il parlait vraiment de faire ça.

— Il faudra me passer sur le corps, dis-je catégoriquement. (Je devais donner l'impression que ce ne serait pas chose facile, car il fit un pas en arrière.) Mettez-vous ça dans le crâne, connards. *Les gardiens ne tuent pas des gens.*

Certains d'entre eux détournèrent le regard. D'autres pas. Je sentis un picotement familier le long de ma colonne. Si je pouvais voir les ifrit, est-ce que je pouvais aussi voir les marques du démon ? Les humains en étaient incapables, de façon générale, mais si je pouvais le faire, je pourrais inspecter ces types pour voir s'ils étaient sous influence maléfique. Mais bon, aucun d'entre eux, qu'il soit de sexe masculin ou féminin, n'allait découvrir sa poitrine à ma demande.

Lewis me rejoignit et se tint à côté de moi. Il ne prononça pas un mot. Il afficha seulement toute la puissance qu'il possédait, sans équivoque ; elle dansait dans l'air comme une vague de chaleur. Il avait l'air lugubre, épuisé et possédé, mais pas faible. Pas du tout.

Puis, contre toute attente, Kevin se réveilla.

— Ouais, croassa-t-il faiblement. Vous voulez la bagarre, ramenez-vous, sacs à merde.

Il accompagna ses paroles du genre de geste théâtral maladroit qu'on associe d'ordinaire aux méchants magiciens – une espèce de mouvement de la main un peu gauche, le poignet relâché. Je grimaçai.

— Ouais, merci, petit, dis-je. Contente-toi de te reposer, d'accord ?… Bref. Cassez-vous, tous. Vous n'avez plus rien à faire ici.

L'inspecteur Rodriguez se leva et vint également se placer à mes côtés. Il enclencha son arme automatique avec un *clac* qui retentit très bruyamment, malgré le rugissement continuel des vagues.

Ils auraient pu décider que je n'étais pas une menace, qu'ils pouvaient s'occuper de Kevin et qu'un flic sans pouvoirs avec une arme de poing était négligeable. Mais plus haut, sur le boulevard longeant la côte, des lumières clignotantes commencèrent à peindre le ciel et des sirènes hurlèrent.

La cavalerie était en route, et ils ne semblaient pas avoir envie d'une bataille à grande échelle incluant le reste du monde non gardien.

Le gardien de la Terre soutint mon regard et déclara :

— Nous nous reverrons.

— J'y compte bien.

Ils se retournèrent comme un seul homme et s'éloignèrent dans le noir.

Silence, et le hurlement grandissant des ambulances et des renforts qui approchaient. Je réalisai soudain combien mes pieds me faisaient mal, comme si j'avais marché sur des braises pendant huit kilomètres. Une douleur glacée enserrait mes genoux, et ma tête m'élançait.

Et j'avais désespérément envie de pleurer, parce que j'avais du sang partout sur moi et que David était parti. Comme s'il n'avait jamais existé. Et je ne pensais pas qu'il allait revenir, cette fois.

Au bout du compte, ça avait été une sacrée séance de jogging.

La nuit fut longue. Kevin fut envoyé aux urgences, où on lui diagnostiqua une anémie. Ils dirent qu'il lui manquait un litre de sang, malgré la séance de guérison de David et Lewis. Nous passâmes la majeure partie des premières heures du jour à regarder du sang goutter depuis un sac jusque dans ses veines. Rodriguez ne dit pas un mot au sujet de la confrontation à laquelle il avait assisté, principalement parce qu'il ne parvenait pas à comprendre suffisamment ce qui s'était passé pour essayer de l'expliquer, et qu'aucun d'entre nous ne parlait. Lewis restait tout près de moi, mais que ce soit pour chercher ma protection ou pour m'offrir la sienne, je n'étais pas sûre.

Nous parvînmes d'une manière ou d'une autre à éviter les médias, qui s'en donnaient à cœur joie avec leurs histoires de dolines sur la plage. «Vos enfants sont-ils en sécurité ? » N'oubliez pas le journal !

Quand nous fûmes de retour dans mon appartement, je réalisai que ma vie était bel et bien complètement partie en vrille. Ma situation professionnelle était déjà mal fichue, mais maintenant il y avait Sarah et son petit ami, Lewis, Kevin et la guerre djinn, et un flic de Las Vegas qui s'avérait plutôt cool, au final.

Et mes pieds me faisaient un mal de chien.

Rodriguez insista pour entrer et inspecter l'appartement. Eamon et Sarah n'étaient pas en vue, mais la porte de sa chambre à coucher était fermée. Je ne, hum, poussai pas mon enquête.

— Bon, dis-je en contemplant ma petite troupe. Kevin, Lewis, asseyez-vous avant de tomber par terre.

Lewis était déjà en train de s'installer sur le canapé, mais il me lança quand même un regard de gratitude. Rodriguez s'appuya contre la porte, les bras croisés, et m'observa en fronçant les sourcils. Kevin, qui aurait dû être rendu K.-O. par les antidouleurs, traînait des pieds dans l'appartement, les ourlets déchirés de son jean noir frottant sur la moquette, en tripotant mes affaires. Ah, oui, je me souvenais de son grand respect pour les limites personnelles. Avoir effleuré la mort n'avait même pas réussi à atténuer cet enthousiasme.

Je pris une inspiration douloureuse en posant mes pieds sur un coussin défoncé, puis m'autorisai à me détendre, juste un peu, pour la première fois depuis des heures.

— J'imagine que vous n'avez nulle part où aller, dis-je à Lewis, lequel secoua la tête. Très bien, vous restez ici. Kevin, toi aussi. Euh…

L'inspecteur Rodriguez arqua les sourcils.

— J'ai un logement.

Ouais, le Hilton Van Blanc.

— Merci, dis-je.

— De partir ?

Il avait l'air amusé.

— D'être resté alors que tu n'y étais pas obligé. Quand plus rien n'avait de sens.

Il haussa les épaules et me lança un sourire sombre.

— Je me contente de garder mes questions pour plus tard. Là, je vais juste boire un coup et essayer de ne pas y penser.

— Bonne idée, dit Lewis. Je prendrais bien une bière.

Je compris l'allusion, partis dans la cuisine et décapsulai deux Michelob Light. Je les ramenai dans le salon ainsi qu'un Coca, que je tendis à Kevin. Lequel me lança un regard mauvais.

— T'as pas l'âge, dis-je. Et tu es beaucoup trop imprévisible pour qu'on te donne de la bière, de toute façon. Et tu veux qu'on aborde le sujet des antidouleurs mélangés à l'alcool ? (Il continua de me fusiller du regard.) Prends ça comme un compliment que je ne souhaite plus ta mort.

Il n'en fit rien, mais il but quand même le Coca. Je tendis une Michelob à Rodriguez pour la soumettre à son inspection ; il l'accepta sans un mot. J'allais me chercher un verre de vin blanc ; Sarah avait laissé une bouteille au frais dans le frigo.

— Donc, dis-je en m'asseyant par terre pour examiner mes pieds roses et douloureux avec affliction. On est niqués, c'est ça ?

Lewis renversa la tête en arrière et but une gorgée de bière, qui fit bouger sa pomme d'Adam. Il réfléchit posément à toute l'affaire avant de déclarer :

— La cigarette et le sentiment de satisfaction béate en moins, oui.

Rodriguez manqua de s'étrangler avec sa bière. Sympa de voir qu'il avait le sens de l'humour. Je commençais à en douter.

— Pourquoi est-ce qu'ils en ont après toi? demandai-je. Non, attends, je retire. *Qui* sont-ils?

— Des gardiens.

— Ouais, j'avais vu. Mais…? (Lewis appuya la bouteille froide sur son front et jeta un bref coup d'œil en direction de Rodriguez. Je haussai les épaules.) Ne t'inquiète pas pour lui. Je vais tout lui dire. Pas moyen de faire autrement, au point où on en est; d'ailleurs, c'est l'ex-partenaire de Quinn. Il devrait connaître la vérité.

— Toute la vérité?

— Ouaip.

Lewis secoua la tête, doutant manifestement de ma santé mentale, mais il abandonna le sujet et revint à nos moutons.

— Les gardiens sont en train de se désagréger. Je savais que cela allait arriver; ils n'ont tout bonnement plus la structure nécessaire pour maintenir l'association en place. Ils se divisent en factions. Celle-ci a entendu parler de rumeurs à propos des djinns qui se retournent contre leur maître; et la plupart d'entre eux ont apposé un sceau sur leurs bouteilles et les ont fourrées dans des chambres fortes, des coffres-forts, tout ce qui leur tombait sous la main. Et puis ils se sont mis à ma recherche.

— Mais pourquoi ils s'en prendraient à *toi*?

— Ils ont entendu dire que je suis parti en croisade pour libérer tous les djinns.

Je le contemplai pendant une seconde.

— Hummmm. C'est vrai?

— C'est un autre problème.

Oh, la vache.

— Lewis…

— Laisse tomber, Jo.

— O.K, très bien, donc tu prêches la liberté pour tous les djinns, les djinns se retournent soudain contre leurs maîtres et les gardiens commencent à s'en prendre à toi. (Il y avait dans tout cela une logique déplaisante.) C'est le groupe d'Ashan qui est derrière tout ça.

— Ouaip.

— Et je crois que certains de ces gardiens pourraient avoir…

— Une marque du démon? Sans doute, en tout cas ils en ont la puissance. Rahel a essayé de leur faire lâcher prise, mais ils sont comme des loups. Je n'arrive pas à m'en débarrasser bien longtemps. Ça va finir par un meurtre, un jour ou l'autre.

Cette idée semblait le déprimer.

— L'une d'entre eux, Shirl, était une protégée de Marion, dis-je. Je peux appeler Paul pour savoir si Marion a toujours les rênes en main ou pas…

— Marion est à l'hôpital, dit Lewis d'un ton morne. Elle a été blessée. Accident de voiture. Paul vient de me le dire il y a une heure.

Je cessai de m'inquiéter au sujet de mes pieds.

— Ils nous prennent pour cible. Ce n'est pas un hasard.

— Ils s'attaquent aux gardiens supérieurs les plus puissants; comme ça, il y aura des places à remplir. C'est un coup d'État, ou du moins c'est comme ça qu'ils le voient. Pour Ashan, il s'agit seulement de démanteler les gardiens.

— Et Paul, alors?

Il secoua la tête. J'essayai de me lever et sentis un élancement traverser mon genou, suffisamment douloureux pour me forcer à rester par terre. Je regardai en direction de Kevin, qui tripotait ma minuscule collection de DVD.

— Hé, le blessé sur pattes. Pose Mel Gibson et fais un pas en arrière.

— *L'Arme Fatale*, ça déchire.

— En effet. Va me chercher le téléphone.

— Vas-y toi-même, sal…

— Kevin, dit doucement Lewis. Regarde ses pieds. Elle peut à peine marcher. Ferme-la et va chercher ce foutu téléphone.

Kevin rougit (ce qui n'était pas beau à voir) et lui lança un regard noir, mais il baissa la tête et reposa le DVD sur l'étagère.

— Il est où ?

Je fis un signe de tête vers la cuisine. Kevin traîna des pieds dans cette direction, suivi des yeux par Lewis.

— C'est pas un mauvais gamin, dit-il. Mais il a besoin de quelqu'un qui lui dise quand il se comporte comme un branleur.

— Il devrait aller s'allonger.

— Fais-moi confiance, il le fera. Pour le moment, il est à moitié mort de trouille. Laissons-le se calmer en marchant.

J'avais bien peur que la lueur dans le regard de Lewis ne soit de l'affection. Comme s'il se voyait un peu en Kevin. Ce qui était ridicule, bien sûr. Lewis n'avait jamais ressemblé à Kevin en quoi que ce soit.

— Lewis, c'est un sociopathe, dis-je, et tu ferais mieux de ne pas l'oublier, sinon tu finiras avec un couteau entre ces deux belles épaules larges, et je serai très triste.

Rodriguez termina sa bière d'une longue gorgée experte et déclara :

— O.K, j'en ai assez. Aussi divertissant soit ce petit conte de fées, je vais aller me reposer. Ne faites rien de stupide. Je le saurais.

Je n'en doutais absolument pas. Il avait sans doute installé des capteurs de mouvement ou autre – peut-être qu'il avait engagé un détective privé pour jouer les «deuxième ligne» pendant qu'il fermait un peu les yeux. Il était du genre consciencieux.

— Je ne vais nulle part, lui dis-je. Oh, sauf au travail. Je dois être au studio à six heures.

Ce qui, au point où on en était, signifiait qu'il était à peine utile que je me mette au lit.

— Demain, dit-il, toi et moi, nous allons nous asseoir et tu vas tout m'expliquer. D'accord?

Je ne voyais vraiment aucun moyen de l'éviter.

— D'accord.

Il hocha la tête, jeta un coup d'œil vers Lewis en manière d'adieu à la flic, et tapota sur la porte de façon entendue en quittant l'appartement. Lewis se leva pour tourner les deux verrous. Ils ne serviraient certes pas à grand-chose contre les gardiens ou les djinns, mais ils étaient symboliques. Et puis après tout, il y avait toujours des méchants tout à fait mortels, dehors. Ce serait vraiment gênant d'être engagée en pleine bataille pour l'avenir du monde, et de se faire tuer par quelqu'un qui chercherait à voler ma petite chaîne Hi-Fi merdique.

Kevin refit surface avec mon téléphone, me le lança et demanda:

— Je peux avoir à manger?

— Bien sûr, dis-je. (Il disparut si vite qu'il aurait aussi bien pu être un djinn.) Pas de vin ni de bière! hurlai-je dans sa direction.

Comme s'il allait écouter ce que je lui disais.

Lewis se tourna et s'assit sur le sol en face de moi, à l'indienne. Il tendit le bras et prit mon pied dans ses larges mains chaudes. J'inspirai vivement, sur mes gardes.

— Détends-toi, dit-il. Fais-moi confiance.

Il nicha mon pied sur ses jambes et commença à passer doucement ses doigts sur la peau enflée. À son contact, la peau brûlante (qui hurlait de souffrance depuis des heures) se refroidit et regagna lentement sa forme normale. C'était délicieusement, incroyablement merveilleux.

— Tu devrais ouvrir un spa, dis-je en posant ma tête en arrière sur les coussins d'un fauteuil.

Il sourit, les yeux baissés sur mon pied, tout en caressant ma peau.

— Pour toi, je devrais ouvrir un hôpital, dit-il. Jo… quelqu'un nous a aidés, là-bas, dans le sable. Nous étions en train de mourir, et quelqu'un est venu.

Je ne répondis pas.

— Était-ce David ?

Je sentis des larmes me piquer les yeux et les essuyai d'une main tremblante. Sa caresse sur ma peau brûlante s'interrompit pendant une seconde, puis reprit.

— Je croyais que je pouvais le sauver, dis-je. Je croyais vraiment…

Je ne pouvais pas penser à ça, je ne pouvais pas ressentir ça, je ne pouvais pas gérer tout ça maintenant. Mes larmes coulaient de façon incontrôlable et me faisaient mal. Lewis continua de faire disparaître la brûlure de mon pied à force de caresses, appuyant juste ce qu'il fallait sur le cou-de-pied pour supprimer la douleur. Simple et généreux, comme toujours.

— Tu n'es pas en train de le perdre, dit Lewis. Tu ne le perdras jamais à moins qu'il ne meure. Ou que toi tu ne meures.

Mon pied gauche était frais, apaisé et contenté. Il le reposa gentiment sur la moquette et prit le droit. Je fermai les yeux et me concentrai sur le pur réconfort animal qu'il m'offrait.

— Alors c'est fini, dis-je doucement. Je crois qu'il est mort. Je crois que ce qui reste… oh mon Dieu, Lewis. Tu ne sais pas à quoi ils ressemblent. Les ifrits. On peut encore voir qui ils étaient, et parfois ils *savent* qui ils étaient…

— Chuuuut, chuchota-t-il. Ferme les yeux. Ne pense à rien.

Je m'endormis en sentant ses doigts effacer lentement et méthodiquement toute douleur.

Quand je me réveillai, j'étais au lit. Quelqu'un (Lewis, sans doute) m'y avait transportée. Je vérifiai : je portais toujours mes vêtements de jogging. Je sentais du sable dans chaque repli de ma peau. Tout mon corps me démangeait, et le peu de sommeil que j'avais pris était loin de suffire.

Je me levai et sortis la bouteille de David de la table de chevet. Elle était silencieuse et inerte, et aucune connexion ne me reliait à elle. Je n'avais aucune perception de sa présence. Ce n'était qu'un récipient, fragile et limité. Comme un corps humain.

Était-ce la véritable nature des djinns ? Une âme sans demeure ? Alors qu'est-ce qu'était un ifrit ? Qu'est-ce qu'était un démon ? Les cours à la fac des gardiens ne m'avaient pas vraiment préparée à ces grandes questions. C'était une école technique. La philosophie n'était pas considérée comme importante dans le curriculum.

Mais je commençais maintenant à me demander si la philosophie n'était pas ce qui manquait aux gardiens, et ce qui leur avait manqué depuis le début. Les Ma'at n'étaient peut-être qu'un tas de trous du cul pur jus, mais au moins ils comprenaient ce qu'ils faisaient et pourquoi. Nous ne faisions que réagir. Réagir à tel désastre, telle crise. Nous étions les ambulanciers du monde, et peut-être que nous répandions autant de maladies que nous en guérissions.

— Je t'aime, chuchotai-je tout contre la bouteille en y appuyant ma joue chaude. Mon Dieu, David, je t'aime, je t'aime, je t'aime. Je t'en prie, crois-moi.

Je me rendormis avec la bouteille dans mes mains, toujours vêtue de mes vêtements de jogging pleins de sable, et rêvai qu'une silhouette noire et déchiquetée, comme un rêve brisé, m'observait pendant le reste de la nuit.

INTERLUDE

La tempête est précédée par un ciel clair. Un temps chaud, une brise légère. Il n'y a aucun sentiment de danger proche, aucun signe du chaos qui bouillonne sous l'horizon comme une armée d'invasion destructive.

La nation insulaire sur sa route est grande, prospère, et persuadée de sa sécurité. De toute son histoire connue, qui remonte à un millier d'années, elle n'a jamais été conquise. C'est un paradis, un centre d'échanges, de culture et d'études pour la moitié du monde humain. Ses ports sont vastes et constamment en activité.

Ça n'a pas d'importance. Les humains ont plus d'énergie que les petits animaux, et c'est ce que recherche la tempête.

Elle change de cap et déroule ses tentacules meurtriers vers eux.

Le premier avertissement est ce ciel anormalement clair, qui ne convient pas à la saison. Dans la soirée, les premières brises commencent à se faire sentir, et les vagues *arrivent plus vite, s'écrasent plus violemment. Leur grondement constant se fracasse sur les hautes falaises en explosions d'écume blanche.*

Au matin, les gens se rassemblent dans la lumière douce, teintée de vert, et découvrent la mer qui s'agite, en détresse, là où elle touche terre. Vers l'horizon lointain, la tempête se dévoile, ligne noire s'étirant sur la courbe du ciel. L'océan roule vers eux en longues vagues houleuses, chacune plus haute que la précédente.

Les plages disparaissent en premier, avalées vague après vague après vague. L'alarme n'est pas donnée, au début. Ils ont déjà vu des inondations. Ceux qui vivent près de la mer et dans les vallées rassemblent leur famille et leurs possessions, et entament l'escalade vers l'intérieur des terres où ils se mettront à l'abri avec des parents ou des amis.

Mais l'océan continue de monter, et tandis que le souffle de la tempête se manifeste, ils réalisent que ce n'est pas une pluie ordinaire venue arroser leur beau et paisible pays.

Quand ils sonnent enfin l'alarme, attirant les gens vers les temples et les plus hautes collines, le vent est déjà en train de déchiqueter les arbres, et la montée des eaux emporte tout sur son passage. Ils espèrent une intervention divine, mais les plus sages parmi eux connaissent d'avance la fin de cette histoire.

VI

Deux heures de sommeil ? Pas assez. Oh non.

Je me levai d'un pas trébuchant et entrai dans la douche, où je me débarrassai enfin du sang et du sable laissés par mes aventures de la nuit. Je réalisai à mi-parcours que je portais toujours mon soutien-gorge de jogging. Vous avez déjà essayé d'en enlever un quand il est mouillé ? C'est pas beau à voir.

Je sortis de ma chambre dans un brouillard comateux, me rappelant tout juste de refermer mon peignoir en route, et je fis du café. Le *glouglou* asthmatique de la machine résonna dans le calme précédant l'aube. Lewis était couché sur le sol, enveloppé dans une couverture. Kevin était vautré sur le canapé, comme désarticulé, et il semblait reposé. Il dormait la bouche ouverte.

Réfugiés de guerre. Je sentis un fourmillement le long de ma colonne vertébrale, un pressentiment vertigineux que tout ça n'était que le prélude à quelque chose de bien plus grave. J'espérais me tromper.

Aucun son en provenance de la chambre de Sarah. Je tapai doucement contre la porte fermée, puis l'entrouvris.

Ils étaient tous les deux endormis, étroitement enlacés. Eamon, dans son sommeil, paraissait plus jeune et presque angélique, son intelligence acérée remplacée par une sorte de douceur. Son bras était passé autour de Sarah. Elle lui tournait le dos et il était lové contre elle, sa tête posée sur ses cheveux soyeux en désordre.

C'était… tendre. Et post-coïtal, sans aucun doute.

Je fermai la porte sans les réveiller et retournai fixer la cafetière d'un air vide, tandis qu'elle pissait dans le pot.

Une main posée sur mon épaule me fit sursauter. C'était Lewis, qui bâillait, tout mince, sans chemise, ses cheveux ébouriffés partant dans une douzaine de directions différentes, les paupières lourdes.

— Coucou, dis-je en m'écartant. J'ai fait plein de café.

— Je vais avoir besoin d'une seringue pour me l'injecter directement dans le sang.

— Kit de perfusion, troisième placard. Rince-le quand tu auras fini, j'en aurai besoin plus tard, répondis-je.

Mes cheveux étaient toujours mouillés. Je me penchai par-dessus l'évier, les tordis et en extrayai un filet d'eau argenté. Lewis se chargea de récupérer une tasse, farfouilla dans l'assortiment d'occasion et me tendit un mug « *GOT COFFEE ?* » arborant un *Too Much Coffee Man* surexcité aux yeux globuleux. Il choisit Garfield pour lui.

— Tu as dormi ? me demanda-t-il.

— Un peu. (J'avais rêvé, aussi. Des rêves déplaisants.) Je suis désolée d'avoir pleurniché hier. Mauvaise soirée.

— Je comprends. (Il se versa une tasse de café, fit de même pour moi sans dire un mot, et je hochai la tête.) David ne t'aime pas.

Je faillis rater la tasse qu'il me tendait.

— Pardon ?

— David ne t'aime pas, répéta-t-il patiemment. Il vit pour toi. Je ne crois pas que tu comprennes la différence. Les djinns ne se contentent pas d'aimer. Ce n'est pas un jeu pour eux, et ce n'est pas quelque chose dont ils se lassent quand le temps passe. C'est pour ça que les gardiens ont des règles à ce sujet. Pas seulement parce que contraindre un djinn est… dégoûtant…

Je songeai à Yvette Prentiss, et à son utilisation abusive de son djinn. Et de David.

— C'est du viol, dis-je. Autant appeler ça par son nom.

Il acquiesça, prit une gorgée de café et continua.

— Le sexe, oui. Mais je parle d'amour. Les règles sont là pour protéger les djinns de leurs propres instincts, autant que pour les protéger de ce que les humains pourraient les forcer à faire. Parce que quand ils tombent amoureux, ce n'est pas… à échelle humaine. Et des gens se font blesser. Je suis inquiet, Jo. Toi et David… je sais que tu l'aimes. Mais le fait est que c'est le genre d'amour qui peut vous détruire tous les deux. Alors fais attention.

S'il essayait de me faire peur, il se débrouillait bien.

— David ne me ferait jamais de mal.

— Il t'a déjà fait du mal. (Son visage était brouillé par la vapeur s'échappant de sa tasse.) Écoute, la nuit dernière, tu m'as averti au sujet de Kevin. Je dois faire la même chose. J'apprécie David, et je le respecte, mais tu dois savoir qui et ce qu'il est. Ses instincts ne joueront pas toujours en ta faveur. Contente-toi de… Fais attention, d'accord ?

J'en avais bien l'intention.

— Je dois aller au studio. Vous serez toujours là, tous les deux, quand je rentrerai ?

— Je ne sais pas. Nous devrions vraiment nous mettre en route, essayer de disparaître. Je ne veux pas vous mettre en danger, toi et ta sœur. Même si tu sembles déjà t'être attiré un paquet d'ennuis.

— Vous êtes trop fatigués pour prendre la route, dis-je d'un ton raisonnable. Si tu veux fuir pour sauver ta vie, au moins tu ferais mieux de rester suffisamment longtemps pour prendre des repas corrects et te reposer. Sarah est une sacrée cuisinière. Tu peux prendre mon lit pendant mon absence.

Rien de tel que la première gorgée de café après une nuit éreintante ; c'était comme un coup d'aiguillon à bœuf dans la colonne, une féroce décharge de réalité. Je la savourai tout en soutenant le regard de Lewis.

— Alors, dis-je. Rahel et toi, vous êtes ensemble ?

— Qu'est-ce qui te fait croire que je vais répondre à ça ?

— La froide lumière du jour. Tu m'avertis des risques quand on tombe amoureux d'un djinn. Je suis seulement curieuse.

Son expression reflétait clairement son scepticisme à ce sujet.

— Rahel et moi, nous nous comprenons.

— Ce qui signifie ? Vous jouez aux échecs ? Vous vous faites des massages ?

— Je ne crois pas que ça te regarde.

Tiens, tiens. Lewis avait développé un côté collet monté. Venant d'un type qui n'avait pas hésité à faire des folies avec moi sur le sol d'un labo à la fac, c'était plutôt hilarant.

— Je me contente de souligner qu'il pourrait y avoir un problème hôpital/charité, là, en ce qui concerne les coucheries avec les djinns.

— C'est marrant, je ne croyais pas t'avoir invitée à entrer dans ma vie privée.

— Si.

— Nan.

— Charité.

— Hôpital.

— Va te faire voir, Lewis.

— Très adulte.

— Va te faire foutre !

— Grandis.

— Toi d'abord !

Nous nous interrompîmes en nous fixant mutuellement puis, sans raison apparente, nous éclatâmes de rire. Des rires francs et stupides. Le stress et la mort imminente ont ce genre d'effet sur les gens. Je dus poser mon café, de peur de me faire d'autres brûlures qu'il devrait guérir.

Quand nous fûmes de nouveau calmes, ce qui prit un moment, je déclarai :

— O.K, j'ai réfléchi. Je ne vais pas au boulot aujourd'hui.

Je m'emparai du téléphone. Lewis tendit le bras et me le prit des mains. Nos doigts s'effleurèrent ; il était très près de moi.

— Tu y vas, dit-il. Je ne crois pas que tu devrais rester ici.

— Mais…

Il entrelaça ses doigts avec les miens.

— Je ne suis ni sourd ni aveugle, Jo. Tu crois que je ne le sais pas ? Tu crois que je ne peux pas le sentir ?

Je fus soudain horriblement décontenancée. Étions-nous en train de flirter ? Est-ce qu'on avait flirté, là ? Est-ce qu'il me cherchait ? Je croyais pourtant qu'il avait compris…

Lewis déclara :

— Pas de frisson.

Je cillai.

— Je te demande pardon ?

Il leva nos mains entrelacées.

— Pas de frisson. Pas de résonance. Pas de retour.
Jo, tu ne peux pas me le cacher. Ton pouvoir a disparu.

Il ne parlait pas de flirt. Il parlait de mes talents de
gardienne… et il avait presque raison. Mon pouvoir
n'avait pas complètement disparu, mais il fonctionnait clairement à un voltage si bas que Lewis n'en tirait
plus d'étincelles. Lewis, qui avait toujours réagi à mon
contact par une vague de feu et de pouvoir, ne pouvait
même plus sentir un picotement.

Ce n'était pas de la séduction que je voyais dans ses
yeux. C'était de la pitié.

— Jo… (Il me lâcha la main et repoussa des cheveux
humides sur mon front.) Va au travail. Je ne veux pas
que tu sois là si les choses deviennent moches. Tu te
ferais blesser.

— Sarah… Eamon…

— Je peux assurer leur sécurité ; personne ne
cherche à les tuer. Toi, cependant, tu n'as pas assez de
bon sens pour rester en dehors de la ligne de tir, et tu
seras une cible. Va. Fais ce que tu fais d'habitude. (Il
me fit un clin d'œil. Un *clin d'œil*.) Et d'ailleurs, j'adore
te regarder à la télévision.

Mona ne tournait pas très bien. La conduite en ville
ne lui convenait vraiment pas, c'est vrai ; elle avait
besoin de routes dégagées, de tours par minute élevés
et de courbes à conquérir. Elle n'avait tout bonnement
pas le cœur à faire les quelques kilomètres nous séparant du studio. Je tapotai son tableau de bord en lui
promettant un week-end à la campagne très bientôt,
sans parler d'un bon nettoyage.

La décapotable de Cherise était garée à sa place habituelle quand j'arrivai, la capote relevée. J'inspectai l'horizon. Ouaip, les nuages se rapprochaient. Il y aurait de la pluie plus tard dans la journée, c'était certain.

Je me présentai devant Geneviève, qui pointa laconiquement du doigt mon costume pendant sur le cintre. Je dus m'y reprendre à deux fois.

— Qu'est-ce que… ?

Geneviève, qui avait pour une raison quelconque ajouté des mèches blanches à sa chevelure ainsi qu'une raie couleur framboise, tira sur sa cigarette et haussa les épaules. Elle avait aussi un nouveau tatouage. En fait, je n'avais jamais vu une femme porter un tatouage de femme nue auparavant. C'était un peu redondant.

— Tu as changé de boulot, ma belle, dit-elle de sa voix marquée par le tabac. Tu veux un conseil ? Évite le Fruit.

Elle parlait de Cherise, que Geneviève avait rebaptisée Cerise au tout début. D'où le Fruit.

Le costume qui pendait sur le cintre était un bikini bleu océan.

Je déglutis et le tins devant moi. Il n'y avait même pas assez de tissu pour faire un mouchoir. Ç'aurait été différent si je me pavanais avec sur la plage, ou encore mieux, si je le portais pour David, mais pour un public de centaines de milliers de personnes… Je me sentis vaguement violée.

— Euh, est-ce que j'ai le…

— Choix ? (Le rire de Geneviève retentit dans l'air.) T'es rigolote, ma petite.

J'essayai de sourire, passai derrière le paravent et me changeai.

C'était pire que je ne l'avais cru. J'avais déjà eu un bikini parfait (en fait, je l'avais toujours dans un tiroir à la maison), mais celui-ci n'en était pas un. Il était beaucoup trop *Penthouse* pour être porté en public, et il était conçu pour quelqu'un de la carrure de Cherise, pas la mienne. J'avais l'impression de défiler pour des échantillons de tissu. L'épais peignoir fut un soulagement. Je sortis pour lancer à Geneviève un regard malheureux, et elle haussa un sourcil trop épilé en signe de compassion.

Puis elle se mit à torturer mes cheveux avec des instruments chauds jusqu'à se déclarer satisfaite.

Trente minutes plus tard, j'entrai sur le plateau en ayant l'impression de me diriger vers la chaise électrique. J'agrippai mon peignoir de toutes mes forces. Cherise était assise sur une chaise dans un coin, comme un gros nuage d'orage. Je ne veux pas dire qu'elle fronçait les sourcils, même si c'était évidemment le cas. Non, elle *était* un nuage d'orage. Du genre costume en mousse bleu, avec des petites gouttes de pluie argentées qui scintillaient partout, attachées à des fils de fer. Ses jambes étaient couvertes par des collants noirs épais.

Je posai mes mains sur ma bouche, parfaitement horrifiée. Elle n'en fronça que plus les sourcils.

— Je n'ai pas demandé ça, dis-je précipitamment. Mon Dieu, Cher…

— Je sais, me coupa-t-elle. Ce n'est pas ta faute.

— C'est *atroce*.

— Tu portes mon bikini, là-dessous ?

— On peut démissionner.

Cherise parvint à paraître rebelle et défaitiste à la fois.

— Pour faire quoi ? Griller des hamburgers ? Mannequin porno sur internet ? J'ai ma fierté, tu sais. Je suis une professionnelle.

Ses petites gouttes de pluie argentées frissonnaient d'indignation.

Je ravalai un petit rire et acquiesçai.

— Contentons-nous de surmonter cette épreuve, d'accord ?

— Si tu le fais, je te suis, dit-elle avant de regarder les machinistes autour de nous, qui nous fixaient tous. (Ils attendaient sans doute que je laisse tomber mon peignoir.) Vous ! Enfoirés ! Personne ne jette de l'eau sur moi aujourd'hui, sauf si vous avez envie de toucher votre retraite, c'est pigé ?

Pour une si petite chose, elle était féroce. Personne ne répondit.

Marvin le Magnifique entra d'un pas nonchalant sur le plateau, aussi souriant qu'un requin, et tapota ses cheveux raides.

— De quoi j'ai l'air, les filles ?

— On dirait Clark Gable et Valentino réunis en un seul homme, dit Cherise. (Il lui lança un sourire étincelant et rejoignit sa position face à la caméra. Elle le fusilla du regard.) Ils sont morts, connard.

— Laisse-moi deviner. Marvin est derrière tout ça ? demandai-je.

— Oh, oui. Marvin a envie de mater ton cul pendant un moment. Et il m'en veut parce que j'ai refusé de passer à la casserole.

D'habitude, cela aurait été une blague de sa part, mais la manière dont elle le dit…

— Sérieusement ?

Elle se contenta de me regarder.

— Tu vas le signaler, n'est-ce pas ? insistai-je.

— Ouais, bien sûr. Comme si la parole de Miss Bikini allait avoir la moindre valeur dans un cas de harcèlement sexuel. En plus, j'ai tellement fait chier tous ceux des ressources humaines qu'ils s'enfuient en courant dès qu'ils me voient. (Elle me lorgna d'un œil spéculatif.) Mais toi, en revanche…

— Moi ?

— S'il claque ton bikini, tu le dénonceras, hein ?

— Non, dis-je catégoriquement. Je le tuerai.

En particulier aujourd'hui. Je n'étais vraiment, vraiment pas d'humeur à ça. J'avais envie d'en finir, de prendre mon chèque de paie (qui serait le dernier, vu que j'avais l'intention de m'enfuir très bientôt), et de foutre le camp.

Ce que Cherise s'apprêtait à dire fut coupé par l'ordre de faire silence sur le plateau, et nous attendîmes sans un mot qu'arrive notre tour.

Elle passa en premier. Je la regardai s'avancer d'un pas lourd devant tout le monde dans son costume de nuage épais et bosselé. J'observais Marvin lancer ses blagues nulles à chier à ses dépens. Je n'avais jamais vu ça de ce côté-ci de la caméra. La vache, j'avais un boulot pathétique.

Marvin avait préparé une blague avec chute d'eau. Les machinistes ne tirèrent pas sur le seau. Cherise était à ce point effrayante, et d'ailleurs, les machinistes étaient syndiqués. Ils n'en avaient rien à foutre. Quand Marvin donna le signal, le machiniste en hauteur se contenta de lui sourire, de hausser les épaules et de mâchonner son chewing-gum.

Cherise leva les pouces dans son dos en signe de remerciement.

Pause pub. Les présentateurs s'accusèrent les uns les autres d'avoir empiété sur les répliques de chacun. L'un d'entre eux était en train de réécrire – mal – une introduction pour sa prochaine prise de parole.

Marvin me transperça du regard et me jeta un sourire de la mort plein de dents.

— Joanne, dit-il. Dévoilons un peu de peau. C'est à toi.

Je pris une profonde inspiration et fis glisser le peignoir sur mes épaules, avant de le plier soigneusement

sur une chaise. L'air était glacé sur ma peau trop
exposée. Je m'avançai jusqu'au petit plateau océan,
qui incluait du sable blanc scintillant, un fond de
ciel bleu et un ballon de plage démesuré. Marvin vint
me rejoindre. De près, son bronzage avait une teinte
orange qu'un soleil normal ne saurait produire, et
son sourire à l'uniformité toute professionnelle ne
masquait pas vraiment l'implacabilité de ses yeux.

— O.K, on est dans la scène de plage standard,
d'accord ? Alors sois jolie et hoche la tête. (Il m'analysa
en me décortiquant des pieds à la tête.) Tourne-toi.

— Quoi ?

— Tourne-toi.

Je n'en avais pas envie, mais je fis quand même un
cercle rapide. Alors que j'étais à mi-parcours, il tendit
le bras et m'arrêta.

— On voit ton étiquette, dit-il, avant de glisser ses
doigts sous mon bas de bikini.

Et il le fit claquer.

Et il éclata de rire.

Je fis volte-face avec un timing parfait et arrachai
le postiche au sommet de sa tête, juste au moment où
l'opérateur caméra terminait son compte à rebours
silencieux. La chose reposait dans ma main, humide,
comme un petit animal. Je la lançai en coulisse, vers
l'endroit où se tenait Cherise. Elle la plia proprement
et l'agita comme un drapeau de bataille en me jetant
un grand sourire.

Marvin n'était pas du tout amusé. La lumière
rouge apparut, et il continua de me fusiller du regard
pendant deux bonnes secondes avant de se reprendre
suffisamment pour découvrir ses dents à l'intention
du public et commencer ses pitreries. Ses implants
capillaires avaient l'air nus et ignoblement expérimen-
taux sous la lumière crue, et certains d'entre eux se

dressaient, raides comme des tiges de maïs, à l'endroit où j'avais arraché le postiche. Il était question des possibilités de s'amuser et d'avoir du soleil dans les trois prochains jours, d'après ce que je compris. Marvin débitait des généralités parfaitement non scientifiques sur des courants ascendants et des fronts chauds, nous donnant l'assurance que le pire de la saison des ouragans était derrière nous.

— Et je peux garantir personnellement que le week-end prochain sera spectaculaire !

Je prenais ma meilleure pose de mannequin de couverture, la main sur la hanche, tout en souriant et en faisant des saluts. Je me présentai surtout de profil ; cela me semblait légèrement moins suggestif que d'être de face ou (Dieu m'en préserve) de dos.

Marvin se tourna vers moi et me lança le sourire le plus furieusement charmeur que j'aie jamais vu. Je lui souris en retour. Qu'on nous donne des pistolets et dix pas de recul, et nous formerions l'image même de l'amitié.

— Pourquoi est-ce que tu ne nous lirais pas les prévisions pour la semaine prochaine, Joanne ? demanda-t-il.

J'eus un agréable choc de surprise.

— Bien sûr, dis-je chaleureusement, avant de voir – trop tard – Cherise qui m'adressait des deux mains des gestes de dénégation frénétiques.

Merde. Je venais de foncer droit dans le piège, quel qu'il soit.

— Elles sont posées sur le ballon de plage, dit-il.

Le ballon de plage était derrière moi.

Je me figeai, fixai Marvin pendant une seconde puis retrouvai mon sourire.

— Voudriez-vous bien aller les prendre pour moi, Marvin ?

Il continua de sourire.

— Désolé, je suis occupé.

Le but de tout ceci était, bien sûr, de me forcer à tourner mes fesses presque nues vers la caméra. Je me mordis l'intérieur de la joue et décidai de me lancer.

— En fait, Marvin, j'aimerais bien tenter le coup sans notes.

Ce n'était pas ce qu'il attendait ou ce qu'il voulait entendre. Il jeta un coup d'œil vers le directeur, qui lui fit signe de poursuivre d'un mouvement ennuyé de la main.

— Bien sûr.

Il leva les yeux au ciel à l'intention des spectateurs.

— Eh bien, Marvin, d'après l'image radar que vous nous avez montrée plus tôt, il semble évident que nous avons une tendance plus chaude qui se déplace vers le nord-est depuis le sud-ouest. Je dirais d'après les photos satellite qu'il y aura probablement des nuages plus tard dans la journée, avec une forte possibilité d'averses dans l'après-midi. Demain, les minimales seront un peu en dessous de trente degrés, et les maximales atteindront les trente-trois. La température au lever du jour sera de vingt-trois degrés environ, avec jusqu'à quatre-vingt-quatre pour cent d'humidité dans l'air, ce qui augmentera durant le week-end. Nous pouvons nous attendre à voir des orages d'ici demain soir, avec un indice de confiance de soixante-trois pour cent. Alors faites attention, chers téléspectateurs. Il devrait y avoir une importante activité électrique accompagnant ces orages, ainsi que des vents puissants.

Je terminai sur un large sourire.

Il y eut un silence abasourdi. Les deux présentateurs et le type des sports s'entre-regardèrent, bouche bée ; j'imagine qu'ils ne pensaient pas qu'une nana en bikini pouvait ne serait-ce qu'assembler une phrase entière, encore moins livrer une analyse scientifique cohérente.

Je n'avais même pas utilisé une bribe de ma Seconde Vue. Je ne me pensais pas capable de le faire, à l'heure actuelle. J'avais tiré tout cela de mes propres observations la nuit dernière, des cartes et des mêmes informations dont Marvin disposait.

Et je savais que j'avais raison. Raison à cent pour cent.

Marvin ressemblait à un poisson sorti de l'eau. Il le réalisa sans doute, car il rougit sous sa tartine de maquillage et me sourit laborieusement en retour.

— Ha ! C'est très drôle, Joanne. Tu as un peu trop regardé la chaîne météo. (Il fit une grande grimace vers la caméra.) Désolé, les enfants, mais les prévisions de Joanne sont complètement fausses. Il ne va pas y avoir de pluie. Je l'ai déjà garanti.

— Vous voulez parier ? demandai-je.

— Oh, nous n'encourageons pas les paris dans cette émission, répliqua Marvin en lançant un bref regard paniqué vers le directeur. (Celui-ci paraissait captivé par la soudaine tension qui régnait sur le plateau, et il lui fit signe de poursuivre.) Mais j'imagine qu'un pari amical, dans l'intérêt de la science…

— S'il pleut, Marvin, je pense que vous devriez porter le costume de Madame Soleil, dis-je d'un ton doucereux.

Hors champ, les présentateurs se mirent à rire. Cherise avait enfoncé son poing dans sa bouche. Toutes ses gouttes de pluie argentées suspendues scintillaient tandis que des secousses la parcouraient.

Marvin bredouilla et s'agita, mais après tout, il avait donné sa parole.

— Très bien, dit-il enfin, je prends le pari. Parce que Marvin le Magnifique respecte ses prévisions !

Les présentateurs applaudirent. Les machinistes firent de même – pour moi, pas pour Marvin – en levant les deux pouces dans ma direction.

Marvin fit un « c'est à vous » et les infos reprirent. Ils s'apprêtaient à interviewer un homme de cent dix ans venu de Coral Gables, qui possédait une tortue ayant le même âge que lui.

La lumière rouge de la caméra s'éteignit et Marvin se jeta sur moi. Je reculai en sautillant dans le sable, passai par-dessus le rebord étroit et posai le pied sur le sol froid du studio. Je le regardai et formulai en silence : « Tu veux voir mon cul ? »

Puis je me retournai, pointai mes fesses du doigt et m'en allai la tête haute. Je passai mon bras autour de la masse spongieuse du costume de Cherise et la conduisis en direction de la porte. Je jetai en chemin le peignoir sur mon épaule, en m'assurant de conserver une démarche ondulante de mannequin jusqu'au bout.

Quand je regardai par-dessus mon épaule, Marvin était en train de s'agiter furieusement sous le nez du directeur. Les machinistes étaient secoués par un rire silencieux.

Ainsi s'acheva ma carrière de Miss Météo. Dommage, vraiment. Je commençais tout juste à l'apprécier, de façon perverse et vicieuse.

Je me rendis compte, sur le chemin du retour, que j'avais beaucoup de sujets d'inquiétude. La menace de Jonathan était toujours d'actualité, et même s'il m'avait temporairement oubliée, il y avait de fortes chances pour qu'il vienne renforcer son point de vue d'un moment à l'autre. Tous les espoirs que j'avais pu entretenir de guérir David étaient désormais officiellement morts et enterrés, et de l'herbe poussait déjà sur leur tombe.

David était un ifrit, et je ne savais pas comment le récupérer sans la contribution de sang humain et les Ma'at. J'étais dangereusement tentée par l'idée du sang humain. Les Ma'at, cependant, étaient notoirement connus pour être durs à convaincre, et avec les djinns en pleine guerre politique, ce n'était même pas une option.

Quand Jonathan se pointerait, je serais obligée de faire ce qu'il me demandait. Je n'aurais plus le choix.

Je ressentis une vague d'angoisse si écrasante qu'elle me coupa le souffle et fit couler des larmes froides sur mes joues. Je me garai sur le parking d'un petit centre commercial afin d'attendre que ça passe.

Mais ça ne passait pas. Les vagues revenaient sans cesse, s'écrasant sur moi, libérant de plus en plus de souffrance. C'était comme si une digue s'était rompue en moi, et que je ne pouvais pas arrêter l'inondation.

Je finis par me pencher vers l'avant, la tête contre le volant, les mains appuyées sur mon ventre. Pour protéger mon enfant qui n'était pas née, mon enfant qui n'était qu'une idée, une possibilité, une étincelle.

David était parti, mais il n'était pas mort. Il m'avait dit qu'il fallait qu'il meure pour que l'enfant vive. Sans doute.

J'essayai de percevoir quelque chose, n'importe quoi, émanant de ma fille, mais tout comme la bouteille qui contenait David derrière son verre épais et impénétrable, mon propre corps refusait de m'accorder une connexion avec elle. Était-elle toujours là ?

S'il te plaît, pensai-je. *Ne pars pas.*

Il me fallut une heure pour sécher mes larmes et me sentir capable d'affronter ce qui m'attendait à la maison.

Quand j'arrivai, Lewis et Kevin étaient partis. Ce n'était pas vraiment une surprise ; Lewis n'avait jamais aimé traîner en attendant que les ennuis arrivent, et il devait penser aussi à Kevin. Je me demandai pourquoi les Ma'at ne s'unissaient pas pour le protéger. Encore une question que j'aurais dû trouver le temps de poser.

J'aurais bien voulu que Lewis ne me manque pas, mais en même temps j'étais soulagée. Il aurait jeté un coup d'œil à mes yeux rougis et il aurait su pourquoi j'avais pleuré. Et je n'étais pas vraiment sûre de pouvoir supporter de la compassion maintenant.

En refermant la porte d'entrée, j'entendis Sarah cogner des trucs dans la cuisine. Et par *cogner*, je veux dire cuisiner, mais de manière musclée. Je vis Eamon qui se tenait dans le salon, en train de boire son café, et je haussai les sourcils ; il fit de même et hocha la tête vers la source de tout ce bruit.

— Je crois qu'elle est un peu contrariée, dit-il. Étant donné qu'elle est sortie de la salle de bain en pensant qu'elle était seule dans l'appartement – ce qui n'était pas le cas.

Je cillai.

— C'était un problème ?

— C'est la façon dont elle est sortie de la salle de bain.

— Tu veux dire qu'elle était… ?

— Nue comme au jour de sa naissance, dit-il avec une gravité étudiée. Je crois que les cris occasionnés ont réveillé la moitié de tes voisins.

J'irais sans doute en enfer pour ça, mais le fait est que j'en fus ragaillardie. J'essayai d'être une sœur respectueuse. J'essayai très, très fort.

— Je suis désolée. J'aurais dû vous avertir, mais vous dormiez…

— Oh, crois-moi, ce n'est pas moi que tu dois convaincre. J'ai trouvé la situation beaucoup plus amusante qu'elle, dit-il. D'ailleurs, ton ami – Lewis ? – m'a dit de te dire que tu étais superbe ce matin.

Le ton de voix qu'Eamon employa était très légèrement interrogateur. Je sentis le rouge me monter aux joues.

— À la télévision, clarifiai-je. Il m'a prévenue qu'il allait me regarder à la télévision. Rien à voir avec des galipettes au lit et des compliments au réveil ou je ne sais quoi.

— Ah. (Il remua les sourcils de haut en bas.) Bien sûr.

L'ouragan Sarah était en train de faire une omelette, apparemment, émincant avec une grande agitation champignons, oignons et poivrons. Le jambon avait déjà subi le même sort. Quand j'entrai dans la pièce, elle pointa son couteau de chef vers moi en disant :

— *Toi.*

— Je me rends. Je me jette à tes pieds en implorant ta pitié. Je t'en prie, ne m'émince pas, dis-je en m'asseyant sur une chaise.

Il y avait un pichet de jus d'orange sur la table, et je m'en servis un verre. Acide et plein de pulpe, exactement comme je l'aimais. Je sirotai mon soleil liquide en attendant que l'orage éclate, tandis que Sarah retournait à son découpage.

J'attendis. Et j'attendis. Elle se contenta de continuer à émincer. Pour finir, je tentai un :

— Alors tu es fâchée, hein ?

— Non, tu crois ?

— Écoute, Lewis avait besoin d'un endroit où dormir pour la nuit. Il était tard. Je ne voulais pas te réveiller…

— Oui, tout ça est très logique, mais ce n'est pas toi qui es sortie toute nue et t'es fait mater par cet… obsédé !

— Lewis ?

Je clignai des yeux, surprise. Lewis était certes capable de mater (c'était un mec, après tout, et très

attentif aux femmes), mais il était d'ordinaire beaucoup plus subtil là-dessus.

— Non, pas lui. L'autre. Le gamin.

Oh, Kevin. Bien sûr.

— Euh, je vois. Désolée pour ça. Ne le prends pas
de façon personnelle. C'est un ado. Il est biologique-
ment obsédé. (Je supprimai mentalement la réponse
qui commençait ainsi : *Si tu avais pu songer à autre
chose qu'à ta partie de jambes en l'air avec l'Anglais
Trop Mignon, tu aurais peut-être enfilé un peignoir, et la
vache, je parie que c'était super drôle…*) Tu es vraiment
fâchée ?

Le tranchage s'interrompit pendant trois longues
secondes, avant de reprendre à un rythme plus modéré.

— Non, admit-elle. Je suis gênée. D'abord parce
que Eamon et moi nous… eh bien, nous nous sommes
laissés emporter. Je veux dire, c'était impoli de rester
ici, dans ta maison, et de… faire ce qu'on a fait. Je ne
sais pas ce qui m'a pris. D'habitude, je suis beaucoup
plus réservée que ça.

— Hé, je n'étais même pas là. À moins que vous
ne vous soyez laissés « emporter » et que vous ayez fait
l'amour comme des fous sur mon lit ou autre… ? (Oh,
chiotte, je n'aimais pas ce silence.) Sarah ? Dis-moi que
ce n'était pas dans mon lit ?

— Juste une fois, murmura-t-elle.

Je m'étais bien dit aussi qu'il avait l'air froissé
quand j'étais rentrée, mais à ce moment-là j'étais
épuisée, traumatisée et j'avais autre chose en tête.

— Je crois que dans ce cas on est à égalité, niveau
manque de considération, dis-je. En parlant de ça,
merci de m'avoir demandé comment était le boulot. Je
me suis fait virer ce matin. Plus de Miss Météo.

— Quoi ? laissa-t-elle échapper. Mais… comment
allons-nous payer les factures ?

Typiquement Sarah. Pas de : « Oh mon Dieu c'est horrible, est-ce que tu vas bien ? » Je lorgnai le festin qu'elle était en train de cuisiner.

— J'ai reçu pas mal d'indemnités de licenciement, en grande partie parce qu'ils avaient peur que je les traîne en justice, vu qu'un membre supérieur du staff a claqué mon bikini. Mais je crois qu'il faudra qu'on économise sur la haute cuisine. Et la haute couture est hors de question. En gros tout ce qui contient le mot « haute », en fait.

Une toux discrète se fit entendre à la porte. Eamon se tenait là, l'air sérieux et remarquablement plein de sang-froid pour un type qui s'était approprié mon lit dans un but illicite.

— Je sais que tu ne veux pas qu'on te fasse la charité, mais je serais plus qu'heureux de te faire un prêt. Simplement pour garder la tête hors de l'eau jusqu'à ce que tu trouves quelque chose d'autre. Sans aucune condition.

Le visage de Sarah s'éclaira. Eamon, cependant, m'observait moi. Très sage de sa part.

— Non, dis-je. Merci. C'est une belle offre, mais honnêtement, je ne peux pas l'accepter. Nous nous en sortirons par nous-mêmes. (Je ne voulais pas que Sarah passe d'une prise en charge totale par Chrétien à une prise en charge totale par Eamon. En particulier parce qu'elle connaissait à peine ce dernier, pour l'amour du ciel. Non pas qu'il me déplaisait – en fait, je le trouvais plutôt cool – mais ce type de schémas me tapait sur les nerfs.) D'accord, Sarah ?

Découpage intense. Aucune réponse. Je soupirai en buvant mon jus d'orange.

— Tu t'es fait virer parce que tu avais raison et que ce crétin avec les problèmes capillaires avait tort ? demanda Eamon.

— Non, dis-je. Je me suis fait virer parce que j'avais raison pendant que j'étais à l'antenne. Et puis parce que je refusais de le laisser claquer mon maillot de bain en toute impunité.

Sarah rit. Pas Eamon. Il se contenta de m'observer de ses yeux froids et tranquilles, comme s'il comprenait tout.

— C'est une bonne chose pour toi, dit-il. Tu mérites mieux que ça. Je t'ai entendue donner les prévisions météo. Il était parfaitement clair que tu méritais d'avoir son boulot, au minimum. Je doute qu'ils pourraient se payer tes talents, s'ils comprenaient ce que tu vaux.

Il ne disait pas ça sur le ton de la flatterie ou de l'admiration – ce n'était qu'un fait brut, sans chichis.

J'échangeai un regard avec ma sœur. Elle sourit.

— Tu vois ?

Je voyais, et j'approuvais. Je ne l'aurais jamais admis, bien sûr – après tout, c'était moi la mal élevée des deux.

— Bon, dis-je. Qu'est-ce que vous avez prévu ce matin, mis à part manger le petit déjeuner de votre vie ?

— J'ai du travail à faire, dit Eamon. Cependant, après ça, je me suis dit que je pourrais emmener ces dames manger un morceau en ville. Serait-ce acceptable ? Dans un endroit sympathique. Pour vous aider à oublier un peu vos ennuis. C'est vraiment le moins que je puisse faire après m'être... imposé à votre hospitalité.

Sarah eut ce sourire. Ce sourire secret et rayonnant de la Super Partie de Baise. Elle lui lança un regard qui tue sous ses cils baissés, et je retins une bouffée de jalousie mesquine, parce que je voulais David, j'avais besoin de lui et je portais son deuil, tout cela en même temps. Sarah était peut-être en train de vivre une idylle.

La mienne s'était fracassée la tête la première dans le monde réel, avait pris feu et tournoyait vers la terre à Mach 1.

Je m'enfonçai de nouveau dans ces vagues de tristesse. Par chance, elles avaient perdu un peu de leur puissance, et je ne récoltai qu'un petit picotement au coin des yeux au lieu d'une crise complète et embarrassante.

— Jo ? dit Sarah en tirant sur ma manche. Tu restes ici aujourd'hui ?

C'était une très bonne question. J'avais envie de m'asseoir et de me noyer dans mon chagrin, mais rester là à attendre qu'un nombre vertigineux d'ennemis vienne me prendre pour cible semblait très, très débile. J'avais beau avoir envie de glander en prétendant que ma vie était normale, cette possibilité était passée par la fenêtre la nuit dernière, sur la plage.

— J'ai des choses à faire, moi aussi. Ça ira si tu restes toute seule pendant un moment ?

— Bien sûr. (Elle lança à Eamon un autre de ces petits regards qui promettaient de le traîner jusque dans sa chambre.) J'avais pensé faire un peu de ménage par ici. Pour te remercier, Jo. Si ça te convient.

Tant qu'elle restait occupée, et de préférence sans vider aucun de mes comptes en banque…

— O.K. Mais je veux que tu gardes le téléphone près de toi, d'accord ? Mon ami, Lewis, il a eu des ennuis. Il se pourrait que des gens le cherchent. Ils ne te feraient rien, mais ça ne fait pas de mal d'être prudent. Ne réponds pas à la porte si quelqu'un vient le voir, et si tu as des problèmes, appelle-moi. (Eamon eut de nouveau cette petite toux discrète.) O.K, ou bien appelle Eamon. D'accord ?

— Bien sûr. (Sarah abandonna sa planche à découper et se concentra sur le battage des œufs, ce qu'elle fit avec une habileté époustouflante.) Je peux prendre soin de moi-même.

Je savais qu'elle le croyait. Je n'en avais seulement jamais eu la moindre preuve.

Mais elle faisait une sacrée omelette.

La première action sur ma liste de choses à faire était d'avoir cette conversation à cœur ouvert avec l'inspecteur Rodriguez, dont le van était toujours commodément situé en bas des escaliers. L'éviter n'allait pas résoudre la question. Je ferais mieux de terminer cette discussion, *amen*, et au moins j'aurais supprimé un des pistolets potentiellement pointés sur ma tête.

Il ne faisait pas aussi chaud que les jours précédents, même si le temps était très lourd – les nuages, qui étaient apparus sous forme de fins cirrus glissant comme des voiles blancs sur le ciel, étaient en train de s'épaissir et de devenir des boules cotonneuses. Des cumulonimbus. J'étais incapable de sentir le picotement de l'énergie en train de s'amasser, mais je pouvais lire le ciel à peu près aussi bien que n'importe qui, et la pluie était manifestement en chemin. Le vent avait tourné.

Je toquai contre la vitre, attendis, et reçus en réaction l'ouverture d'une porte à l'arrière du van.

Je ne sais pas ce que je m'étais attendue à voir dans le vaisseau *La Surveillance*, mais il était propre. Très, très propre. Il y avait un petit lit bien net, si soigneusement fait qu'il aurait sans doute passé l'inspection d'un sergent instructeur. Pas d'emballages de nourriture, de papiers qui traînent ou de détritus associés à une vie normale. Je vis un casier en métal dans le fond, contenant sans doute les objets de première nécessité comme du dentifrice, des vêtements de rechange et des cartouches.

Il avait un système vidéo. Des vidéos de toutes les entrées de mon bâtiment, ainsi qu'une assez bonne vue de mon appartement à travers la baie vitrée du patio. Sans doute grâce à des caméras sans fil. Dieu du ciel.

— Bonjour, dit Rodriguez en m'indiquant une chaise d'un signe de tête. (Elle était vissée au sol, mais pivotait sur elle-même. Elle avait l'air plutôt confortable, aussi. Je m'y installai tandis qu'il fermait la porte derrière moi.) Café ?

— Je suis déjà complètement imbibée, dis-je en lui tendant un verre que j'avais apporté. Tiens. Jus d'orange tout frais. Ma sœur s'est laissé emporter par l'enthousiasme et elle a pressé la moitié de la production de l'État pour le petit déjeuner.

— Je sais, dit-il en faisant un geste vers l'écran qui montrait la vue à travers la baie du patio.

Sarah était devant l'évier et faisait la vaisselle. Eamon rinçait et essuyait. Ils envahissaient tellement leur espace personnel respectif qu'on avait l'impression de regarder quelque chose de beaucoup plus intime, avec beaucoup moins de vêtements.

— Rappelle-moi de tirer les stores, plus tard, dis-je. (Il se pencha en avant et prit le jus d'orange, mais se contenta de le mettre de côté sans le boire.) Quoi ? Tu crois qu'il est empoisonné ?

— Je suis prudent, dit-il. Ne le prends pas mal.

— Très bien. C'est toi qui y perds. Est-ce que tu enregistres tout ça ? Les vidéos ?

— Oui.

— Est-ce qu'il y a quelque chose de gênant que je pourrais utiliser contre ma sœur ?

J'obtins un très léger sourire qui ne monta pas jusqu'à ses yeux impartiaux.

— C'est confidentiel.

Le temps des plaisanteries était terminé. Le silence retomba, chaud et oppressant, et il m'étudia d'un œil méfiant. Il attendait.

Je cédai.

— Bon, alors, qu'est-ce que je peux faire ? Qu'est-ce qu'il va falloir pour que tu, tu sais…

— Pour que je m'en aille ? proposa-t-il avant de s'installer dans une chaise en face de moi. (Je remarquai qu'elle n'était pas aussi confortable que la mienne.) Des réponses. J'ai besoin que tu me dises tout, du début à la fin. Sans rien laisser de côté.

— C'est pour ça que je suis là. Je vais te donner toute l'histoire, mais honnêtement, ça ne t'apportera pas grand-chose. Et il n'y a pas l'ombre d'une preuve, d'une manière ou d'une autre, alors tu ferais mieux d'abandonner toute idée d'avoir l'esprit en paix. Tout ce que tu auras, c'est ma parole, et j'ai l'impression que ça ne pèse pas lourd pour toi.

Il se cala contre le dossier, m'étudia, puis finit par prendre le jus d'orange, le renifler et en boire une gorgée.

— En fait, j'ai un peu révisé mon opinion, dit-il. Hier soir. Sur la plage.

— Pourquoi ?

Il ne répondit pas. Au lieu de cela, il fit pivoter sa chaise et regarda l'écran, où ma sœur et son nouveau petit ami récuraient des assiettes en riant.

— C'est quoi son histoire, à lui ? demanda-t-il. Votre nouvel ami.

— Sarah l'a rencontré au centre commercial. Le jour où je t'ai rencontré, en fait. Même si toi et moi, on n'a pas aussi bien accroché qu'eux.

Il m'envoya un regard ironique.

— Tu vis une vie intéressante.

— Tu n'as même pas idée. Qu'est-ce qui t'a fait changer d'avis sur la plage ?

Il but une nouvelle gorgée de jus d'orange.

— Deux choses. L'une d'entre elles n'a rien à voir avec la plage elle-même : tu étais furieuse, pas effrayée, quand tu m'as fait face la première fois. Les coupables prennent peur, ou alors ils cherchent à la jouer fine. Tu es différente.

Eh bien, c'était un chouette compliment.

— Et l'autre chose ?

— Les coupables ne sauvent pas des vies dans le noir. Les meurtriers peuvent sauver des vies, si ça leur convient. Ils peuvent se jeter dans des bâtiments en flammes et tirer des bébés de leur berceau en risquant leur propre peau. Ils peuvent même être désolés s'ils échouent. Mais s'il y a un *choix* à faire, et qu'il n'y a aucun profit et aucun témoin, ils ne vont pas se déranger. Si un type se vide de son sang dans une allée et que tout ce qu'ils ont à faire est d'appeler le 911, ils ne le feront pas à moins d'avoir une bonne raison – à moins que quelqu'un ne les voie et ne s'attende à ce qu'ils réagissent, ou qu'il y ait un bénéfice à en tirer. Tu vois ce que je veux dire ? Ce qui compte, c'est l'apparence, pas la vie qu'ils sauvent ; ça, ils n'en ont vraiment rien à foutre. (Il haussa les épaules et inclina le verre de jus d'orange pour le vider, jusqu'à ce qu'il n'en reste plus qu'une mince pellicule dorée.) Tu n'es pas comme ça. Tout ce que tu avais à faire, c'était tourner les talons et laisser ce trou se refermer sur ces deux pauvres gars et personne ne l'aurait su.

— Personne sauf moi.

— Oui. C'est bien ce que je veux dire.

Quelque chose m'était familier, dans ce qu'il venait de me raconter.

— Tu as dit qu'un meurtrier peut se précipiter dans un bâtiment pour sauver un bébé… Tu pensais à Quinn, non ?

Il garda le silence pendant un moment, répugnant à le formuler à voix haute.

— Il y avait un truc, dans la façon dont il l'a fait. Il se tenait là, dans la rue, il calculait les angles. Il y avait une foule, il y avait une mère qui le suppliait de l'aider, mais c'était comme si un petit ordinateur dans sa tête calculait les bénéfices. Écoute, je ne t'ai pas menti. Quinn était un type bien. Je l'appréciais. Mais être un type bien ne signifie pas que tu n'es pas quelqu'un de mauvais.

— Inspecteur, si tu ne fais pas gaffe, tu vas bientôt te mettre à philosopher.

Il me lança un petit sourire étrange.

— Aucune chance. Je suis un bon flic. Si je ne peux pas voir, sentir, goûter, expliquer au jury, je n'y crois pas. Quinn était intuitif. Son esprit était comme un pois sauteur. C'était un jeu, pour lui. Un concours, pour voir qui est le plus intelligent de la pièce. (Ses mains étaient refermées l'une sur l'autre, maintenant, ses pouces formant des cercles lents. Il pencha la tête et les regarda bouger.) Est-ce que je peux croire qu'il était à côté de la plaque ? Oui. Je peux le croire. Je ne le voulais pas, mais j'y ai réfléchi, et je t'ai observée. Tu ne changes pas quand personne ne te regarde. Tu dis ce que tu penses, et tu le dis à quiconque voudra bien l'entendre.

— Serais-tu en train de dire que je ne suis pas subtile ?

— Tu es à peu près aussi subtile qu'une brique. Mais tu peux le prendre comme un compliment. Les héros ne sont généralement pas si subtils que ça.

Les *héros* ?

— Autre chose ?

— Oui, dit-il. Le gamin crasseux qui était dans ton appartement la nuit dernière a piqué de l'argent dans le pot de farine de ta cuisine. Et le type auquel tu parlais avant de partir au travail l'a forcé à les remettre à leur place.

Kevin et Lewis, agissant chacun selon leur nature. Cela me fit sourire.

— Et aussi, conclut Rodriguez, tu étais super canon à la télé, et ta sœur n'est pas mal toute nue. Maintenant, dis-moi ce qui s'est vraiment passé avec Quinn.

Au bout de deux phrases, je réalisai que je ne pouvais pas faire l'impasse sur les gardiens, et surtout les djinns. Il devait comprendre toutes les implications de l'histoire, et les enjeux concernés. Il devait comprendre que Quinn avait fait quelque chose qui dépassait de très loin les capacités de répression du système judiciaire.

Cela me prit beaucoup de temps. Quand ma voix devint rauque, Rodriguez me tendit une bouteille d'eau fraîche, et quand je commençai à trembler nerveusement, il me fit passer à la bière. L'air conditionné se mit en route à un moment donné avec un cliquetis, et sécha la sueur qui dégoulinait en suivant le décolleté de mon débardeur blanc.

Ce fut un interrogatoire étrangement paisible. Il se contenta d'écouter, mis à part ces petits gestes attentionnés. De temps en temps, il me demandait de clarifier quand j'étais trop vague sur un point, mais il ne contesta jamais rien, il ne douta jamais, il ne m'accusa jamais d'être une foldingue sortie de l'asile.

C'est pourtant ce que j'aurais fait, si j'avais été assise dans la chaise moins confortable et que j'avais écouté quelqu'un me débiter la même explication.

Quand je parvins au moment de la mort de son partenaire, je vis ses yeux se voiler et devenir plus froids, mais il conserva une expression neutre. Puis ce fut terminé; je serrais une bouteille brune vide dans mes mains, et n'entendais rien d'autre que le chuchotement régulier de l'air conditionné luttant contre la chaleur de la Floride.

— Tu sais l'impression que tu donnes, avec ton histoire, dit-il.

— Bien sûr que je le sais. Pourquoi crois-tu que je ne t'ai pas dit tout ça dès le départ?

Il se leva comme pour faire les cent pas, mais le van était trop petit; d'ailleurs, j'eus l'impression que ce qu'il avait vraiment envie de faire, c'était de balancer son poing contre quelque chose de mou. Moi, par exemple. Il y avait une sorte de sécheresse dans sa façon de bouger.

Et pourtant, toujours rien dans son expression. La colère brûlait bel et bien, mais à des kilomètres de profondeur et derrière une écoutille en acier verrouillée.

— Tu dis qu'il n'y a personne pour confirmer cette version.

— Eh bien si, il y a quelqu'un, dis-je. Le type qui était là la nuit dernière. Le gamin. Et tu as toi-même vu certaines choses hier soir sur la plage. Tu pourrais appeler mon chef à New York, si tu voulais. Il te dirait que c'est vrai – enfin, peut-être qu'il ne dirait rien, maintenant que j'y pense; il a un tas de problèmes à régler de son côté. Mais l'important, c'est qu'aucune de ces personnes ne serait crédible à tes yeux. Ils n'ont pas de vrais boulots ni de vraies identités que tu pourrais vérifier avec des sources indépendantes. Ils sont cryptés, comme moi. Alors je crois qu'il va falloir que tu y ailles à l'instinct sur ce coup-là, inspecteur. Tu me crois ou non?

Il s'arrêta et posa la main sur une sangle en cuir qui pendait au mur – pratique pour s'accrocher si le van devait se mettre en branle. Il s'était fait un joli petit commissariat mobile, dites donc.

— Tu sais quoi? lança-t-il après un moment. Je te croirai si tu me montres quelque chose.

— Quoi?

— N'importe quoi. N'importe quoi de, tu sais, magique.

— Ce n'est pas de la *magie*, dis-je avec exaspération. C'est de la science. Et puis – bon, O.K, les djinns, ça c'est peut-être de la magie, mais tout peut vraiment s'expliquer si on pousse suffisamment loin au niveau de la physique, et…

— Tu fais des trucs que les autres ne peuvent pas faire, et tu crées des choses avec le pouvoir de ton esprit?

— Eh bien, euh…

— C'est de la magie, dit-il avant de hausser les épaules. Alors montre-moi un truc.

En vérité, je n'avais pas assez de pouvoir pour lui montrer grand-chose. Je le fixai d'un air vide pendant quelques secondes, avant de déclarer:

— D'accord.

Il me restait assez d'énergie pour une toute petite démonstration. Peut-être.

Je tendis la main, paume à plat, et me concentrai.

Cela aurait dû être facile; c'était un petit tour que je pratiquais depuis que j'avais rejoint les gardiens. Rien d'extraordinaire – n'importe quelle personne possédant un peu plus qu'une étincelle de talent pouvait s'en tirer; le plus dur était de le contrôler et de le faire avec grâce et élégance.

Je fermai les yeux, expirai lentement et formai un minuscule petit orage au-dessus de ma main. Je tirai de l'humidité de l'air environnant et l'accumulai précautionneusement, rafraîchissant juste assez les vibrations

des molécules pour les rendre collantes. Quand j'ouvris les yeux, un brouillard faible et pâle se formait
au-dessus de ma paume. Il était irrégulier, pas très bien
établi et, dans l'ensemble, c'était la démonstration la
plus merdique que j'avais jamais vue, mais je tins bon
et continuai d'attirer l'humidité jusqu'à obtenir un
vrai petit nuage.

Une toute petite étincelle bleue zigzagua en son
cœur, l'illuminant comme une ampoule, et Rodriguez
se rapprocha, les yeux braqués sur ma main.

Je forçai le nuage à pleuvoir, légère averse de gouttes
grandeur nature crépitant sur ma main – il fallait
qu'elles soient de cette taille, car c'était une question
de gravité terrestre, pas d'échelle. Je ne parvins à en
tirer que quelques-unes, à cause de la taille du maté-
riau-source, mais ce fut suffisant pour faire passer
le message. La friction des molécules fit éclater un
autre bébé éclair; celui-ci m'électrocuta comme une
décharge statique. Je grimaçai.

Rodriguez fit passer sa main dans le nuage et fixa
ses doigts humides, fasciné.

— C'est assez réel pour toi? lui demandai-je en
lâchant prise sur le nuage.

Il se dispersa sous forme de brume, laquelle s'éva-
pora rapidement dans l'environnement sec et brassé
par l'air conditionné du van. J'essuyai ma paume
mouillée sur ma jambe.

Il ne répondit pas pendant un long moment, puis
il tendit le bras et prit le verre de jus d'orange vide. Il
me le rendit.

— Nous en avons terminé, dit-il. Fais attention à la
marche en sortant.

C'était tout. Il fit coulisser la porte. La lumière
aveuglante du soleil me surprit, ainsi que l'humidité
qui dégoulinait sur la porte. Je regardai Rodriguez, qui

me fixa en retour, puis je finis par sortir sur l'asphalte chaud.

— C'est tout ? lui demandai-je.

— Ouais, répondit-il. C'est tout. (Il fit mine de refermer la porte, puis hésita.) Deux petits conseils, à prendre ou à laisser. Tout d'abord, débarrasse-toi de la voiture. C'est une belle caisse, mais elle a été volée et elle attire beaucoup trop l'attention. Quelqu'un va s'en rendre compte.

J'acquiesçai. Pauvre Mona. Bon, de toute façon, j'avais toujours été plutôt une fille à Mustang…

— Deuxièmement, dit-il, si ce que tu m'as dit à propos de Quinn est vrai, il était en affaires avec quelqu'un et il avait une cargaison à livrer. Il faudrait peut-être que tu envisages la possibilité que ce quelqu'un veuille la récupérer, et tu devrais aussi chercher à savoir pourquoi il souhaitait tant l'avoir, pour commencer.

Je sentis ma peau frissonner sur ma nuque.

— Tu veux dire qu'on voudrait la récupérer auprès de moi ?

— Tu es le seul lien visible, Joanne. Je t'ai trouvée. Quelqu'un d'autre pourrait faire de même. Fais gaffe à toi.

J'acquiesçai lentement.

— Alors c'est un adieu ?

— Si tu me revoyais, ce serait parce que j'aurais découvert que tu me mentais, et crois-moi, *ça*, ce serait un adieu.

Il referma la porte. Je reculai d'un pas. Il se glissa sur le siège conducteur à l'avant, et le van démarra avec un frisson et un grondement. Il baissa sa vitre, me fit un petit salut et recula sur sa place de parking.

Je le regardai s'en aller. Mis à part une petite tache d'huile sur l'asphalte à l'endroit où il s'était garé, mon espion flic était parti, comme s'il n'avait jamais été là.

Un problème de moins. Encore un million à gérer.

Au-dessus de ma tête, les nuages s'entassaient, plus épais, plus sombres, et leur menace devenait plus imminente.

J'aurais bien voulu savoir quoi faire ensuite. Si Lewis n'avait pas fichu le camp, j'aurais au moins pu essayer de lui faire cracher des informations (je savais qu'il en avait beaucoup plus qu'il ne le prétendait), mais bien sûr, vouloir retenir Lewis était comme de chercher à retenir une vague en mouvement. Et sans accès au monde éthéré, essayer de trouver quelqu'un était problématique. Les djinns me laissaient tranquille, du moins pour le moment, sans doute trop préoccupés par leurs propres batailles et leurs propres problèmes. Jonathan, malgré ses menaces, n'était pas venu réclamer son dû. Ashan était l'illustration parfaite du chat échaudé qui craint l'eau froide. Je ne savais pas si c'était bon signe ou pas, mais au moins cela me donnait un peu plus de temps pour faire ce que je m'apprêtais à faire.

C'est-à-dire… quoi ?

J'étais en train d'hésiter sur la conduite à tenir quand mon portable sonna. C'était Paul Giancarlo, qui appelait depuis les bureaux de l'Association à New York, dans le bâtiment des Nations Unies.

— Bonjour, dis-je. Avant que tu oublies de me le demander, merci, je vais bien.

— Je n'allais pas oublier, grommela-t-il. Lewis était avec toi la nuit dernière ?

Il avait de bonnes sources – mais bon, c'était lui le big boss. Du moins pour le moment.

— Ouais. Il avait besoin d'un endroit où dormir et se reposer. Écoute, il y a des gardiens rebelles qui rôdent en meutes dans le coin. Lewis a une cible peinte sur le dos. Il faut que tu fasses quelque chose, et vite.

— Je le ferais si je le pouvais. J'ai un problème. J'ai besoin de ton aide.

— Est-ce que le mot «non» t'évoque quelque chose? Parce que je l'ai déjà dit auparavant.

— Joanne, je ne suis pas en train de déconner. Quand je parle de *problème* à quelqu'un comme toi, qu'est-ce que tu crois que ça signifie?

— Désastre, dis-je d'un ton brusque. D'après ce que j'ai pu voir, il y en a tout un paquet en ce moment, et je suis navrée, mais je ne peux pas t'aider.

— Si, tu peux.

— Sérieusement, je ne peux pas.

Sa voix devint tout à coup très calme. Rocailleuse.

— Est-ce que tu m'as entendu te poser une question? Phrases courtes et déclaratives, ma belle. Ce n'est pas négociable. C'est une affaire grave, et tu vas rentrer dans le rang sinon je te jure qu'on t'arrache tes pouvoirs. C'est clair?

Putain. Franchement, que Paul envoie l'équipe de Marion à mes trousses pour arracher mes pouvoirs était tout en bas de ma liste de crises en attente, mais il était quand même inutile de prendre des risques.

— C'est clair, dis-je. De quoi as-tu besoin?

— Va au bureau de John Foster. Ils ne répondent pas, là-bas. Je n'ai aucune personne de confiance sur place à l'heure actuelle. Contente-toi de t'assurer que tout va bien.

Je restai un court instant silencieuse, soudain inquiète.

— Paul? C'est si grave que ça?

Son soupir fit crépiter le haut-parleur de mon téléphone.

— Quelle que soit ton idée sur la gravité de la situation, c'est encore pire que ça. Et je crois qu'on est loin d'avoir atteint le fond. Va là-bas, mais fais attention à toi. Je t'enverrais des renforts si je le pouvais.

— Je sais. Tu vas bien, toi, là-bas ?

— Jusqu'ici oui. Ceci dit, personne n'a envie de déboucher une bouteille de djinn. Six gardiens ont été déclarés morts dans le nord-est, et il paraît que leurs propres djinns sont restés debout à côté sans intervenir.

Je me souvins de Prada sur le pont, de sa colère et de sa rébellion.

— Et une fois qu'ils sont affranchis de leurs maîtres, ils s'en prennent à d'autres gardiens pour libérer les djinns, dis-je. Par paquets entiers.

— Ouais. C'est le bordel. Je te le jure, Jo, je ne sais pas si nous allons y survivre. On a des protections magiques par-dessus la tête ici, alors je pense que ce bâtiment est sûr, et j'ai donné à mon djinn un ordre préventif disant que son boulot est de protéger ma vie contre tous les arrivants, jusqu'à ce que je donne une indication contraire. J'ai fait passer le mot à tout le monde dans le système ; je ne sais pas si ça donnera quelque chose. Tu sais comme ils peuvent être experts dans l'art de contourner les ordres quand ils en ont envie.

— Oui, acquiesçai-je doucement. Je sais. Écoute, fais attention. Je t'appellerai quand je saurai quelque chose.

— Merci. Je ne peux pas me permettre de laisser les postes de Floride sans personnel.

Je le savais. Les zones clefs avaient des postes saisonniers à responsabilité énorme. La Californie était importante tout au long de l'année. Des États sujets aux tornades comme le Kansas, le Missouri, l'Oklahoma et le Texas avaient du personnel en plus pour le printemps et l'été.

La Floride, à la saison des ouragans, était un autre poste clef pour la météo, et si John manquait à l'appel…

Nous avions vraiment de gros ennuis.

Je raccrochai et me dirigeai vers ma voiture.

Le Bureau régional des gardiens était situé non loin des bureaux du Service national des Gardiens à Coral Gables, ce qui était assez pratique; nous les avions parfois utilisés pour des conférences et des recherches. Néanmoins, la permanence des gardiens était modeste, installée dans un immeuble de sept étages avec marbre brun et vitres standards. Il n'y avait aucune indication sur le bâtiment lui-même, juste un numéro de rue gravé sur une plaque de marbre. L'entrée était sécurisée. Je n'avais pas de carte magnétique; je restai donc dans la voiture et attendis jusqu'à ce que quelqu'un d'autre se gare dans le parking et se dirige vers la porte avec son ordinateur portable. Je ne la reconnus pas – elle ne travaillait sans doute pas dans les bureaux des gardiens, bien sûr; ils ne possédaient que deux petites pièces sur les sept étages, et tout le reste de l'immeuble était occupé.

Je me plaçai derrière la femme, lui sourit quand elle me sourit, et elle me fit entrer grâce à sa carte avant de prendre les escaliers. Me sentant d'humeur paresseuse, je choisis l'ascenseur. Le hall était calme et faiblement éclairé; la déco, qui cherchait à être apaisante, atteignait un degré de tranquillité habituellement réservé à ceux qui veulent faire une sieste. L'ascenseur était lent – une règle générale de l'univers voulait que plus l'immeuble était petit, plus les ascenseurs étaient lents – et je tuai le temps en essayant d'imaginer ce que je pourrais bien faire si je tombais sur un combat en cours. Je n'allais être d'aucune aide, ça au moins c'était sûr.

J'espérais de toutes mes forces que c'était un problème relevant d'une ligne téléphonique hors service. C'était un peu faible, mais parfois l'optimisme est la seule drogue qui marche.

Cependant, ses effets sont tristement temporaires.

La porte d'entrée menant vers les bureaux des gardiens donnait l'impression que quelqu'un s'y était attaqué avec une masse – elle était brisée en deux, et des morceaux de bois à nu apparaissaient sous le vernis brun brillant. La serrure était fracassée, ses morceaux éparpillés à dix pas sur le couloir moquetté. De chaque côté, les fenêtres n'étaient plus que des trous béants sans vitres, et je sentis des éclats de verre crisser sous mes chaussures tandis que j'avançais précautionneusement vers le lieu du désastre.

Je craignais à moitié de trouver tout le monde mort, étant donné l'état de la porte, mais j'entendis presque immédiatement des voix. Je reconnus l'accent de Caroline du Sud, lent et doux comme le miel, appartenant à mon ex-boss.

Une bouffée de soulagement me submergea quand la tension qui m'habitait se relâcha. John Foster était toujours en vie, et j'étais tirée d'affaire.

Je toquai sur la carcasse de la porte et me penchai en avant pour regarder à travers l'ouverture.

John, toujours en chemise-cravate (ce qui était sa version d'une tenue de boulot décontractée) était debout, les bras croisés. Avec lui se trouvait Ella, son assistante ; c'était une gardienne trapue aux airs maternels, avec des capacités modérément faibles de manipulation des Éléments, mais un talent bluffant pour faire en sorte que le groupe indépendant et têtu de John continue à travailler de concert.

En parlant de ça, les autres n'étaient nulle part en vue.

Ella avait l'air exaspérée. Alors que John était habillé comme si on l'avait dérangé en chemin vers une réunion au sommet, Ella aurait tout aussi bien pu avoir été interrompue en plein jointoyage de son carrelage : un jean bleu, un tee-shirt débraillé, et une chemise hawaïenne à fleurs par là-dessus. Elle avait des cheveux grisonnants et épais, qui semblaient avoir été ébouriffés par le vent.

Ils se tournèrent tous deux vers moi quand je frappai à la porte, et la bouche d'Ella s'ouvrit en grand.

— Jo ! hurla-t-elle à un volume capable de vous faire saigner les oreilles.

Elle fonça vers la porte et la repoussa du bout d'un pied chaussé de Nike. Avant que je puisse répondre : « El ! », elle m'avait saisie dans une étreinte douce et chaude ; puis elle me traîna loin du seuil et me fit entrer dans le bureau.

Lequel était lui aussi en ruines. Pas autant que la porte, mais il n'était manifestement pas au mieux. Des ordinateurs avaient été jetés par terre, des papiers étaient étalés un peu partout, des chaises retournées. Le meuble classeur était penché en avant et les grands tiroirs métalliques vomissaient des cascades de chemises jusqu'au sol. Tout avait l'air défoncé et cabossé dans les règles.

— J'adore ce que vous avez fait de cet endroit. On dirait un peu la rencontre entre *Relooking Extrême* et *Robot Wars*, dis-je. (John – la cinquantaine, en forme, grisonnant sur les tempes dans un style patriarcal – me sourit, mais le cœur n'y était pas. Il avait l'air fatigué et un peu malade.) O.K, c'était nul, je l'admets. Qu'est-ce qui s'est passé ?

— Nous tentons de le découvrir, dit John en me tendant la main. Désolé, Joanne. C'est bon de te voir, mais comme tu peux le constater, nous faisons face à une petite crise.

— Paul a essayé de te joindre au téléphone, sans succès. Il m'a envoyé voir ce qui se passait. (Je

regardai autour de moi en haussant les sourcils.)
Cambriolage ?

— J'en doute, dit Ella en donnant avec humeur
un coup de pied dans un écran plat détruit. Ils n'ont
pas pris l'électronique, et il n'y avait pas d'argent ici.
Peut-être que c'étaient des gamins qui se sont amusés
à éclater des trucs.

— Tu ne vas pas dire : « Les gosses, de nos jours »,
n'est-ce pas ? Parce que malgré tes cheveux, je ne t'ai
jamais considérée comme une grand-mère.

J'obtins un regard mauvais.

John soupira et fourra ses mains dans les poches de
son pantalon en m'observant.

— Nous allons bien, merci. Dis à Paul que je suis
désolé. Mon portable est déchargé depuis des heures.
Comment vas-tu ?

Il avait l'air sur ses gardes, ce qui était inattendu.
Je réalisai, d'après la lueur méfiante dans ses yeux,
que mon arrivée devait lui sembler de plus en plus
suspecte. Je veux dire, il m'avait emmenée faire un
tour et m'avait pratiquement accusée de corruption, et
nous étions là, dans ses bureaux saccagés, et je disais
que j'avais été envoyée par le patron.

Je pouvais voir comment cette situation était sujette
à malentendu.

— Je n'ai rien fait, dis-je. Tu me connais mieux que
ça, John.

John et Ella échangèrent des regards.

— Ouais, acquiesça Ella. C'est vrai.

John ne dit rien. Il garda les bras croisés.

J'inspirai profondément et me lançai la tête la
première.

— Des problèmes avec les djinns, de votre côté ?

— Quoi ? (John fronça les sourcils.) Non. Bien sûr
que non.

Il avait un djinn, évidemment. Ella, pour autant que je sache, n'en possédait pas. Seuls quatre gardiens en Floride étaient équipés d'assistants magiques et, au dernier décompte, seuls deux cents sur toute l'Amérique du Nord et l'Amérique du Sud. Un nombre à la petitesse alarmante, jusqu'à ce qu'on envisage la possibilité que deux cents djinns décident de tuer des gardiens, auquel cas cela devenait un nombre alarmant.

— De quoi tu parles ? reprit John. Quel genre de problèmes ?

— Certains djinns se sont libérés de leur maître. Vous n'en avez pas entendu parler ?

Encore un regard entre eux. Communication silencieuse – et moi qui n'avais pas mon décodeur secret.

— Non, dit enfin John. Pas de ça.

— Mais vous avez entendu parler de gardiens qui se sont rebellés.

Il prit un air encore plus grave.

— Oui. Et c'est un sujet dont je ne pense pas devoir discuter avec toi.

Un rappel guère subtil que je n'étais plus dans le milieu des gardiens, et que je n'étais donc plus invitée à partager les trucs politiques marrants et intéressants. Je changeai de sujet en désignant de la main la pièce mise à sac.

— Tu crois que ça a un rapport avec ça ?

— J'en doute.

— Ah ouais ? Ce genre de choses se produit souvent par ici ?

— Jamais, intervint Ella. Mais les djinns n'avaient aucun intérêt à faire ça, et si c'est un gardien qui en est responsable, eh bien il devait avoir une bonne raison.

— Est-ce qu'ils seraient venus voler des archives ? Les détruire ?

Oh, la vache. Encore un regard lourd de sens.

— Une fois de plus, dit John, je crois que c'est un sujet à proscrire. Écoute, tu as fait ce que Paul voulait, tu es venue voir. Nous allons bien. Je crois que tu devrais partir, maintenant.

Cela me blessa. J'avais travaillé pendant longtemps pour John, et nous avions été amis. Pas super potes, mais très bonnes connaissances, appréciant de nous réunir autour d'un verre, parlant de la famille et des amis, échangeant des cadeaux de Noël. Je lui avais confié ma vie. Je n'arrivais pas à croire que tout cela avait changé d'un coup.

Mais peut-être que j'aurais dû le savoir, vu comme les choses changeaient d'un coup en ce moment.

— Jo, ne le prends pas de manière personnelle. Tu as démissionné, tu sais, dit Ella. Et je trouve toujours ça dur à croire, mon rayon de soleil. Tu es la gardienne la plus dévouée que j'aie jamais rencontrée.

— J'étais la gardienne la plus dévouée que tu aies jamais rencontrée, dis-je. Crois-moi, j'avais mes raisons.

— Eh bien, si tu as démissionné pour un désaccord stupide, ce n'était pas le bon moment pour ça, dit-elle. Bad Bob est mort et il nous manque trois autres gardiens ici. D'après ce que j'ai entendu, la moitié des membres supérieurs de l'organisation sont morts ou invalides, et l'autre moitié n'arrive pas à décider ce qu'elle doit faire. On tient à peine debout.

Je n'étais pas venue écouter un discours du genre «on a besoin que tu reviennes», mais une partie de ce qu'avait dit Ella retint mon attention.

— Trois membres de l'équipe? demandai-je. Moi, Bad Bob... qui d'autre?

— Ella, avertit John.

Elle l'ignora et continua de parler.

— Nous avons perdu un autre gardien des Éléments, il y a deux jours, dit Ella. Carol Shearer. Accident de voiture.

Sans doute une nouvelle victime des djinns. Ils utilisaient des forces naturelles pour faire le sale boulot sans y mettre la main. Ils frappaient vite et fort, avant qu'un gardien puisse réagir pour donner un ordre à son djinn, et si ce dernier n'avait pas eu pour consigne de prendre l'initiative, ou qu'il n'était pas d'humeur, alors Ashan sortait gagnant. Peut-être qu'il se frayait un chemin de manière systématique dans les rangs des gardiens, pour les mettre à l'épreuve.

Peut-être que John était déjà la cible d'un ordre de mise à mort, et que son djinn l'avait protégé sans y être contraint. Ils semblaient tous les deux avoir toujours bénéficié d'une bonne relation de travail.

— Je suis désolée, pour Carol, dis-je. Mais je ne pourrais pas revenir pour le moment, même si vous le vouliez. Et franchement, ça ne vous apporterait pas grand-chose que je le fasse. J'ai certains, hum, problèmes.

John me lança le regard vague et lointain de quelqu'un qui utilise la Seconde Vue. Quoi qu'il ait vu, il devint un tantinet plus grave et hocha la tête. Pas de commentaires. Il avait compris les dégâts que j'avais subis.

— Merci pour ton offre, ceci dit, fit-il.

Même si je n'en avais pas vraiment fait une.

— Laissez-moi vous aider à nettoyer. C'est le moins que je puisse faire, après tout le chaos que j'ai causé au fil des années.

John hésita, mais il faut bien dire qu'il était à court de bras. Je passai un coup de fil à Paul et le rassurai ; tout allait bien. Tandis que j'étais occupée, John appela son djinn – lequel était un jeune homme au visage doux et aux yeux scintillants, blancs comme des diamants. Il répara le plus gros des dégâts en suivant quelques ordres murmurés. Je surveillai tout ça d'un œil d'aigle, croyez-moi… mais je ne vis aucun signe d'une rébellion imminente. Lui et son djinn s'entendaient bien. Cela avait toujours été le cas. Je perçus une certaine affection contenue entre eux – pas de l'amour, pas même de l'amitié, mais un bon partenariat. Sur beaucoup de points, John était la figure emblématique de ce qu'un gardien devait être.

Cette idée me déprima, car elle me rappela combien j'étais loin de suivre son exemple, même au meilleur de ma forme. J'étais une non-conformiste émotionnelle bordélique et négligente. J'étais incapable de colorier sans déborder des lignes, même quand je le voulais.

J'aidai Ella dans la tâche laborieuse qu'était le rangement des dossiers dans leurs tiroirs. Tout en m'y consacrant, je réalisai que la plupart des chemises concernaient le personnel. C'étaient des archives détaillées sur toutes nos activités dans notre fonction de gardien. Ah, c'était donc *là* que venaient s'échouer ces rapports… sympa de savoir que toutes ces heures passées à taper sur un clavier avaient finalement un but quelconque. J'avais à moitié suspecté que mon travail disparaissait tout bonnement dans le monde éthéré, où il se faisait dévorer par des démons affamés. Ou par des djinns libres malicieux.

La quinzième chemise que je ramassai (et elle était énorme, avec des papiers qui s'en déversaient un peu partout) portait mon nom. Je m'interrompis, surprise, et l'ouvris. Les clips qui maintenaient les rapports dans le fichier avaient disparu, et tous les papiers y avaient été fourrés dans des positions bizarres, comme si quelqu'un les avait parcourus en hâte.

Le mémo sur le dessus avait été signé par Paul Giancarlo, Gardien national provisoire. C'était un ordre de me tenir sous surveillance rapprochée, à la recherche d'activités douteuses en rapport avec des fraudes, du chantage et des transactions illégales en matière de contrôle des éléments.

Je sentis une vague glacée m'envahir, suivie dans son sillage par une autre vague, brûlante celle-ci, qui descendit depuis le sommet de mon crâne jusqu'à mon œsophage. Dans le mémo, Paul m'accusait pratiquement de collusion avec deux autres gardiens, dont Bad Bob, dans la mise en œuvre d'une combine visant à détourner les orages tropicaux, les ouragans et les tornades vers certaines zones de la côte, où un groupe nommé Paradise Kingdom semblait avoir pour principe de construire des hôtels luxueux et des résidences dans le seul but de les faire détruire avant ouverture grâce aux intempéries.

Pour toucher l'argent de l'assurance.

Score actuel : tempêtes quatre, Paradise Kingdom zéro. En fait, ils n'avaient jamais ouvert une seule propriété.

Paradise Kingdom. Ce nom me disait quelque chose… Tout à coup, cela me revint dans un sursaut : la balade le long de la côte.

Un père mort avec ses enfants. Des tornades qui avaient réduit en miettes l'hôtel en construction.

Je feuilletai les pages. Les photos montraient des constructions bâclées, avec des notes détaillées. Pièces de qualité inférieure. Mauvaise installation électrique. Matériaux de récupération. Si les immeubles avaient vraiment ouvert un jour, ils auraient été des pièges mortels – mais les papiers de l'assurance affichaient des remboursements normaux, comme si la construction avait été faite selon les normes les plus exigeantes.

Je n'avais jamais entendu parler de Paradise Kingdom, mais je commençais à trembler de fureur, et également de peur.

La chemise me fut arrachée des mains et refermée brusquement. John fronça les sourcils et la tendit à Ella, qui commença à redresser les papiers à l'intérieur sans dire un mot.

— Laisse-moi deviner, dis-je. Je n'étais pas censée voir ça.

Sauf qu'Ella devait avoir une autre idée sur la question ; elle avait sciemment ignoré la chemise posée toute seule dans un coin, et m'avait laissée la ramasser.

— Tu sais que je ne peux pas en discuter avec toi.

— Je n'ai même pas le droit d'essayer de laver mon nom ?

— Personne n'a sali ton nom, dit-il en croisant les bras. (Il avait l'air fatigué. Ses cheveux étaient plus gris que dans mon souvenir.) Écoute, oui, les gens parlent ; les gens parlent depuis la mort de Bad Bob. Beaucoup de personnes croient que tu l'as tué pour le réduire au silence.

— C'était de la légitime défense ! (Je criais pratiquement. Il hocha la tête sans décroiser les bras : le langage corporel du rejet.) Bordel, John, tu ne me crois pas ? Tu connaissais ce vieux fumier ! C'était un vieillard corrompu et flippant…

— C'était une légende, dit doucement John. Tu as tué une légende. Tu dois comprendre que peu importe ce qu'il était, ou les mauvaises choses qu'il a pu faire, personne ne va se souvenir de ça maintenant. Ils se souviennent de ses succès, pas de ses défauts.

Il m'a enfoncé un démon dans la gorge ! avais-je envie de hurler ; mais je ne pouvais pas. Et cela n'avait aucun poids. John avait raison, Bad Bob était un saint intouchable, et j'étais la garce maléfique et sournoise qui avait massacré un vieil homme sans défense dans sa propre maison. La combine du Paradise Kingdom venait sûrement de lui ; j'y décelais toutes les caractéristiques de son style. Il y avait sans doute inclus quelques gardiens, pour se faire de l'argent, mais il ne m'avait rien proposé. Il savait que je l'aurais épinglé.

Je pouvais pratiquement l'entendre rire, là-bas en enfer. J'espérais qu'il y faisait super chaud et qu'il était obligé de boire du Tabasco pour se rafraîchir.

— Je ne sais rien de tout ça, dis-je.

John me lança un regard bizarre, puis se tourna vers Ella. Elle le contempla longuement, haussa les sourcils, puis fit un signe de tête vers l'autre côté de la pièce. John s'éloigna silencieusement. Son djinn était occupé à réparer un bureau en miettes en passant doucement ses longs doigts sur le bois. Là où il avait éclaté, il fusionnait de nouveau sans aucune trace.

— John ne peut rien te dire à ce sujet, dit Ella, mais je ne suis qu'à deux années de la retraite, et je me fous complètement de ce que les gardiens pourraient me faire. Mon chou, ça ne t'apportera rien de bon de clamer ton ignorance à propos de Paradise Kingdom. Tu ferais mieux d'inventer rapidement une autre histoire.

— Quoi ? Pourquoi ?

Elle continua de remettre en ordre les papiers dans mon dossier, prit des clips et les passa dans les trous de la chemise. Puis elle commença à y attacher les rapports de manière systématique.

— Paradise Kingdom appartient à ton chef, Marvin McLarty. Marvin le Magnifique. Tu sais, le « météorologiste ». (Elle s'interrompit le temps de mimer des guillemets et de lever les yeux au ciel.) Alors tu ne peux pas vraiment prétendre que tu n'as aucun lien avec ça.

Il t'a engagée sans même te faire passer un entretien. Tu devais le connaître avant de choisir ce boulot.

Cette ordure. Ce *serpent*. Ce… petit chien-chien obsédé bon à rien ! Je n'arrivais pas à le croire. Il était trop débile pour être vénal, non ? Marvin le Magnifique, qui investirait dans une combine frauduleuse avec des *gardiens* ? Alors cela voulait dire qu'il connaissait leur existence, pour commencer… et elle avait raison, j'avais envoyé un CV, et Marvin m'avait engagée après un simple regard. J'avais pensé que c'était, eh bien, pour se rincer l'œil, et je suis sûre que la situation n'en avait été que plus savoureuse pour lui. Mais il y avait sans doute eu quelque chose d'autre.

Quelqu'un devait lui avoir dit de m'engager. Quelqu'un, peut-être, qui voulait avoir un bon bouc émissaire si les choses tournaient au vinaigre. Parce que sur le papier, j'avais clairement l'air coupable.

Si Marvin avait été de mèche avec Bad Bob, cela expliquait beaucoup de choses. Son pourcentage de précision, par exemple, qui devait avoir été une source d'amusement pour quelqu'un comme Bad Bob. Il avait sans doute été capable de lui accorder ça sans attirer l'attention des gardiens. Bad Bob était bien mieux noté que John Foster et, de plus, il était une légende. Qui met en doute une légende ?

Bad Bob Biringanine avait été prêt à vendre son intégrité morale et sa réputation pour avoir une jolie maison, un gros compte en banque et tous les réconforts du crime organisé. Mais… *Marvin le Magnifique ?* Qui pouvait le considérer sérieusement comme un méchant ? Mais peut-être que c'était justement ça, le truc.

Ella m'observait, en attente d'une réponse. Je n'en avais aucune à lui fournir.

— Tu penses que je suis innocente, n'est-ce pas ? lui demandai-je.

— Bien sûr que oui, ma belle. Ne sois pas ridicule ! (Je vis ses yeux rester fixes, braqués sur moi, comme cela ne se produit que quand la réponse est un mensonge éhonté.) Même si tu l'avais fait, de toute façon, toute l'organisation est en train de se casser la gueule. C'est un peu chacune pour soi, maintenant.

Elle continua de me fixer.

Et je réalisai quelque chose de très, très important. Les manipulations météo s'étaient poursuivies, même après la mort de Bad Bob. Si je me retirais de l'équation, il ne restait qu'un nombre plutôt limité de suspects.

Pas John. Je décalai mon regard vers lui et observai la façon dont il parlait avec son djinn, la façon dont il écoutait attentivement, la façon dont le djinn bougeait, avec tant d'aisance et de relâchement. Pas de peur, pas de méfiance, pas de résistance. John faisait partie des gentils ; je le savais dans mon cœur.

Carol Shearer, que je connaissais mal, aurait bien pu en faire partie, mais je ne le saurais jamais, n'est-ce pas ? Parce qu'elle était morte, tuée dans un accident de voiture.

Si ce n'était pas Carol…

Pourquoi Ella continuait-elle de me regarder ?

— Est-ce que John est au courant ? lui demandai-je.

— À propos de… ?

— Marvin.

— Oh, bien sûr. C'est pour ça qu'il refuse de t'en parler. Ça le rend malade, tu sais ; il veut croire en toi, mais… ah, ma belle, c'est un idéaliste. Tu n'ignores pas comment il peut être. Aucun sens du monde réel.

Je décidai de sauter dans la mare aux alligators.

— Bon, dis-je en baissant la voix pour atteindre un murmure «ça reste entre filles», de toi à moi, je n'étais pas dans le coup. Mais tu le sais déjà, non ? Je veux dire, Bad Bob m'en avait parlé ce matin-là, et j'avais décidé d'y réfléchir, mais je ne savais pas du tout que c'était toujours d'actualité depuis tout ce temps ! Et pourtant c'est bel et bien toujours d'actualité. Non ?

Elle cilla et répondit :

— Tu ne penses pas que j'ai quoi que ce soit à voir avec ça, quand même ?

Je haussai les sourcils.

Et, après une fraction de seconde, elle baissa les paupières et chuchota :

— Pas alors qu'il est là.

Heureusement, elle ne me regardait pas vraiment ; sinon elle aurait sans doute remarqué le chagrin dans mes yeux. Mais elle n'y prit pas garde. Elle se détourna et acheva de mettre les papiers en ordre dans mon dossier, avant de plier les clips pour que tout tienne bien à l'intérieur, proprement rangé. Je remarquai qu'il y avait des papiers qu'elle avait laissés de côté. Elle les poussa dans ma direction avec un hochement de tête signifiant très clairement « prends-les ».

Je me sentis mal, mais je parvins à conserver mon sourire. Je collectai les papiers et les fourrai dans mon sac à main en essayant de prendre un air nonchalant. Ella me regarda avec un étrange petit sourire, puis elle me fit un clin d'œil et partit faucher d'autres chemises.

Nous collaborions.

J'inspirai profondément et m'approchai de John et de son djinn. Ce dernier dirigea son attention vers moi, le feu blanc de ses yeux me balayant des pieds à la tête, puis il s'y reprit à deux fois pour me regarder de nouveau, de façon si manifeste que c'en était presque drôle. Je savais que ça n'avait rien à voir avec mes fringues (je n'étais pas si mal habillée que ça), et une fois dépassée la confusion initiale, je compris ce qu'il fixait avec tant d'intensité.

Je plaçai une main sur la partie basse de mon ventre, instinctivement, comme si je pouvais d'une manière ou d'une autre protéger mon enfant djinn de ses yeux.

Il reporta brusquement son regard sur moi, et je dressai le menton en le mettant au défi de dire quelque chose.

Il se contenta de hausser un sourcil d'un air si pince-sans-rire que je faillis ricaner bêtement, puis il se tourna vers John et demanda :

— Est-ce que ce sera tout, John ?

Il avait un accent anglais, très majordomesque. John le remercia poliment et *pouf*, nous étions de nouveau entre humains. Je me demandai quel était le nom du djinn, mais c'était grossier de poser la question. Quand vous rencontrez un gardien et un djinn ensemble, vous n'êtes même pas censé reconnaître la présence du djinn.

Je ne pense pas que cette étiquette ait été inventée par les djinns en question.

— Je suis désolée, John, mais il faut que je m'en aille, dis-je.

Il hocha la tête et me tendit la main ; je la secouai, puis m'y accrochai au lieu de la lâcher. Je me penchai en avant et déposai un baiser sur sa joue. Il dégageait une odeur sèche et piquante d'eau de Cologne, avec un soupçon de tabac.

— Fais attention à toi, dis-je avant de baisser la voix dans un murmure pendant que j'étais près de son oreille. Ne fais confiance à personne. Personne.

Je ne voulais pas pointer Ella du doigt en particulier, pas encore, mais un avertissement général n'avait jamais fait de mal à qui que ce soit. Il s'écarta en fronçant les sourcils, puis se recomposa une expression et hocha placidement la tête.

— Toi, fais attention.

— C'est promis, dis-je.

Puis je me frayai un chemin dans la pièce toujours en désordre, en me dirigeant vers la porte réparée par intervention djinn.

Ce n'était pas un cambriolage. Quelqu'un était venu ici pour chercher des archives, et avait passé mon dossier au peigne fin.

Apparemment, tout le monde voulait me suivre à la trace – des gentils, des méchants, des gens dont j'ignorais totalement le camp. Qui pouvait bien savoir ?

Je songeais sérieusement à prendre ma sœur et la bouteille de David sous le bras pour fuir le pays.

INTERLUDE

Sur l'île, la tempête déchiquette des arbres centenaires jusqu'à les mettre à nu, puis brise leur tronc et les propulse avec une force meurtrière sur chaque construction humaine qui croise sa route. Des murs se désintègrent. Des toits disparaissent dans un tourbillon de tuiles et de bois fracassé. Même les palmes deviennent des instruments mortellement tranchants, poussées par des vents à la puissance inimaginable.

La tempête s'arrête, tourne, et commence à se nourrir.

La mort provient surtout de l'onde de tempête, qui remonte sur les terres non pas en une vague, mais avec la vitesse constante d'un seau plein déversé dans une baignoire. L'eau s'élève et remplit les maisons en quelques minutes, noyant les occupants éperdus qui ne peuvent pas fuir au-dehors, à cause du vent meurtrier. Quelques bâtiments, plus éloignés du rivage, commencent à frissonner et à respirer avec la tempête, les murs poussant vers l'extérieur avant de se redresser, chaque vibration détruisant un peu plus les fondations.

Les hommes, les femmes, les enfants et les animaux sont arrachés à leurs abris et balancés dans ce déchaînement de forces, où ils se font dépouiller d'abord de leurs vêtements, puis de leur chair, avant d'être réduits en morceaux.

Le carnage est constant et impitoyable, et la tempête se nourrit, se nourrit, se nourrit encore. Elle n'a aucune intention de s'éloigner du festin. Même quand l'île est mise à nu, jusqu'aux rochers, les vents et les vagues continuent de la fouetter et de lécher les derniers fragments de vie.

Le soubassement rocheux noircit. Même les algues meurent.

Une fois que la tempête a aspiré chaque souffle de cette terre qui autrefois en abritait des millions, elle l'enterre sous la mer et poursuit son chemin, à la recherche de sa prochaine victime.

C'est là que j'entre en scène.

VII

« CE QUI EST en haut est comme ce qui est en bas ».
Le vieux proverbe se révélait vrai aujourd'hui.
Je parvins aux portes sécurisées du hall au
moment même où les nuages se déchirèrent et où la
pluie se mit à tomber.

En Floride, la pluie fonctionne comme un robinet :
il n'y a que deux positions, déluge ou arrêt. On était
manifestement en position déluge. Je me tins devant la
vitre et regardai au-dehors à travers le mur de gouttes
gris et dense – sans vraiment réussir à distinguer le
parking derrière – puis je baissai les yeux vers mes
chaussures. Elles n'étaient certes pas adaptées pour la
pluie, mais le reste de mes vêtements n'allait pas vraiment repousser l'eau non plus.

Allez, ce n'est que de la pluie, me consolai-je. *Ça pourrait être pire.*

Et pile au bon moment, la lance blanche d'un éclair
fendit le ciel, si près que je n'eus pas besoin de mes

perceptions de gardienne pour ressentir la décharge électrique. Je la sentis glisser sur ma peau et réveiller le plus minuscule de mes cheveux.

Le coup de tonnerre qui s'ensuivit fit vibrer le verre et déclencha un chœur d'alarmes de voiture.

L'éclair suivant tomba à quinze mètres de moi, en plein milieu du parking, fourche de lumière bleu-blanc filant vers le sol avant de se planter dans l'une des voitures. Qu'est-ce que c'était que ce bordel ? Il n'aurait pas dû faire ça. Il y avait beaucoup d'objets bien plus gros pour attirer la foudre, mais les éclairs étaient de nature capricieuse. Et vicieuse.

Je m'écartai d'un bond de la paroi vitrée et plaquai mes mains sur mes oreilles alors que le tonnerre explosait, incapable de voir quoi que ce soit à cause de la brûlure incandescente infligée à mes rétines. Je clignai férocement des paupières en attendant que ma vision revienne à la normale, et je maudis mon manque de puissance ; un peu de Seconde Vue aurait été un véritable atout à cet instant. Seulement, j'étais trop faible pour y parvenir, et ce ne fut que lorsque le tonnerre mourut peu à peu et se transforma en un grondement sourd que je réalisai que la voiture ayant reçu toute la force de cet éclair était bleu nuit, effilée et racée.

En d'autres termes, c'était Mona. *Ma* voiture.

— Oh la vache, chuchotai-je avant de ciller un peu plus vite.

Ceci dit, je ne distinguais vraiment rien à travers le rideau de pluie incroyablement dense. Non, une minute, je voyais quelque chose. Il y avait un frémissement orange là-bas, à peine visible…

Ma bagnole était en feu, putain !

— Joanne !

John Foster, le souffle court, déboula à toute vitesse derrière moi, m'agrippa et me jeta au sol. Il atterrit sur moi et, pendant que j'étais occupée à détailler les raisons bien précises pour lesquelles un sol de marbre ne constitue pas un terrain d'atterrissage confortable, quelque chose explosa à l'extérieur.

Pas la foudre. Quelque chose de fabrication plus humaine.

L'explosion souffla les vitres dans une cascade d'éclats scintillants, et la pluie suivit, s'engouffrant à l'intérieur avant même que le verre ne heurte le marbre. Je sentis une odeur de plastique brûlé et de métal, essayai de me lever, mais John me plaquait au sol, le coude appuyé sur mes épaules. Il respirait fort. Je pouvais sentir son cœur tambouriner contre mon dos.

— Lâche-moi ! hurlai-je. Bordel, John ! Lâche-moi !

Il finit par obéir et roula sur le dos dans un crissement de verre. Quand je me retournai, je vis qu'il arborait plusieurs coupures, mais peu nombreuses. Jusqu'ici, nous avions eu de la chance.

— Tu vas bien ? demanda-t-il. (Je hochai la tête.) Viens avec moi.

Il se remit péniblement sur ses pieds et me tendit la main. Je regardai en arrière vers le parking, ou du moins ce que je pouvais en voir ; il y avait un feu de tous les diables, là-bas, qui consumait au moins trois voitures.

Au centre se trouvait la carcasse noircie d'une Viper anciennement connue sous le nom de Mona, qui ne m'emmènerait plus jamais en promenade à grande vitesse. Je déglutis, serrai convulsivement mon sac et pris la main de John.

Il me fit traverser le hall sous le nez d'un groupe de résidents alarmés en approche, accompagnés par le personnel de sécurité lent à la détente. Nous parvînmes dans la cage d'escalier et il s'élança dans les marches en courant, ses mocassins martelant le béton ; je dus me dépêcher pour rester à son niveau. John avait fait du sport, ou alors l'adrénaline constituait une remarquable drogue de remise en forme.

Nous grimpâmes sept étages à toute vitesse jusqu'au sommet de l'immeuble, devant la porte indiquant « Accès au toit – Personnel uniquement ». Et je lui fus très reconnaissante quand nous ralentîmes, car mes chaussures ne faisaient pas vraiment partie de l'obédience running ; mais il me saisit alors par le bras et me remorqua vers la porte.

— John ! hurlai-je en le forçant d'un coup sec à s'arrêter avant qu'il ne puisse pousser sur la barre transversale de la porte, barrée d'un « Enclenche l'alarme ». John, attends ! Qu'est-ce qui se passe ?

— Tu avais raison à propos des djinns ! cria-t-il en réponse. Il faut qu'on parte, maintenant ! Ils arrivent !

Oh, merde.

Il se dégagea de mon étreinte et appuya sur la barre. Une alarme vint ajouter ses hurlements à la confusion générale – les alarmes incendies se déclenchaient elles aussi, et je me demandai si le feu s'était répandu d'une façon ou d'une autre depuis le parking. La porte s'ouvrit sur le toit, et la pluie et le vent se frayèrent un chemin par l'ouverture pour nous heurter tels des joueurs de football américain. Je trébuchai, mais John tendit le bras, saisit mon poignet et me traîna à l'extérieur, dans le chaos du déluge.

— John ! criai-je pour couvrir le roulement continu du tonnerre. Ce n'est pas sûr, ici ! La foudre…

— La ferme ; je me charge de la foudre !

Et il en était capable. John était un gardien des Éléments hautement compétent à part entière. Alors même qu'il finissait sa phrase, je sentis une onde parcourir ma peau, et mes sens émoussés de gardienne perçurent quelque chose qui fouettait le monde éthéré dans notre direction, comme un serpent sur le point de frapper…

John me lâcha, se retourna et concentra son attention sur un épais paratonnerre fixé à un coin du toit.

La foudre descendit en sifflant. Je pouvais la sentir lutter pour nous atteindre, se débattre…

Puis elle dévia de sa course et frappa le paratonnerre. Le système de protection anti-éclairs de l'immeuble la fit disparaître dans le sol à travers un réseau de câbles cachés. Je pouvais sentir le souffle de sa chaleur de là où je me tenais.

Mais je sentis aussi que c'était passé à un cheveu. Quelque chose dirigeait cet éclair. Le contrôlait. Quelque chose de beaucoup plus fort que John Foster.

Il le savait aussi ; je le vis dans son expression fixe et résolue.

— Allez !

John tirait sur mon bras pour que j'avance vers un second abri en béton au sommet du toit. La porte en était ouverte. Il posa la main sur la poignée au moment même où un nouvel éclair illuminait le ciel, sorti de nulle part, et filait vers nous. John n'était pas prêt, je le savais – il venait de dépenser une quantité d'énergie colossale à dévier le premier éclair, et celui-ci était aussi gros que l'autre, sinon plus. Et il était manifestement déterminé à nous atteindre.

Ce que j'avais à offrir en guise de coup de main méritait à peine d'être qualifié de pouvoir, mais je le fis quand même ; je m'étirai et essayai d'empoigner l'énorme bouillonnement d'énergie qui venait vers nous. Les électrons s'agitaient, sautillaient, se réalignaient en polarités pour former un chemin. Tout ce que j'avais à faire, c'était en casser quelques-uns… et j'en fus incapable. Dès que j'eus brisé la chaîne, elle cingla de nouveau vers nous, ces minuscules pola-rités tournoyant et se verrouillant si vite que je ne pouvais même pas lire leur structure de force. La pluie cinglait et une rafale de vent hurla au-dessus de nos têtes dans un cri de rage. Je sentis John travailler déses-pérément pour nous sauver, le pouvoir se déverser pour nous aider, mais c'était inutile. L'éclair allait nous abattre sur place, et le temps nous manquait. Ce qui le contrôlait n'allait pas se laisser contrer.

Je plongeai d'un côté, sachant que cela ne m'appor-terait rien ; John plongea de l'autre.

Je heurtai le sol, roulai sur moi-même et vis la fourche de l'éclair se planter droit dans le torse de John.

— Non !

Peut-être que je hurlai, peut-être pas ; quel que soit le son que je produisis, il se perdit dans l'immense explosion d'énergie qui éclata dans sa chair. Dans la lumière éblouissante, j'aperçus le djinn aux yeux de diamant qui restait dans les ombres non loin, calme et immobile, et regardait son maître mourir. Son visage n'affichait absolument aucune expression.

Il ne bougea pas pour l'aider.

John, coupé du réseau de communication des gardiens, n'avait jamais reçu l'instruction de donner à son djinn un ordre préventif de le défendre. Il n'avait jamais vraiment compris le danger. Et si cela avait été le cas, il n'y aurait sans doute pas cru.

John s'écroula sans bruit au moment même où l'éclair disparut en crépitant et en grésillant. Je fus inca-pable de voir pendant de longues secondes doulou-reuses ; je me frayai donc un chemin à tâtons sur le gravier et le goudron, pour prendre John dans mes bras. Son corps était brûlant. Alors que ma vision s'éclaircis-sait, je constatai qu'il y avait des brûlures noires au sommet de sa tête, sur les paumes de ses mains, et que son pantalon était criblé de trous fumants. Ses chaussures avaient fondu sur ses pieds.

Je me brûlai les doigts en essayant de prendre son pouls, mais celui-ci était absent. Son cœur avait encaissé une pleine décharge, et son système nerveux était grillé au-delà de toute guérison possible.

Le djinn quitta les ombres et se rapprocha de l'endroit où je me tenais, recroquevillée sous la pluie froide, le poids de John sur mes genoux.

— Tu aurais pu faire quelque chose, dis-je d'un ton hébété. Pourquoi est-ce que tu n'as rien fait ? *C'était ton ami !*

Il baissa les yeux sur moi. La pluie ne le touchait pas, s'évaporant seulement à quelques centimètres de lui. Il était déjà en train de changer, passant du jeune homme calme et effacé que lui imposait la volonté de John à un corps plus large, plus fort. Ses cheveux s'éclaircirent, passant du brun au blanc, chatoyant de subtiles nuances de couleur, comme une opale. Une peau pâle comme celle d'un albinos. Le jean bleu et la chemise classique se transformèrent en velours et en soie pâle luxueuse. Il avait l'air élégant, sans pitié et un brin sauvage.

— Ce n'était pas mon ami, dit le djinn. Un maître ne peut pas être l'ami d'un esclave. Il ne peut y avoir de confiance sans égalité.

Je faillis m'étrangler, un goût de pluie et de chair brûlée dans la gorge. J'avais envie de pleurer, parce que le djinn avait raison. Pas d'égalité. Ce n'était pas parce que nous les adorions qu'ils étaient nos amis. Ce n'était pas parce que nous les aimions…

Était-ce ce qui s'était produit quand j'avais fait de David mon serviteur ? Est-ce que j'avais détruit toute confiance entre nous ? Combien de temps faudrait-il pour que cette trahison s'infiltre en lui, érode son amour, l'empoisonne ?

Peut-être que les vices qui faisaient de lui un ifrit avaient pris racine en moi.

— Tu es libre, maintenant, dit une voix provenant de derrière.

Je hoquetai de surprise et me retournai, clignant des paupières pour chasser la pluie de mes yeux. On aurait dit la voix d'Ashan – et oui, c'était Ashan, chic et parfait comme un businessman, avec son costume gris et sa petite cravate. Ses yeux avaient pris la couleur de l'orage. Pas une goutte ne le touchait, bien sûr. Il se rapprocha, et là où il marchait, la pluie… s'évanouissait. Il s'arrêta à quelques pas, mais ne fit pas le moins du monde attention à moi ou à l'homme mort dans mes bras. Il était entièrement focalisé sur l'autre djinn.

— Espèce de connard, dis-je.

Ses yeux se décalèrent brusquement sur moi et me firent taire. Immédiatement. En me donnant en plus l'impression très claire que je n'étais qu'à un battement de cœur de rejoindre John dans le chœur céleste.

— Ce n'est pas à toi que je m'adresse, dit-il. Ferme-la, sac de viande.

— C'est donc à moi que tu t'adresses ? demanda l'autre djinn.

Il conservait un accent britannique, avec une diction saccadée, précise et très vieille école – ce qui contrastait de façon plutôt singulière avec la splendeur barbare de son look de rock-star albinos.

— Bien sûr. Je suis venu te donner l'opportunité de nous rejoindre.

— Timing providentiel.

Le sourire d'Ashan était froid et sans cœur.

— N'est-ce pas ?

L'autre djinn lui rendit son sourire. Ce n'était pas une vue rassurante.

— Je me retrouve libre pour la première fois. Pourquoi devrais-je abandonner cette liberté pour un autre maître, même s'il est aussi… important que toi ?

Ashan poussa prudemment le corps de John du bout de sa chaussure élégamment lustrée. Pas de brume révélatrice au niveau des genoux pour Ashan. Il était l'image même du slogan « Habillé pour gagner » de ces temps modernes.

— Eh bien, tout d'abord, parce que je suis celui qui t'a accordé la liberté en tuant *ça*, dit-il.

— Ce n'est pas la liberté si j'échange une forme d'esclavage contre une autre. (Le djinn haussa les épaules.) Pas très alléchant comme proposition, je dois dire. Et qu'est-ce que Jonathan en penserait ?

— Jonathan ? (Ashan déversa tout son mépris dans ce nom.) Veux-tu vraiment te placer du côté de celui qui a fait de nous des esclaves ?

Je frissonnais, glacée, trempée et hébétée, mais ces paroles me firent quand même tiquer.

— Quoi ?

Je n'avais pas l'intention de le dire tout haut, mais quand on entend quelque chose comme ça, la question vous échappe d'elle-même.

Cette fois, Ashan décida que j'étais digne de recevoir une réponse.

— Tu ne pensais tout de même pas que cette relation maître-esclave était l'ordre naturel des choses, n'est-ce pas ? Tu croyais vraiment que les *humains* se placent au-dessus des djinns ? L'ordre est perverti dans ce monde, petite fille, et c'est le cas depuis que *Jonathan* a donné aux gardiens le pouvoir de nous contrôler.

— Quand… combien de temps…

— Hier, dit doucement l'autre djinn. Pour nous, c'était hier.

Je n'allais pas recevoir de véritable réponse à cette question-là, je le vis bien ; Ashan avait dit ce qu'il avait à dire, et je n'avais désormais plus d'intérêt – sauf pour me désigner d'un signe de tête quand il voulait faire comprendre son mépris.

— Tu ne peux pas vouloir suivre Jonathan, dit Ashan. (L'autre djinn croisa son regard. Le tonnerre roula au-dessus de nos têtes, et ils attendirent tous deux que le grondement s'éteigne.) Si tu me suis, tu pourras en libérer d'autres.

— Tu veux dire tuer, dit calmement le djinn. Tuer des gardiens.

— Exactement. (Un sourire de loup, aux crocs aiguisés.) Allons, ne me dis pas que ça ne te tente pas. Tu peux commencer avec celle-là, si ça t'intéresse. Crois-moi, elle l'a bien cherché.

Le djinn tourna vers moi ses yeux blancs comme des diamants. Je pris une inspiration étranglée et fouillai frénétiquement dans les placards de ma réserve intérieure dépouillée, à la recherche de pouvoir, d'un peu de pouvoir, suffisamment pour me défendre contre lui. Ce que Jonathan m'avait offert était désormais réduit à quelques braises. J'avais utilisé tout ce que j'avais, mis à part ce qui me servait à vivre, et même cela ne durerait pas.

Le djinn secoua la tête, sourit légèrement et dit :

— Je ne me battrai pas pour Jonathan. Mais je ne tuerai pas pour toi, Ashan. Comme nous, les gardiens existent pour une bonne raison.

— Alors qu'est-ce que tu vas faire ? Vivre en solitaire ? En proscrit ? (Ashan ricana à cette perspective et fit un pas en avant. Je sentis la tension augmenter d'un coup entre eux.) Autant être mort, d'après moi.

Derrière lui, la porte de l'escalier s'ouvrit en grand. Silencieusement. Personne ne la tenait. Le flash d'un éclair illumina l'homme grand et mince qui se dressait dans l'encadrement.

Le visage de Lewis était dur, dénué d'expression et *très* effrayant.

— Laisse-le tranquille, dit-il en avançant sous la pluie.

Contrairement aux djinns, il n'essayait pas de s'en abriter, et il ne fit aucune déviation d'énergie tape-à-l'œil. L'eau se déversa sur lui, détrempant ses cheveux et les plaquant sur sa tête, imbibant sa chemise en coton, son tee-shirt et son jean en quelques secondes.

Il n'en avait tout simplement rien à faire.

Ashan se retourna pour lui faire face. Je sentis les crépitements de pouvoir augmenter d'un cran, mais cela ne ressemblait pas à un éclair. C'était quelque chose d'autre. Quelque chose… de plus gros. Un peu comme la résonance qu'il y avait entre Lewis et moi quand nous étions trop proches, sauf que c'était là une dissonance, une discordance, un chaos strident et déchirant.

— Il a le choix, dit Lewis. Il peut te rejoindre, il peut rejoindre Jonathan ou il peut aider les Ma'at à remettre tout ça en ordre. À rétablir l'équilibre des choses. Arrêter la violence et les meurtres. Parce qu'il faut que ça cesse, Ashan, avant que tout ne vire au cauchemar.

— Tu veux dire, tout dans le monde humain.

— Non. Je veux dire *tout*. Les djinns vivent ici, aussi. Et là-haut. (Lewis indiqua le monde éthéré d'un geste du menton.) Si tu es dans ce monde, tu en fais partie. Il n'y a pas moyen de faire autrement. Peut-être que tu crois que vous êtes sur Terre pour devenir des dieux, mais vous n'êtes pas des dieux, pas plus que nous. Nous sommes tous subordonnés à quelque chose d'autre.

— Eh bien, toi, peut-être, dit Ashan en brossant le rebord de sa veste de costume d'un petit geste négligent des doigts. Je dois te dire que je n'ai pas l'intention d'être subordonné à quoi que ce soit ou qui que ce soit. Plus jamais.

— Ce qui inclut Jonathan, j'imagine.

— Ce qui inclut tout à fait Jonathan.

— Aurais-tu par hasard essayé de lui en parler? Parce que je ne vois aucune cicatrice. À mon avis, tu dois l'éviter depuis que tu as fomenté ta petite rébellion.

Le sourire d'Ashan était mince, exsangue et fort peu amusé.

— Je ne suis pas venu ici pour échanger des traits d'esprit avec toi, humain. Va-t'en.

— Très bien. Nous autres humains, nous allons seulement…

— Pas celle-ci. Celle-ci est à moi.

Ashan tendit le bras et me saisit par l'épaule, et la vache, ça faisait mal. Premièrement, ses mains étaient dures comme du fer. Deuxièmement, elles n'étaient pas vraiment faites de chair, pas telle que je la concevais – pas le genre de chair que David portait toujours, ou même Jonathan. Ashan n'était qu'une illusion, et ce qui se cachait en dessous était acéré, douloureux et froid.

Je voulais qu'il arrête de me toucher, mais quand j'essayai de me dégager, ce fut comme de chercher à s'arracher d'un étau industriel.

Lewis se figea totalement. Oh, merde. Ça n'allait pas bien finir, et je n'avais vraiment aucune envie de me trouver au milieu. Lewis possédait des tonnes de pouvoir, qu'il utilisait rarement; la Terre était son point faible, les Cieux, son point fort. Il n'avait pas pu faire de miracles contre des tonnes de sable et un gamin mourant, mais là, sur ce terrain de jeux…

Il pouvait bien être l'égal d'un djinn.

— Lâche, dit Lewis.

Ashan eut un large sourire. Ce n'était pas sa meilleure expression, mais c'était certainement l'une des plus humaines que je l'avais vu arborer. Pour ne pas dire la plus effrayante. La pluie qui me frappait, froide comme de la glace, devint chaude comme du sang, avant de virer brûlante en quelques secondes. C'était dû au soudain accroissement de pouvoir qui flambait dans l'air autour de nous.

— Lewis…

Je n'eus pas l'occasion d'achever l'avertissement que je voulais lui lancer, car sans montrer le moins du monde qu'il s'apprêtait à agir, Ashan tenta brusquement d'enflammer Lewis.

Ce dernier repoussa l'attaque sans effort. J'avais consumé ce qui restait de mon pouvoir pour passer en Seconde Vue pendant que cela se produisait, me permettant de tout voir… un jaillissement de pouvoir incandescent filant vers lui, l'encerclant dans une bulle d'énergie, l'enserrant… avant de se dissoudre d'un simple geste de la main. L'énergie devint chaotique, rebondit vers Ashan, dévia pour s'écraser sur d'autres choses comme le tourbillon enragé de l'orage, qui l'aspira et la relâcha dans le ciel avec une nouvelle fusillade d'éclairs.

Lewis avait à peine *bougé*. Il était toujours si prudent avec son pouvoir, il le régissait si bien, qu'on oubliait facilement qu'il était, sans aucun doute possible, le plus puissant gardien qui vive. Il perdait rarement son calme, n'agissait pas sans songer aux conséquences… contrairement à moi. Mais quand il s'y mettait…

— Ashan, dit-il, et sa voix était devenue un grondement de velours grave qui me fit frissonner au cœur de mon être, si tu fais encore du mal à un gardien, je te détruirai si totalement que personne ne se souviendra de ton existence. Et je suis sérieux.

Ashan le fixa. Lewis lui rendit son regard sans bouger, dégoulinant de pluie et presque inhumain.

Comme s'il était composé des éléments mêmes qu'il contrôlait.

— Tu n'es pas éternel, dit Lewis. (Il y avait quelque chose dans ses paroles, dans leur profondeur et leur pouvoir, qui ne semblait pas vraiment humain.) Tu es né dans ce monde, et tu peux y mourir. Tu n'as nulle part où te cacher.

— Un humain ne peut pas menacer…

— Je te parle en tant que personne capable d'entendre la Mère chuchoter dans son sommeil. Tu crois vraiment que ça fait de moi un *humain* ?

Les yeux bleu-vert d'Ashan devinrent gris pendant une seconde, puis s'assombrirent de nouveau. Pas tout à fait sous contrôle.

— La Mère ne parle pas à la viande.

— Elle parle à des gardiens comme moi. Des gardiens qui détiennent toutes les clefs du pouvoir. Tu devrais t'en souvenir. Tu étais là quand Jonathan est mort en tant qu'humain.

La poigne froide comme l'acier d'Ashan se relâcha soudain et je basculai, enfin capable de m'écarter de lui. Lewis m'aida à me lever. J'étais glacée, tremblante et déraisonnablement faible, comme si le djinn avait aspiré quelque chose hors de moi. Je ne pouvais me permettre de perdre. Force. Indépendance. Espoir.

Le contact de Lewis me rendit tout cela d'un seul coup. En particulier l'indépendance, qui m'incita à repousser immédiatement son soutien.

— Je vais bien, dis-je. (Ses yeux sombres se posèrent sur moi et, pendant un bref instant, ils furent de nouveau ceux d'un homme, las et irritable.) Je peux m'en sortir toute seule.

— Je sais, dit-il. Pars. Quelqu'un te retrouvera en bas.

Je semblais incapable du moindre mouvement. Des gouttes de pluie crépitaient et s'accumulaient dans les yeux ouverts de John Foster.

— Ashan a tué John. Pourquoi ?

— Parce qu'il le pouvait, dit Lewis d'un air sinistre. Parce que John détenait quelque chose qu'il voulait.

Pendant une seconde, je crus qu'il parlait de moi, mais Lewis regardait ailleurs, en direction du djinn rock'n'roll albinos aux cheveux d'opale.

— Des recrues, poursuivit Lewis. N'est-ce pas, Ashan ? Tu as besoin de chair à canon. De djinns à jeter sur la route de Jonathan pour le ralentir, parce qu'il vient te chercher, et que lorsqu'il te trouvera, ce ne sera pas beau à voir.

L'autre djinn regarda Ashan et inclina la tête sur le côté. On ne pouvait lire aucune expression sur son visage, mais il me semblait voir son esprit acéré à l'œuvre. Ashan était un manipulateur, aucun doute là-dessus. Et l'autre djinn, qui le connaissait bien mieux que moi, devait sûrement le savoir.

— Descends, me dit Lewis.

— Pas sans toi.

Lewis laissa échapper un rire bref, presque silencieux.

— Crois-moi, je suis juste derrière toi. Tout ça n'était en grande partie que du bluff.

Le djinn albinos fit soudain un pas en avant dans un mouvement de panthère, la main levée. Ashan fit de même, adoptant une position défensive.

Lewis me poussa en direction de l'escalier.

— N'attends pas. Sors de l'immeuble. Je ne peux pas garantir qu'il ne s'effondrera pas, si ça devient violent.

— Lewis…

Il ne perdit pas de temps à discuter, mais se contenta de tendre le bras vers moi. Je sentis une rafale de vent me frapper pile au milieu du corps, me projetant à cinq pas où je rebondis contre la rambarde de l'escalier – et la porte claqua entre nous.

Quelque chose heurta le toit, de l'autre côté, avec suffisamment de force pour faire trembler tout l'immeuble. Je vis de la poussière tomber depuis le plafond, et j'entendis un grognement inhumain traverser l'air tandis que le béton et l'acier oscillaient.

Je retirai vivement mes chaussures, les fourrai dans mon sac à main qui pendait toujours à mon épaule, et commençai à dévaler les marches aussi vite que possible. Au cinquième étage, je tombai sur des personnes en train de quitter les lieux. *Merde*. Il y avait encore des gens dans l'immeuble. J'abandonnai ma tentative de fuite et franchis d'une poussée la porte coupe-feu, courant de bureau en bureau et secouant des boutons de porte en hurlant aux gens de se tirer d'ici. Au quatrième étage, un *open space* recelait encore quatre personnes aux oreilles couvertes d'un casque, inconscientes de tout ce qui se tramait. Je les arrachai à bras-le-corps de leurs fauteuils ergonomiques et les envoyai au pas de course rejoindre l'escalier. J'interrompis un couple en pleine action dans un placard à fournitures du troisième ; ils n'avaient pas encore fini d'enfiler leurs vêtements qu'ils couraient déjà vers la sortie.

Ella était introuvable. Je me demandai si elle avait été prévenue à l'avance de l'attaque, et si c'était le cas, de quel côté elle se trouvait. Si elle avait laissé John mourir, alors ce n'était sûrement pas le même côté que moi.

Les flics venaient de se garer sur le parking en compagnie des pompiers quand les évacués se déversèrent hors du bâtiment en hurlant. Chaos. Je sortis avec eux, avançai un peu sur le parking, puis fis volte-face en protégeant mes yeux de la pluie pour jeter un coup d'œil sur ce qui se passait sur le toit.

Il était en feu. Des silhouettes luttaient au cœur des flammes. C'était un sacré combat, là-haut, et on pouvait entendre le grondement continu du tonnerre tandis que la foudre frappait encore, et encore, et encore…

Sous mes yeux, le toit s'effondra sur les sept étages, et un monstrueux rugissement de flammes jaillit dans le ciel.

— Non ! hurlai-je en bondissant vers la porte.

Des bras se refermèrent autour de moi par-derrière et m'empêchèrent de bouger. Je donnai des coups de pied et me débattis, mais c'étaient des bras puissants, et de plus, je n'étais pas au meilleur de ma forme. Je parvins à me contorsionner suffisamment pour avoir un aperçu de celui qui me tenait, et sentis toute envie de combattre quitter mes muscles contractés.

Je ne connaissais pas le mec baraqué qui me faisait une fausse manœuvre de Heimlich, mais je connaissais le vieil homme chic qui se tenait auprès de lui, bien à l'abri de la pluie sous son parapluie noir. Il s'appelait Charles Ashworth II, et c'était l'un des membres supérieurs des Ma'at. Il était impeccablement vêtu d'un costume gris italien, d'une belle chemise blanche et d'une cravate bleue. Conservateur, tel était Ashworth… Il me faisait penser à une version plus vieille et plus amère d'Ashan, en fait. Il arborait toujours cette expression « je-sens-une-odeur-de-pourri » qui trahissait ce qu'il pensait du monde en général, et de moi en particulier.

— Lâche-la, ordonna-t-il, et le gros costaud desserra son étreinte. Ne soyez pas stupide, femme.

Vous n'êtes pas gardienne du Feu. Vous ne pouvez pas vous précipiter dans un bâtiment en flammes. Lewis, en revanche, peut en sortir sans aucun problème.

Il marquait un point. J'en fus contrariée.

— Qu'est-ce que vous faites là ?

Ashworth indiqua l'immeuble d'un coup de tête.

— Nous l'aidons.

— Vous l'aidez à faire quoi, exactement ?

— Cela ne vous concerne pas. (Ashworth donna un coup de sa canne noire et argentée sur l'asphalte pour souligner son propos.) Votre présence ici n'est ni nécessaire ni souhaitée, mademoiselle Baldwin. Je vous suggère de retourner à vos devoirs, pour autant que vous en ayez. Les gardiens semblent avoir besoin de toute l'aide possible, ces derniers temps.

Il prit un air content de soi en disant cela. J'eus envie de le cogner, ayant à l'esprit l'engagement simple et tranquille de John Foster dans son travail. Son courage. Sa grâce au combat.

Avant que je puisse lui suggérer une action sexuelle anatomiquement impossible, une silhouette sortit du chaos tourbillonnant par la porte de secours sur le côté. Lewis arborait des traces de fumée, mais il avait l'air d'aller bien. Je fis quelques pas dans sa direction, grimaçai quand le verre brisé entra en contact avec mes pieds nus, et fis une pause pour les nettoyer plus ou moins avant d'enfiler mes chaussures. Quand j'oscillai, sur le point de perdre l'équilibre, Lewis était déjà là, une main posée sur mon coude pour me soutenir, son attention fixée sur Ashworth.

Au-dessus de nous, la pluie diminua de façon notable. Encore Lewis, qui équilibrait tout ça. Il n'allait pas se contenter de s'en débarrasser, il allait laisser le vent l'emporter. Je ne parvenais pas à sentir les courants d'énergie, mais j'imaginais qu'il la faisait passer sans heurts dans chaque avenue sûre et dégagée. Il était très minutieux.

— Je ne suis pas arrivé à temps, dit-il. Foster était déjà mort.

— Et le djinn ? demanda Ashworth.

Lewis secoua la tête.

— Je ne sais pas. Au mieux, il est gravement blessé. Mais je ne pense pas qu'il rejoigne Ashan.

Ashworth pinça les lèvres et se retourna, sa canne heurtant le sol tandis qu'il se dirigeait vers un amas de parapluies groupés près d'un camion de pompiers. Apparemment, les Ma'at étaient venus en force. Non pas qu'ils puissent être d'une grande aide dans un combat. Aucun d'entre eux n'était un gardien en soi, sauf Lewis ; ils avaient du pouvoir, mais pas au même niveau que quelqu'un comme John Foster, ou même moi. De la pratique, mais pas de talent.

Enfin, peut-être qu'aujourd'hui, ils étaient au même niveau que le vieux chien battu que j'étais devenue. Ce qui ne m'apporta aucun réconfort.

— Ça va ? me demanda Lewis.

Je levai la tête et vis ses yeux noirs braqués sur moi.

— La pêche, assurai-je. (Il y avait un chevrotement dans ma voix.) Qu'est-ce que tu fous là ?

— J'essaie d'arrêter la guerre, dit-il.

Il profita du fait de me tenir par le coude pour m'éloigner d'un groupe de pompiers en train de dérouler leur tuyau incendie. L'immeuble brûlait toujours, mais beaucoup moins violemment. Je pouvais sentir un tambourinement de pouvoir, faible et distant – Lewis se chargeait de tempérer le brasier, de le rendre gérable. Il aurait pu l'anéantir, j'en étais certaine, mais Lewis souscrivait à la philosophie des Ma'at. Tout est équilibre. Il allait travailler pour remettre un semblant d'ordre dans tout le pouvoir qui avait été libéré.

— Quoi ? Tu vas arrêter la guerre à toi tout seul ?

— Bien sûr que non. (Il m'emmena en terrain neutre, quelque part entre les pompiers, les flics et les Ma'at, et me força à lui faire face.) Jo, j'ai besoin que tu me promettes que tu vas rentrer dans ton appartement, faire tes bagages et partir d'ici. Aujourd'hui.

— Je ne peux pas promettre ça.

Même si j'y avais songé, avant que ma voiture n'explose.

— J'ai besoin que tu le fasses pour moi. (Ses yeux cherchèrent mon visage.) Je ne peux pas m'inquiéter constamment de l'endroit où tu te trouves, de ce qui t'arrive.

Ses paroles me firent sortir de mes gonds.

— Je ne t'ai pas demandé d'être ma baby-sitter, Lewis ! Je peux m'occuper de moi-même, je l'ai toujours fait !

— Et si tu n'avais pas été vidée de ton énergie au point d'être presque absente en tant que gardienne dans le monde éthéré, je l'accepterais, répliqua-t-il. C'est David qui t'a fait ça ?

Je croisai son regard sans répondre. Il secoua la tête, les yeux étincelants de colère, et se détourna délibérément.

— Très bien, dit-il. Mais tu ne peux pas le laisser se nourrir de toi comme ça. Il va vous tuer, tous les deux.

— Je sais.

— Je suis sérieux. Il faut que tu le laisses partir. Il faut que tu brises la bouteille.

— *Je sais !* Jonathan me l'a déjà dit très clairement, crois-moi. (Je ne fis pas mention du contre-argument de Rahel. Je ne voulais pas qu'il sache que je n'avais encore rien décidé.) Je vais bien, bordel. Ne t'inquiète pas pour moi.

Il me lâcha à contrecœur et se retourna pour parler aux Ma'at, qui lui faisaient déjà impatiemment signe de rejoindre leur conciliabule.

C'est à ce moment que je vis Jonathan, debout en marge de la foule, les bras croisés.

Jonathan en personne, Maître de l'Univers djinn, en chair et en os. Commandant en chef dans ce qui pouvait bien devenir une guerre civile apocalyptique.

Il était déguisé en type ordinaire, vêtu d'un jean noir, de bottes solides et d'une veste en cuir brun, une casquette de baseball enfoncée sur les yeux. Comme pour Ashan, la pluie déviait sa course autour de lui. Je ne crois pas que quelqu'un d'autre pouvait remarquer le changement ; je doutais que quiconque puisse le voir à part moi.

Il se tenait à trente mètres, et il y avait des dizaines de gens entre nous, mais je sentis une secousse quand ses yeux se verrouillèrent sur moi. Je perçus une brûlure dans mes entrailles, rien de confortable, rien de semblable à ma connexion avec David, ou au pétillement de chaleur pure entre Lewis et moi.

C'était comme si j'appartenais à Jonathan, tout comme David m'appartenait. Était-ce donc ça qu'il ressentait ? Cette impression invasive, répugnante ? Comme si le moindre de ses souffles dépendait des miens ?

— Je t'avais prévenue, dit Jonathan, et la visière de sa casquette s'inclina d'un millimètre.

Le temps s'arrêta. Les gouttes de pluie se figèrent en filaments argentés scintillants.

J'étais maintenant dans le monde de Jonathan.

Il traversa le paysage silencieux, contournant les statues humaines sur sa route, la pluie s'éparpillant en fragments contre ce bouclier invisible qui le suivait.

— Je ne peux pas faire ce que tu veux que je fasse, dis-je quand il s'arrêta à trois mètres de moi. (Mes paroles résonnèrent platement dans l'air immobile, comme mort.) Si je le laisse partir, il va s'en prendre à toi, et ce sera la fin, non ? La fin de tout. Tu es important. C'est ce que Rahel essaie de me dire depuis la première fois que je t'ai rencontré. Tu es la clef de tout. Sans toi…

Il m'interrompit en pointant un doigt accusateur devant mon visage.

— Je t'ai dit ce qui allait se passer. Je te l'ai *dit*, Joanne. C'est une habitude, chez toi, de flirter avec la mort ? Parce que ça devient lassant. Tu portes un enfant, tu sais. Tu pourrais y consacrer quelques-unes de tes pensées quand tu marches au bord de la falaise en te morfondant sur ton amour impérissable.

— Il ne s'agit pas de moi. Il s'agit de toi. Je ne peux pas laisser David s'en prendre à toi, et c'est ce qu'il fera si je brise la bouteille.

— Merde ! (Son éclat de fureur était effrayant ; il explosa, évaporant la pluie dans un rayon de quinze mètres. Je sentis ma peau prendre un coup de soleil instantané.) Tu es toujours aussi stupide ou c'est un trait de caractère que tu réserves pour moi ? *Brise cette foutue bouteille, Joanne !*

— Non.

— Pas même pour vous sauver, toi et l'enfant.

— Non.

— Pas même pour sauver David.

Car c'était bien là ce dont il était question, réalisai-je. Pas le monde, pas la guerre, pas moi. David. Sa dévotion pure et constante envers David, qui était son ami depuis un temps si reculé que je ne pouvais même pas l'imaginer.

Qui était mort dans ses bras, en tant qu'humain.

— Parce que je peux le sauver, dit Jonathan. Je sais comment.

— Ouais, dis-je sans le lâcher du regard. Moi aussi, je sais. Tu meurs, il vit. Et tous les autres alors, qu'est-ce qu'ils deviennent ?

Il y avait des galaxies dans ses yeux. Un pouvoir vaste et infini, mais qui ne lui appartenait pas en propre. Il était un conduit. Une fenêtre ouverte sur quelque chose de plus grand que n'importe qui d'entre nous, djinns ou humains.

— Il prend ma place, dit Jonathan. Il vit. Tu vis. Le bébé vit. Il est suffisamment puissant pour vaincre Ashan. Je suis trop crevé pour ça ; j'ai tenu la boutique pendant trop longtemps. J'ai fait trop d'erreurs, et il nous faut un nouveau départ.

Oh, mon Dieu. Ashan n'avait pas brutalement décidé de se rebeller… Il avait juste détecté quelque chose : la faiblesse de Jonathan, si on pouvait qualifier quelqu'un comme lui de faible. Il ne voulait tout bonnement plus continuer.

— Non, dis-je encore. Tu ne peux pas faire ça. Je suis désolée, mais tu vas devoir te bouger, arrêter Ashan et tout remettre en place comme avant. Je ne vais pas t'aider à te suicider en utilisant David.

Il me contempla pendant un long moment, dans cet endroit calme et silencieux où le temps n'existait pas. Et je sentis quelque chose comme un frisson parcourir le monde.

Il leva les yeux vers le ciel pendant une seconde, à l'écoute, puis il secoua de nouveau la tête.

— C'est ton ultime réponse ? demanda-t-il.

Quelque chose dans son expression faillit me faire changer d'avis, mais je ne pouvais pas, je ne pouvais tout simplement pas laisser ses désirs et son désespoir mener la danse. C'était trop important.

— Oui, dis-je. Je ne vais pas relâcher David.

— Tu vas le tuer. Et il va te détruire.

— Alors qu'il en soit ainsi. Maintenant, mets-toi au boulot et fais avancer les choses. Le monde est plus important que David et moi, et bordel, il est plus important que ton envie de mourir !

Il me détestait. Je sentis sa haine, puissante comme de l'acide versé sur une plaie béante.

— Tout ce que j'ai à faire, c'est te tuer, dit-il. (C'était à peine un murmure.) Tu le sais, n'est-ce pas ? Tu meurs, le bébé meurt, et je n'ai plus qu'à faire exactement ce que je veux. Tout le monde y gagne, sauf toi.

Pendant une seconde étouffante, je crus qu'il allait le faire. Je pouvais sentir cette impulsion brûler en lui, je pouvais voir la manière dont cela se produirait – ses mains autour de ma tête, la tournant avec une force choquante, ma colonne se brisant avec un craquement semblable à du papier froissé. L'affaire d'un court instant.

Je me souvins de Quinn, impuissant sur le sol, toussant du sang. La terreur dans ses yeux, à la fin. Jonathan n'avait même pas eu une hésitation.

— Je sais, dis-je. Si tu as les couilles de le faire, vas-y. Ne me fais pas attendre.

Il me fixa pendant une seconde, de ses yeux sombres et sauvages, puis il sourit.

Il sourit.

Il tendit la main, suivit lentement du doigt la courbe de ma mâchoire et s'en alla. Les mains dans les poches. La pluie se fracassant dans son sillage.

Puis le temps se remit brutalement en place dans une vague enfiévrée, et le monde bougea.

Il était parti.

Et il y avait quelque chose de très, très, *très* anormal chez moi.

Je poussai un cri, les mains croisées sur mon ventre, et je sentis un vide soudain à l'intérieur. L'étincelle avait disparu, le potentiel, l'enfant que David avait placé en moi.

Je sentis s'enfuir la dernière parcelle de l'énergie que m'avait donnée Jonathan. Ma vision devint grise et brouillée, et mes genoux cédèrent.

Je tombais.

Respirer demandait trop d'effort. Il ne restait plus rien en moi pour me faire vivre. J'étais un trou noir, vide, solitaire, et je mourais sous la pluie.

David. Je ne pouvais même pas l'appeler. Et s'il venait, ce serait encore la mort, une mort plus rapide, sans amour et sans réconfort.

Des bras chauds me cueillirent. Des doigts glissèrent sur moi pour se refermer sur ma main flasque, et tandis que le monde se condensait en un seul minuscule point noir, je sentis une pulsation chaude de pouvoir traverser ma peau, mes os, mon corps. Chaude comme le soleil, liquide, soyeuse et riche.

Ce n'était pas assez.

Mes yeux étaient toujours ouverts, et un peu de couleur tournoya dans le gris, mais j'étais incapable d'y voir clair ou de ciller. Lewis était penché sur moi. Il avait l'air pâle et désespéré. Il prit mon visage en coupe dans ses mains, observa mes yeux, puis déchira mon tee-shirt et posa ses mains sur mon ventre, là où l'impression de vide se faisait le plus ressentir.

La pulsation revint, une vague lente et délibérée qui palpitait en moi pour s'amasser quelque part juste en dessous de mon nombril, comme de l'or fondu.

Elle se fit aspirer.

Je partais, je… partais.

— Oh non, ça ne va pas se passer comme ça, gronda Lewis.

Je le sentis souffler dans ma bouche ouverte, sa vie se déversant dans la mienne avec une telle puissance et une telle rage que le vide ne pouvait pas y résister. C'était David, ce vide. C'était comme ça que j'allais mourir, aspirée par cette noirceur, et il resterait piégé, seul, pour toujours une créature poussée par la faim et incapable d'arrêter de se nourrir…

Je ne voulais pas que tout ça se finisse en cauchemar.

Je ne pouvais pas laisser les choses se terminer ainsi.

Je respirai.

Lewis était toujours penché sur moi, pantelant, frissonnant, et je vis la lumière dorée qui continuait de couler depuis ses doigts jusque dans mon ventre, torrent bouillonnant de vie.

Je repoussai sa main d'une tape et il se pencha en arrière, s'appuyant tant bien que mal sur l'asphalte mouillé, la tête baissée. Il prenait de grandes goulées d'air comme s'il avait failli se noyer.

J'étais quasiment sûre que c'était le cas. Je l'avais presque emporté dans ma chute.

— Bordel, dit-il furieusement. Ça te plaît de mourir, ou quoi ? Tu ne peux pas te trouver un nouveau passe-temps ?

— La ferme.

J'avais voulu le dire d'un air rebelle, mais ce ne fut qu'un chuchotement ébranlé et rauque. Je me recroquevillai sur le flanc, fouettée par la pluie, glacée jusqu'aux os, mais avec une chaleur riche et dorée qui me soutenait, quelque part dans les profondeurs de mon corps. Son cadeau, comme celui de Jonathan, mais contrairement à lui c'était un pouvoir de type humain, et mon corps était déjà en train de l'accepter. De se renouveler.

J'expirai dans un soupir en fixant Lewis, et je vis ses pupilles étroites devenir d'immenses cercles noirs.

Je sentis la résonance commencer à croître entre nous.

La pulsation augmenta en vitesse, me tirant comme un courant.

Je fermai les yeux et montai dans le monde éthéré. Ce fut facile, élégant et parfaitement contrôlé.

— Qu'est-ce qui s'est passé ? demanda Lewis.

— Jonathan, murmurai-je. (*Il a kidnappé mon enfant.* Je ne pouvais pas le dire à voix haute, je ne pouvais pas expliquer tout ce que j'avais compris, allongée sous la pluie, et sûrement pas devant Lewis.) Il ne va pas se battre. Ashan va gagner.

Lewis inspira brutalement, comme s'il envisageait des implications que je ne pouvais imaginer.

— Ce n'est pas possible.

— Eh bien pourtant ça va se produire, alors tu ferais mieux de trouver un plan.

— Joanne, il n'existe aucun plan pour ça. (Il eut l'air misérable, tout à coup – fatigué, trempé jusqu'à l'os, glacé.) Si nous perdons Jonathan, nous perdons tout. Il est comme la clef de voûte d'une arche. S'il disparaît…

— Tout s'effondre, complétai-je.

Je trouvai lentement la force de m'asseoir, puis je tendis la main vers lui sans rien dire. Il m'aida à me redresser. Tous mes membres semblaient plus ou moins bien fonctionner.

— Tu m'as dit de partir. Où pourrais-je être en sécurité face à ça ?

— Nulle part. Écoute… je ne sais pas. Je vais essayer de le trouver, de lui parler. Pendant ce temps, rentre chez toi. N'utilise ce que je t'ai donné que pour te défendre. Ton corps a besoin de temps pour se reconstituer. (Sa voix était sourde et satinée, et j'essayai de respirer normalement. Rien à faire du côté de mon rythme cardiaque, qui bondissait comme un fou.) Reste en vie pour moi.

— Je vais essayer, dis-je. (Ma propre voix était au moins une octave plus basse que d'habitude. Je m'éclaircis la gorge et ouvris les yeux pour le regarder.) Merci.

Il se tourna à demi, puis fit brusquement volte-face, m'empoigna et m'embrassa.

Je veux dire, il *m'embrassa*. Ce n'était pas «une petite bise sur la joue et soyons potes»; c'était chaud, moite et désespéré et *waouh*. Après le premier moment de choc, je retrouvai mes esprits et posai les mains sur son torse afin de le pousser avec assez de force pour rompre le contact et le faire reculer de quelques pas.

Nous ne dîmes rien. Il n'y avait pas vraiment grand-chose à dire. Il n'allait pas s'excuser.

Je n'étais pas sûre de vouloir qu'il s'y essaie. C'était une sorte d'au revoir, et nous le savions tous les deux.

Ce fut cela, plus que toute autre chose, qui me montra à quel point nous nous rapprochions de la fin du monde.

Il rejoignit les Ma'at et pencha la tête pour écouter ce que Charles Ashworth avait à lui dire – et apparemment la liste était longue, avec sans doute en tête l'inopportunité d'une relation avec moi. Je marchai donc à leur rencontre.

— Vu que l'éclair a bousillé ma caisse, j'ai besoin qu'on me transporte, dis-je. Ou du moins qu'on me prête une voiture.

Ashworth, qui en possédait sans doute toute une flotte, fronça les sourcils puis fit un signe de tête en direction d'un de ses sous-fifres – une jeune femme aux cheveux coupés en brosse, portant un costume sur mesure élégant et des chaussures qui, j'en étais presque certaine, provenaient de la dernière collection automnale de Stuart Weitzman. Je fus surprise de constater qu'il engageait des gens doués du sens de la mode. Il ne me faisait pas vraiment l'effet d'un mec branché.

Elle me lança un jeu de clefs, l'air maussade.

— Ne me la cabossez pas, dit-elle.

— Vous m'offensez.

Je passai en revue les voitures intactes du parking. Je contemplai avec espoir le charme d'un coupé sport BMW garé près de la rue, mais sa caisse s'avéra être autre chose.

Oh, grands dieux.

Même en considérant l'enfer qu'était devenue ma vie, je crois que je n'étais vraiment pas prête, à ce point de mon existence, à conduire un minivan.

Jonathan m'avait laissée pour morte. Cela signifiait qu'il n'allait sans doute pas revenir me voir pour se venger – du moins, pas pendant un certain temps. Et je n'avais pas l'impression que cela avait été de la cruauté, de sa part… juste une sorte d'indifférence dure comme fer. J'avais cessé de lui être utile, et il n'allait pas perdre son temps.

Je grimpai dans le minivan, qui faisait exactement la taille d'un petit yacht, et démarrai. Pas de moteur hautes performances en vue. Je m'adossai dans le siège du capitaine et laissai l'air froid souffler sur mon visage et sur mes cheveux dégoulinants pendant une minute, tout en essayant de toutes mes forces de ne pas penser à ce qui s'était passé sur le toit.

Je pêchai mon portable dans mon sac à main et composai le numéro de Paul Giancarlo. Il ne répondit pas. Je laissai un message vocal, faisant état de la mort de John Foster avec autant de détails que je l'osais, puis je passai un coup de fil au Centre de crise des gardiens pour leur dire qu'ils étaient officiellement à court d'officiers régionaux. La fille à l'autre bout de la ligne (mon Dieu qu'elle avait l'air jeune) avait une voix brusque et apeurée, et je me demandai combien d'appels similaires elle avait reçus. Ils étaient manifestement déjà en mode urgence, car des désastres tels que les tempêtes, les séismes et les feux de forêt allaient se manifester, et il n'y avait aucun gardien de haut niveau armé d'un djinn pour les combattre. En fait, ce jour pouvait marquer le début du genre de catastrophes qu'on n'avait pas vues sur Terre depuis le Déluge. Ce type d'événements s'ajoutaient les uns aux autres, se nourrissaient de leurs énergies respectives.

— Fait chier, murmurai-je en jetant le téléphone sur le siège passager.

Les pompiers étaient en train d'en finir avec l'incendie, même si j'étais certaine que le feu s'était éteint suite à l'intervention de Lewis et non grâce à la brigade « tuyaux et échelles ». Lewis et les Ma'at étaient groupés dans un coin du parking, pris dans une sorte de sérieux conciliabule. Les occupants de l'immeuble erraient ici et là, noircis par la fumée, l'air perdu. Certains respiraient de l'oxygène dans un masque mais, dans l'ensemble, les dégâts avaient été remarquablement mineurs.

John était la seule victime.

Sur le toit, il avait bien failli y avoir deux cadavres au lieu d'un, mais je ne voulais pas penser à ça. À la place, je tournai mon attention vers mon tout nouveau moyen de transport (d'emprunt). Le van était si propre qu'on aurait cru un véhicule de location, mis à part quelques détails montrant qu'il avait été utilisé, comme un porte-CD personnalisé fixé derrière le pare-soleil, côté conducteur.

Le rétroviseur me renvoya l'image d'une femme épuisée aux airs de chien mouillé, avec des cercles noirs sous les yeux et une chevelure terne, peu séduisante. Je dépensai une étincelle de pouvoir pour sécher mes cheveux et mes vêtements. J'avais l'air mûre pour gagner un concours de sosies de Morticia Addams mais, pour une fois dans ma vie, j'avais de plus gros problèmes que ma vanité.

Je pris un CD de *Modest Mouse*. Le van ne correspondait pas précisément au style de Joanne Baldwin, malade de la vitesse, mais au moins il avait des roues et il pouvait me ramener à la maison. J'avais désespérément envie d'être chez moi. Peut-être que David était un ifrit, peut-être que ma sœur était tour à tour tarée et chiante, mais au moins c'était… chez moi.

Tout ça va bientôt disparaître, chuchota une voix en moi. *Tout ce qui t'entoure. La ville, les gens, la vie que tu connais. Quand Jonathan disparaîtra, tout disparaîtra. Est-ce que tu es prête pour ça ? Est-ce que tu es prête à rester à l'écart en laissant tout cela se produire ?*

Jonathan offrait de mourir pour David. J'étais consciente qu'il y avait un noyau de jalousie obstinée en moi, et ce n'était pas très honorable, mais ce n'était pas ça qui me retenait de choisir sa solution au problème. Si je relâchais David, s'il s'en prenait à Jonathan et le tuait (et d'après les dires de Rahel, c'est ce qui arriverait sans doute) alors j'aurais perdu David trois fois. D'abord quand il était devenu un ifrit ; puis quand il serait devenu le meurtrier de son frère et ami. Enfin, quand il se transformerait en ce qu'était Jonathan… et je ne pensais pas que cela laissait beaucoup de place pour moi.

Car il s'agit bien uniquement de toi, non ?

Non, il ne s'agissait pas que de moi, car j'avais quelque chose à défendre, et je ne pouvais pas l'ignorer.

Jonathan avait pris mon enfant djinn. Je m'étais d'abord dit qu'il avait fait ça parce qu'il n'était qu'un connard cruel, mais en y repensant, peut-être avait-il seulement essayé de préserver quelque chose de David. Même si c'était quelque chose qui provenait de moi. Il savait que je mourrais si je refusais d'abandonner la bouteille de David, et que ce dernier serait perdu pour lui.

S'il vous plaît, faites qu'elle soit avec lui. Qu'elle existe, d'une manière ou d'une autre. Qu'elle ne soit pas seulement…

Seulement partie.

Dans l'abri du minivan, où personne ne pouvait me voir, je craquai. Toute la fureur, toute la peur, toute la douleur s'exprimèrent en sanglots brusques et déchirants, en coups de poing sur le volant, en véritables hurlements de rage. Ce n'était pas normal, les choses n'auraient pas dû être comme ça – je n'étais pas arrivée jusque-là pour voir le monde mourir autour de moi. Ou pour laisser David glisser dans les ténèbres.

Ou pour perdre un enfant que je connaissais à peine.

Il y a une réponse, me dis-je à moi-même en appuyant les mains sur mes yeux avec tant de force que je vis des étoiles blanches, les larmes maculant mes joues de voiles froids. *Il y a une putain de réponse à tout ça, il doit y en avoir une.*

La foudre frissonna, brute et incontrôlée. Elle frappa un transformateur de l'autre côté de la ville et en fit jaillir une cascade d'étincelles bleues et blanches. Plusieurs pâtés de maisons virent leurs lumières s'éteindre et, dans le ciel, les nuages arrivèrent en tourbillonnant depuis l'océan, portant l'odeur de la pluie et la promesse d'événements plus graves.

Il fallait que je rentre à la maison.

Quand je franchis enfin d'un pas lourd les marches menant à mon appartement, j'étais épuisée, repoussante, pleine de traces de suie et démoralisée. Maintenant que j'étais de nouveau remplie d'un pouvoir d'emprunt, je pouvais sentir le bouillonnement incroyable du monde éthéré, reflété par la fureur sauvage du ciel. La pluie n'était rien par rapport à ce qui approchait. Je me demandai comment Marvin le Magnifique allait tourner ça en sa faveur. Il produirait sans doute à toute vitesse des prévisions révisées, et ordonnerait à Ella de faire en sorte qu'elles soient correctes – non pas que cette dernière puisse faire quelque chose, à ce stade. Les éléments étaient beaucoup trop chaotiques pour que n'importe quel gardien puisse tenter de les influencer.

Avec la mort de John Foster, et la loyauté très discutable d'Ella, cette partie de la Floride était à peine protégée. La même chose était sans doute vraie sur toute la côte est. Les gardiens se désintégraient, et les djinns se moquaient des conséquences. Et les gens ordinaires, ceux que les gardiens avaient juré de protéger ? Ils étaient parfaitement inconscients de ce qui se préparait.

Au moins je pouvais protéger Sarah. C'était déjà quelque chose.

J'extirpai mes clefs de mon sac, déverrouillai la porte d'entrée et pénétrai…

…dans l'appartement de quelqu'un d'autre.

Pendant un bref instant irréel, je crus *vraiment* que j'étais entrée dans le mauvais appartement, prouvant ainsi la véracité de la légende urbaine voulant que les clefs d'appartement ouvrent toutes les portes du même immeuble… mais je reconnus alors quelques petits détails familiers.

La marque dans le mur près de la télé – qui était désormais un écran plasma de la taille d'un petit théâtre. Les photos sur la table basse, représentant maman, Sarah et l'un de nos grands-parents – même si elles avaient de nouveaux cadres, argentés, tous assortis. L'un des tapis sur le sol me semblait familier. Il avait une tache de café, produite un matin où j'avais trébuché dessus, à moitié endormie.

Mis à part ces quelques points de repère, c'était un tout nouvel endroit.

Je restai immobile sur le pas de la porte, sous le choc, les yeux écarquillés, et Sarah sortit avec empressement de la cuisine, le souffle court, s'essuyant les mains sur un torchon.

— Te voilà ! s'écria-t-elle en jetant ses bras autour de moi, avant de reculer immédiatement. Beuh ! Tu as une odeur atroce, où est-ce que tu es allée ?

— Dans un incendie, répondis-je d'un ton absent. Qu'est-ce que c'est que… ?

D'une manière typiquement Sarah, elle passa complètement au-dessus de ma réponse, fit volte-face et exécuta carrément une pirouette Mary Tyler Moore au beau milieu du salon.

— Ça te plaît ? Dis-moi que ça te plaît !

Je la fixai en essayant de comprendre de quoi elle parlait. Tout cela n'avait aucun sens.

— Euh…

Elle rayonna.

— J'avais envie de compenser le fait d'avoir été un fardeau pour toi. Franchement, tu as été une vraie sainte ces derniers jours, et tout ce que j'ai fait, c'est vivre à tes crochets. (Elle avait l'air si radieuse et lumineuse, si excitée.) Chrétien a fini par me verser un chèque de pension alimentaire ; il est arrivé ce matin – évidemment, ces idiots à la banque refusent de me donner du liquide en échange, ils doivent le garder jusqu'à ce qu'il soit encaissé, mais Eamon m'a prêté de l'argent en attendant. Alors j'ai décidé de te faire un relooking !

Un relooking ? Je clignai des paupières. Je n'aurais pas refusé d'aller me faire pomponner quelque part, c'est vrai, mais en plein milieu d'une apocalypse en approche, ce n'était peut-être pas la meilleure idée du monde…

Oh. Elle parlait des meubles.

— C'est superbe, non ? Il y a un nouveau canapé, des chaises, et la télé, bien sûr. Eamon m'a aidée à la choisir. (Elle prit ma main et me tira à sa suite vers les chambres. Elle ouvrit en grand la porte de la sienne.) Je me suis débarrassée de cet horrible style vieille France, et j'ai choisi de l'érable… Tu sais, j'ai regardé ces émissions de décoration intérieure sur BBC America, et ils ont des idées géniales, tu ne trouves pas ? C'est tellement excitant. Regarde comme les oreillers bordeaux s'accordent bien avec la peinture à l'éponge des murs…

Tout ce qu'elle disait se dissolvait en bulles de mots dénués de sens. De toute évidence, Sarah avait touché de l'argent, et de toute évidence, elle avait fait les magasins. Sa chambre à coucher ressemblait à la vitrine d'un magasin de meubles, avec du bois luisant extrêmement poli et un dessus-de-lit en dentelle sur une sorte de couverture satinée. Chaque détail était d'une précision chirurgicale. Elle avait dû y passer des heures, un livre de Feng Shui à la main.

— Sympa, dis-je d'un air hébété. Oui, c'est génial. Écoute, j'ai juste besoin de prendre une douche et de m'allonger un moment…

— Attends ! Je n'ai pas fini !

Elle me pilota jusqu'à la porte d'à côté.

Ma chambre avait… disparu. Vidée. Il y avait un nouveau lit, en laque noire, aux lignes élégantes, et une tête de lit incrustée de nacre suivant des motifs géométriques. La commode trapue manquait à l'appel, remplacée par quelque chose qui ressemblait à un immense meuble d'apothicaire chinois, du même noir laqué, avec des touches de bronze. Mes bibelots (même s'il y en avait peu) avaient disparu, remplacés par des statuettes de chiens-dragons rouges et des déesses en jade. Très élégant et apparemment très coûteux.

J'intégrai lentement tout cela. Mon cerveau avait eu trop de chocs à gérer, aujourd'hui. Je n'étais pas préparée à être la victime d'une guérilla version *On a échangé nos maisons*. Je venais tout juste de passer à un cheveu de la mort, *deux fois*, pour l'amour du ciel. Je n'étais pas prête pour une redécoration.

— Alors ? demanda anxieusement Sarah. Je sais que les murs sont toujours ordinaires, mais je me suis dit qu'on pourrait aller dans un de ces magasins pour la maison, plus tard dans la semaine. On pourrait acheter quelque chose pour faire de la peinture à l'éponge, ici – peut-être or métallisé, qu'est-ce que tu en penses ? Et des coussins. Je n'ai pas pris assez de coussins.

Mes yeux dérivèrent du côté de la table de chevet.

Elle avait disparu.

Disparu.

À sa place se dressait une autre table en laque noire, avec un petit tiroir délicat au lieu des deux gros tiroirs que j'avais avant.

Je me libérai de ma paralysie, me dégageai d'un coup sec de l'étreinte de Sarah et bondis vers la table de chevet. J'ouvris le tiroir et découvris la collection habituelle de babioles qui avait tendance à s'accumuler dans de tels endroits. Des livres. Des magazines. Une petite mallette de maquillage à fermeture éclair qu'elle n'avait pas ouverte, je l'espérais sincèrement.

Quelques objets manquaient. Des tubes à moitié vides de crème pour les mains, par exemple. Des catalogues de vente périmés.

La mallette contenant la bouteille de David.

Je me retournai pour regarder Sarah, et ce qu'elle lut sur mon visage la fit reculer d'un pas.

— Où est la mallette rembourrée ? demandai-je.

— Quoi ?

Elle fit un autre pas en arrière. Je la suivis, consciente que je devais avoir l'air dangereuse, et m'en fichant complètement.

— Sarah, je ne vais pas te le demander une seconde fois. *Où est la mallette rembourrée avec la foutue bouteille à l'intérieur ?* hurlai-je.

Je me jetai sur elle et la poussai contre le meuble de rangement. Des chiens-dragons et des déesses tressautèrent nerveusement derrière elle. Les yeux de Sarah s'écarquillèrent sous le coup de la panique.

— La mallette... il y a encore une mallette là-dedans...

— L'AUTRE !

Je ne savais pas que je pouvais crier aussi fort. Mes propres tympans me faisaient mal.

Sarah avait l'air positivement terrifiée.

— Eh bien, euh... oui... il y avait une autre mallette... elle n'est pas là ? Tu avais, euh, des flacons de crème vides et des trucs... et... tu voulais les garder ? Pourquoi est-ce que tu voudrais les garder ? Jo, je ne comprends pas ! Ce n'étaient même pas des formules spécifiques !

J'avais envie de la tuer. Je réalisai que j'étais en train de faire de l'hyperventilation ; je vis des points noirs et la lâchai avant d'agir impulsivement. Je luttai pour garder le contrôle.

— Sarah, dis-je avec une précision impitoyable, qu'est-ce que tu as fait de la mallette à fermeture éclair qui était dans la table de chevet et qui contenait une bouteille ?

Elle devint pâle comme un linge.

— Je ne sais pas. C'est important ?

— Oui !

— Eh bien, je-je… elle devrait être là, je croyais avoir tout sorti… Peut-être, euh, peut-être que je l'ai laissée dans l'ancienne table de chevet.

Je n'avais pas le temps.

— Où est-ce que tu as mis les vieux meubles ?

Elle se mordit la lèvre et tordit ses mains avec angoisse.

— Hum… les types des meubles l'ont prise. Je leur ai offert un extra pour qu'ils emmènent tout à la décharge.

D'une seconde à l'autre, maintenant, j'allais perdre le contrôle. Je chancelai de côté et finis assise au bord du lit. Le matelas se creusa doucement, avec une fermeté qui trahissait la présence de mousse à mémoire de forme. Sarah avait fait de son mieux pour me rendre heureuse. Sauf qu'elle avait fait exactement ce qui allait détruire ma vie à coup sûr.

Et peut-être la vie de tout habitant sur cette planète, si je poussais les choses jusqu'à leur conclusion logique.

Je baissai la tête et m'obligeai à me concentrer, pour être calme et posée.

— Qu'est-ce que j'ai fait ? demanda-t-elle d'une voix douce de petite fille. Jo, dis-moi, qu'est-ce que j'ai fait ?

Je ne pouvais pas vraiment lui expliquer qu'elle venait de balancer l'amour de ma vie dans une benne à ordures. *Oh, mon Dieu, David…* C'était surréaliste, c'était tellement ridicule.

Sarah, bien sûr, en tira exactement la mauvaise conclusion. Elle posa ses mains sur sa bouche, les larmes aux yeux, et risqua :

— Oh, mon Dieu, Jo… Est-ce que c'étaient des drogues ? Est-ce que tu prends de la drogue ? Est-ce que j'ai jeté ta came ?

Je ris. Je fus incapable de m'en empêcher. Ce fut une sorte de son désespéré et empreint de folie ; je couvris mon visage de mes mains et restai là pendant un moment, tremblante. Inspirant péniblement une goulée d'air après l'autre.

La main de Sarah se posa sur mon épaule, chaude mais indécise.

— J'ai   merdé, dit-elle. Je le comprends. Je suis désolée. Écoute, je ferai tout ce qu'il faut pour la récupérer. Je suis désolée, crois-moi, je pensais… nous pensions que nous faisions quelque chose de bien pour toi…

Oh ouais, c'était bien. J'avais un appartement rempli de meubles dont je ne voulais pas, les djinns étaient en guerre, les gardiens mouraient et mon petit ami était parti à la poubelle.

Je me levai et marchai jusqu'au placard.

— Jo ? Où est-ce… où est-ce que tu vas ?

Je ne la regardai même pas et sortis un jean à la solidité industrielle, puis jetai mes chaussures de marche sur le lit tout neuf.

— Nous, corrigeai-je. Nous allons faire les poubelles. Habille-toi.

JE NE SAIS pas si vous êtes déjà allés dans la décharge d'une grande ville au crépuscule, mais c'est vraiment une aventure. Je m'étais préparée au pire en venant ; mon jean bleu défoncé, un tee-shirt épais à manches longues, des chaussures de marche, les cheveux remontés en un chignon, un masque et des gants. Sarah portait un jean tout neuf, un petit haut rose délicat et de vieilles tennis. Après une séance de persuasion à voix forte, elle avait renoncé à ses nouvelles chaussures luxueuses.

Au moins, la pluie s'était arrêtée. S'il y avait eu un orage, je crois que même moi j'aurais été incapable de la forcer à sortir.

Armées du nom du magasin de meubles, nous arrivâmes à la décharge une heure avant la fermeture, et remontâmes la piste de la livraison jusqu'à une énorme fosse réservée au mobilier, appareils ménagers et autres déchets volumineux. Des camions arrivaient encore. Alors que je garais le minivan, un camion commercial s'approcha de la pente en activant son alarme de recul et inclina lentement son plateau.

Une avalanche de métal tordu, de vieux meubles en morceaux et de télévisions fichues rejoignit l'immense tombe.

Sarah s'agitait déjà avant que je ne gare le maman-van.

— Oh, mon Dieu ! Jo, ça sent mauvais ici !

— Oui, dis-je avant de lui tendre un masque et des gants. Tu es sûre que tu l'as laissée dans le tiroir de la table de chevet ?

— Oui, pourquoi ?

— Parce que sinon nous devons aller dans l'autre fosse. Celle qui contient les déchets biodégradables comme la nourriture pourrie et les couches sales. Et crois-moi, tu préféreras celle-là.

Elle frissonna et se pinça le nez.

— Gue suis sûre. (Elle ressemblait à une comédienne farfelue des années quarante.) C'est horrib' !

— Ouais, sans déconner. Fais gaffe aux rats.

— Aux rats ? couina-t-elle.

— Aux rats. (J'avais eu une amie, autrefois, que son boss avait envoyée récupérer des papiers juridiques dans un sac-poubelle à la décharge. Je décidai de ne pas parler des terrifiants cafards à Sarah.) Prends la lampe-torche. Il va sans doute faire sombre en bas.

— Sombre ?

Les velléités de Sarah à arranger les choses s'évaporaient rapidement et se compliquaient de compléments du genre « si ça ne te dérange pas » et « tant que je ne me salis pas les mains ».

Je l'ignorai, ouvris la portière et sortis. Les ordures les plus récentes semblaient avoir été déposées du côté droit, et je fouillai du regard la masse de saloperies pour essayer de repérer quelque chose de familier. C'était comme de chercher à identifier des morceaux de votre vie après une tornade, vos objets personnels réduits en purée, transformés en ordures. Je ravalai un sentiment de panique étouffant et continuai de scruter de manière systématique. D'après le plan qu'ils m'avaient donné, le magasin de meubles avait dû tout déposer en E-7. Bien sûr, la carte d'une décharge manquait de points de repère, mais vu que le responsable enjoué vêtu de flanelle avait dit qu'ils vidaient actuellement en E-12, cela réduisait l'éventail des possibilités. J'examinai les ordures, qui avaient toutes l'air, eh bien, identiques, et j'aperçus enfin un fragment blanc dans tout ce gris et ce brun.

Je sautai du rebord en terre tassée jusque dans la fosse, m'appuyai d'une main contre le mur et commençai à me frayer précautionneusement un chemin sur la pile de déchets. C'était dangereux. Des angles pointus, des clous et du métal déchiqueté. Du verre. Des miroirs brisés. L'endroit tout entier était une piqûre de tétanos à retardement.

Même si j'étais entièrement concentrée sur la mission en cours, mes yeux ne cessaient de s'arrêter sur des objets intéressants. Une malle cassée en érable tigré qui semblait ancienne. Une énorme table en tek, magnifiquement intacte, et qui le resterait certainement jusqu'à ce que le soleil consume la terre, vu la dureté du tek – je n'arrivais pas à croire que quelqu'un ait réussi à la faire bouger. J'en étais fatiguée rien qu'à la regarder.

Je trébuchai sur une grosse marmite en bronze cabossée et faillis tomber dans un placard en acier, mais je parvins à me retenir. Je regardai par-dessus mon épaule pour m'assurer que Sarah allait bien. Elle se frayait lentement un chemin derrière moi, testant deux fois chaque point d'appui avant de faire porter son poids sur quoi que ce soit, une main toujours tendue devant elle pour se rattraper. L'autre tenait férocement la lampe-torche, même si pour le moment elle n'en avait pas vraiment besoin.

Le masque blanc et le haut rose composaient un style très décalé.

J'escaladai une petite colline instable d'appareils ménagers – quelqu'un avait jeté une gigantesque machine à laver Maytag – et je vis quelque chose qui pouvait bien être le pied d'une table de chevet vieille France. Je tendis le bras et tirai dessus d'un coup sec ; c'était un pied fin et délicatement incurvé, fraîchement brisé, avec une dorure passée sur le blanc.

Cela provenait de la chambre de Sarah, indéniablement. Ou bien, d'accord, quelqu'un d'autre pouvait avoir le mauvais goût de choisir des meubles vieille France pour sa chambre à coucher. Mais je doutais que nous soyons deux à contribuer aux déchets de la ville dans le même après-midi.

— C'est quelque part par là ! hurlai-je.

Elle acquiesça, le souffle court, et grimpa pour me rejoindre. Elle découvrit le premier morceau des éléments de ma chambre – la tête de lit – et hurla de triomphe comme si elle avait trouvé la tombe de

Toutânkhamon. Je me précipitai vers elle et tirai la tête de lit sur le côté. En dessous se trouvait un tiroir brisé provenant de ma commode. Vide.

Nous travaillâmes en silence, haletant et transpirant, tandis que la nuit se rapprochait et assombrissait le ciel. Des alarmes sonnèrent le signal «tout le monde dehors», accompagnées par des annonces au porte-voix. Des projecteurs s'allumèrent brusquement, déversant une lumière blanche et crue, créant des reliefs étranges un peu partout.

— On ne la trouvera jamais! se plaignit Sarah.

Elle s'étira, baissa son masque et essuya son front dégoulinant du revers de son avant-bras. La poussière maculait son visage, formant un cercle autour du masque, et ses cheveux normalement superbes étaient ternes et plaqués sur son crâne. Son désir de plaire avait décru jusqu'à devenir pur épuisement et dégoût.

— Bordel, Jo, oublie-la, c'est tout! Qu'est-ce que c'était, de la cocaïne? Tu n'as qu'à me la faire payer!

Je jetai violemment de côté une télévision en miettes – oui, c'était la mienne; je la reconnus avec un soubresaut d'affection, car j'avais acheté cette petite chose minable dans un vide-greniers avec mon propre argent durement gagné – et je découvris un autre tiroir de commode. Vide, mis à part un revêtement de papier. Je donnai un coup de pied dedans avec une violence gratuite.

— Ce n'était pas de la cocaïne, *idiote*! hurlai-je en réponse, tout en sentant mes poings se contracter contre mes hanches. Peut-être que c'est à cause de ta vie de riche sans reproches, mais…

— Hé! Je suis dans les ordures jusqu'aux genoux et j'essaie de t'aider, tu sais…

— Excuse-moi, mais c'est *toi* qui t'es pointée pour me supplier de t'aider, si je me souviens bien! Et tout ce que tu as fait, c'est me coûter du fric et foutre ma vie en l'air !

Je n'avais pas l'intention de dire ça… pas tout à fait. Mais c'était vrai. Je vis la couleur se retirer du visage rougi de Sarah, et je retins une envie de m'excuser.

— Très bien, dit-elle avec un calme anormal. Je croyais que je faisais quelque chose de gentil pour toi, Joanne. J'ai pris le peu d'argent que j'ai reçu de mon bon à rien de mari violent, et je l'ai dépensé pour me faire pardonner de m'être imposée. Je suis désolée d'avoir touché à ta *stupide collection de bouteilles* !

Elle se retourna et partit d'un pas vif, gauche et en colère.

— Hé ! hurlai-je.

— Va chier ! hurla-t-elle en réponse sans s'arrêter. Trouve-la toute seule !

Parfait. Bref. Mon dos me faisait souffrir, ma tête me faisait mal, j'étais pleine de sueur, crevée, et je pouvais entendre – et percevoir – le marmonnement noir et hideux de la foudre au large. Les vautours venaient se joindre au festin.

Et je devais trouver la bouteille de David. Je le devais. Ça ne pouvait pas se terminer ainsi.

Je mis à jour la carcasse en miettes de ma commode. Elle était trop grande pour que je puisse la bouger. Je pleurai pendant quelques instants, mes larmes imprégnant mon masque de gaze, puis je l'empoignai et donnai des coups de pied dedans avec mes chaussures de marche, jusqu'à ce que cette saleté se fracasse en morceaux suffisamment petits pour que je puisse les tirer.

Alors que le dernier cédait, je vis la table de chevet, et elle était intacte.

Je poussai un cri inarticulé, le souffle court, et la hissai hors du tas de déchets dans lequel elle était enterrée. Je l'appuyai contre une machine à laver rouillée jaune paille, et j'ouvris lentement le tiroir.

Il était plein de trucs. De vieilles bouteilles de crème au trois quarts vides. Mes catalogues de vente par correspondance périmés.

Une mallette à fermeture éclair capitonnée.

Je m'en emparai et le serrai contre moi comme une petite fille retrouvant sa peluche préférée, et je l'ouvris de mes doigts tremblants.

Il n'y avait rien à l'intérieur.

Rien.

Je hurlai, me mordis la lèvre et m'obligeai à procéder lentement. Un morceau après l'autre, sorti, examiné puis rejeté. Le revêtement en mousse en dernier.

Elle n'était pas là.

La bouteille de David n'était pas là, putain.

Dans le noir, sous la lumière aveuglante des projecteurs, je vis la lueur froide et verte d'une paire d'yeux. Des rats ? Des chats ? Ils cillèrent dans les ombres, trop prudents pour se rapprocher de moi, mais trop près pour que je sois à l'aise.

Un de ces cafards géants légendaires rampa hors du tas et commença à cheminer lentement sur les piles de métal comme un bus brun brillant.

La bouteille n'était pas dans le tiroir, et elle n'était pas dans la mallette où elle était censée se trouver. La nuit tombait. Je ne pourrais plus faire ça une fois que les projecteurs seraient éteints, et demain une autre couche d'ordures allait arriver et enterrer toutes les chances qui me restaient…

Je devais le faire.

— David, dis-je en fermant les yeux. David, viens à moi. David, viens à moi. David, *viens à moi.*

Règle des trois. Même s'il l'avait souhaité, il n'aurait pas pu refuser d'obéir à ça, pas même en tant qu'ifrit, tant qu'il était lié à une bouteille. Je devais savoir si celle-ci était intacte, au moins. Si David était toujours lié.

Dans les ombres, quelque chose bougea. C'était aussi dérangeant que le cafard géant, la lumière des projecteurs se reflétant sur des angles luisants et des pointes acérées. La peau comme du charbon. Rien d'humain.

— David ? chuchotai-je.

L'ifrit se tenait là, immobile. Je ne perçus rien venant de lui. Aucune connexion, aucune perception de son existence, mis à part celle de mes yeux.

S'il était venu quand je l'avais appelé, cela signifiait qu'il était toujours lié à la bouteille. Ça ne pouvait pas être pire. Je sentis de nouveau des larmes me piquer les yeux.

— Mon Dieu, non. David, je suis tellement désolée. Je vais te trouver. Il doit y avoir un moyen d'arranger ça, de faire en sorte que…

Il bougea. Plus vite qu'un djinn, plus effrayant, il fut assez près pour me toucher en moins de temps qu'il n'en fallut à mes nerfs pour réagir à mon envie de crier. Ses mains noires griffues me transpercèrent et plongèrent dans…

…dans ce réservoir doré de pouvoir que Lewis m'avait donné.

Pourquoi ? Comment ? Les ifrits ne pouvaient pas se nourrir des humains, pas même des gardiens, ils ne pouvaient pas…

Il le faisait.

— Non ! criai-je, avant d'essayer de reculer.

Je trébuchai et tombai, sentis quelque chose déchirer mon épaule et un angle aigu s'enfoncer dans mon dos. L'impact me coupa le souffle et me rendit momentanément hagarde.

Il ne me lâcha pas. Quand j'ouvris les yeux, il était accroupi sur moi; rebords et angles noirs, faim et absence de tout ce qui était humain, un djinn vidé de tout ce qui le raccrochait à ce monde…

Puis il clignota et devint chair, os, sang, battement de cœur, réel. Djinn sous forme humaine. Des cheveux cuivrés, des yeux brûlants, une peau comme de l'or poli.

— Oh, mon Dieu, murmura-t-il avant de s'écarter d'un pas vacillant, des vêtements se formant autour de lui – un jean bleu, une chemise de coton ouverte, son manteau kaki. Je ne voulais pas… Jo…

— Où es-tu? (Prononcer ces mots était le mieux que je puisse faire; il m'avait pris tant d'énergie que je me sentais étrangement ralentie, comme s'il ne restait pas assez de courant dans mes cellules pour poursuivre le processus de vie et de pensée.) Dis-le-moi.

Il se baissa et me souleva dans ses bras, enfouissant son visage dans le creux de mon cou. Il était brûlant comme le soleil, alimenté par la vie qu'il m'avait volée. Je sentis son cri de souffrance vibrer en moi. Je l'apaisai en posant gauchement ma main sur son visage.

— David, dis-moi où tu es.

Il pleurait. Il *pleurait*. Des larmes humaines produites par des yeux inhumains, une sorte de désespoir que je n'avais jamais vu chez lui auparavant, une rage piégée et traquée.

— Je ne peux pas, dit-il. Je suis désolé. Je suis tellement désolé. Je t'ai dit de m'arrêter, je t'ai dit…

— Hé! Lâche-la!

Je cillai et la décharge pivota autour de moi tandis que David se retournait, me tenant toujours dans ses bras. Sarah se trouvait à dix mètres environ, brandissant… qu'est-ce que c'était que ce machin? une sauteuse? Ouaip, une énorme poêle à frire en fer.

Elle devait bien peser dix kilos. Les bras de Sarah trem-blaient sous l'effort, cherchant à la maintenir à un niveau menaçant.

— Je ne plaisante pas ! hurla-t-elle en faisant un autre pas vers nous. Pose ma sœur tout de suite ou je te défonce !

— Ça va, dis-je, avant de sentir le monde se griser. (Je me forçai à tenir bon.) Sarah, non. C'est David.

Elle eut l'air perdue. Ses articulations blanchirent autour du manche de la poêle.

— Petit ami, parvins-je à dire.

— Oh. (Elle déglutit, laissa tomber la sauteuse avec un tintement de métal sourd, et essuya ses doigts sur son jean sale.) Hum, désolée. Mais… Jo ? Tu vas bien ?

— Elle est tombée, dit David. (Il avait l'air ébranlé. Quand je levai les yeux vers lui, je vis qu'il avait formé des lunettes, et ses yeux s'estompaient, se teintant d'un brun humain. Il était toujours beaucoup trop sublime pour être réel, mais peut-être que mon point de vue était biaisé.) Je vais la porter.

— Désolée, chuchotai-je en mettant mes bras autour de son cou. (Sa force et sa chaleur m'enve-loppèrent, m'abritant et me protégeant.) Je t'aime. Je t'aime. Je t'aime.

— Je sais. (Ses lèvres se posèrent sur mes cheveux, puis sur mon front.) Je voudrais que tu ne m'aimes pas. Je voudrais pouvoir arrêter tout ça. Si je ne t'ai-mais pas, si je ne faisais pas partie de toi, je ne pourrais pas te faire ça…

— David, dis-moi où tu es !

Il essaya de me le dire. Sa bouche s'ouvrit, mais rien n'en sortit. Il secoua la tête, frustré, et resserra son étreinte sur moi tout en se frayant un chemin à travers les montagnes de métal acéré et de meubles brisés, en direction des marches qui menaient jusqu'au parking.

— S'il te plaît. Non, attends… il faut que je récupère ta bouteille, nous ne pouvons pas la laisser ici ! David, je te l'ordonne, dis-moi où elle est !

Il effleura mes lèvres d'un baiser, doux et très triste.

— Ça ne marchera pas, dit-il. Tu n'es plus mon maître.

Et ce fut à ce moment que je réalisai que je ne ressentais plus le tiraillement – la connexion du maître à son djinn.

Quelqu'un d'autre avait sa bouteille.

— Qui…

Au-dessus de nous, les nuages noirs grondèrent. Je sentis une brise soulever mes cheveux. David bougea plus vite, gracieux sans effort. Il n'essayait plus du tout de paraître humain. Je me souvins de la façon dont il avait agi sur le pont, tout cet équilibre anormal et ce contrôle étrange, mystérieux. Il grimpa les marches de métal deux par deux.

Sarah progressait péniblement dans son sillage.

David me porta jusqu'au minivan et me déposa sur le siège passager, une main chaude caressant ma joue tandis qu'il calait ma tête contre les coussins. Un éclair l'illumina d'une lueur bleue sur un côté, tandis que les projecteurs l'éclaboussaient de lumière blanche de l'autre.

— Ne me cherche pas, dit-il. C'est mieux ainsi. Tu n'es plus en sécurité avec moi.

Il m'embrassa. Ses lèvres étaient douces comme celles d'un bébé, moites, soyeuses et chaudes. Je sentis un goût de pêche, de cannelle et de pouvoir.

Quand il essaya de s'écarter, je m'accrochai à lui, poursuivant le baiser, l'approfondissant, exigeante. Buvant un peu du pouvoir qu'il m'avait pris.

Suffisamment pour que je redevienne une gardienne, même un tout petit peu.

Il s'estompa et sa peau se refroidit, mais pas assez pour qu'il bascule de nouveau dans sa forme ifrit. Mais il le ferait. Quand le pouvoir se dissiperait, il le ferait.

Cependant, pour l'instant au moins nous étions en harmonie. La connexion (et elle était différente de celle que nous avions partagée en tant que maître et djinn) allait dans les deux sens.

— Tu n'étais pas obligé de répondre quand je t'ai appelé, dis-je en touchant le côté de son visage, avant d'entortiller mes doigts dans les mèches douces de ses cheveux. Si je ne suis pas ton maître…

— Je t'appartiendrai toujours, me coupa-t-il. Toujours. La bouteille n'a pas d'importance. (Il appuya son front contre le mien, et son souffle chaud caressa ma peau.) Tu ne l'as pas encore compris ?

Un nouvel éclair m'aveugla. Quand j'ouvris les yeux, mes mains étaient vides et David était parti. Je ne pleurai pas. Je me sentais trop engourdie et vide pour pleurer. Sarah bondit au sommet des marches de métal conduisant aux déchets, haletante, rouge, sale de la tête aux pieds. Elle saisit la portière ouverte et regarda à l'intérieur, puis croisa mon regard. Ses yeux étaient grands comme ceux d'un personnage de manga.

— D'où est-ce qu'il sortait ? Attends… où il est ?

Je me contentai de secouer la tête. Sarah me fixa pendant une longue seconde de réflexion, puis elle ferma la portière et monta du côté conducteur. Le moteur démarra avec un grondement, et elle commença à piloter le minivan La Vaillante hors de la décharge.

— C'est un djinn, dis-je d'une voix lasse en posant ma tête contre la vitre. La magie existe. Je contrôle la météo. Lui est une créature immortelle composée de feu, et il exauce les vœux. Je cherchai le bon moment pour te le dire.

Silence. Sarah écrasa la pédale de frein si brutalement que nous fûmes projetées vers l'avant. Puis, pendant un long moment, nous restâmes simplement assises sans rien faire, jusqu'à ce que les premières grosses gouttes de pluie commencent à bombarder le van avec un bruit sourd et retentissant.

— Bon, dit-elle enfin, au moins il est mignon. Est-ce que tu es folle ?

Je soupirai.

— Oh, j'aimerais *tellement* que ce soit ça.

Nous rentrâmes à la maison. Je me sentais épuisée, malade et endolorie, et refusai les multiples offres de Sarah d'aller faire un tour aux urgences locales ou dans un centre de santé mentale, même si les docteurs y étaient riches, mignons et célibataires. Je fis disparaître toute trace de la décharge sous la douche, grâce au nouveau jet de massage à haute pression (les aménagements de Sarah n'étaient pas tous contestables), et je rampai dans mon lit tout neuf, trop fatiguée pour me demander ce que j'allais faire au matin en ce qui concernait l'ensemble de mes ennemis, crises et guerres diverses.

David, au moins, n'était pas enterré sous une demi-tonne d'ordures à la décharge, en tout cas je ne le pensais pas. C'était à peu près la seule victoire à laquelle je pouvais aspirer en une journée.

Avec le recul, si j'avais eu ne serait-ce que la moitié d'un cerveau dans mon crâne, je n'aurais jamais fermé les yeux.

INTERLUDE

*Tandis que la tempête détruit l'île que les hommes
appelaient l'Atlantide, tandis qu'elle la met à nu et
qu'elle dévore chaque fragment de vie avant d'engloutir
la roche stérile sous les vagues, quelque chose d'étrange se
produit. L'explosion d'énergie causée par la mort et la
destruction est si colossale que, pour rétablir l'équilibre,
cinq cents djinns naissent brutalement du néant, portant
chacun une petite part de la vie de cette terre magnifique
et disparue. Seuls, perdus, nouveau-nés.*

Puissants et effrayés.

*La tempête ne les considère pas comme un combustible
pour son feu, et elle se tourne vers le nord, vers une terre
riche et verte pleine d'énergie, pleine de vie, pleine de
choses fragiles qu'elle pourra déchiqueter dans sa fureur.*

*Et c'est là que cette histoire devient mon histoire, et
mon erreur. Je ne peux pas l'arrêter. Les djinns ne peuvent
pas l'arrêter, même avec les Cinq Cents en renfort; la
tempête est un événement naturel, et nous ne pouvons pas*

combattre les manifestations de la Mère de façon aussi efficace que nous nous battons entre nous, ou que nous luttons contre les choses du monde de l'homme.

La fin du monde est là. Nous nous disputons entre djinns. Certains d'entre nous tentent de faire dévier la tempête, mais c'est au-delà de notre portée.

Je réalise qu'il n'y a aucun moyen pour les djinns d'aider l'humanité, et aucun moyen pour l'humanité de se sauver elle-même sans faire un choix irrévocable.

Je quitte donc la Mère et je donne du pouvoir aux humains pour faire d'eux des gardiens. Et je leur donne les moyens de faire des djinns leurs esclaves. En liant les djinns, les gardiens peuvent nous diriger, et nous pouvons puiser dans le pouvoir condensé de l'humanité afin de l'amplifier, créant une toile de potentiel et de volonté suffisamment grande pour contenir et affaiblir la tempête.

Au moment où nous nous associons, humains et djinns, et où nous parvenons à vaincre la tempête à la fin du monde… c'est, pendant un court moment, l'unité de toutes choses. Une paix parfaite. Mais la paix parfaite ne peut durer, et quand il est temps pour les gardiens de renoncer au pouvoir que je leur ai accordé sur les djinns, ils refusent.

J'aurais dû m'y attendre.

Ashan et les autres sont en train de rompre le marché que j'avais conclu, il y a des millénaires de cela. Ils font ce que je n'ai jamais eu le courage de faire. Ils reprennent leur liberté.

Et je ne les en blâme pas. Je suis le seul à blâmer.

Il est temps que les choses redeviennent nettes. Mises à nu, comme les rochers de l'Atlantide. Peut-être qu'il en sortira quelque chose de meilleur. Je souhaite la liberté des djinns depuis longtemps, mais je ne l'ai jamais vue se concrétiser auparavant. Choisie sciemment.

Mais c'est le bon choix.

Si David était là, il me dirait que je suis fou.

Mais il n'est pas là. Pour la première fois de ma vie, humaine ou djinn, il n'est pas là pour m'aider. Je suis au bout du chemin, il fait noir autour de moi, et je ne crois pas qu'il existe une bonne réponse à quoi que ce soit, au final.

Seulement des choix.

Je vais donc me contenter de rester assis sur la plage tandis que les vagues éclaboussent le ciel, à observer cette tempête des temps anciens revenir à la vie en tournoyant, achevant ce qu'elle a commencé. Les gardiens luttent contre cette même tempête depuis des milliers d'années, qu'ils le sachent ou non. Je ressens toujours quelque chose face à elle, quelque chose de familier, quand elle parvient à mettre sa cape de nuages et à revenir pour un autre round.

Je ne peux pas l'arrêter seul. Les gardiens non plus. Et les djinns... les djinns ont fait suffisamment de sacrifices.

Je regarde le cœur de la tempête devenir noir et furieux, et je regrette que les choses ne puissent se terminer autrement.

Mais je ne vois aucune autre solution.

VII

SANS SURPRISE, JE me réveillai avec l'impression d'avoir été passée à tabac par le Géant Vert. Ce n'était assurément pas un de mes meilleurs matins. J'essayai de sortir du lit et me retrouvai en train de m'appuyer contre le mur, les yeux baissés sur mon corps nu. J'avais nettoyé les traces laissées par la décharge, mais les bleus étaient assez spectaculaires. Je ne parvenais pas à voir celui qui me faisait vraiment mal, au creux de mon dos; je traînai des pieds vers la salle de bain, repoussant les cheveux en désordre qui pendaient devant mes yeux, et utilisai un miroir à main que j'inclinai gauchement pour apprécier l'étendue des dégâts. Ce n'était pas si moche que je le craignais, vu la douleur atroce que je ressentais. L'hématome était noir et bleu, de la taille d'un poing. Gonflé, aussi. Ouille.

Je pris une autre douche, parce que la vache… cette douche massante… et je séchai mes cheveux, obtenant une cascade de boucles plus ou moins glorieuses qui ne frisottaient pas trop. Puis je me maquillai. Pourquoi ? Je n'en savais strictement rien, mais plus je me sens mal, plus je veux avoir l'air présentable. Après avoir arrangé mon déguisement, j'enfilai un soutien-gorge sans armature et un chemisier en soie d'enfer avant de réfléchir aux vêtements à ma disposition qui n'appuieraient pas atrocement contre le bleu dans mon dos. Une culotte taille basse et un jean semblaient la seule option possible, à moins de me balader à moitié nue…

J'allumai le petit écran plat élégant qui agrémentait ma nouvelle suite, luxe que je n'avais jamais envisagé auparavant, et zappai sur la chaîne WXTV. Juste pour voir.

Ils achevaient la partie informations de l'émission matinale et passaient à la météo. Ils avaient une nouvelle Miss Météo, remarquai-je immédiatement, et j'avoue que j'éprouvai un tout petit peu d'amertume pendant une seconde, parce qu'elle était incroyablement jolie, avait un charmant sourire, et était bien habillée, avec une veste bleue, une chemise en soie, un pantalon sur mesure, et… *qu'est-ce que c'était que ce bordel ?*

Les présentateurs étaient en train de rire. Elle prévoyait l'arrivée d'une tempête, plus tard dans la journée.

La caméra recula, recula…

…et je vis Marvin. Comprimé dans un costume de nuage en caoutchouc mousse, avec des petites gouttes argentées qui pendouillaient, transpirant comme un porc et lançant des regards de pitbull. Rouge de fureur.

— Désolée, dit la nouvelle Miss Météo, mais vous devez savoir que Marvin a un sens très aigu de l'honneur, et aujourd'hui il respecte un pari lancé avec Joanne, notre ancienne assistante météo. Votre tenue est superbe, Marvin. Alors, à quoi ressemblera le temps, aujourd'hui ?

— Nuageux, dit-il d'un ton sec. Orages conséquents. Et…

De l'eau. Beaucoup d'eau. Balancée depuis les hauteurs. Il hoqueta, bondit, et ils coupèrent son micro avant qu'il ne puisse sortir autre chose que la première syllabe d'un juron, mais la caméra elle-même tremblait sous la force de l'hilarité générale qui régnait sur le plateau.

Bordel de merde.

C'était sans doute mal de ma part de me sentir aussi bien en le voyant sautiller sur place, dégoulinant et jurant, mais bon…

Je me sentais en paix.

J'étais presque heureuse quand j'entrai dans le salon, en direction de la cuisine. Il faisait toujours sombre à l'extérieur – nuageux, avec un grommellement sourd et des éclairs au large ; je n'aperçus donc pas le nouveau petit ami de ma sœur avant qu'il n'allume la lampe près du canapé.

Il était assis à une extrémité, gracieusement étendu, la tête appuyée contre le dossier en cuir capitonné. Sarah était lovée sur le côté, la tête posée sur ses cuisses. Elle était enveloppée dans un peignoir épais en tissu-éponge qui bâillait sur le devant, dévoilant la courbe intérieure de sa poitrine. Elle avait l'air épuisée et vulnérable, et il la regardait avec une expression attentionnée, la frôlant avec beaucoup de tendresse. Ses doigts effleuraient sa joue.

Je connaissais cette caresse. C'était ainsi que David me touchait. C'était du regret, et de l'amour.

Elle ne bougea pas, même quand la lampe l'éclaboussa de lumière, et continua de respirer profondément et régulièrement, dormant d'un sommeil de plomb. Les longs doigts élégants d'Eamon passaient dans sa chevelure, caressant la courbe de sa tête en longs gestes apaisants, comme s'il lui était impossible de ne pas la toucher.

Je me demandai pendant une seconde s'il s'était aperçu de ma présence, puis il dit :

— Bonjour. (Il leva les yeux.) Ton nouveau lit t'a plu ?

— Ouais.

Je m'interrompis et l'observai, essayant de comprendre comment ils avaient pu atterrir sur ce canapé alors que Sarah aurait dû filer droit dans sa chambre, fatiguée comme elle l'était. Je me demandais aussi quand et comment Eamon avait pu entrer dans l'appartement. Sarah lui avait sans doute déjà donné une clef. Elle était comme ça.

— Vous avez dormi là ? repris-je.

— Je n'ai pas dormi du tout, dit-il.

Je réalisai soudain qu'il parlait d'un ton normal, sans baisser la voix le moins du monde. C'était bizarre.

Puis il se décala légèrement, et la tête de Sarah roula sur sa jambe avant de pendre dans le vide, aussi molle que celle d'une poupée de chiffon.

Trop molle. Ses paupières ne frémirent même pas.

— Sarah ? demandai-je. (Aucune réaction.) Oh mon Dieu, qu'est-ce qui lui arrive ?

Eamon ne répondit pas. Il la réinstalla et reposa sa tête sur ses cuisses, puis caressa ses cheveux et la courbe de son visage. C'était un geste d'amant, lent et assuré.

Je ne parvenais pas à comprendre ce que je voyais dans son expression.

— Eamon ? Il y a quelque chose qui ne va pas chez elle ?

— Non, dit-il. Rien qui ne disparaîtra au bout de quelques heures. Il y aura peut-être des effets secondaires ; sans doute une légère nausée et un mal de tête persistant.

Ses yeux restaient fixés sur moi.

Je n'arrivais pas à le croire. Franchement, je ne pigeais rien du tout.

— Qu'est-ce que tu es en train de dire ?

— Je suis en train de dire que j'ai injecté une drogue à ta sœur – rien de trop addictif, ne t'inquiète pas –, et je l'ai endormie pour un certain temps. (Le ton de sa voix était en train de changer, passant du rythme doux, lent et gentil auquel j'étais habituée à quelque chose de plus sec, de plus froid. Son regard restait le même, cependant. Ainsi que ses caresses sur la peau de Sarah, toujours pleines de douceur.) Ne te tracasse pas, Joanne, ce n'est pas la première fois. J'aime les femmes un peu moins bavardes et plus dociles, en général. Sarah aussi pensait que c'était un peu étrange quand je lui ai demandé, mais elle est toujours prête à essayer de nouvelles choses. Je trouve ça vraiment sexy, pas toi ? Elle est exceptionnelle, ta sœur.

Je fis un pas vers lui, tout hématome oublié. J'allais *tuer* ce fils de pute.

Sa main glissa instantanément des cheveux de Sarah pour se refermer autour de la pâle colonne blanche de sa gorge.

— Je ne ferais pas ça à ta place, dit-il. (Il y avait maintenant une nuance de cruauté fiévreuse sur son visage.) Il ne faut qu'une seconde pour écraser une trachée. Je préférerais ne pas le faire. Je l'apprécie sincèrement. Alors détends-toi. Soyons amis. Nous avons été amis jusqu'à présent ; rien ne s'oppose à ce que nous continuions de nous montrer civils l'un envers l'autre.

Je n'étais pas experte en matière d'écrasement de trachées, mais je savais que ça la tuerait, et qu'il n'y avait rien que je puisse faire pour l'en empêcher. Je me figeai sur place. Ses mains, bien que longues, élégantes et douces, semblaient aussi puissantes et très compétentes.

Et son regard était désormais mortellement sérieux.

— Continue, me lança-t-il. Je sais que tu as des questions à me poser. Je m'y plierai avec plaisir.

— Très bien. Qu'est-ce que tu veux, Eamon ? Si c'est seulement ton vrai nom.

— C'est le cas, en fait. (Il ne retira pas sa main de la gorge de Sarah, mais la détendit un peu. Ses doigts vagabondèrent sur sa peau en traçant un motif apaisant et erratique. Je n'étais pas certaine qu'il s'en rende compte.) Je n'ai pas menti à ce sujet, même si bien sûr mon nom de famille n'est pas celui qui figure sur mon passeport. Mais il est vrai que celui de mon passeport pourrait ne pas être le bon non plus. Tu me suis ?

— Tu es un criminel.

— Brave fille. Je suis un criminel. Je suis un homme mauvais, maléfique, et je suis venu ici pour une raison. Pas pour ta sœur, même si je dois dire que je n'aurais jamais imaginé rencontrer quelqu'un de si… charmant. C'est un bel à-côté. (Ses doigts s'aventurèrent plus loin, se recourbant sur la peau révélée par le peignoir entrouvert. Je frissonnai de tout mon corps, brûlant d'envie de le mettre en morceaux, mais ses yeux étaient constamment braqués sur moi, évaluateurs. Trop prudents.) Je suis venu ici pour toi, Joanne.

— Retire tes mains de ma sœur.

— Je ne pense pas pouvoir faire ça.

Son sourire était doux et triste ; c'était le sourire d'un petit garçon qui implorait qu'on le comprenne et qu'on lui pardonne, peu importe ce qu'il faisait. Les femmes lui pardonnaient d'ailleurs sans doute tout. Lui donnaient tout. Même maintenant, alors qu'il était assis devant moi à me fixer, je ne pouvais me faire à l'idée pourtant évidente qu'il était très, très mauvais, parce que les hommes très, très mauvais n'ont pas de caresses si douces et si tendres, n'est-ce pas ?

Sarah l'aimait. Oh, mon Dieu, Sarah l'aimait. Cela me retourna l'estomac.

Je dus laisser voir ma révulsion, car son sourire s'effaça et ses yeux devinrent plus froids.

— As-tu peur que je la violente devant toi ?

— Tu *es* en train de la violenter devant moi, connard !

— Non. (Il n'y avait à présent plus aucune trace de chaleur dans sa voix, et même ses mains étaient désormais immobiles.) Pas encore. Quoi, tu veux que je le fasse ? Il faudra que tu le demandes gentiment, dans ce cas.

— *Enlève tes putains de mains de ma sœur !*

Il perdit toute trace d'humour – et ainsi, Eamon était sans conteste quelqu'un de complètement différent. Glacial, concentré et effrayant.

— Ne me dis pas ce que je dois faire, chaton. Je n'en ai rien à foutre. Et à chaque fois que tu recommenceras, je laisserai une marque sur Sarah, en guise de rappel.

Il pinça l'intérieur de sa cuisse d'un geste brusque et vicieux. Elle ne bougea pas, ne réagit pas, mais c'était si choquant que je bronchai et fis involontairement un autre pas vers lui. Sa main remonta vers la gorge de Sarah et la serra dans un avertissement très clair.

Je m'arrêtai. Nous gardâmes tous deux le silence.

Là où il l'avait pincée, sa peau se teinta d'un rouge vif, enflammée. Il lui avait vraiment fait mal ; ce n'était pas que de la poudre aux yeux. Putain de merde...

— Est-ce que nous nous comprenons ? demanda-t-il. Je n'ai fait qu'utiliser mes mains. J'ai d'autres méthodes.

J'étais une gardienne, bordel. Je pouvais commander aux orages et appeler la foudre. Je n'aurais pas dû être impuissante.

Je frottai le bout de mes doigts et me concentrai. J'obtins un crépitement de pouvoir, peut-être suffisant pour lui administrer une bonne décharge… mais pas assez pour l'étourdir à distance. Je n'avais pas non plus assez de pouvoir pour manipuler l'air. Ce qui me restait pouvait suffire pour un coup, mais je devais m'assurer que ce soit le bon, et la main d'Eamon n'avait qu'un geste à faire pour tuer ma sœur.

— Je t'écoute, dis-je. Dis-moi seulement ce que tu veux.

Il hocha la tête et relâcha de nouveau un peu la pression.

— Mon partenaire en affaires – je crois que tu le connais, Thomas Quinn, parfois dénommé Orry – était en plein milieu d'une transaction quand il a… disparu. Il avait fait l'acquisition d'une douzaine de bouteilles de nature singulière, lesquelles ont disparu avec lui. J'ai cru comprendre que tu devais être dans le coin à l'époque.

— Qui t'a dit ça ?

— Le partenaire officiel de Quinn. L'inspecteur Rodriguez. Tu dois le connaître aussi, vu qu'il a passé plusieurs jours en bas, dans ton parking, à t'espionner. Il a fallu que j'aille lui poser quelques questions hier. Il n'était vraiment pas communicatif, du moins jusqu'à ce que je sorte le couteau. Tu ne vas pas me forcer à sortir le couteau, n'est-ce pas, ma belle ? Le canapé est neuf. Je détesterais avoir à le tacher de sang.

J'observais la personnalité d'Eamon changer juste sous mes yeux, et c'était complètement terrifiant.

Le pire ? Le regard dans ses yeux. Même à cet instant, il avait toujours l'air sincèrement désolé de devoir faire ça.

Mais il était loin d'être assez désolé pour arrêter.

Je reculai et m'effondrai dans un fauteuil, incapable de rester debout plus longtemps; mes genoux tremblaient, et mon dos était en feu. Putain de *merde*. Il y avait deux possibilités, après ce qu'Eamon venait de me dire, et aucune n'était bonne: soit je m'étais complètement plantée au sujet de Rodriguez et il était impliqué depuis le début, soit Eamon avait d'une manière ou d'une autre pris le dessus sur Rodriguez hier et ce dernier était…

— Il est mort? demandai-je.

Eamon leva la main droite, celle qui n'était pas posée sur la gorge de ma sœur.

— Aucune idée, vraiment. Quand il aura suffisamment récupéré pour parler, s'il en est capable, je serai parti depuis longtemps, alors je ne vois pas en quoi cela a de l'importance. Évidemment, tu seras la dernière qu'on aura vue avec lui. Ça risque d'être un problème pour toi, vu qu'il est un peu policier. Les poulets n'aiment pas qu'un des leurs se fasse mutiler, d'après mon expérience. Sans doute qu'ils ne s'embêteraient pas trop à poser des questions. Ils pourraient même faire un peu d'excès de zèle quand ils viendront t'arrêter, en fait. (Il baissa les yeux vers la rougeur sur la cuisse de Sarah.) Votre peau blanche marque si facilement, les filles.

Je ne mordis pas à l'hameçon. Il haussa les sourcils et se renfonça dans le canapé en cuir. Je me souvins de toute sa gentillesse, de ses sourires, de sa courtoisie. Je me demandai lequel des deux Eamon était réel – peut-être qu'ils l'étaient tous les deux… peut-être qu'il était capable de tout ça, de cette passion et de cette amitié comme de cette menace impitoyable, avec une même sincérité.

Peut-être que les sentiments qu'il éprouvait envers Sarah étaient réels. Même maintenant, la façon dont il la touchait était… bizarre. Douce. Comme s'il pouvait se forcer à être cruel, mais que ce n'était pas son premier réflexe.

Ma bouche était tellement sèche. J'essayai de déglutir, et desserrai posément les poings.

— Très bien, dis-je en tentant de rester calme et impassible. Qu'est-ce que tu veux exactement ?

— Je veux les bouteilles, dit-il. Je veux les récupérer. Ça n'a rien de personnel, ma douce, ce sont les affaires. Mon client a donné un putain de paquet de fric à Quinn pour les avoir, et il n'est pas très content de ne voir venir ni la marchandise ni un remboursement. Et comme je n'ai aucun remboursement à lui proposer…

— Eamon, il n'y a *plus* de bouteilles. Le SUV de Quinn a explosé dans le désert. Les bouteilles étaient à l'intérieur. Elles ont été détruites.

— Alors les djinns ont été libérés, dit-il tranquillement. C'est ça ?

Je fis exprès de jouer les idiotes.

— Gin ? Tu menaces de tuer ma sœur à cause de bouteilles de Martini ?

J'obtins un sourire sincère et charmeur.

— Je savais que je t'aimais bien, ma belle, tu es une rapide. Belle tentative, mais malheureusement je suis au courant pour les djinns depuis bien longtemps, maintenant. Magie, bouteilles, contrôle des éléments… ça te dit quelque chose ? Parce que Quinn était très instructif sur le sujet. Il était positivement obsédé.

— Quinn était taré.

— Eh bien, oui, c'est aussi ce que j'ai pensé, jusqu'à ce que je rencontre d'autres amis à toi. Comme, par exemple, ton amie Ella, tu te souviens. Tu discutais avec elle, hier, avant cette vilaine affaire dans l'immeuble.

Je l'ai ramenée chez elle pour qu'on discute. Elle me rappelle ma mère, Ella – pas très futée, et elle aime l'argent, même si je doute qu'elle soit capable de travailler sur le trottoir pour en gagner, donc peut-être qu'elle ne ressemble pas tant que ça à maman, en fin de compte. (Il fit légèrement basculer sa tête sur le côté et ferma à demi les paupières en m'observant. Je n'étais pas assez stupide pour croire qu'il avait baissé sa garde.) Ella peut vraiment contrôler les éléments. Je l'ai vue faire. Alors n'essaie pas de me raconter des conneries pour me faire croire que ça ne marche pas. Elle m'a dit qu'elle avait bien bossé pour ton chef météorologiste durant ces deux dernières années. Et elle en a tiré de jolies sommes d'argent. Je la crois, là-dessus ; elle a essayé de m'en donner pour que je la laisse tranquille.

Je m'étais demandé ce qui était arrivé à Ella pendant ce bref épisode chaotique dans les bureaux. Elle avait tout simplement disparu. Eamon était la réponse. Eamon m'avait suivie. Eamon s'était emparé d'elle et l'avait embarquée sans que personne ne le remarque, dans l'agitation.

— Elle est toujours en vie ? demandai-je.

— Même question, même réponse. (Ses yeux prirent un éclat presque métallique.) Tout cela a beau être très amusant, je suis à court de patience, ma jolie. Alors revenons-en au sujet.

— Je te l'ai dit, je n'ai pas celles que Quinn a volées.

— Oh, oui, je comprends ça. Celles-là sont parties, sans retour possible. J'espère que tu ne t'y trompes pas : ce gentleman à qui Quinn a pris de l'argent, ce charmant gentleman d'Amérique du Sud avec qui il était déjà en affaires auparavant pour de la drogue, il ne sera pas très content. Mais ce n'est vraiment pas mon problème, et heureusement j'étais un partenaire très discret ; le gentleman du sud ne connaît pas plus mon nom que toi. Mais s'il me localise, j'ai bien peur de devoir lui dire exactement quel est *ton* nom.

— Je… (Je détestais devoir l'admettre devant lui.) Je ne comprends pas. Qu'est-ce que tu veux, à la fin ?

— Eh bien, je suis venu ici pour recouvrer les biens de mon client, dit-il comme si c'était un arrangement professionnel normal, et qu'il était plus qu'un peu surpris de voir que je ne suivais pas. Il n'y a aucun bien à recouvrir – et je te crois sur ce point, d'ailleurs – mais il n'en reste pas moins que j'ai des frais. En fait, tu peux te débarrasser de moi pour presque rien. Tout ce que je demande, c'est ma commission.

Il s'interrompit et baissa les yeux sur le visage détendu et inconscient de ma sœur. Il passa un pouce songeur sur ses lèvres entrouvertes et inclina la tête en la contemplant. Extasié. Quand sa voix retentit de nouveau, elle avait perdu sa brusquerie et ressemblait plus à celle de l'ancien Eamon, lente et chaude.

— Je n'en veux qu'un. Échange équitable, une sœur contre un djinn.

Je sentis ma respiration se bloquer dans ma poitrine, mais je parvins à la relâcher suffisamment pour faire sortir des paroles, d'un ton furieux et tendu.

— Tu te goures. Ça fait un djinn de plus que j'n'en ai à te donner, connard.

Pour toute réponse, il prit la télécommande sur la table basse et alluma le grand écran plasma au mur. Je me retournai pour le regarder. Il était branché sur CNNfn, avec une émission sur les cours en baisse ; Eamon appuya sur plusieurs boutons, et un enregistrement se déclencha. L'angle de prise de vue était bizarre, mais la qualité était assez nette.

C'était ma chambre. Mon ancienne chambre. Tandis que j'observais, la porte s'ouvrit en grand et j'entrai à reculons dans la chambre, David avec moi, nous touchant l'un l'autre fiévreusement, nous entre-dévorant…

— Arrête ça, chuchotai-je.

Mon alter ego filmé tomba à la renverse sur le lit. David baissa les yeux sur elle, et il avait l'air inhumain, beau, dérangeant et incroyablement…

— Arrête ça !

Eamon appuya sur pause.

— Niveau pornographie, ce n'est pas mal, dit-il. Même si personnellement, je préfère que les femmes soient moins bruyantes, comme tu le sais. Je te surveille depuis des semaines, ma douce. Je devais apprendre à te connaître avant de te connaître, tu me suis ? L'arrivée de ta sœur a compliqué les choses, mais j'ai réussi à… improviser.

J'étais tellement en colère que des points rouges dansaient dans mon champ de vision, et je dus respirer profondément pour me retenir de bondir hors de mon fauteuil afin de l'étrangler. Il s'en rendit sûrement compte. Il éteignit l'écran et laissa retomber la télécommande sur la table basse.

— Tu as un djinn, dit-il. De toute évidence. Et même si je déteste briser une grande histoire d'amour, eh bien je suis navré, mais peut-être que tu pourras le récupérer quand j'en aurai fini avec lui.

— Non. Je ne peux pas. Je ne l'ai plus.

— Me mentir causera une nouvelle blessure à ta sœur, chérie. Je sais que tu l'as. Je ne veux pas me montrer déraisonnable, mais je n'accepterai pas que tu me mentes. (Il plaça ses doigts sur la peau crémeuse de la poitrine de Sarah, exposée par l'entrebâillement de son peignoir.) Tu sais que je ne bluffe pas.

— *Je ne l'ai pas !* Écoute, Sarah et moi on a passé la nuit dernière à la décharge, O.K ? On cherchait la bouteille de

David, sa bouteille de djinn! Elle l'a jetée pendant le…
le… le grand relooking! *Celui auquel tu as participé!*

Je gesticulais frénétiquement en désignant notre
appartement-modèle de designer.

Il me fixa pendant une seconde, abasourdi, puis
il rit. Il rit vraiment, un grand rire authentiquement
amusé. Il retira sa main de la gorge de Sarah pour lui
caresser les cheveux, puis les empoigna et lui tira la
tête en arrière, à un angle dangereux.

Je me levai de mon fauteuil.

— Laisse-la tranquille!

— Sinon?

Eamon ne me regarda même pas. Il ne semblait
plus amusé, ni détendu. Il avait à présent quelque
chose de sombre et de crispé, et je pouvais voir en lui
une tendance compulsive très perturbante à la cruauté.
Il *aimait* lui faire ça. Il ne pouvait presque pas y résister.
Ce n'est pas la première fois… Je me demandai ce qu'il
lui avait fait l'autre nuit, quand elle était allongée dans
ce lit à ses côtés, complètement shootée par je ne sais
quelle drogue. Oh mon Dieu. Je devais mettre fin à
tout ce truc.

— Arrête ça sinon je te tue, dis-je.

J'étais sincère.

Il leva les yeux, ses yeux avides toujours cauche-
mardesques, ses lèvres affichant un pli affamé.

— Je vis en sursis avec pour toute compagnie une
troupe de personnages très effrayants. Être menacé par
toi, c'est comme être menacé par une gosse à la récré.
Mais continue. C'est amusant.

Je changeai de tactique.

— C'est pour ça que tu voulais un djinn? Pour
sauver ta peau? Te rendre invincible?

Il réfléchit à ce que je venais de dire, le retournant
dans son esprit. Il était intelligent, ça se voyait tout de

suite ; c'était d'ailleurs en partie cette transparence qui
le rendait aussi effrayant.

— L'invincibilité, dit-il. Non. Même si ce serait
sympa, non, l'invincibilité ? Mais je peux prendre soin
de moi-même, je l'ai toujours fait. Ça ne m'intéresse
pas, vraiment.

— Pourquoi est-ce que tu as besoin d'un djinn,
alors ?

— Pour quelqu'un d'autre.

— Tu ne m'as pas frappée comme étant le genre de
mec qui se soucie des autres.

J'obtins une bouffée d'irascibilité, la première à
laquelle j'assistais.

— Je ne t'ai pas *frappée* du tout, ma biche. Mais si tu
m'insultes, je pourrais être dans l'obligation de passer
ma crise de dépit sur ce que j'ai sous la main. Voilà ce
que je veux que tu fasses, et ce n'est pas négociable :
sois une brave petite garce et va me trouver un djinn.
N'importe quel djinn. Je me fous de savoir à quoi il
ressemble, parce que contrairement à toi, je ne vais pas
le baiser.

— Hors de question que je te laisse ici avec Sarah !

La bouffée de colère que j'avais vue plus tôt n'était
rien comparée au rugissement qu'il poussa à pleine
gorge.

— Je ne te donne pas le choix, putain !

Il prit le bras flasque de Sarah, remonta la manche
et tint son avant-bras des deux mains.

Prêt à le casser net.

Ses yeux me mirent au défi de le tester.

Je déglutis péniblement et déclarai :

— Si tu lui fais du mal, tu n'as aucune idée de la
souffrance que je t'infligerai avant de te tuer.

— Tu te répètes, et vu qu'une seule de nous trois
a souffert de blessures jusqu'ici, je te conseille de

bien réfléchir à la suite des événements. (Il raffermit sa prise sur son bras fragile.) Tu as exactement deux heures avant que je ne commence à casser des trucs, en remontant depuis le bas. Si je procède avec suffisamment de lenteur, elle se réveillera avant que j'en aie terminé. Oh, et, ma belle, juste au cas où tu aurais la brillante idée d'appeler la police, je la prends avec moi. Je t'appellerai et je te dirai où me retrouver avec le djinn. Une vie pour une autre. Je ne suis pas déraisonnable, mais je suis très, très déterminé.

Je me levai, tendue, au supplice, tandis qu'il se redressait et soulevait sans effort le corps apathique de Sarah. C'était une parodie de scène romantique, ses cheveux froissés, sa tête nichée contre le torse d'Eamon. Ses bras entourant lâchement son cou. Je me souvins de les avoir vu dormir ensemble, lovés dans les bras l'un de l'autre.

Cela me rendit malade.

— Si tu essaies de m'empêcher de partir, je la jette dans les escaliers, dit-il en se dirigeant vers la porte. Je peux t'assurer qu'elle se brisera la nuque, au minimum. Si tu as de la chance, peut-être qu'elle sera seulement paralysée ; tu pourras vider son bassin de lit et t'excuser auprès d'elle pour le restant de ta vie.

Je parvins d'une manière ou d'une autre à rester immobile. Il regarda derrière lui en sortant, un avertissement très clair dans le regard.

— Deux heures, Joanne. Aucune excuse.

Je le laissai s'en aller. En partie parce que je ne voyais tout simplement pas comment l'arrêter sans mettre la vie de Sarah en péril, et en partie parce que j'étais trop sous le choc pour affronter ça. C'était trop. Tout simplement trop.

Je fis coulisser la porte du patio et sortis dans la brise fraîche précédant le petit matin. Des nuages cotonneux formaient un bouclier noir et occultaient tout signe avant-coureur du lever de soleil. Il faisait aussi sombre qu'à minuit.

Les lumières de sécurité du parking éclairèrent Eamon, qui marchait tranquillement jusqu'à sa voiture. Sarah avait l'air fragile, petite et vulnérable dans ses bras. Il la déposa sur le siège passager, l'attacha sans montrer rien d'autre que de la douceur, et ferma la portière. Il eut même un temps d'arrêt, pour s'assurer que son peignoir ne pendait pas à l'extérieur.

Il leva un instant les yeux vers moi, une expression indéchiffrable sur le visage, puis il s'installa dans la voiture et partit.

Bon, il me fallait un djinn, très bien.

Et quand je mettrai la main dessus, Eamon allait comprendre combien il était dangereux de me faire chier.

JE NE L'AURAIS pas suivi même si j'en avais eu les capacités, en grande partie parce qu'il n'aurait pas manqué de remarquer le grand cachalot blanc qu'était le minivan dans la circulation matinale. Et Eamon, comme je le savais déjà, avait une perception toute criminelle du danger. Inutile de lui donner une raison de mettre à exécution des menaces qu'il proférait sérieusement.

J'avais besoin d'un gros coup de pouce. Avec la disparition de John Foster, il n'y avait aucun gardien en ville vers lequel j'aurais pu me tourner, et je n'avais pas le temps de demander de l'aide extérieure. Paul ne pourrait rien faire pour moi en deux heures. Même si Marion avait été encline à me filer un coup de main, elle était désormais hors jeu, en convalescence à l'hôpital suite à une probable expérience de mort imminente face à un djinn militant d'Ashan.

Mes alliés (qui n'avaient jamais été bien nombreux) manquaient à l'appel. J'essayai de passer des coups de fil, mais Lewis ne répondait pas à son portable, Rahel ne semblait pas disposée à m'obéir sur commande, et je savais bien que je ne pouvais compter sur autre chose que le majeur de Jonathan, à ce stade.

David… non. Je ne pouvais plus du tout me reposer sur David.

Je me retrouvais donc seule, et le temps ne jouait pas en ma faveur. Ni la puissance. J'avais suffisamment de pouvoir pour m'en sortir, mais pas assez pour jouer mon rôle dans un affrontement majeur. Il allait me falloir plus que des cocktails de vitamines et de protéines pour me refaire une santé, après le genre de dévastation énergétique par laquelle j'étais passée récemment…

Il allait me falloir du temps, et du repos. Je n'avais eu ni l'un ni l'autre, et je n'étais pas près de les avoir.

Je me tins sur le balcon et observai l'horizon. Il y avait quelque chose, là-bas, quelque chose de gros et de balèze qui venait vers nous ; c'était comme une tempête d'aiguilles sur ma peau. Ce n'était pas censé être là, ça n'avait été prévu par aucun modèle normal de météorologie. C'était purement, éthériquement magique.

Tout le système était déséquilibré, branlant comme une roue voilée, et j'ignorais s'il serait un jour possible de réparer ça… ou, si c'était possible, quel serait le prix à payer.

Je fermai les yeux et montai sur un plan supérieur.

Le monde se désagrégea en un patchwork d'ombres, de lumières et de brouillard. Le bâtiment où se trouvait mon appartement perdit ses contours ; personne ne passait assez de temps à l'intérieur pour lui donner de la personnalité. Je montai en flèche, les bras tendus, et regardai la ville rapetisser sous moi, se consolider en un assemblage clignotant d'énergie.

Je montai plus haut, jusqu'à ce que la Terre, plus distante, révèle sa courbe. J'allai aussi haut que les gardiens pouvaient se le permettre sans danger. Je sentis un tiraillement m'avertissant d'arrêter, et je flottai là, les yeux baissés sur la masse géante et tournoyante du monde. En Seconde Vue, elle n'était pas bleue, verte et paisible ; c'était un amas de couleurs changeantes, de traits d'énergie qui bougeaient et se contorsionnaient, luttaient, explosaient et se reformaient. Ce n'était pas seulement l'activité du potentiel humain. Cela venait en partie des djinns mais aussi de plus profond, de lieux plus puissants.

Le monde était en train de se battre. De lutter contre lui-même.

La tempête au large de la Floride était un trou noir, un ouragan en négatif. Elle était encore étroitement resserrée sur elle-même ; les nuages commençaient tout juste à tourner en spirale depuis ce noyau dur. Elle donnait l'impression d'être... *vieille. Ancienne.* Et puissante.

J'en arrachai mon attention et la concentrai sur ce que je pouvais voir d'autre. Les djinns étaient durs à localiser ; ce n'étaient que des présences furtives captées du coin de l'œil quand ils étaient liés, et rien du tout quand ils se retrouvaient libres et essayaient de rester hors de vue – ce qu'ils faisaient pour la plupart. Des gardiens flamboyaient ici et là comme des feux d'artifice. Beaucoup d'activité dans toute l'Amérique du Nord et du Sud. L'intensité des signaux signifiait qu'un pouvoir substantiel était dépensé. Je ne pouvais m'empêcher d'imaginer quelle en était la raison. Des gardiens se faisaient tuer, ou tout du moins luttaient pour sauver leur peau. Et je ne pouvais rien faire non plus à ce sujet. Beaucoup d'entre eux devaient être des amis, des gens que j'avais rencontrés ou avec qui j'avais travaillé. Beaucoup de noms allaient s'aligner sur le mur du souvenir – enfin, s'il restait un monde à la fin de tout ça pour se souvenir d'eux.

Je ne vis rien d'autre qui pourrait m'aider. Le plus proche gardien se trouvait dans l'excroissance formée par la Floride, et il ou elle était harcelé par quelque chose qui ressemblait à une tornade. De plus, vu l'intensité des flamboiements, aucun djinn n'était impliqué.

Quelqu'un t'a pris, chuchotai-je dans le brouillard. *Où es-tu, David ? Qui t'a trouvé ? Qui t'a pris ?*

Quelque chose s'agita, créant des tourbillons de pouvoir qui soufflèrent de la chaleur sur ma peau. Je ne pouvais pas le voir, mais je pouvais le sentir. David était toujours en vie. Il restait à peine djinn, et conservait la réserve de pouvoir qu'il m'avait prise à la décharge.

Dis-le-moi, le suppliai-je. *Dis-le-moi et je viendrai te chercher.*

Je ne m'attendais pas à ce que quelque chose me frappe, mais c'est ce qui se produisit, avec violence, me faisant décrire un looping stupéfait dans le monde éthéré. Mon corps immatériel oscilla et je commençai à retomber vers la réalité dans un tourbillon incontrôlé. Le monde virevolta dans une masse confuse et *blam*, je réintégrai ma chair dans un impact assez puissant pour repousser mon corps et l'envoyer faire douloureusement connaissance avec le mur en plâtre.

Celui qui détenait David ne voulait pas que je le trouve.

Je me souvins brutalement, que j'avais bel et bien vu quelqu'un en compagnie d'un djinn deux nuits plus tôt. Sur la plage. L'un des membres de la meute de Shirl qui affrontait Lewis possédait un djinn. La dernière fois que je les avais vus, ils partaient en direction des dunes, mais s'ils voulaient sérieusement s'en prendre à Lewis…

…alors si je trouvais Lewis, je trouvais Shirl. Et un djinn. Pour le moment, n'importe lequel ferait l'affaire. Je n'allais pas faire la difficile et, d'une certaine manière, prendre un djinn à ces personnes-là en particulier était loin de me déranger autant que cela aurait dû – mais bon, quand il s'agissait de ceux qui cherchaient à tuer les gens que j'aimais, ma morale avait tendance à s'assouplir un peu.

Je montai de nouveau dans le monde éthéré, cette fois en me focalisant sur Lewis. Un flamboiement de pouvoir éclatant à l'ouest, peut-être à une heure en suivant la côte. Là où les autres gardiens se manifestaient par jets sporadiques, comme des chandelles romaines, Lewis était une torche puissante et régulière. Il avait la capacité de se camoufler presque aussi bien qu'un djinn, mais pour le moment il n'en prenait pas la peine.

Je saisis les clefs du minivan et mon sac à main, puis fonçai hors de l'appartement. Je n'avais pas beaucoup de temps, et Dieu sait que la maman-mobile était loin d'être un moyen de transport fougueux…

Quand je l'atteignis, je réalisai que le yacht terrestre penchait sur le côté, comme un bateau coincé sur un récif. Eamon avait pris la peine de taillader deux de mes pneus avant de s'enfuir avec ma sœur. Il l'avait sans doute fait pendant mon sommeil. *Putain de merde…!*

J'attrapai mon téléphone portable et composai un raccourci, marchant nerveusement de long en large sur le parking pendant qu'il sonnait, sonnait, sonnait…

La voix ensommeillée de Cherise dit enfin :

— Oh, vous feriez mieux d'être mignon, mâle et chaud comme la braise.

— Tais-toi et écoute. J'ai besoin de ton aide, dis-je sans détour. Laisse tomber le gloss et ramène ton cul par ici.

Un froissement de draps. La voix de Cherise s'éclaircit soudain.

— Jo ? Qu'est-ce qui ne va pas ?

— J'ai besoin d'une bagnole et d'un chauffeur qui n'a pas peur d'appuyer sur le champignon. Tu es partante ?

— Hum… d'accord… (Elle avait l'air sur ses gardes. Je ne lui en voulais pas. Elle ne m'avait jamais entendue en mode action auparavant.) Donne-moi trente min…

— Je n'ai pas trente minutes. Peu importe si tu te ramènes en chaussons et enveloppée dans un drap ; pour l'amour du ciel, contente-toi de venir. Cinq minutes, Cherise. Je suis sérieuse. (Je me mordillai la lèvre et finis par ajouter :) Ma sœur pourrait mourir si tu ne le fais pas.

Je l'entendis retenir son souffle et passai quelques secondes désagréables à me demander si elle n'allait pas tranquillement raccrocher en me laissant en rade. Mais Cherise, quand la situation l'exigeait, était faite d'un autre bois.

— Cinq minutes, me promit-elle.

J'entendis le téléphone cogner contre sa table de chevet avant que la ligne ne soit coupée.

Il lui fallut six minutes, mais je fus impressionnée par son sens de l'engagement ; quand la voiture de Cherise s'arrêta dans un crissement de pneus en face de moi, sa conductrice portait un haut rose, un pantalon de survêtement étroit et des tongs. Pas de maquillage. Ses cheveux étaient tirés en arrière en une queue de cheval, encore ébouriffés par les draps.

Je ne l'avais jamais vue aussi débraillée, et je l'aimai pour cela.

Je plongeai du côté passager alors qu'elle m'ouvrait la portière en grand, puis elle écrasa l'accélérateur et fit grincer l'embrayage en passant la Mustang en première. Je parvins à attacher ma ceinture (ça, au moins, c'était sans doute nécessaire), et montai en Seconde Vue. Suffisamment pour garder un œil sur le phare qu'était Lewis.

— Va jusqu'à la plage et tourne vers le sud, dis-je. (Cherise me lança un coup d'œil, grilla un feu orange et fit de nouveau grincer l'embrayage en passant la troisième. La voiture rugit et s'élança.) Je te dois une faveur.

— Carrément, dit-elle en regardant dans son rétroviseur.

Pas de flics pour l'instant. Je n'osai pas regarder le compteur, mais quand Cherise tourna pour entrer sur l'autoroute, je sentis les pneus hurler et lutter pour accrocher la route. Elle n'y allait pas de main morte. La Mustang cessa de patiner, l'arrière tangua de droite à gauche, puis elle amorça un galop à fond de train sur la route dégagée. Il y avait un peu de circulation matinale, mais qui restait très éparse. Cherise cala sa vitesse juste en dessous de cent soixante kilomètres à l'heure et manœuvra parmi des véhicules plus lents que nous, avec le genre de précision réservée aux matchs de conduite ou aux professionnels de NASCAR. J'avais choisi la bonne nana. Elle adorait vraiment conduire.

— Donc, dit-elle quand nous parvînmes à une étendue dégagée et que la Mustang passa en cinquième avec un grondement sourd et sauvage, peut-être que tu ferais mieux de m'expliquer pourquoi je suis sur le point de me faire arrêter, sans mentionner le fait que je vais me faire ficher et donc photographier sans maquillage et avec une coiffure naze.

— L'Anglais Trop Mignon, hurlai-je en retenant
mes cheveux brutalement fouettés par le vent pour
qu'ils ne me viennent pas dans le visage. (J'avais oublié
la raclée qu'on prenait en filant à cette allure dans une
décapotable.) Il s'avère qu'il n'est pas si mignon que
ça. Il dit qu'il va tuer Sarah si je ne lui donne pas une
rançon.

— Quoi ? (Les yeux de Cherise étaient réduits à
deux énormes pupilles dans la lumière reflétée par
les phares, son visage couleur vert zombie à cause des
lumières du tableau de bord.) Sans déconner. L'Anglais
Trop Mignon ? Mais il était *chouette* !

— Je te dirais bien qu'on ne doit pas juger un livre
d'après sa couverture, mais…

— Je sais, il faudrait déjà que j'en aie lu un. (Cherise
m'envoya un léger sourire fouetté par le vent.) Je ne
suis pas bête, tu sais !

— Je n'ai jamais dit que tu l'étais.

— C'est juste que j'aime bien les mecs !

— Ouais. Je sais.

— Alors il craint ? Vraiment ?

Je songeai à lui, étendu sur le canapé, souriant, une
main refermée sur la gorge pâle et détendue de ma
sœur.

— Y'a pas pire.

Cherise réfléchit à tout cela en silence pendant
quelques secondes, puis hocha la tête.

— Tu vas le payer ?

— Je ne sais pas.

Elle hocha de nouveau la tête, comme si tout ce
que je venais de dire était parfaitement sensé.

— Je suis contente de voir qu'on a un plan.

Nous fonçâmes à cent quatre-vingt-dix kilomètres
à l'heure, sans ralentir.

* * *

LES VENTS COMMENCÈRENT à augmenter en intensité vingt minutes plus tard. Je déplaçai mon regard en Seconde Vue et vis que la tempête gagnait en vitesse et en rotation. D'après les bandes de couleur dans le monde éthéré, le mur de l'œil avait sans doute déjà atteint une force 3, et ce n'était que le début. Les nuages se déroulaient depuis le cœur de la tempête, comme des étendards de guerre. La rotation allait être monstrueuse. Une fois qu'elle aurait atteint sa taille maximale, elle pourrait bien recouvrir tout l'État.

Je pouvais la *sentir*. Cette tempête était vieille, en colère, et elle voulait du sang. Son noyau était entouré par un rideau noir et épais chargé de promesses de mort.

Je déglutis péniblement en retombant dans le monde réel. Cherise scrutait le ciel avec nervosité.

— Je crois que je ferais mieux de remonter la capote, dit-elle.

— Tu es obligée de t'arrêter pour le faire? (Elle m'envoya un regard silencieux du genre: «Tu es dingue?») On ne s'arrête pas, sous aucun prétexte.

— On va être trempées!

— Je vais empêcher la pluie de nous atteindre, dis-je. (Il ne servait plus à rien de faire des cachotteries à présent.) Je peux le faire. Contente-toi de nous garder sur la route.

La pluie tomba cinq minutes plus tard environ, crépitement de grosses gouttes qui se transformèrent rapidement en un rideau argenté chatoyant. Cherise leva le pied, parcourue de frissons, et je durcis l'air pour former une bulle au-dessus de la voiture. Je la réchauffai aussi un peu. Toit invisible.

La pluie heurta la barrière et glissa à sa surface, comme sur du verre. Cherise faillit envoyer sa voiture dans le fossé en essayant de lever les yeux.

— Qu'est-ce que c'est que… ?

— Je peux faire ça, répétai-je. N'y fais pas attention. Continue seulement à rouler.

Si nous survivions à tout ça, j'allais avoir de gros ennuis – mais les ennuis étaient un beau petit souvenir agréable, à ce stade. Je me contenterais bien d'avoir de simples ennuis. Si les gardiens voulaient se jeter sur moi et m'arracher mes pouvoirs à la fourchette, ils étaient les bienvenus, mais *après* que j'en aurais terminé avec ça. Tous ceux qui se mettraient en travers de mon chemin allaient avoir une très vilaine surprise.

— La vache, c'est… cool, murmura Cherise. (Elle retira une main du volant, la leva et la posa à plat contre le vide.) Mon Dieu, Jo. C'est genre le truc le plus cool que j'aie jamais vu. Ou pas vu. Peu importe.

La pluie glissait en un torrent continu à quelques centimètres de sa main. La Mustang franchit une flaque d'eau et frissonna, perdant de l'adhérence ; Cherise plaqua de nouveau sa main sur le volant et lutta contre ses velléités de dérapage. Il lui fallut deux secondes interminables, mais elle reprit le contrôle sans jamais lever le pied de l'accélérateur.

— O.K, c'est pas passé loin.

— Sans déconner.

— Marrant, hein ?

Nous dépassâmes en coup de vent des camions, des bus et des conducteurs matinaux nerveux. Pas de flics. Je n'arrivais pas à en croire notre chance, mais je savais que ça ne durerait pas…

Soudain, un éclair incandescent traversa les nuages et fila à l'horizontale au-dessus de notre voiture.

Dans le monde éthéré, le phare de Lewis s'éteignit brutalement.

***

Le chaos. Il était partout, et il devenait difficile de différencier ce qui était important de ce qui ne l'était pas ; la tempête qui s'amoncelait au-dessus de l'océan et s'approchait implacablement remplissait d'énergie le monde éthéré causant en quelque sorte des parasites métaphysiques. Pour couronner le tout, il y avait des jets de pouvoir ici et là, d'origine plus gardienne, ajoutant au blizzard d'instabilité générale.

Je parvenais à peine à rester en position, là-haut. Je m'accrochai avec détermination, à moitié consciente de Cherise qui parlait anxieusement à côté de moi, de la Mustang qui fonçait dans les ténèbres, et essayai de me souvenir de la localisation de Lewis. Est-ce qu'il avait demandé à Rahel de l'emporter dans les airs ? Non, Lewis ne possédait pas Rahel, et sans ce lien, elle n'aurait pas été capable de le faire passer d'un endroit à un autre. Aucun gardien de ma connaissance, pas même Lewis, ne pouvait faire ce genre de choses tout seul.

Alors il était toujours là. Quelque part. Il se déplaçait peut-être, et masquait sa présence aux regards magiques. Lewis était vraiment doué pour ça ; il avait échappé à l'organisation entière pendant des années tout en continuant à faire des choses de son côté. Il fallait avoir du cran et du talent pour ça.

Je ne vis pas Lewis, mais je distinguai un flamboiement de pouvoir rouge vif caractéristique qui jaillit et s'estompa comme une diode sur le point d'exploser. Je me concentrai sur ce point et attendis.

Un autre éclat, plus puissant. Il était plus loin vers l'ouest, presque parfaitement parallèle à la route sur laquelle nous étions.

— Tourne à droite ! criai-je.

— Où ?

— N'importe où !

Je sentis la lourde poussée physique de la Mustang qui prenait un virage, et j'agrippai hâtivement une poignée pour ne pas être projetée contre la ceinture de sécurité. Je gardai aussi mon attention braquée sur le monde éthéré. Cela devenait de plus en plus difficile. Le toit d'air durci que je maintenais au-dessus de la voiture en mouvement me demandait un sacré paquet de concentration et de contrôle, sans parler du fait qu'il puisait aussi dans la réserve de pouvoir limitée que Lewis m'avait donnée.

Une autre pulsation de pouvoir, plus longue celle-ci. Quelques jets dorés en réponse, plus faibles et plus brefs.

— Où est-ce que je vais ? demanda Cherise. (Elle s'était remise à crier, avec une certaine tension dans la voix indiquant qu'elle avait déjà posé la même question une fois ou deux.) Oh, Jo ! Tu vas sortir du coma, oui ? !

Je cillai et me laissai suffisamment retomber pour étudier le monde réel. Non pas qu'il y avait beaucoup de choses à étudier. Nous avions quitté l'axe principal pour emprunter une route en bitume plus petite, et mis à part le chatoiement constant de la pluie et la succession jaune de la ligne au milieu de la route, nous aurions aussi bien pu être en train d'inaugurer un voyage intergalactique. Il n'y avait rien, dehors. Rien qui ressemble à de la lumière, du moins.

La Mustang escalada une grande colline en grondant, et je vis au loin l'éclair de quelque chose qui semblait être de la foudre.

— Là ! (Je pointai du doigt la zone qui avait été éclairée.) Tu les vois ?

Des voitures. Deux voitures, roulant rapidement. Pas aussi rapidement que nous, mais bon, peu de gens auraient ne serait-ce que songé à tenter de nous imiter, en particulier sous la pluie. Cherise acquiesça et se concentra pour maintenir la Mustang sur la route mouillée, laquelle serpentait et tournait. Dans la lumière diffuse des phares, je pouvais voir les ombres vertes mouvantes d'épais feuillages et d'arbres fouettés par le vent.

Merde, j'espérais qu'il n'y avait pas d'alligators sur la route.

Nous négociâmes un virage trop rapidement, mais Cherise tint bon, défiant les lois de la physique et de la gravité, et accéléra pour nous amener à cinq voitures de distance des deux autres conducteurs. Ils étaient côte à côte, roulant à la même vitesse – ou plutôt, le gros SUV noir se maintenait à hauteur de la Jeep et cherchait coûte que coûte à la pousser dans le fossé. À chaque fois qu'il s'y essayait, il heurtait une sorte de coussin et était repoussé, sans froissement de métal.

— Lewis, dis-je.

Lewis était dans la Jeep. Je ne pouvais ni le voir ni le ressentir, mais il était la seule personne de ma connaissance capable de gérer ce genre de choses tout en restant en mouvement et en conduisant. Ce qu'il faisait d'ailleurs assez bien. Il n'était pas Cherise, mais il restait sur la route, même à cent dix kilomètres à l'heure.

— Et maintenant ? demanda Cherise.

Je ne savais pas. Le SUV luisait devant nos phares comme un insecte noir humide, presque deux fois aussi gros que la Jeep qu'il menaçait. Il y avait des gardiens là-dedans. Même si je l'avais voulu, je n'aurais pas pu me lancer dans une bataille rangée – des vies étaient en jeu, et peut-être des vies inno-centes, en plus. Sans parler du chaos tournoyant autour de nous, qui n'avait guère besoin d'un nouveau coup de pouce.

J'en étais arrivée à la conclusion qu'il n'y avait pas grand-chose que je puisse faire avant que les deux voitures devant nous ne mettent fin à leur dispute, d'une façon ou d'une autre, quand je sentis une déferlante de pouvoir – et tout à coup, il y eut une présence sur le siège arrière, qui bougeait à la limite de mon champ de vision, et deux mains se posèrent sur mes épaules, les emprisonnant dans un étau qui me cloua sur place.

Des griffes tranchantes comme des diamants se redressèrent tandis que des ongles scintillants me piquaient en manière d'avertissement.

— Tenez bon ! hurla Rahel – et tout se passa très, très vite.

L'éclat des feux stops de la Jeep.

Une masse verte confuse. Je ne parvins pas à voir ce que c'était, mais cela sortit des fourrés du côté gauche de la route ; tout à coup le SUV se *souleva*, s'élevant moteur en premier dans les airs, comme tiré par un canon, puis vrilla sur lui-même…

— Merde ! glapit Cherise, avant d'écraser violemment l'accélérateur.

La Mustang hurla sur l'asphalte mouillé et dépassa la Jeep en coup de vent. Je sentis une ombre passer au-dessus de nous et levai les yeux pour découvrir le toit noir brillant du SUV qui tournoyait paresseusement dans le ciel, si près que j'aurais pu le toucher, puis le pare-chocs arrière heurta la route derrière nous avec un crissement à faire trembler le monde.

Quand il cessa de faire des tonneaux, ce n'était plus qu'un enchevêtrement de métal informe.

Cherise freina, trop fort, fit déraper la Mustang en la conservant de justesse sur la route, et Rahel retira ses mains de mes épaules. Vu la douleur que je ressentais, j'allais en garder des bleus. Je défis ma ceinture d'une main tremblante et me précipitai hors de la voiture pour courir vers le lieu du sinistre.

J'étais parvenue à mi-chemin, pilonnée par la pluie glaciale, quand l'épave explosa en une boule de feu qui me frappa de plein fouet et m'envoya rouler douloureusement trois mètres plus loin. Quand je tournai la tête et repoussai mes cheveux mouillés de mon visage, je m'attendais à voir un brasier digne d'Hollywood.

Non. Il ne restait plus grand-chose à brûler. Les morceaux du SUV tombèrent en pluie sur trente mètres de distance. Un pneu déchiqueté frappa la route à côté de ma main tendue, si brûlant que je perçus sa chaleur ; il était fondu par endroits et grésillait sous la pluie.

Trois personnes se tenaient sur la route, là où l'accident avait eu lieu. Non, je me repris. Deux personnes, un djinn. Je pouvais voir le flamboiement jaune de ses yeux, même à cette distance.

Une onde de chaleur s'échappait des deux autres, à la fois dans le monde réel et dans le monde éthéré, et je frissonnai sous une brusque cascade de souvenirs. Ils portaient toujours leur peau humaine, mais Shirl et son ami gardien n'étaient plus que des carcasses abritant autre chose. Quelque chose de bien pire.

Je me souvins de ce que je ressentais quand la marque du démon couvait sous ma peau, et je dus refréner une soudaine envie de fuir. *Ils en ont après Lewis*. Ils devaient être irrésistiblement attirés par son pouvoir.

Je n'étais pas venue mener les combats de Lewis à sa place. J'avais besoin d'un djinn, et il se trouve qu'il y en avait un. De toute évidence, la bouteille se trouvait sur le gardien et, par miracle, elle ne s'était pas brisée. Ouaip, tout ce qu'il me restait à faire était de combattre deux gardiens habités par une marque du démon, libérer un djinn, éviter d'expliquer quoi que ce soit à Lewis et…

…et ne pas mourir.

Fastoche.

Je n'avais eu aucun doute sur le fait que c'était Lewis qui conduisait la Jeep, mais j'avais oublié Kevin ; le gamin sortit par la porte côté passager et courut jusqu'à moi. Il tendit la main pour me redresser en position assise.

— La vache, t'es en vie, dit-il.

Il avait l'air surpris.

— Désolée. J'essaierai de faire mieux la prochaine fois.

Vu que je ne comptais pas rester assise de toute façon, il me tira vigoureusement et me retint quand je flanchai au moment de me redresser. Il ne dit rien de plus. Ses yeux étaient posés sur les trois silhouettes qui nous faisaient face – ou plutôt, qui faisaient face à la Jeep.

Lewis sortit par la portière côté conducteur, la referma et envoya un bref regard dans notre direction.

— Emmène-les loin de là, dit-il à Kevin. Prends la Mustang.

— Je ne pars pas, dis-je.

Lewis me lança LE regard, mais il n'eut pas vraiment le temps d'argumenter car, à ce moment précis, le djinn aux yeux jaunes se jeta sur lui.

Il n'était pas assez rapide pour battre Rahel. Ils se rencontrèrent tous deux dans les airs, grondant et s'entre-déchirant, et je sentis le monde éthéré bouillir et brûler sous la force de leur combat. Le djinn essayait de faire basculer la Jeep, afin qu'elle écrase Lewis. Ce dernier ne bougea pas.

Et la Jeep non plus.

— Si tu veux rester, dit Lewis, rends-moi service et tiens le pick-up pour moi une minute.

Sa voix était parfaitement calme, comme si tout cela n'était qu'une journée de boulot ordinaire pour lui. Et c'était peut-être le cas. La vie de Lewis était sans doute beaucoup plus imprévisible que la mienne. Je ne compris pas ce qu'il disait, pendant une seconde, puis je le sentis détourner son attention, et la Jeep commença à frissonner.

Je durcis l'air autour d'elle, la maintenant en place tandis que Lewis avançait jusqu'à se trouver à trois mètres des deux autres gardiens. Shirl – cette punkette de Shirl, avec ses vêtements noirs gothiques et son attitude bravache – avait une allure plutôt débraillée, ces derniers temps. Les cheveux plats, gras ; des ombres noires sous les yeux, qui semblaient davantage dues à son épuisement qu'à de la coquetterie. Sa peau était d'une pâleur maladive, si fine que je pouvais voir les veines bleues en dessous. Le chatoiement de ses yeux était plein de douleur, de rage et de quelque chose d'autre, quelque chose d'inhumain.

— Lewis, avertis-je.

Il m'interrompit d'une main tendue. Il connaissait aussi bien que moi les dangers des marques du démon, peut-être même mieux. La chose à l'intérieur de Shirl ferait n'importe quoi pour rentrer en lui, pour accéder à cet immense lac de pouvoir.

— Je peux t'aider, lui dit-il. Laisse-moi t'aider.

J'eus envie de hurler «non», ou de façon plus appropriée, «t'es malade ?». Mais bon, c'était Lewis. Son premier réflexe avait toujours été de guérir.

Shirl invoqua des deux mains une boule de feu et la projeta droit vers son torse. Elle le frappa, explosa, et se répandit sur lui comme de la lave. Dans des circonstances normales, Lewis se serait contenté de s'en débarrasser d'une secousse (le Feu était l'un de ses pouvoirs, évidemment, et il y était naturellement résistant), mais cette attaque-là carburait à la marque du démon, et elle était vachement plus forte que d'ordinaire.

Elle creusa profondément sa chair. Je le vis osciller, se concentrer, et parvenir enfin à la repousser, mais elle laissa des trous noircis dans ses vêtements, et des marques rouges sur sa peau, qui avaient l'air douloureuses et à vif. Avant qu'il ne puisse faire autre chose que reprendre son souffle, l'autre gardien invoqua la Terre, et je sentis le sol trembler quand un arbre gigantesque s'effondra droit sur Lewis. Ce dernier parvint à l'esquiver, faisant un bond en avant, presque assez proche pour se lancer dans un corps-à-corps avec ses deux adversaires.

Shirl l'attaqua de nouveau avec un rideau aveuglant de flammes orange, et il trébucha avant de tomber. Des vrilles surgirent des fourrés en fouettant l'air, serpentèrent autour de ses mollets et le traînèrent sur le sol. Avant qu'il puisse se concentrer suffisamment pour les combattre, Shirl était encore sur lui, bondissant comme un tigre, une boule de feu déjà prête.

Je la frappai avec une rafale de vent et la projetai à quatre mètres de là, sur la route.

— Fais quelque chose ! hurlai-je à Kevin.

Il avait l'air en proie à un dilemme, et plus qu'un peu effrayé ; je me souvins qu'il avait déjà affronté Shirl et son équipe, et qu'il avait frôlé la mort. *Bordel*. Je ne pouvais pas en vouloir au gamin.

— Non, Kevin ! Reste en dehors de ça ! hurla Lewis pour contrer mon ordre.

Les vrilles qui tenaient ses chevilles se racornirent et il se remit sur pieds d'une roulade…

…au moment précis où Shirl lui lançait une autre boule de feu.

Cette fois-ci, il l'attrapa. D'une seule main, en un geste précis et gracieux. Puis il jongla avec la sphère infernale, la faisant passer d'une main à l'autre en regardant Shirl approcher. L'autre gardien était debout et avançait, lui aussi. Ils rôdèrent autour de lui.

— Merde, Lewis… dis-je.

— Tu peux me lâcher ?

Le djinn devait appartenir à l'un des deux gardiens, et j'étais relativement certaine que ce n'était pas celui de Shirl. Cela signifiait que l'autre type – celui qui avait le visage intelligent et un peu tordu, avec son accent canadien que je me souvenais d'avoir entendu à la plage – devait en être le fier propriétaire. Un compagnon de fuite de Shirl.

Je me dégageai de l'étreinte de Kevin et me déplaçai vers la droite. Shirl m'observa, ses yeux scintillant intensément. J'étais plus forte qu'elle, ce qui signifiait que le démon allait vouloir sauter sur moi… mais Lewis restait le mec le plus puissant du monde. Le démon n'allait sûrement pas le laisser tomber pour ma petite personne.

À moins, bien sûr, qu'il ne soit pas contre une petite partie de marelle. Je surveillai Shirl, prudente, tout en me rapprochant en spirale de l'autre gardien.

— Bon, lui dis-je, je ne crois pas que nous ayons été correctement présentés. Joanne Baldwin. Gardienne des Cieux. Vous êtes… ?

Furax, apparemment. Étant donné que nous étions sur de l'asphalte, il ne pouvait pas effriter le sable sous mes pieds – ce qui était la ruse favorite de Marion Bearheart – mais il pouvait travailler avec un sacré paquet d'autres trucs. La zone où nous nous trouvions n'était pas vraiment dénuée de vie.

Sans surprise, il trouva quelque chose. Quelque chose qui surgit des ténèbres et atterrit sur la route avec un grognement bestial avant d'avancer à pas mesurés dans la lumière des phares.

C'était un puma. Son long corps élancé luisait sous la pluie, et il avait les yeux verts les plus magnifiques que j'avais jamais vus : larges, liquides, emplis d'un pur pouvoir animal. Il marcha vers moi avec une détermination peu naturelle, et je pus voir ses pattes noires se contracter, prêtes à bondir. Oh, ouais, j'allais avoir de quoi m'occuper.

— Hum… gentil… chaton…

Je fis un pas en arrière en passant en revue ce que j'avais à disposition dans mon arsenal (lequel manquait cruellement d'éclairs) qui pourrait arrêter un prédateur.

Non. Je n'avais rien.

Il y eut une explosion de feu, et Lewis fut soudain trop accaparé pour m'aider – je sentis la chaleur flamber sur ma peau, si intense qu'elle roussit mes poils. Il ne restait donc plus que moi, le puma et le gardien de la Terre.

— C'est pas juste, d'utiliser des espèces menacées, dis-je en déglutissant péniblement alors que le félin commençait à gronder. (Il m'observait avec des yeux fixes, affamés et vides.) Sérieux. C'est pas bien, mon gars.

Le chat bondit. Je glapis, esquivai et invoquai le vent – ce qui était une erreur, car le brasier intense créé entre Lewis et Shirl provoquait des courants ascendants et des cisaillements de vent imprévisibles. Au lieu de projeter le puma sur le côté, il le fit atterrir pile sur moi, me renversant sur la route.

Le puma était lourd comme un homme, chaud, et sentait la fourrure mouillée, le sang et la fureur ; ses griffes s'enfonçaient déjà dans la chair souple de mon ventre et *oh mon Dieu*…

J'aspirai l'air hors de ses poumons. Juste comme ça, plus vite que la pensée – je l'admets, je ne cherchai pas à m'y prendre proprement. Le félin s'étouffa, ouvrit la gueule et chercha à respirer, mais ne put y parvenir. Je roulai. Il se raccrocha à moi pour ne pas perdre l'équilibre, creusant des sillons sanglants dans ma chair. J'invoquai une autre rafale de vent. Cette fois, elle coopéra, et fit tomber le gros chat sur le flanc. Il se releva immédiatement d'une roulade en hoquetant, la tête baissée, tremblant de confusion.

— Désolée, chuchotai-je.

Je passai des mains pleines de sang sur mon visage pour repousser mes cheveux mouillés. Je n'osai pas regarder mon corps de trop près. La partie basse de mon torse était bizarrement chaude et engourdie. Au moins mes intestins ne sortaient pas de mon ventre. C'était toujours ça de pris.

Je ne pouvais pas tuer le puma – des gens maléfiques, oui, pas de problème, mais pas des animaux qui faisaient juste leur boulot de survie ; je n'avais donc que quelques minutes au plus pour me débarrasser de celui qui le contrôlait.

Et il avait déjà préparé quelque chose d'autre. Je perçus un mouvement confus du coin de l'œil. Il était impossible que je réagisse à temps, et mon cerveau captura l'image d'un serpent – un gros serpent qui n'avait pas l'air content – frappant dans ma direction, ses crocs énormes pointant d'une tête plate et triangulaire grande comme ma main.

Rahel l'attrapa en pleine course, lui cogna sur la tête d'un ongle verni de couleur vive, et le serpent s'affaissa dans sa main. L'allure de la djinn était impeccable. Il n'y avait aucun signe indiquant qu'elle avait participé à un combat quelconque, et l'autre djinn n'était nulle part en vue.

— Tu devrais faire plus attention, dit-elle – au serpent – avant de le déposer dans les fourrés.

Il s'éloigna en quelques convulsions rapides de son corps et disparut au bout d'une poignée de secondes.

Rahel tourna ses yeux de faucon étranges et dorés vers le gardien de la Terre, et sourit. C'était loin d'être le genre de sourire que vous voudriez voir dans un tel contexte, croyez-moi.

Le gardien de la Terre fit un énorme pas en arrière.

— Les djinns tuent des gardiens, dit-elle. (Là aussi, c'était peut-être un commentaire à mon intention… ou pas.) Dans l'ensemble, cela ne me dérange pas tant que ça.

— Heureusement pour moi que je ne suis plus une gardienne, alors, dis-je. Tu es occupée ?

— Pas particulièrement.

— Tu ne devrais pas, hem, aider Lewis… ?

Ses yeux se posèrent brièvement sur l'énorme boule de feu qui entourait les deux autres combattants. À l'intérieur, Lewis était apparemment en train de faire une prise d'étranglement à Shirl.

— Je ne crois pas que ce sera nécessaire.

— Alors, est-ce que tu verrais un inconvénient à… ?

— Pas du tout.

Les nerfs du gardien de la Terre lâchèrent et il fila comme une flèche. Rahel le fit tomber d'un seul bond proprement exécuté, l'entraînant sur l'asphalte luisant et humide, puis le plaqua au sol en lui enfonçant un genou dans le creux du dos. Il se débattit, mais sans grand effet.

— Tu peux laisser partir le puma, maintenant, me lança-t-elle. Il ne te fera pas de mal.

Ouais, c'est ça, facile à dire pour elle… Je fis disparaître la bulle de vide autour du félin, et il prit immédiatement une grande inspiration, puis une deuxième, avant de s'enfuir en bondissant. Il suivit le même chemin que le serpent. Je leur souhaitai bonne chance à tous les deux.

En parlant de ça... Je remontai mon tee-shirt et suivis du bout des doigts les blessures sur mon ventre. Du sang s'écoulait en traces humides, rendu rose par la pluie, mais les plaies avaient l'air superficielles. Ceci dit, c'était un terrain propice à de belles cicatrices. J'inspirai une bouffée d'air moite et essayai de ne pas songer au fait que j'avais failli devenir de la bouffe pour chat, puis je me tournai vers l'endroit où Rahel maintenait le gardien dans une position d'impuissance totale.

Je posai un genou au sol, ce qui fut douloureux, et il tourna la tête pour me fixer. Ouaip, il y avait une composante démoniaque distincte dans le chatoiement de ses yeux. Je ne savais pas si quelqu'un d'autre était capable de le voir ; j'étais un cas plutôt unique, ayant fait à la fois l'expérience de la marque du démon et de la vie de djinn. Il semblait en être au tout début. Il n'était sans doute même pas encore conscient que la créature grandissant en lui sous cette marque allait influencer ses actions et compromettre sa capacité de jugement.

Qu'elle allait dévorer son pouvoir, tout en alimentant le feu et en lui donnant l'impression de maîtriser encore plus la situation.

Je ne pouvais pas l'aider, à ce sujet. Il devait s'aider lui-même, et j'étais sur le point de lui enlever la seule façon d'y parvenir.

— Tiens-le, dis-je à Rahel.

Elle décala son poids, s'écartant du gardien, mais le garda à plat ventre d'une main posée entre ses omoplates.

— Lâchez-moi ! hurla-t-il.

Je l'ignorai et fourrai ma main dans la poche droite de sa veste. Rien. La gauche contenait un jeu de clefs. Je les laissai tomber sur le sol.

— Fais-le rouler sur le dos, dis-je.

La djinn lui prit le bras et le retourna comme une crêpe, le maintenant cette fois en lui plaquant une main sur le front. Paralysé. Elle me jeta un coup d'œil, et j'y lus un certain malaise. Elle tendit la main et taillada sa chemise d'une griffe aiguisée, avant de replier le tissu sur le côté pour me montrer le tatouage noir et mouvant de la marque du démon.

Il commença à hurler. Quoi qu'elle soit en train de lui faire pour le maintenir allongé, le démon n'appréciait pas. Le corps du gardien s'arc-bouta de douleur, et le visage de Rahel se figea sous l'effet de la concentration.

Je fouillai les poches de son pantalon et découvris, parmi d'autres objets, l'un de ces étuis en cuir bon marché pour rouge à lèvres – ceux qui sont importés d'Inde ou de Chine, qui s'ouvrent d'une pression et contiennent un miroir intégré pour les retouches de maquillage. Sauf qu'il n'y avait pas de rouge à lèvres, dans celui-là.

Il contenait un capitonnage en coton et une petite bouteille d'échantillon de parfum, ouverte et vide. Le capuchon en plastique reposait à côté.

Je tendis la main, saisis la bouteille de verre froid et sentis le monde se décaler de cette façon étrange et indéfinissable, comme si l'attraction terrestre avait soudain pris un virage à gauche.

Un djinn naquit de la brume dans les ténèbres, les yeux braqués sur moi. Il commença à former une nouvelle apparence, et je réalisai que je ne voulais pas voir l'effet qu'aurait sur lui mon subconscient (par pitié, mon Dieu, faites qu'il ne ressemble pas à David…). Je refermai le poing et déclarai :

— Retourne dans la bouteille.

Il disparut. Je pris le capuchon posé sur le coton dans l'étui pour rouge à lèvres, puis le remis en place. Je sentis la connexion se rompre, ne laissant derrière elle qu'un bourdonnement sourd. Il était loin d'être aussi fort que David, ce djinn, mais cela n'avait pas vraiment d'importance.

Rahel m'observait avec un froncement de sourcils. Ce n'est pas bon signe quand un djinn fronce les sourcils. Les djinns, en général, il vaut mieux éviter de les contrarier.

— Je croyais que tu n'approuvais pas l'esclavage, dit-elle. (Ses tresses bruirent quand elle inclina la tête, et j'entendis le cliquètement froid des perles, en dépit du martèlement continu de la pluie.) Ah. À moins, bien sûr, que ça ne t'arrange. C'est si humain de ta part.

— La ferme, dis-je. Et merci de m'avoir sauvé la vie.

Elle haussa les épaules.

— Je ne l'ai pas encore fait.

Et elle lâcha le gardien de la Terre.

Il se redressa très vite, prêt à se battre, et nous nous remîmes au travail.

QUAND TOUT FUT terminé, l'endroit ressemblait à un champ de bataille, si les champs de bataille avaient des tribunes spectateurs. Le SUV en ruines finissait de se consumer en vomissant de la fumée ; la route tout entière était gondolée, irrégulière et parfois brûlée jusqu'au gravier. Elle allait nécessiter de sérieux travaux de regoudronnage.

Le côté spectateurs se composait de Cherise, Kevin et Rahel, qui se trouvaient près de la Mustang. Cherise et Kevin étaient assis sur le coffre, pelotonnés sous un poncho de pluie jaune tendu au-dessus de leurs têtes comme une tente. Rahel faisait les cent pas, imperméable à la pluie, en jetant des regards vers l'est, vers l'océan. Ses yeux brillaient avec tant d'éclat qu'on aurait dit des soleils miniatures.

Shirl et le gardien de la Terre – je ne connaissais toujours pas son nom – étaient installés dans la Jeep, sans connaissance, ligotés avec du bon vieux chatterton. Lewis avait aussi fait un truc classe avec son pouvoir de la Terre, ralentissant leur métabolisme. Il pouvait les maintenir dans un état comateux pendant des heures, voire même des jours, s'il n'avait rien de mieux à faire.

Lewis et moi étions appuyés contre la Jeep, haletant laborieusement et essayant de ne pas gémir. Du moins pas trop.

— Tu vas bien ? finit-il par demander en posant sa main chaude sur ma nuque. (Je parvins à hocher la tête.) Non, tu ne vas pas bien. Tu es trop faible. Encore.

— Je vais bien.

— Conneries.

Il pouvait parler : il avait une sale tronche. Brûlé, couvert de cloques, les vêtements en lambeaux, la douleur dansant dans ses yeux accompagnée par un épuisement profond. Il se donnait sans compter depuis très longtemps, et aujourd'hui n'était qu'une sale journée de plus. Il n'insista pas sur le sujet, cependant ; il regarda en direction de Rahel, puis de l'océan.

— Tu sens ça ?

— Ouais. (J'inspirai profondément.) C'est grave. Peut-être aussi grave qu'Andrew en 92.

— Pire, dit-il laconiquement. Celle-là est plus grande et plus forte.

Pire qu'une catégorie 5. Ce n'était clairement pas une bonne nouvelle.

— Alors ? Qu'est-ce qu'on fait ?

— *Toi* tu ne fais rien. Jo, tu es comme une serpillière ; tu n'as rien à donner. Il faut que tu te tires d'ici, je te l'ai déjà dit. Si tu te bats, tu te feras tuer.

Je le balayai des yeux, des pieds à la tête. Brûlures, plaies ensanglantées et tout le reste.

— C'étaient les derniers ? Les derniers de ceux qui cherchent à t'abattre ?

— Il y a peu de chances.

— Et donc *qui* devrait s'enfuir ?

Il sourit. Ce n'était qu'un petit sourire, doux et fatigué, mais il me transperça comme une flèche.

— Comment va David ?

Je me détournai, toute lumière s'éteignant en moi.

— Je ne sais pas. Je ne sais pas où il est. Les choses sont… (J'inspirai profondément et le dis ; je le dis, tout simplement.) Je l'ai perdu. J'ai perdu la bouteille.

Mon Dieu, ça faisait mal. Je ne voyais pas comment quelque chose pouvait faire plus mal que ça.

Je sentis Lewis fixer ma nuque pendant quelques longs battements de cœur, puis le poids de la Jeep oscilla quand il s'en écarta.

Quand je me retournai, je le vis marcher à grands pas sous la pluie battante, en direction de Cherise, Kevin et Rahel.

O.K, qu'est-ce que j'ai dit ?

Il empoigna Kevin par le col et le tira *manu militari* de sous le poncho en plastique. Cherise glapit et recula, Kevin cria, et Lewis le traîna à sa suite en le tractant par son tee-shirt graisseux, revenant vers moi.

— Rends-la-lui, dit-il. (Kevin se débattit jusqu'à ce que Lewis le secoue violemment.) Je ne déconne pas, gamin. *Rends-lui la bouteille !*

— Qu'est-ce que… ? laissai-je échapper, abasourdie.

Puis je me souvins de ce que l'inspecteur Rodriguez avait dit, dans le van La Surveillance. « Le gamin crasseux qui était dans ton appartement la nuit dernière a piqué de l'argent dans le pot de farine de ta cuisine. » Kevin avait farfouillé dans l'appartement, n'est-ce pas ? Et si quelqu'un était bien conscient de la valeur d'une bouteille de djinn…

Je n'y avais même pas songé. J'étais trop sous le choc pour être en colère.

Kevin était pâle, paniqué, et il affichait un air têtu.

— Je ne sais pas de quoi tu parles, mec !

Oh, attendez, le choc se dissipait. Ouaip, la colère débarquait en force. Je poussai Lewis de côté et empoignai les bras maigrelets mais solides du gamin, le plaquant contre la Jeep.

— Ne me prends pas pour une conne, Kevin ! Est-ce que tu l'as fait sortir ? Est-ce que tu as essayé de l'utiliser ? (Kevin ne disait rien, il se contentait de me regarder. Pâle comme du lait caillé, et à peu près aussi appétissant.) Bordel, *dis quelque chose* ! Est-ce que David va bien ?

Kevin humecta ses lèvres déjà mouillées, détourna les yeux et marmonna :

— Pas ma faute. Il m'a demandé de le faire.

Je sentis une onde de choc glacée couler sur moi.

— Pardon ?

— Je regardais juste un peu partout. Il… il est apparu dans la pièce et il m'a dit de prendre la bouteille.

— Il ne pouvait pas te dire où elle était, pauvre con !

Règle djinn – même si j'avais vu Jonathan la briser, une fois. J'avais clairement demandé à David où était sa bouteille, et il n'avait pas pu me le dire…

…ou, réalisai-je avec un sentiment de chute proche du désespoir, il n'avait pas *voulu* me le dire.

— Il n'a pas eu besoin de dire quoi que ce soit, expliqua Kevin. Il restait juste planté là, tu sais, à côté de la table de chevet. C'était plutôt évident.

J'essayai de dire quelque chose – quoi, je n'en sais rien – mais les mots étaient dépourvus de sens quand ils parvinrent à mes lèvres. Je restai paralysée, fixant les yeux vides de Kevin.

— Écoute, il voulait empêcher qu'il t'arrive encore du mal, dit Kevin. Il pensait… si je gardais la bouteille pendant un moment… peut-être que tu pourrais devenir plus forte. J'étais censé le rendre, plus tard. Quand les choses iraient mieux.

Je sentis mes genoux céder. Mon ventre me faisait mal, là où le puma m'avait lacérée, ma tête me faisait mal, mes genoux me faisaient mal ; mon Dieu, mon cœur était en train de se briser.

— Il voulait me quitter.

Lewis posa les mains sur mes épaules.

— Je crois qu'il essayait de te sauver la vie, Jo.

— Conneries. *Conneries* ! (Tout à coup, j'étais furieuse.) C'est… vous ne faites que… merde, vous les *hommes* ! Vous ne prenez pas de décisions à ma place, pigé ? Je ne suis pas une petite fleur fragile ! J'ai une vie, et c'est *ma* vie, et si je veux…

— La foutre en l'air ? proposa Lewis.

D'accord, il marquait un point. Je ne laissai pas ce détail m'arrêter.

— Hé, je suis allé racler la *décharge* pour le chercher ! Youhou ! *Laisse un putain de mot si tu voles mon petit ami !*

Et je réalisai que Kevin n'avait pas répondu à ma première question. Ses yeux restaient effrayés et vides.

— Oh, mon Dieu, dis-je. Tu l'as utilisé ? Kevin, est-ce que tu l'as fait sortir de la bouteille pour l'utiliser ?

Il hocha la tête. La pluie dégoulinait en filaments argentés le long de ses cheveux ternes pour s'écraser sur son tee-shirt détrempé. Il frissonnait. Si nous ne faisions pas attention, nous risquions tous de tomber en hypothermie.

— Est-ce qu'il est…

— Il est parti, dit Kevin. (Sa voix était dure et rauque, et je devinai qu'il n'avait pas envie de le dire.) Désolé, mais c'est comme si la bouteille était vide. Il est juste… parti, il a crié et puis, tu sais… il s'est évanoui. Je n'ai pas arrêté de l'appeler, mais il n'est pas revenu. Il ne pouvait pas. J'avais besoin de lui, Jo, je suis désolé mais j'étais obligé de le faire, Lewis avait des problèmes, et…

Je savais. J'avais fait la même chose, non ? J'avais appelé David alors même que je savais que ça allait nous tuer tous les deux.

Et à présent, je voyais bien pourquoi Kevin ne s'était pas jeté dans le combat avec son enthousiasme habituel d'ado incompris. Il ne pouvait pas. Comme moi, il avait été vidé de son pouvoir. Et cela n'avait pas suffi.

S'il ne pouvait pas sentir la présence de David dans la bouteille, c'était parce que David était un ifrit. Peut-être était-il dans la bouteille, peut-être pas ; Kevin n'avait sans doute pas pensé à lui ordonner de rentrer dedans avant de la sceller. Pour lui, David avait seulement disparu sans laisser de trace.

Je ne pus empêcher un horrible sentiment de certitude de m'envahir ; cette fois, il ne reviendrait pas.

Je conservais quelques espoirs, jusqu'à ce que Kevin extirpe la bouteille de verre bleue de son sac et la pose dans mes mains – mais ce n'était pas plus mystique que de prendre un bocal dans le placard de la cuisine. Aucune impression de connexion. C'était une bouteille vide, et mon Dieu, je ne sentais plus du tout la présence de David.

Je ne le sentais même plus puiser dans mon énergie – ce qui était au moins quelque chose, avant.

— Retourne dans la bouteille, David, dis-je.

J'attendis une seconde avant d'enfoncer le bouchon en caoutchouc dans le goulot. J'enveloppai la bouteille dans une serviette de rechange à l'arrière de la Jeep, puis je la fourrai dans mon sac à main avec l'étui de rouge à lèvres et le djinn enfermé à l'intérieur.

— Euh… dit Kevin d'un ton hésitant, est-ce qu'on… est-ce que tu…

— Est-ce que j'ai envie d'exploser ta tête de petit con ? Carrément. (Mes mains tremblaient, et pas à cause du froid.) Je n'en ai rien à foutre de ce que David t'a dit, tu n'avais aucun droit de faire ça. Aucun *droit*, tu comprends ?

Il acquiesça. Il avait l'air renfrogné et malheureux, une combinaison possible uniquement chez les adolescents.

— Si jamais tu touches encore une fois à un truc qui m'appartient, je jure devant Dieu, Kevin, que tu regretteras que je ne t'aie pas défoncé à Las Vegas.

— Comme si je le regrettais pas déjà, marmonna-t-il.

— Quoi ?

— Rien.

Il me lança un regard vide et rebelle. Je lançai un coup d'œil furieux à Lewis.

Il haussa les épaules.

Je grondai de frustration.

— Il faut que je rentre à Fort Lauderdale.

Cela ne me ressemblait pas de fuir ainsi, pas quand la tempête du siècle amassait ses forces sur la côte et progressait vers nous en grondant. Lewis haussa les sourcils.

— Je croyais que j'allais devoir demander à Rahel de te traîner loin d'ici malgré force coups de pied et hurlements, dit-il. Et tu n'es pas venue jusqu'ici pour me trouver, aussi flatteur que ce soit, n'est-ce pas? Qu'est-ce qui ne va pas?

Je lui parlai d'Eamon et Sarah, et je vis ses yeux perdre toute lumière et s'emplir de colère. Si j'avais été dans la même situation, j'aurais tout laissé tomber pour lui venir en aide, mais je savais que je ne devais pas attendre la même chose en retour. Lewis était dévoué au plus grand nombre.

— Je ne peux pas, dit-il finalement, d'un ton de regret. Je suis désolé. Ce truc… (Il désigna de la tête le néant noir sur l'horizon, à l'est.) Sauver une vie peut signifier en perdre des milliers. Je dois rester ici.

— Je sais.

— Jo…

— *Je sais.* (Je déglutis péniblement et posai ma main sur sa joue froide, mouillée et rendue râpeuse par la barbe.) Va faire ce que tu as à faire. Eamon n'est qu'un mec, pas un gardien. Je peux m'en charger.

Je savais que Lewis était en train de penser: *Hum, d'ailleurs tu t'en es super bien tirée, jusqu'ici,* mais il était trop gentleman pour le dire à voix haute.

— Ouais, lança Kevin avec un grognement sarcastique. Comme si tu t'en étais bien tirée jusqu'ici.

Rien à ajouter.

Je m'éloignai, repartant vers la Mustang où Cherise était toujours assise sous son poncho. Tremblante. L'air hébétée et secouée. Son vernis superficiel avait disparu, ainsi que sa confiance en sa place dans le monde.

— Cher? dis-je. (Elle verrouilla un regard dénué d'expression sur moi.) On peut repartir, maintenant.

— Hm-hum, dit-elle d'un ton enjoué, presque normal, avant de se laisser glisser du coffre pour contourner la voiture jusqu'au côté conducteur.

À un moment, pendant l'épisode d'hystérie qui venait de se dérouler, j'avais remarqué qu'elle s'était souvenue de mettre la capote sur la voiture. Sa main tremblait de manière incontrôlable tandis qu'elle cherchait à attraper la poignée de la portière.

Je lui fis gentiment contourner la voiture dans l'autre sens et ouvris pour elle le côté passager.

— À mon tour de conduire, dis-je.

Il lui fallut s'y reprendre à trois fois pour rentrer dans la voiture, malgré mon aide.

L'intérieur était gorgé d'eau. Je soupirai et me détestai pour ce gaspillage d'énergie, mais la vérité, c'était que j'étais fatiguée, j'avais froid, et je tremblais moi aussi. Je bannis l'humidité de la voiture, de nos cheveux et de nos vêtements, laissant une odeur fraîche et piquante d'ozone – ainsi que, malheureusement, des frisottis. Cherise ne sembla rien remarquer. J'allumai le chauffage et pointai toutes les souffleries disponibles dans sa direction.

Je dus tendre le bras et attacher sa ceinture pour elle, car elle ne me répondit pas quand je lui en fis la suggestion.

La Mustang grogna et gronda quand je la reculai, la faisant passer entre la Jeep et le bas-côté. Lewis et Kevin furent pris dans la lumière des phares. Ils avaient l'air fragiles et contusionnés, bien trop insignifiants pour affronter la fureur de la nature qui se rassemblait au large. Lewis me fit un signe de tête et un petit salut rigolo. Les yeux de Kevin ne s'attardèrent pas sur moi, mais sur Cherise. La voiture cahota sur la route irrégulière et gondolée jusqu'à ce que nous soyons revenues sur une surface lisse ; puis je la lançai à pleine vitesse. Elle avait une conduite serrée et rapide, collant à la route et répondant au toucher comme un amant empressé.

Les Mustang m'avaient manqué.

Cherise déclara :

— Donc, tu es comme une sorcière, c'est ça ?

— Quoi ?

— Une bonne sorcière ?

Elle n'en avait pas vraiment l'air sûre. Je soupirai.

— Ouais, en quelque sorte. J'espère.

Elle eut un brusque hochement de tête.

— O.K, pas de problème. Je vois.

Paroles creuses, accompagnées d'un regard vide et apeuré.

J'avais oublié ce que c'était, de se voir retirer ses certitudes dans la vie, de découvrir que la science, l'ordre et la logique ont disparu. De réaliser que l'humanité n'est pas le centre de l'univers, que les choses ne sont pas simples et maîtrisables.

Ça faisait mal. Je savais que ça faisait mal.

— Cherise, dis-je. (Nous prîmes un virage et les phares éclaboussèrent une débauche de végétation colorée. J'aperçus le reflet d'yeux verts, qui disparurent rapidement.) Ce que tu as vu ; ça n'arrive pas tout le temps, d'accord ? Le monde n'est pas qu'un énorme mensonge. C'est seulement qu'il y a certaines vérités dont tu n'as pas encore entendu parler.

Elle haussa les épaules.

— Je vais bien. (Les mots furent aussi grinçants que son mouvement, mécanique et mort.) Alors, quand tu travaillais à la télé, est-ce que c'était juste… est-ce que c'était juste une sorte de jeu ? Est-ce que tu as vraiment…

— Ce truc ne paie pas les factures, dis-je doucement. Sauver le monde n'est vraiment pas si lucratif que ça. Tu serais étonnée de voir le peu qu'on touche pour ce genre de choses.

J'obtins un sourire de surprise.

— Pas vraiment, dit-elle. Le crime est plus rentable que la vertu.

— Tu as entendu ça à la télé ?

— Je l'ai lu, dit-elle en appuyant sa tête contre la vitre. La vache, je suis flippée.

— Ce serait le cas pour n'importe qui. Détends-toi, d'accord ? Pose-moi des questions. Je ferai de mon mieux pour te répondre.

Elle hésita une seconde, puis agita une main en direction de la tempête qui grandissait sur l'océan, comme un million de soldats prêts à attaquer.

— Tu ne peux pas arrêter ça ?

— Non.

— Juste non ?

— Quand c'est aussi gros et aussi vicieux que ça ? Ouais. Juste non. Peut-être que Lewis en est capable…

— C'est le vieux ou le jeune ?

— Quoi ?

— Tu sais, le vieux en chemise de coton ou le jeune en noir ?

Le vieux ? Je lui jetai un coup d'œil.

— Il a mon âge !

— Dans tes rêves.

— Pas le jeune, le… le… (Je la fusillai du regard.) *Lewis* a mon âge. Kevin, c'est le *petit branleur* !

— Eh bien, le petit branleur a été gentil avec moi, dit-elle en haussant les épaules. Quoi ? Ce n'est pas ma faute si j'ai vingt-deux ans et toi… pas.

Oh, j'allais vraiment me trouver une voiture bien à moi.

Nous roulâmes en silence pendant encore dix minutes avant que je ne finisse par dire, parce que je ne pouvais pas m'en empêcher :

— Je ne suis pas vieille.

— Ouais, acquiesça-t-elle en soupirant, reposant sa tête contre le dossier. Tu n'as qu'à continuer de te répéter ça.

Je fis monter la Mustang à deux cents sur le chemin qui nous ramenait vers la tempête.

ÉTONNAMMENT, NOUS NE trouvâmes pas la mort dans un accident tragique, mais c'était sans doute seulement l'œuvre de Dieu, veillant sur les idiots et les enfants. Je dépassai comme une flèche le panneau «Bienvenue à Fort Lauderdale», et dus réduire ma vitesse à quatre-vingt-dix à cause de la circulation – à ce moment, mon téléphone sonna. Je farfouillai à sa recherche et pris l'appel.

— Eamon?

— Lui-même. (Cette voix charmante était aussi calme et faussement amicale que d'habitude.) Tu as ce que je t'ai demandé?

— Oui.

— Bien. Je détesterais que Sarah doive souffrir.

— Elle est réveillée? Je veux lui parler.

— Ce que tu veux ne m'intéresse pas vraiment, ma belle. Comme il semblerait qu'une tempête d'enfer nous arrive dessus, j'aimerais en finir avec cela le plus tôt possible. Il serait dommage de mourir aujourd'hui, en particulier à cause de quelque chose d'aussi stupide que le destin.

Ma main était crispée sur le téléphone. Je m'obligeai à me détendre. Devant nous, sur la route, un pépé dans une vieille Ford Fiesta passa soudain sur ma file, à soixante kilomètres à l'heure; j'inspectai immédiatement le périmètre et m'insérai avec fluidité dans la file de gauche pour le contourner. Semi-remorque en vue, qui se traînait lourdement comme un brachiosaure. Je parvins à me couler autour de lui pour me placer derrière une Lamborghini blanche, qui n'éprouvait guère plus de patience que moi envers la circulation actuelle. Je me calai dans son sillage tandis qu'elle se frayait un chemin vers l'espace aérien.

— Où ? demandai-je.

Le petit rire chaleureux d'Eamon était désagréablement intime.

— Eh bien, pourquoi ne viendrais-tu pas chez moi ? Peut-être pourrons-nous boire un verre après la conclusion de notre affaire. Sarah serait sans doute assez ouverte d'esprit pour…

— Ferme ta gueule, dis-je d'un ton sec. J'ai un djinn. Tu veux qu'on fasse ça à la manière douce ou à la manière forte ? Parce que tout ce que j'ai à faire, c'est lui dire de te tuer, tu sais.

— Je sais. (Tout humour piquant déserta la voix d'Eamon, remplacé par quelque chose d'aussi dur et d'aussi glacial qu'une nuit d'hiver.) Mais si tu fais ça, tu ne récupéreras pas ta sœur. Il m'a fallu un tas de recherches – qui furent accomplies avec beaucoup de cris de la part de mes sujets de recherche – mais je connais les règles. Je sais ce que les djinns peuvent faire, et ce qu'ils ne peuvent pas faire. Et tu ferais mieux de ne pas tenter le coup en espérant que j'aie été mal renseigné.

Il avait raison. Il y avait des règles dans l'alliance avec un djinn. Des responsabilités qu'un maître devait accepter. Violer ces règles provoquait de graves effets boomerang, et s'il les comprenait bien, il avait pu s'arranger pour que Sarah meure avec lui en cas d'attaque.

Non, je ne pouvais pas prendre ce risque. Même si, de toute façon, je n'en avais pas eu l'intention au départ.

— Très bien, dis-je. Donne-moi l'adresse.

C'était près de la plage, ce qui n'était pas un avantage à ce moment précis ; je raccrochai et examinai la progression de la tempête. Les réverbères étaient presque penchés, et les pancartes claquaient dans le vent comme des drapeaux de métal raides. Un vent ayant la puissance d'un ouragan, et ce n'était que la frange de la tempête.

Quand je pris la sortie de l'autoroute en direction de la plage, j'eus un aperçu de l'océan, et mon ventre se noua de peur. Cette houle lisse, d'aspect graisseux, sur l'océan, qui explosait en gigantesques voiles d'embruns quand elle rencontrait l'eau moins profonde... Soufflez sur un petit bol d'eau et regardez comment les vagues se forment, progressant en direction du bord. Des anneaux concentriques, qui montent de plus en plus haut au fur et à mesure que la force s'accroît.

La crue de tempête allait être horriblement élevée. Les maisons sur ou près de la berge étaient déjà condamnées. Mon complexe d'appartements était sans doute aussi déjà foutu – au temps pour les nouveaux meubles.

La vie était si fragile, si facile à mettre en pièces.

— Attention ! hurla Cherise en tendant le bras vers la droite.

J'eus à peine le temps de voir quelque chose de gros arrivant dans cette direction et freinai brutalement, envoyant la voiture faire un tête-à-queue sur deux files – heureusement inoccupées – avant de parvenir à nous redresser sur une voie quand nous nous arrêtâmes en dérapant.

Un bateau rebondit sur la droite et atterrit la quille la première sur la route, ses rames volant comme des oiseaux dans le vent. Il se fracassa en un monceau de fibre de verre. Je l'observai, bouche bée, tandis qu'il s'éloignait en roulant sur lui-même dans un enchevêtrement confus.

— Putain de merde, chuchota Cherise. Hum…
est-ce qu'on ne devrait pas, genre, aller quelque part ?
Peut-être foutre le camp de la Floride ?

Ouais. Bonne idée.

L'IMMEUBLE D'EAMON ÉTAIT une structure avant-gardiste
fine comme une aiguille – pour ce genre de bâtiment,
quand on parle de l'érection d'un building, le double
sens est voulu. Je ne parvins pas à lire la pancarte,
mais je décidai que le meilleur nom possible pour cet
édifice était la Tour Testostérone, et c'était un endroit
où j'avais l'intention de ne jamais vivre.

Et ç'aurait été le cas même si Eamon n'y avait pas
habité.

Cherise était pâle et avait l'air apeurée, et je ne lui
en voulais pas ; le temps empirait, et nous étions en
terrain exposé. Le dernier endroit où j'aurais souhaité
me trouver était un gratte-ciel… On y était à l'abri de la
crue, c'est vrai, mais il y avait beaucoup trop de verre.
J'envisageais plutôt quelque chose dans le style bunker
en béton chic, sur une colline. Dès que j'aurais récupéré Sarah, nous irions en trouver un.

— Est-ce qu'il vaut mieux que je reste là ? demanda
prudemment Cherise.

J'engageai la Mustang dans le parking couvert et
montai jusqu'à l'avant-dernier niveau. C'était l'endroit
le plus judicieux… Pas complètement exposé, seul un
niveau pouvait s'effondrer sur nous, et ce serait probablement plus haut que la crue. Le rez-de-chaussée serait
plus à l'abri des débris volants, mais un effondrement
était possible, et la noyade, un danger de plus.

— Je crois que tu ferais mieux de venir avec moi,
dis-je. Ne me quitte pas d'une semelle.

Nous sortîmes, et même à l'abri du parking, le
hurlement du vent était inquiétant. Il me cingla à

une vitesse incroyable, rabattant mes cheveux et tirant sur mes vêtements. Je m'arc-boutai et contournai la voiture pour prendre la main de Cherise. J'étais un peu plus grande et un peu plus lourde qu'elle ; elle était trop petite et légère pour affronter ce genre de choses.

Nous arrivâmes devant l'escalier et découvrîmes un tunnel de hamster en plastique, pourvu de lumières, qui menait du parking couvert à l'immeuble. J'avais l'impression d'être au cœur d'un lave-vaisselle en plein cycle, et le plastique laissait échapper des crissements et des grincements de mauvais augure. Je tirai Cherise à ma suite, au petit trot. Sous nos pieds, le sol en béton capitonné de moquette tremblait et tressautait. Il y avait des fuites qui dégoulinaient le long des murs, et la moitié de la moquette était déjà trempée.

Quand nous fûmes rendues aux trois quarts, j'entendis un craquement sec derrière nous, et me retournai.

Un énorme panneau métallique s'était empalé dans le plastique et pendait là, frissonnant. Il indiquait « Sol glissant en cas de pluie ».

— Très drôle, dis-je à Mère Nature. Vraiment très drôle.

Le plastique vibra sous l'impact d'une autre violente rafale, et je vis des étoiles se former sur les points de pression. Ce petit tunnel à travers la tempête n'allait pas faire long feu.

Je traînai Cherise sur le reste du chemin. La grande double porte était fermée à clef, mais j'étais bien loin de m'en soucier. Mon petit ajout théorique au chaos pratique qui tourbillonnait déjà autour de nous n'allait vraiment pas changer grand-chose ; je me concentrai, puisai dans le pouvoir bientôt à sec qu'il me restait, et trouvai juste assez d'énergie pour alimenter un minuscule éclair, afin de griller le clavier électronique.

La porte s'ouvrit dans un cliquètement.

Au-delà se trouvait un hall impersonnel et désert, avec un long canapé noir courant sur tout un mur, parsemé de petits coussins. L'atmosphère était paisible. Un grand écran d'ordinateur affichait des noms et des numéros – presque tous les appartements étaient vacants. En fait, l'immeuble venait apparemment de s'ouvrir aux locations.

Dommage, dans ce cas, pour le petit tunnel de hamster dehors.

Ce genre d'endroit possédait d'ordinaire une équipe de vigiles, qui brillait ici par son absence ; les flics avaient sans doute déjà dû venir et ordonner l'évacuation – les types de la sécurité filant avec les locataires.

Je m'approchai de l'écran tactile et parcourus la liste des étages. Vide… vide… une société d'import/ export… vide… vide… Drake, Willoughby and Smythe. Septième étage. J'examinai le hall autour de moi. Il était conçu pour impressionner les visiteurs, pas pour la vue ; il n'y avait donc pas beaucoup de fenêtres. C'était une bonne chose. Je repérai une porte camouflée derrière le comptoir de sécurité désert. Quand j'essayai de tourner le bouton de porte, je vis qu'elle était verrouillée ; je rassemblai mes forces et donnai un coup de pied dedans une bonne demi-douzaine de fois avant de faire céder la serrure. Ça paraît beaucoup plus facile à la télé, croyez-moi.

La pièce derrière était petite, nue, mis à part un lit pliant, un bureau et une chaise. Je fis asseoir Cherise sur le lit et lui pris les mains.

— Attends-moi ici, dis-je. Ne quitte pas cette pièce à moins d'y être obligée, d'accord ? Elle n'a pas de fenêtres et elle est au cœur du bâtiment ; tu es relative-ment en sécurité, ici.

Elle acquiesça, toute pâle, l'air si jeune qu'elle aurait pu se faire des tresses et vendre des cookies de girl scout. Je ne pus m'en empêcher : je la pris dans mes bras. Elle me rendit férocement mon étreinte.

— Il ne t'arrivera rien, je te le promets, dis-je. (Je la sentis inspirer péniblement.) Ça va aller, Cher. C'est qui, la plus forte ?

— Moi, chuchota-t-elle.

— Exactement.

Je m'écartai, lui lançai un sourire et la regardai essayer de me le renvoyer. Elle était morte de peur. Et elle avait de bonnes raisons pour ça. J'essayais moi-même de ne pas céder à une panique totale.

Je la laissai là, me débarrassai de mes chaussures d'un coup de pied, et escaladai les marches.

Quand je parvins au septième étage, j'avais la respiration sifflante, j'étais toute rouge, et les griffures laissées par le puma m'élançaient comme pas possible, mais le saignement restait minime. J'étais quand même prête à parier que je ressemblais à une amazone en colère : les cheveux en bataille, couverte de sang, le tee-shirt déchiré, et je n'avais eu ni le temps ni l'énergie de me raser les jambes depuis des jours.

Mon jean en grande partie intact était tout ce qui me sauvait d'une gêne totale.

J'inspirai de grandes goulées d'air jusqu'à être suffisamment oxygénée, puis ajustai le poids de mon sac à main, laissai tomber mes chaussures par terre et glissai de nouveau les pieds dedans. Et oui, O.K, je lissai mes cheveux. Parce que quand vous allez affronter quelqu'un comme Eamon, la moindre broutille est une aide.

La dernière chose que je fis fut d'enlever le bouchon sur la bouteille de David, avant de l'enfouir au fond de mon sac à main. *Maintenant ou jamais*, pensai-je. Je n'avais aucun moyen de limiter la casse. Je devais m'appuyer uniquement sur la foi, du moins pour certaines choses.

Les portes en verre dépoli à l'entrée indiquaient, en petits caractères discrets, les bureaux d'investissement de Drake, Willoughby and Smythe. Il y avait de la lumière à l'intérieur. Je tirai sur la poignée en métal froide comme de la glace, et le panneau de verre pivota avec un sifflement harmonieux.

Au-delà se trouvait un bureau d'accueil, tout en bois blond et en métal argenté, avec une immense baie panoramique au fond. Le contraste était étrange et terrifiant… La glaciale indifférence du design intérieur face à la rage primale bouillonnante de la tempête au-dehors, qui couvrait le verre de rideaux de pluie. La vitre tremblait, se bombant vers l'intérieur puis vers l'extérieur. Je n'avais vraiment pas de temps à perdre.

Il y avait une deuxième porte, celle-ci en verre transparent et non dépoli. Je la franchis d'une poussée et pénétrai dans un couloir où s'alignaient une douzaine de bureaux.

De la lumière se déversait par une porte ouverte située tout au bout.

Je parcourus les derniers mètres tapissés d'une moquette luxueuse, dépassant des reproductions de tableaux de grands maîtres, des documents sous cadre, des alcôves contenant des statues. Au bout du couloir, je tournai à gauche et vis le nom sur la porte.

« Eamon Drake ».

La pièce était un triangle de verre, et son bureau noir et luisant était installé à la pointe, nu, mis à part un sous-main, un porte-plume et une unique feuille de papier blanc. Très minimaliste.

Sarah était allongée sur le canapé en cuir noir, près du mur à ma gauche. Elle était réveillée, mais manifestement à peine consciente ; elle portait toujours le peignoir, et il n'avait pas pris la peine de le refermer complètement. Au moins, pensai-je avec une vague d'écœurement, il ne l'a pas *entièrement* ouvert. Ce fut un léger réconfort.

Eamon était assis sur l'accoudoir du canapé et m'observait. Il y avait une arme dans sa main.

Pointée droit sur la tête de Sarah.

— Ne perdons pas de temps, dit-il. Cette tempête pourrait faire paraître nos petits différends insignifiants. Donne-la-moi et nous en aurons terminé, merci bien et au revoir.

J'ouvris mon sac à main et en sortis l'étui de rouge à lèvres, que j'avais pris à l'ami de Shirl, le gardien infecté par un démon. Je l'ouvris pour lui montrer la bouteille.

— Ouvre-la et fais-le apparaître, dit Eamon. J'espère que tu me pardonneras si je te dis que je ne veux pas un échantillon gratuit d'*Eternity for men* au lieu de ce sur quoi nous nous sommes entendus.

Je sortis la petite bouteille de parfum, la débouchai et demandai au djinn d'apparaître. Il accepta – il faut dire qu'il n'avait pas vraiment le choix – et apparut sous la forme d'un type plutôt jeune, aux cheveux noirs et aux yeux violets. Son visage affichait une expression neutre. Je sentis une résonance de connexion, mais rien de profond et certainement rien de puissant. Les djinns étaient puissants, bien sûr, mais sur une échelle de un à dix, il était peut-être à trois.

— Retourne dans la bouteille, dis-je. (Il se transforma en brume et s'évanouit. Je replaçai le bouchon et haussai les sourcils à l'adresse d'Eamon.) Satisfait ?

Il inclina la tête et me fixa de ses yeux innocents à la douceur trompeuse. Oh, c'était un malin. Il savait que quelque chose clochait.

— Je ne suis pas un mauvais juge en ce qui concerne les caractères, dit-il. Et c'est trop facile, ma belle. Tu te laisses trop faire.

— Qu'est-ce que tu veux que je fasse ? Que je crie ? Que je pleure ? Que je fasse tuer ma sœur ?

Je serrai les dents et sentis les muscles de ma mâchoire frémir tandis que j'essayai de respirer, malgré une bouffée de rage impuissante.

— *Prends cette putain de bouteille, Eamon.* Sinon nous allons tous mourir ici.

Il caressa les cheveux de Sarah avec le canon de son arme.

— Les menaces ne te mèneront nulle part.

— Ce n'est pas une menace, espèce d'idiot ! Regarde dehors ! Si ces fenêtres lâchent, on se retrouvera tous dans un foutu mixeur !

Il daigna jeter un œil vers la tempête, acquiesça et tendit la main. Il avait de longs doigts gracieux, bien manucurés. Il ressemblait à un chirurgien, à un pianiste, à quelqu'un de brillant et de méticuleux.

— Jette-la, dit-il.

Je lui lançai la bouteille d'un simple geste de la main. Il la cueillit aisément dans les airs et, pendant une seconde, je vis l'émerveillement dans ses yeux. Il avait ce qu'il voulait.

Nous approchions du moment périlleux, le moment où l'enfer pouvait se déchaîner. Tout ce qu'il avait à faire, c'était d'appuyer sur la gâchette.

Il me regarda, sourit et déboucha la bouteille du pouce. Le capuchon roula sur la moquette et le djinn naquit de nouveau de la brume, subtilement différent, cette fois. Une peau plus pâle, les yeux toujours violets, mais les cheveux virant au roux ; il avait une silhouette plus allongée qui le faisait paraître plus jeune et plus joli.

— Dommage que ce ne soit pas une femelle, dit Eamon d'un ton critique. Quel est ton nom ?

— Valentin.

— Valentin, peux-tu empêcher ces fenêtres de se briser ?

Le djinn hocha la tête. J'ouvris la bouche pour prévenir Eamon que c'était une erreur de formuler cela comme une question, mais il n'avait pas besoin que je le lui dise.

— Empêche ces fenêtres de se briser, dit Eamon, et l'ordre prit effet.

Les vitres cessèrent de tressauter. À l'extérieur, la tempête continuait de hurler, mais nous étions à peu près autant à l'abri que possible. Du moins, à l'abri des éclats de verre.

Eamon laissa échapper un soupir tremblotant, et je vis une étincelle brûlante dans ses yeux.

— Tu n'es qu'humain, lui dis-je. Tu n'as pas les réserves de pouvoir nécessaires pour lui fournir de quoi faire un truc plus puissant que ça. Ne sois pas stupide.

— Oh, je ne suis pas intéressé par le monde entier, je te l'assure. Une personne à la fois, c'est mon leit-motiv. (Il me lança un autre sourire enfiévré et scintillant.) Tu as tenu ta part du marché.

— Oui, dis-je.

— Tu sais, je suis désolé d'avoir à faire ça. Valentin, tue…

— David, dis-je, sors.

Ce fut aussi simple que ça.

Une masse noire qu'Eamon ne pouvait voir et, tout à coup, Valentin tombait en hurlant, donnant des coups de griffes à l'ombre qui se formait au-dessus et autour de lui. C'était un cauchemar à regarder. David s'était changé en quelque chose de plus horrible que je ne pouvais le supporter, quelque chose que même mes yeux ne pouvaient distinguer clairement… J'aperçus des angles coupants, des dents et des griffes, des membres insectoïdes prêts à frapper. Je m'écartai d'un pas trébuchant jusqu'à ce que ma hanche cogne douloureusement contre le bureau d'Eamon.

Ce dernier était perdu.

— Valentin ! Tue-la !

Valentin n'était plus en mesure d'obéir à des ordres. Il était allongé face contre terre, hurlant, et les griffes de l'ifrit le déchiquetaient en lambeaux de brume.

Il le tuait.

Le dévorait.

Eamon ne s'attendait pas à ça et, pendant un long moment, il resta figé, les yeux fixés sur son djinn agonisant au sol, la bouteille inutile toujours dans sa main.

J'invoquai la foudre et l'électrocutai. Pas fatalement, parce que je n'en avais pas la puissance, mais il hurla, pris d'un mouvement convulsif, et glissa mollement de l'accoudoir du canapé, tombant sur la moquette en un tas désarticulé.

La bouteille échappa à ses doigts. L'arme rebondit sous le canapé.

L'ifrit acheva son repas et commença sa transformation, prenant poids, silhouette et forme humaine.

Une forme humaine nue et tremblante.

David tomba à quatre pattes, haletant, hoquetant, et s'effondra sur le flanc. Je fixai la longue ligne magnifique de son dos, et j'eus une envie irrésistible de courir vers lui et de caresser ses cheveux, de le couvrir de baisers, de le prendre tout contre moi et de lui jurer que cela ne se reproduirait plus jamais, jamais…

Il tourna la tête et me regarda, et ce que je vis dans ses yeux me consuma jusqu'au cœur. Personne, qu'il soit humain ou djinn, ne devrait vivre avec ce genre de culpabilité et d'horreur. Avec tant de regret.

— Laisse-moi partir, chuchota-t-il. Je t'aime, mais je t'en prie, tu dois me laisser partir.

Je savais qu'il avait raison. Et c'était le seul moment qu'il me restait pour le faire.

Je sentis à peine la bouteille se fracasser quand je la frappai contre le bureau. Même les coupures dans ma main me semblèrent presque insignifiantes. Ce genre de douleur n'était rien, c'était négligeable comparé au brasier qui brûlait dans mon âme.

Je le sentis me quitter, comme une corde brutalement tranchée, une perte irrévocable qui me laissa vide à l'intérieur.

Il se leva et se couvrit de vêtements en avançant. Un pantalon kaki délavé et ample. Une chemise bleue usée. Le manteau vert olive battait autour de ses jambes, effleurant le bout de ses bottes.

Il était la chaleur et le feu ; il était tout ce que j'avais jamais désiré dans ma vie.

Il plaça ses grandes mains carrées autour de mes épaules, les fit glisser en silence jusqu'à mon visage et m'attira dans un baiser. Son souffle vibra dans ma bouche et je sentis tout son corps trembler.

— Je savais qu'il devait en être ainsi, chuchota-t-il. Je suis tellement désolé, Jo. Je suis tellement… je ne peux pas rester longtemps sous cette forme. Je dois partir.

— Va, dis-je. Ça ira.

Un dernier baiser, celui-là féroce et affamé, et, en plein milieu, il se changea en brume et disparut.

Je poussai un cri et bondis en avant, une main ensanglantée tendue dans le vide.

À l'autre bout de la pièce, une fenêtre explosa dans une cascade de verre argenté, projetant des éclats dans le mur au-dessus du canapé.

Je pris une inspiration étranglée et me jetai en avant, manquant de trébucher sur Eamon qui remuait faiblement, et empoignai Sarah pour la mettre debout. Elle ne pouvait pas marcher, mais elle marmonna quelque chose à propos d'Eamon ; je passai son bras par-dessus mon épaule et l'amenai jusqu'à la porte en la traînant à moitié.

Alors que nous atteignions la sécurité du couloir, une autre fenêtre céda avec le bruit d'une bombe. Oh mon Dieu. L'immeuble tout entier tremblait.

Je remorquai Sarah jusqu'à l'escalier et l'appuyai contre le mur, avant de courir chercher Eamon. Je ne pouvais tout bonnement pas le laisser là, impuissant, sur le point de se faire déchiqueter, peu importe ce qu'il avait fait. Il méritait peut-être de mourir, mais c'était là une mort que je n'aurais souhaitée à personne.

Je me précipitai dans le bureau et fus aveuglée pendant une seconde par le flamboiement d'un éclair, tombé si près que les poils de mes bras en frémirent. Eamon était toujours avachi sur le sol, saignant déjà d'une douzaine d'entailles profondes ; je l'attrapai par les bras et tirai, grognant sous l'effort infligé à mon dos, sur la moquette mouillée et les fragments de verre brillants. Il se tordit sur lui-même pour essayer de m'aider ou pour lutter ; je lui criai d'arrêter et continuai de le tracter.

D'une façon ou d'une autre, j'ignore comment, je parvins à l'amener jusqu'à l'escalier et le fis basculer sur son dos couvert de sang. Sarah était debout dans les marches, accrochée à la rampe, l'air pâle, les yeux dans le vague, risquant de tomber ; je laissai Eamon là où il était et bondis par-dessus lui pour l'attraper avant qu'elle ne trébuche.

— Débrouille-toi tout seul ! hurlai-je par-dessus mon épaule, tandis qu'il tendait lentement la main vers la rampe pour se hisser en position assise.

Je passai mon bras autour de la taille de Sarah pour la guider dans les escaliers.

Ce fut une longue, *longue* marche jusqu'au rez-de-chaussée. Chaque pas était une torture. Les pieds nus de Sarah saignaient, écorchés. Quand nous parvînmes en bas, elle avait plus ou moins recouvré ses esprits.

Suffisamment du moins pour se retourner dans mes bras et regarder vers le haut des marches en marmonnant :

— Mais Eamon…

— Eamon peut aller se faire foutre, dis-je d'un ton sinistre. Viens. Il faut qu'on sorte de là.

Elle n'en avait pas envie, mais je n'allais pas me laisser emmerder par Sarah, pas maintenant. Et pas pour son petit ami violent et psychopathe.

Nous franchîmes rapidement les portes de l'escalier ouvrant sur le hall…

…et sur un groupe d'hommes qui se tenaient devant l'écran tactile, exactement comme je l'avais fait plus tôt. *Les secours !* pensai-je, soulagée, pendant une seconde. Puis je réalisai que ces types n'étaient pas vraiment habillés comme des fonctionnaires en patrouille. Trois d'entre eux avaient l'air de gros durs à cuire – tatoués, sales, musclés au-delà de tout point de non-retour.

Le quatrième portait un trench Burberry qui était passé de la couleur taupe à chocolat à cause de la pluie, et en dessous, un costume sur mesure à moitié détrempé, avec une cravate en soie. Je me sentis navrée pour ses chaussures, qui étaient manifestement italiennes et sûrement pas adaptées à un ouragan. Il arborait une coupe de cheveux raffinée que même la pluie n'avait pu ternir, une moustache noire et une bouche au pli cruel.

Il me lança un unique regard, fit un signe de tête à son équipe de gros bras, et ils foncèrent sur moi. Sarah fut projetée au sol. L'un d'eux referma son énorme poing tatoué sur ses cheveux et la hissa sur ses pieds ; elle n'était plus shootée au point de ne pas crier. Je ne luttai pas. Je savais que je n'avais aucune chance – ce qui se confirma quand le Costume sortit un flingue qui semblait remarquablement similaire à celui qu'Eamon avait utilisé à l'étage. Apparemment, c'était un modèle très en vogue chez les ordures vicieuses.

Je n'étais plus vraiment effrayée. Lors de journées pareilles, l'adrénaline commence à baisser après un certain temps. Je me contentai de le regarder, abasourdie, et il me fixa en retour de ses yeux noirs sans éclat.

— C'est toi, dit-il. C'est toi qui as tué Quinn. Drake disait que tu viendrais. Je suis content de voir que je n'aurai pas à lui couper la langue pour m'avoir menti.

Eamon m'avait vendue. Je ne sais pas pourquoi, cela ne me surprit pas.

Il s'avança vers moi et m'enfonça son arme sous le menton.

— Je suis Eladio Delgado, et tu possèdes quelque chose que je veux.

Je fermai les yeux et pensai : *Et c'est reparti…*

INTERLUDE

Je suis toujours assis sur la plage quand la tempête touche terre. Elle se referme sur moi comme un poing noir, essayant de m'écraser comme elle écrase toutes choses issues de l'homme autour de moi – les bateaux réduits en miettes, les bâtiments arrachés à leurs fondations, le métal tordu et les os brisés.

Elle ne peut pas me toucher.

Je me lève et avance dans la crue de tempête; l'eau écume autour de mes pieds, puis de mes genoux, de mes cuisses… Certes, je ne possède pas vraiment tout cela, ce ne sont que des repères, des symboles de ce que je suis. Ou étais.

Je me dresse dans la tempête et je l'écoute, parce qu'elle parle. Elle ne parle pas en utilisant les mathématiques et la physique, à la façon dont les gardiens mesurent les choses, mais par des symboles et de la poésie, avec la musique d'un cœur brisé. Cette tempête, c'est la lamentation de la Terre. C'est le cri d'une créature blessée qui ne peut guérir.

C'est une partie de moi.

Tandis que je l'écoute, je sens la présence de David se glisser dans le monde à mes côtés, et une toile d'énergie complexe se tisse entre nous. Me remplissant et me complétant.

Il dit :

— Je ne veux pas que cela se passe ainsi. Je t'en prie, Jonathan, ne laisse pas les choses se passer ainsi.

— Je n'ai pas le choix, lui dis-je, avant de me retourner pour le regarder.

Elle lui a fait du mal, cette fille humaine. Elle n'est d'ailleurs plus vraiment humaine, même si je doute qu'elle le sache. David est désormais à peine un djinn ; il glisse sur cette pente fragile qui descend vers les ténèbres.

— Il faut que tu arrêtes ça, dit-il.

Il fait référence à la tempête, bien sûr. Mais il ne sait pas vraiment de quoi il parle.

Je hausse les épaules.

— Je l'ai déjà arrêtée une fois. Regarde ce que ça a donné.

Au loin, je sens Ashan et les autres qui attendent, qui écoutent le chant de la tempête et répondent à son appel. Ils viennent pour moi et, tous ensemble, ils sont assez forts pour me vaincre. Je sais que Rahel est en route, ainsi qu'Alice, et des douzaines d'autres, et s'ils arrivent à temps il y aura une bataille rangée et le monde saignera. Il ne sera pas détruit, car la Terre est plus solide que ça, plus vieille, plus dure. Mais tout ce qui vit à sa surface est, d'une façon ou d'une autre, fragile.

La vie est fragile.

Les yeux de David vacillent, passant du cuivré au noir, puis au cuivré, puis au noir. Il essaie désespérément de tenir bon.

— Jonathan, ne fais pas ça. Tu n'es pas obligé de faire ça.

— *Si*, dis-je, *parce que je t'aime, mon frère.*

Et je me détourne avant de marcher dans la tempête.

Je le sens changer derrière moi et, malgré les hurlements brûlants du vent, j'entends son cri d'agonie mortelle quand il change, quand il perd le contrôle de ce qu'il est, de qui il est.

C'est ainsi que les choses doivent être, *me dis-je, juste avant que l'ifrit ne plante ses griffes dans mon dos.*

Et c'est tout aussi douloureux que je m'y attendais.

IX

B ON, EAMON ET l'inspecteur Rodriguez m'avaient tous les deux clairement prévenue de surveiller mes arrières. Certes, par la suite, Eamon m'avait justement attaquée par-derrière, mais c'était seulement sa manière de procéder. Au moins, il m'avait d'abord avertie.

Le métal froid du canon de l'arme sous mon menton établissait de façon assez dramatique les intentions de mon nouvel ami. Il n'était pas du genre subtil et sinistre comme Eamon; il était plus comme moi. Fixez-vous un objectif et accomplissez-le.

Je respectais ça.

— Je n'ai pas le stock de Quinn, dis-je d'un ton net. (Inutile de se lancer dans le tango «je ne sais pas de quoi vous voulez parler.») Il a explosé avec son SUV dans le désert, et j'ai déjà raconté cette histoire environ cinq fois cette semaine, donc pardonnez-moi si je ne me la tape pas encore, sauf pour dire: désolée, pas de chance.

J'étais vraiment à court d'adrénaline. Mon pouls resta calme, même quand il enfonça violemment l'arme dans la peau fine de ma gorge. J'eus envie de vomir. J'ouvris les yeux et le regardai de près ; à côté de lui, Quinn était chaleureux comme un gentil toutou. C'était un tueur de sang-froid, ce type-là. Je pouvais sentir les vies qu'il avait volées s'attrouper autour de lui comme de la fumée.

— Alors je n'ai pas besoin de toi, dit-il, et il te faut une bonne leçon, salope.

— Vous croyez que vous avez le temps pour ça ? répliquai-je. Nous sommes un peu dans la merde ici, au cas où vous l'auriez pas remarqué. À moins que vous ne soyez venus dans un tank Sherman, vous risquez d'avoir quelques problèmes pour vous barrer après…

Des fenêtres explosèrent à l'autre bout du hall, et le vent entra en hurlant, faisant claquer le trench de Delgado d'une manière que Burberry n'avait jamais prévue. L'un de ses gros bras débita quelque chose dans un espagnol rapide – trop pour que je puisse comprendre. J'avais envie de tourner la tête pour voir ce que devenait Sarah, parce qu'elle était de nouveau silencieuse, et je m'inquiétais.

— Mon ami vient de me rappeler que nous avons un avion à prendre à Miami, dit Delgado. Et les routes sont très mauvaises. Je n'ai donc pas de temps à perdre avec toi ni avec tes conneries. Est-ce que tu as ce qui m'appartient ? Oui ou non.

Je ne détournai pas le regard.

— Non.

— Tu n'as rien qui pourrait m'intéresser ?

— Non.

— Dommage. (Il haussa les épaules et remit l'arme dans sa poche.) Emmenez-les dehors. Vous savez quoi faire.

Ses sbires n'hésitèrent pas. Mes pieds raclèrent le sol pour trouver un point d'appui, mais ils se contentèrent de me soulever en me tenant par les coudes tandis que Delgado reculait; ils me portèrent comme une silhouette en carton vers les grandes portes en verre épais. Il y eut un débat sur la manière de les ouvrir, étant donné la pression exercée par le vent. Ils se décidèrent finalement pour la porte de droite. Quand ils tirèrent dessus, les rafales de l'ouragan s'en emparèrent, la ramenèrent en arrière et la fracassèrent en plusieurs fragments de verre de sécurité contre le mur de pierre. Le ferme-porte en métal avait été complètement arraché au béton.

— Attendez! criai-je.

Ils n'y prêtèrent pas attention et, la seconde d'après, les deux hommes qui me portaient m'avaient fait sortir; tout le bruit que je pouvais faire était noyé par le hurlement perçant et continu de la tempête qui progressait au large.

Nous étions loin d'avoir atteint le cœur de l'ouragan, et les dégâts étaient déjà incroyables. Les deux gros bras peinaient à avancer, marchant d'un pas lourd, voûtés contre le vent; ils parvinrent à l'un des deux palmiers géants qui pliaient et se tordaient en tous sens comme des jouets en caoutchouc, et me plaquèrent contre le tronc rugueux, tournée vers la mer. Je vis Sarah du coin de l'œil, le regard brouillé par les larmes, installée à côté de moi. Nos doigts s'entrelacèrent immédiatement.

Le gros bras numéro un sortit un rouleau de chatterton de la poche de sa veste, et commença à l'enrouler autour de moi, de Sarah et du tronc. La bande solide et collante liait mes mains, puis s'entortillait autour de mes genoux, de mes hanches, de ma poitrine, de mes épaules et de mon cou.

Même chose pour Sarah. Nous étions attachées à l'arbre, face à la tempête. La pluie nous frappait comme des aiguilles, cinglante et impossible à esquiver. Je n'avais aucun point d'appui, et je savais que Sarah ne pouvait rien faire, groggy comme elle l'était.

Le gros bras nous lança un sourire grimaçant qui plissa ses tatouages, et lui et ses potes repartirent d'un pas lourd rejoindre le Big Boss Delgado dans son énorme Hummer noir. Lequel, si vous n'aviez pas de tank Sherman, était sans doute la meilleure option pour affronter une tempête comme celle-ci.

Delgado ne se retourna même pas pour nous regarder tandis qu'ils s'éloignaient. Il était penché sur son téléphone portable, occupé à composer un numéro. Nous faisions déjà partie du planning d'hier.

Je n'arrivais pas à prendre ma respiration. Le vent nous pilonnait violemment, avec des rafales capables de nous laisser des bleus – et qui nous briseraient bientôt les os. À cause des impacts incessants de la pluie, ma peau me donnait déjà l'impression d'avoir été brûlée au fer à souder ; c'était le supplice de la goutte d'eau en accéléré.

Je hurlai de rage et essayai de puiser dans mon pouvoir. Je reçus un faible frémissement en réaction, mais rien qui puisse contrer la puissance incroyable de cette tempête, rien qui puisse couper le chatterton. Il était résistant à l'eau. Avec le temps, il pourrait se détendre suffisamment pour que je me libère, mais ils s'étaient très bien débrouillés pour que je n'aie aucun point de levier pour m'aider.

J'entendis d'autres fenêtres exploser en dépit du mugissement du vent. Je sentis un goût de sel et de sang, hoquetai à la recherche d'un souffle d'air et fermai les yeux pour les protéger de la pluie implacable.

Sarah hurlait. Je parvenais à l'entendre pendant les brèves accalmies entre deux rafales de vent. Delgado n'avait pas gâché une balle pour nous tuer, mais il nous avait exécutées dans les règles de l'art. Avec un peu de chance, nous nous évanouirions à cause de la douleur avant que les débris commencent à nous frapper et à nous découper, un morceau après l'autre – ou avant que les projections de sable ne nous arrachent la peau, couche après couche. Nous allions peut-être suffoquer à cause de la pression exercée par le vent sur notre poitrine, vu que nous ne pouvions pas bouger pour l'atténuer.

Mais nous étions déjà mortes. Il allait seulement nous falloir beaucoup de temps avant de parvenir jusqu'au bout.

J'amassai suffisamment de souffle pour crier :

— David !

Parce qu'il allait venir. Il avait dit qu'il viendrait toujours, et j'avais besoin de lui, mon Dieu, j'avais besoin de lui, maintenant plus que jamais…

Il ne vint pas. Personne ne vint.

Je sentis quelque chose de coupant entailler ma joue – un bout de métal, peut-être, ou seulement une feuille de palmier – et je vis un jet de sang rouge gicler dans le vent.

Je n'étais pas prête à mourir. Je ne voulais pas mourir comme ça. Pas comme ça. J'avais déjà affronté tant de fois la mort, et ce n'était jamais agréable, mais *ça*…

Je vous en prie, suppliai-je intérieurement.

Une silhouette surgit du chaos de la tempête, arc-boutée contre le vent, la main crispée sur la rambarde en métal tremblante de la rampe qui menait vers l'immeuble. Quand il tourna la tête vers moi, je vis que c'était Eamon. Contusionné par le vent, dégoulinant de pluie. Tout son vernis avait disparu, et ce qui restait était effrayant et primal.

Il bondit et saisit le chatterton autour de ma taille, s'y raccrochant de ses longs doigts ensanglantés.

Pendant une seconde de paralysie, je fus incapable de dire quoi que ce soit. Il avait l'air fou. Fou, et bizarrement excité.

— Demande-moi, cria-t-il. (Même à quinze centimètres, le vent faillit emporter ses mots, les transformant en paroles dénuées de sens. Il tira sur le chatterton qui me liait.) Demande-moi !

— S'il te plaît, criai-je. S'il te plaît…

Il eut un large sourire qui découvrit ses dents, et plongea la main dans sa poche. Il en sortit un couteau à cran d'arrêt, qu'il déplia d'un geste expert du poignet. La lame faisait au moins quinze centimètres de long et luisait dans la faible lumière.

— S'il te plaît quoi ? demanda-t-il en posant le couteau sur ma peau, juste sur le creux de mes clavicules. Articule, ma douce. Parle plus fort.

— S'il te plaît, sauve ma sœur ! (Il se figea en clignant des paupières, et retira lentement son couteau.) Sauve ma sœur, connard. Tu me dois bien ça.

Eamon Drake, connard professionnel, fit un pas en arrière, trancha le chatterton et emmena Sarah loin de l'arbre. Il remit en place son peignoir qui claquait dans le vent, serra vigoureusement le nœud et l'enlaça pour la protéger du vent.

Et à ce moment, je sus sans doute possible qu'elle n'était pas seulement un outil pour lui. Qu'elle ne l'avait peut-être jamais été.

Il me regardait toujours, avec une curieuse lumière dans les yeux.

— Supplie-moi, cria-t-il.

Je saisis à peine les lambeaux déchiquetés de ses paroles. Une rafale de vent manqua de le faire basculer, et il posa la main qui tenait le couteau sur le tronc afin de s'y appuyer, juste au-dessus de ma tête. Il se pencha plus près.

— Va te faire foutre ! criai-je en réponse.

Il sourit et se redressa, avant de plonger son couteau droit vers moi.

Je tordis la tête de côté en inspirant brutalement, et je sentis le chatterton céder quand il le coupa à moins d'un centimètre de mon cou. Je perçus le baiser froid du couteau qui s'enfonçait superficiellement dans la peau de mon épaule.

Il ne fut pas aussi soigneux pour rompre les autres liens. Il les trancha en plusieurs coups rapides et négligents. Je sentis des étincelles de douleur vive.

— Tu pourras me supplier plus tard, ma douce, dit-il.

Puis il souleva Sarah d'un geste brusque, laissant tomber le couteau par terre. Le vent le fit glisser sur le sol. Eamon jeta le poids apathique de ma sœur sur son épaule et partit en vacillant vers le parking couvert.

Je tombai en avant, ou essayai de le faire, mais la tempête me maintint debout, me plaquant contre l'arbre aussi fermement que le chatterton. Je parvins à arracher les restes de mes liens, puis glissai de côté, râpant la peau de mon dos contre les rudes écailles triangulaires du palmier. Quand je me retournai, le vent me fit brutalement perdre l'équilibre et me ramena vers l'immeuble.

Cherise est toujours à l'intérieur.

Je ne sais pas comment je parvins à revenir dans le hall – sans doute en rampant sur tout le chemin, en sang, presque aveugle. Je m'effondrai la tête la première sur le marbre humide de pluie et parsemé d'éclats de verre. Je commençais à craquer. Je me sentais distante et déphasée, et plus rien ne me semblait avoir d'importance maintenant. Sarah était avec Eamon, et ce n'était pas bon, mais au moins elle n'était pas en train de se faire raboter la peau au beau milieu de l'ouragan. *J'arrangerai ça*, me promis-je. *J'arrangerai tout, bientôt.*

David n'était pas venu me sauver. J'essayai de ne pas y penser.

Quand je parvins en titubant jusqu'à la petite pièce et que j'ouvris la porte en grand, Cherise était pelotonnée sous le lit pliant, enveloppée dans une couverture. Peau pâle comme de la porcelaine, immenses yeux bleus.

— Je suis restée, dit-elle d'une petite voix.

— Bien joué. Maintenant on s'en va, dis-je avant de commencer à rire.

Ce n'était pas un rire normal. Je le ravalai et pris la main de Cherise.

Moins j'en dis à propos de notre trajet depuis l'immeuble jusqu'au parking couvert, mieux ce sera. Le tunnel n'était plus qu'un pont en béton à ciel ouvert, le toit en lambeaux ; un piège mortel que seul l'idiot le plus complet emprunterait. Nous parvînmes à destination en rampant sur le sol, jusque dans la sécurité relative du parking.

Les escaliers furent un cauchemar. Je parvins à les escalader d'une manière ou d'une autre ; cette fois, c'était Cherise qui me tirait derrière elle.

Je crois que je perdis connaissance. Quand je revins à moi, Cherise sortait la Mustang du parking en psalmodiant à mi-voix quelque chose qui ressemblait à « pitié pitié pitié ». Le vent heurta la voiture et celle-ci glissa en frissonnant de deux mètres sur la gauche, violemment, et je sus que nous étions fichues.

Quelque chose surgit des ténèbres à notre droite. Je le vis au même moment que Cherise, et nous hurlâmes toutes les deux.

Apparemment, le Hummer d'Eladio Delgado s'était pris une vilaine rafale – et une fois posé sur le côté, il devenait une sorte d'immense voile. Il était poussé par le vent à une vitesse folle, et il se dirigeait droit sur nous.

Il heurta un morceau de béton brisé et fut projeté dans les airs, vrillant de manière incontrôlable sur lui-même. Je me couvris inutilement la tête, et vis Cherise faire de même…

Le monde s'arrêta.

Le souffle court.

Je sentis Jonathan mourir, et c'était quelque chose de terrible, comme si chaque bouche du monde s'ouvrait pour hurler. Le tissu de l'existence se désagrégea, et le temps se tordit sur son axe ; le ciel devint noir, puis rouge, puis doré, puis vert, puis d'une couleur qui n'aurait dû exister que dans le monde éthéré, mais le monde éthéré brûlait, tout brûlait, même à des niveaux qui normalement ne pouvaient pas prendre feu – et ce parce que rien de tout cela n'était censé se produire…

Et la tempête mourut avec lui.

Rien ne s'arrête d'un coup, bien sûr ; le vent continua de souffler et les vagues de monter sous sa poussée, mais je sentis l'angoisse sombre et consciente de cet ouragan s'éteindre dans une explosion de chagrin déchirant, et le monde rata deux battements de cœur le temps de marquer son deuil, puis…

Puis le Hummer d'Eladio Delgado s'écrasa par terre à un demi-mètre de la Mustang, roula et explosa dans une boule de feu si intense que je sentis sa chaleur du côté passager de la voiture, à travers les couches de verre et de métal.

Cherise écrasa l'accélérateur en hurlant et nous fit sortir d'ici à fond la caisse. La voiture dérapa follement, poussée en tous sens par le vent, mais nous atteignîmes quand même la route.

Je me retournai et vis la silhouette déchiquetée de la Tour Testostérone qui frissonnait, privée de fenêtres, oscillant dans le vent. Elle ne cédait pas vraiment, mais c'était limite.

Au-dessus de l'océan, les nuages noirs ralentirent leur immense tourbillon et, tandis que la pluie continuait de cingler, les vents perdirent lentement de leur vitesse.

Cherise conduisait trop vite, évitant des débris et des épaves en faisant crisser les pneus, tremblant comme une feuille. Je la laissai faire. J'écoutais le silence du monde éthéré.

Je n'avais jamais rien ressenti de tel auparavant, une telle… absence.

— Stop, dis-je tout à coup.

Cherise ne sembla pas m'entendre. Je me penchai brusquement et cherchai à saisir le volant ; elle écrasa le frein et me repoussa, mais nous parvînmes miraculeusement à garer sans dommages la Mustang, sur le côté de la route. Des vents violents continuaient de secouer la voiture.

— Reste là, lui ordonnai-je avant de sortir.

Mes jambes faillirent céder, mais je trouvai ce noyau de force que David avait toujours perçu en moi, et traversai la route glissante et tordue par l'ouragan vers ce qui était autrefois la plage. Il y avait plus d'océan que de sable, désormais. De l'écume bleu-blanc. Pas vraiment de l'eau, pas vraiment de l'air ; on aurait pu s'y noyer sans jamais couler.

J'avais perdu mes chaussures quelque part. Mes pieds s'enfoncèrent profondément dans le sable mouillé, et je continuai de marcher d'un pas instable, errant de droite et de gauche.

Je vis les djinns debout dans les vagues. Ashan, gris comme la mort. Inhumain. Alice dans son tablier humide, ses longs cheveux d'or fouettés en arrière par le vent. Rahel, à genoux dans l'écume, qui fixait la mer.

Ils étaient des douzaines.

Puis des centaines, qui se formaient en souffles de brume, de brouillard et d'océan, fixant tous la mer.

Je sentis la chaleur me traverser, et tombai moi aussi à genoux. Je gémis et posai les mains sur le sable devant moi, haletant sous la pression.

Quelque chose parlait. Quelque chose d'énorme. Je ne pouvais pas le comprendre, seulement le sentir, et les humains n'étaient pas faits pour supporter ce genre d'émotion. J'avais envie de crier, de rire et de mourir. Dans un éclair aveuglant, je *sus*; je sus ce qui était derrière toute chose, je connus l'amour dans sa forme la plus intense, furieuse et brûlante, et je n'avais jamais rien ressenti de tel, même en tant que djinn.

Tout autour de moi, les djinns levèrent la tête, les yeux tournés vers le ciel, les paupières fermées. Buvant le flot de lumière et d'amour.

Puis cela prit fin, et je me sentis vide, tellement vide.

Quelqu'un sortit des vagues, nu, doré et magnifique, et ce n'était plus David, pas mon David; il était quelque chose de plus.

Dans le monde éthéré, il était une étoile incandescente, et tout, *tout* était relié à lui. Chaque djinn. Chaque gardien. La toile se mit en place et commença à bourdonner de pouvoir, vaste et intense.

Jonathan était mort.

Et David était devenu le pilier qui le remplaçait.

Il trébucha et tomba dans l'eau. Ashan et Rahel se précipitèrent vers lui, saisirent ses bras, le tirèrent sur le rivage. Je me remis debout mais n'avançai pas vers eux, car quelque chose en moi me disait… que ce n'était plus la chose à faire. Plus maintenant.

Quand il se releva, David était habillé et ferme sur ses jambes. En surface, il était comme avant, mais ce qui se cachait en dessous était totalement différent.

Quand il me regarda, je vis l'éternité dans ses yeux. Ils étaient noirs, et tourbillonnaient de galaxies et d'énergie.

Il se dirigea vers moi et s'accroupit. Sans me toucher, sauf par la force de ses émotions.

— Je suis désolé, me dit-il doucement. Je suis tellement désolé. J'aimerais que les choses soient différentes, Jo.

Tous les djinns se tournèrent pour m'observer, et je sentis la force de leur regard. Tous ces yeux inhumains. Tout ce pouvoir, qui était revenu entre leurs mains.

Quelque chose n'était vraiment, vraiment pas normal.

Je perçus de nouveau ce murmure, qui résonnait à un niveau que je ne pouvais ni entendre ni comprendre, seulement ressentir.

David tendit le bras, mais sa main s'arrêta à quelques centimètres de ma peau. Il y avait une distance immense entre nous, un gouffre que nous ne pouvions franchir ni l'un ni l'autre.

— Dis aux gardiens que les djinns ne peuvent plus appartenir à qui que ce soit, désormais. Cet accord est mort avec Jonathan. C'est un nouveau monde, à présent.

Je déglutis péniblement. Je pouvais sentir une différence dans le monde éthéré, une vibration argentée qui gagnait en force. Comme un gigantesque et lent battement de cœur.

— Qu'est-ce qui se passe ?

Il leva les yeux, comme s'il pouvait voir ce que je ressentais.

— Elle va se réveiller.

— Qui va se réveiller ?

Ses yeux noirs s'abaissèrent pour croiser de nouveau les miens.

— La Mère. *Notre* Mère. *Votre* Mère.

La Terre.

— Est-ce que c'est… (Je redoutais vraiment de poser la question.) Ce n'est pas bon signe, n'est-ce pas.

— Pas pour toi, dit-il. Je suis désolé. Je t'aime, mais je ne peux pas te protéger, pas face à elle.

Quelque chose changea dans le chuchotement. Un fil rouge de colère qui se mêlait à la pulsation argentée. Les yeux de David passèrent du noir à l'écarlate, puis redevinrent noirs.

Ceux de Rahel aussi.

Et ceux d'Ashan.

— Il faut que tu le dises aux gardiens, dit David. Tu dois leur dire qu'elle rêve, mais le rêve va prendre fin. Elle va être très…

Ses yeux devinrent entièrement rouges.

— En colère, dit-il. Elle est déjà en colère, même dans ses rêves. Nous n'avons pas le choix. Nous lui appartenons, maintenant.

Je trébuchai en arrière. Il ne fit pas mine d'attaquer. Les autres non plus, mais je pouvais sentir la menace qui pulsait, de plus en plus vite.

— Fuis, me dit doucement David. Préviens les gardiens. Dis-leur qu'ils doivent l'arrêter. Nous arrêter avant qu'il ne soit trop tard. Avant qu'elle ne se réveille complètement.

— Comment ? (Parce que je n'en avais aucune idée, absolument aucune ; comment un groupe de gardiens, aussi puissant soit-il, pouvait prétendre combattre les djinns, encore moins la Terre elle-même ? C'était juste… impossible.) David ! *Comment* ?

— *FUIS !* hurla-t-il.

Je sentis le contrôle qu'il exerçait sur lui-même exploser avec un bruit de cristal brisé, et je titubai en arrière sous la force de ce que je vis dans ses yeux.

Une main se referma sur mon bras et me remit sur pieds. Pas David. Pas Rahel. Pas Ashan. Je ne connaissais pas cette djinn. Ses cheveux noirs brillants cascadaient jusqu'à sa taille ; elle avait une peau d'or poli, et des yeux comme des soleils.

— Arrête de bayer aux corneilles et *cours*, cria-t-elle avant de me pousser vers la voiture.

Nous courûmes. Derrière nous, des centaines de djinns se rapprochaient, comme une meute silencieuse et mortelle. Ma bienfaitrice me jeta pratiquement dans la Mustang, bondit par la portière côté passager et hurla à Cherise :

— *ROULE !*

Voyant que Cherise la fixait sans comprendre, la djinn agita la main en direction de la pédale d'accélérateur.

Nous décollâmes à une vitesse inhumaine, laissant derrière nous la plage balayée par la tempête ainsi que les autres djinns.

Entre tous, David fut celui qui faillit réussir à nous rejoindre. Je me contorsionnai pour le regarder disparaître par le pare-brise arrière, grande silhouette dressée sur la route, son manteau se gonflant dans le vent.

— Est-ce que tu vas bien ? me demanda la djinn aux cheveux noirs. (Je la regardai en cillant. Elle me rappelait quelqu'un, mais je ne savais absolument pas pourquoi.) Hé ! Tu m'entends ? Est-ce que tu vas bien ?

J'ouvris la bouche pour lui dire que oui, mais quelque chose se passa au cœur de mon esprit, quelque chose d'énorme et d'incroyable. Je savais ce qu'elle était, mais je n'arrivais pas à l'appréhender.

Elle dut le voir dans mes yeux, cette connaissance et cette peur, car elle me sourit, et quand je vis son sourire, ce fut soudain d'une clarté aveuglante.

C'était le sourire de David.

C'était mon visage.

C'était *ma fille*.

— Imara, dis-je. (Elle referma sa main sur la mienne, et sa peau était chaude, douce et réelle.) Oh, mon Dieu. *Comment*...

— Jonathan, dit-elle, alors que son sourire devenait triste. Il faut une mort pour créer un djinn. Il te l'a dit.

Je me souvins du moment où il m'avait pris cette étincelle de vie avant de s'en aller. Il savait, à cet instant même, ce qu'il avait l'intention de faire. Mourir. Placer son pouvoir en David.

Donner vie à l'enfant de David.

J'avais un enfant. O.K, c'était une déesse amazone d'un mètre quatre-vingt impeccablement vêtue de noir, mais c'était *mon enfant*. Et elle n'était pas comme les autres. Elle n'était pas asservie à la Terre, du moins pas complètement ; elle pouvait toujours penser par elle-même, agir par elle-même. Agir contre eux.

Et Jonathan l'avait sans doute deviné aussi. Peut-être était-ce sa façon de s'excuser.

Cherise déglutit et dit :

— Jo ? Est-ce que c'est un truc d'extraterrestres ? Est-ce que tu viens vraiment, genre, de l'espace, pour prendre possession de la planète ? Est-ce que c'est une invasion ?

Elle était sérieuse. Mais bon, j'imagine que son explication était plus logique que la réalité.

— Tu rigoles, non ? demanda Imara en grimaçant un sourire. On ressemble vraiment à des extraterrestres, d'après toi ?

Cherise détourna les yeux de la route, et ce pendant si longtemps que je redoutai de bientôt connaître le classement d'une Mustang aux crash-tests.

— Ouais, dit-elle. Enfin, en tout cas *toi* oui. Avec tes yeux et tout.

Imara lui fit un clin d'œil et, à travers nos mains entrelacées, elle déversa du pouvoir en moi, du pouvoir curatif, apaisant mes diverses plaies et coupures, et restaurant une partie de mon énergie vitale.

— Peut-être que c'est ce que je suis, dit-elle. On ne peut jamais savoir, dans la vie, hein?

Cherise en fut étrangement ragaillardie.

— Non, dit-elle. Jo? Où est ce que tu veux que j'aille?

Je levai les sourcils à l'intention d'Imara, qui haussa les épaules. C'était tellement étrange, de me voir de l'extérieur. Cependant, je pouvais distinguer des traces de David dans les reflets de ses cheveux, et dans le voile doré de sa peau. Moi, en plus exotique.

Je ne ressentais encore rien pour le moment, mais je savais que cela allait me frapper plus tard, dans une prise de conscience brutale et étrange. Le deuil, l'amour, la peur, et la conscience de ma propre mortalité, d'une façon que je n'avais jamais envisagée.

— New York, dis-je. Les gardiens doivent se ressaisir tout de suite, même si je dois pour cela botter le cul de tout le monde d'ici jusqu'à Beijing. Nous ne pouvons pas nous permettre de perdre.

Parce que si les gardiens se repliaient, alors, plus rien ne se dresserait entre les six milliards et demi d'êtres humains sur la planète et la Terre Mère dans le creuset de ses rêves, de ses cauchemars et de sa rage.

Avec les djinns à ses ordres.

David avait été clair. *Dis-leur qu'ils doivent l'arrêter. Nous arrêter.*

Les gardiens étaient en guerre avec les djinns.

ÉPILOGUE

UN PEU DE musique à écouter en lisant (en tout cas, ça marchait bien de l'écouter en écrivant), et cette fois, c'est un double album !

«*School*» - Supertramp
«*Paper in Fire*» - John Mellencamp
«*Larger Than Life*» - The Feelers
«*I Scare Myself*» - Thomas Dolby
«*Pain and Sorrow*» - Joe Bonamassa
«*Harder to Breathe*» - Maroon 5
«*Madonna*» - Jude Christadel
«*Let Go*» - Frou Frou
«*Tell Your Story Walking*» - Deb Talan
«*Travelin' Shoes*» - Ruthie Foster
«*A New Day Yesterday*» *(Live)* - Joe Bonamassa
«*Better*» - Brooke Fraser
«*Building a Mystery*» - Sarah McLachlan
«*Budapest by Blimp*» - Thomas Dolby

« *Serve Somebody* » - Bob Dylan
« *I'm Ready* » - Aerosmith
« *One Way* » - Amelia Royko
« *Lifeline* » - Brooke Fraser
« *Woke Up This Morning* » - A3
« *Highway Robbery* » - Amelia Royko
« *Cannonball* » - Supertramp
« *Crescent Heights Shuffle* » - Jude Christadel
« *Woke Up Dreaming* » - Joe Bonamassa
« *I Love You, Good-bye* » - Thomas Dolby

Soutenez ces artistes. Sans votre contribution, ils ne peuvent continuer de se consacrer à leur musique.

Et personne ne souhaite que cela arrive.

Et courez acheter *Had to Cry Today*, de Joe Bonamassa. Vous me ferez une faveur… tout en vous faisant plaisir.

Rachel Caine.

ANNONCE D'UTILITÉ PUBLIQUE

CONNAISSEZ-VOUS LES MESURES à prendre pour faire face à la plupart des urgences – en particulier ces urgences casse-pieds provoquées par les intempéries ? Suivez ces quelques conseils simples :

1. Planifiez. Créez une liste de numéros importants, comprenant un contact à l'extérieur de la ville. Accordez-vous sur un point de rencontre avec votre famille ou ceux que vous aimez, au cas où vous seriez séparés. Gardez votre liste de numéros et de points de rencontre avec vous en permanence.

2. Préparez un kit. Rassemblez tout ce qui se trouve dans la Liste de kit d'urgence ci-dessous, ou achetez un kit d'urgence tout prêt dans un supermarché. Gardez-le chez vous, dans un endroit sûr et sec. Ceci est une liste d'objets *conseillés*. Il se pourrait que vous soyez obligé d'y ajouter des choses, en particulier si vous avez des animaux, des enfants en bas âge ou des personnes âgées sous votre responsabilité.

3. Restez informé. Renseignez-vous sur les plans d'urgence prévus localement, sans oublier celui de l'école de votre enfant. Participez aux exercices de procédures d'urgence proposés sur votre lieu de travail.

Voici votre **Liste de kit d'urgence** :

- Lampe de poche à piles
- Radio à piles
- Piles de rechange
- Sifflet
- Trousse de secours
- Masque anti-poussière ou tee-shirt en coton
- Nourriture et eau pour trois jours
- Clé à molette pour couper les arrivées d'eau et de gaz
- Bâche en plastique
- Chatterton
- Lingettes
- Vêtements de pluie (ponchos et chapeaux)
- Vêtements chauds
- Couverture de survie
- Récipients pouvant contenir de l'eau
- Doses supplémentaires de médicaments importants
- Papiers d'identité
- Gants en cuir
- Sacs-poubelles avec liens
- Liste de numéros et de points de rencontre
- Objets divers selon vos besoins

Écoutez *toujours* les alertes intempéries des autorités locales, et cherchez un abri si le mauvais temps approche.

Et s'il vous plaît… laissez la chasse aux tempêtes aux professionnels.

Bien à vous,
Rachel Caine

À PROPOS DE L'AUTEUR

RACHEL CAINE est le pseudonyme
de Roxanne Conrad. Elle est née sur la
base de lancement de White Sands, où son père
était « la voix du compte à rebours ». Elle a débuté
sa carrière comme musicienne professionnelle et a
notamment collaboré avec John Williams. En 1991,
elle décide de se consacrer à sa passion : l'écriture. Elle
est depuis l'auteur de plus de trente romans, dont la
série des Gardiens des Éléments et la série Vampire
City (publiée chez Hachette Jeunesse). Avec son mari,
l'artiste du fantastique R. Cat Conrad, elle vit au
Texas avec ses deux iguanes adorés,
Popeye et Darwin.

Découvrez

LES FILS DE LA PLEINE LUNE

TOME I
DANGEREUSE TENTATION

LA SÉRIE ÉVÊNEMENT D'EILEEN WILKS

Plongez dans le monde des meutes de loups-garous aux côtés de Lily Yu, une flic pas comme les autres.

EILEEN
WILKS

LES FILS
DE LA PLEINE
LUNE

1 - DANGEREUSE TENTATION

CRIME

Découvrez

JESSIE SHIMMER

TOME I
LIENS INFERNAUX

LA SÉRIE ÉVÉNEMENT DE LUCIE A. SNYDER

*Sorcellerie, démons et aventures surnaturelles
sont au rendez-vous dans cette série à l'humour
décapant et aux histoires d'amour torrides.*

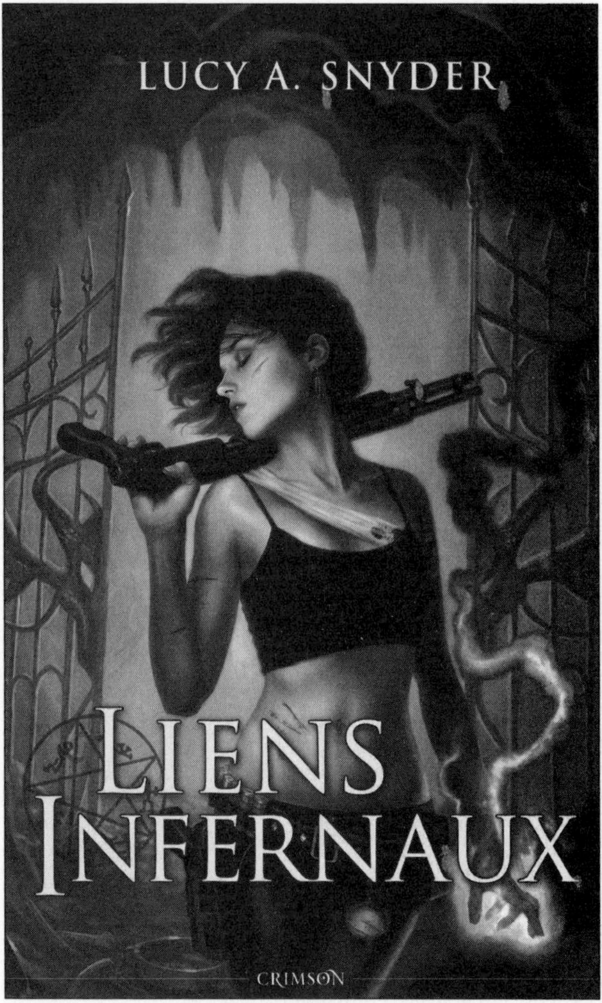
LUCY A. SNYDER
LIENS INFERNAUX
CRIMSON

CRIMSON

MIXTE
Papier issu de
sources responsables
FSC® C005461

Achevé d'imprimer sur les presses
de l'imprimerie Rotolito Lombarda (Italie)
Dépôt légal : juillet 2013